한국 근대 아동문학 서사장르론

오현숙 ● 경희대학교를 졸업하고 서울대학교대학원 국어국문학과에서 박사학위를 받았다. 현재 아동문학과 성인문학의 경계 넘기와 매체 미학에 관심을 두고 공부하고 있다. 『미디어 콘텐츠로서의 박태원 문학』(2016), 『서울은 소설의 주인공이다』(공저, 2018), 『신성한 동화를 들려주시오: 방정환 문학과 사상의 재조명』(공저, 2018) 등을 썼다.

아동청소년문학총서 15

한국 근대 아동문학 서사장르론

2021년 7월 21일 1판 1쇄 인쇄 / 2021년 7월 30일 1판 1쇄 발행

지은이 오현숙 / 펴낸이 임은주
펴낸곳 도서출판 청동거울 / 출판등록 1998년 5월 14일 제406-2002-000128호
주소 (10881) 경기도 파주시 문발로115 (파주출판도시) 세종출판벤처타운 201호
전화 031) 955-1816(관리부) 031) 955-1817(편집부) / 팩스 031) 955-1819
전자우편 cheong1998@hanmail.net / 네이버블로그 청동거울출판사

북디자인 북그라피
출력 · 인쇄 세진피앤피 / 제책 우성제본

책값은 뒤표지에 있습니다.
잘못 만들어진 책은 바꾸어 드립니다.

First published in Korea in 2021 by CheongDongKeoWool Publishing Co.
Printed in Korea.

ISBN 978-89-5749-221-5 (94800)
ISBN 978-89-5749-141-6 (세트)

이 저서는 2015년 정부(교육부)의 재원으로 한국연구재단의 지원을 받아 수행된 연구임 (NRF-2015S1A6A4A01010963)
This work was supported by the National Research Foundation of Korea Grant funded by the Korean Government(NRF-2015S1A6A4A01010963)

아동청소년문학총서 15

한국 근대 아동문학 서사장르론

오현숙 지음

청동거울

책머리에

일찍이 김태준이 동화는 모든 문화의 교차점이요 저수지라고 한 것은 단순한 은유도 상징도 아니었다. 내가 한국 근대 아동문학을 공부하지 않았다면, 자명한 것으로 여겨졌던 문학의 경계들에 대해 풍부하게 사유하지 못했을 것이다. 한국 근대 아동문학을 온전히 이해하기 위해 동시에 고전문학, 외국문학, 대중문학, 성인문학 등의 다양한 다른 문학과 만나야 했다. 한 편의 동화는 구술, 공연, 라디오, 회화, 영화, 만화 등을 비롯한 인접 예술과 만나 매번 새로운 형태로 변모했다. 동화와 아동소설은 너무나 유연하게 분과학문의 경계를 넘나들었다.

이 역동적인 아동문학 서사 장르를 어떻게 서술할 수 있을까? 이 질문은 아동문학에 대한 나의 관념을 완전히 바꾸었다. 정적인 장르가 아니라 동적인 장르, 진화론적으로 발전하는 단선적인 장르가 아니라 인접 문학이나 예술과 풍요롭게 교섭하는 중층적인 장르로서 아동문학 서사를 새롭게 발견하는 과정은 나에게 소중한 경험이었다. 그래서 아리스토텔레스부터 시작된 삼분법적 체계 안에서 동화나 아동소설은 어디쯤 위치하는지 정답을 알고 싶은 독자에게는 적지 않게 당황스러울 수 있는 책이다. 미리 독자에게 양해를 구한다.

이 책은 2016년 제출한 박사학위논문과 기존에 발표했던 몇 편의 논문을 모아 재구성한 것이다. 박사학위논문의 내용을 수정 보완하고, 미디어로 주제를 확장한 논문을 함께 엮어 넣었다. 되돌아보니, 단순한 줄 알았던 아동문학은 가장 풍요로운 세계로 나를 안내했다. 나를 매료시킨 아동문학의 다채로운 아름다움을 이 책 안에 온전히 담을 수 있었는지 잘 모르겠다. 하지만 한국 근대 아동문학 서사가 다양한 문화적 교차점 안에서 고유한 미적 규범을 마련하고, 다시 분기해나가는 역동적인 과정 자체를 기술한 장르론을 쓴 것이 그나마 작은 위안이다.

이 책을 내면서 특별히 더 고맙고 소중한 분들이 있다. 밤새 작품을 읽고 강의실에서 제자들에게 열정적으로 가르침을 주시던 방민호 선생님, 앞서가는 아동문학 연구로 나에게 힘이 되었던 원종찬 선생님, 조은숙 선생님, 치열하게 아동문학을 함께 공부했던 방정환 원문읽기팀 선생님들, 날것의 공부에 대해 마음껏 대화를 나누었던 연구실 앞 베란다의 선후배들 모두 감사한 분들이다. 부족한 책이 나올 때마다 언제나 첫 독자인 당신과 아직 알 수 없는 엄마의 책을 꼭 들여다보는 아들 도원이에게 더 각별한 고마움을 전한다.

2021년
오현숙

| 차 례 |

책머리에 ● 4

제1장 글을 시작하며: 아동문학 서사 장르의 새로운 문제틀 ● 11

1. 아동문학 개념과 장르의 역사적 계보 ● 12
2. 아동문학 연구에서 서구중심주의 극복의 필요성 ● 26
3. 아동 독자, 아동문학의 의사소통, 다중체계로서의 장르 ● 35
4. 복합 감각의 재현과 미디어 이론 ● 55

제2장 전통 서사의 변용을 통한 아동 서사의 기획 ● 57

1. 역사 기술에서 위인 전기로의 이행 ● 58
2. 기록 서사로의 전환과 구술 문화의 계승 ● 82
3. 전래동화와 문화적 규범의 창출 ● 91

제3장 서구 정전의 탈식민적 수용과 서사 독법의 전환 • 101

1. 번역과 탈식민주의 • 102
2. 『이솝우화』의 번역과 알레고리적 독해 • 138
3. 『그림동화』의 수용과 문자적 독해 • 147
4. 낭만주의와 동화의 숭고 미학 • 152

제4장 장르 규범과 아동 서사의 분화 • 215

1. 장르 규범의 변모와 내포 독자의 분화 • 216
2. 동양적 서사 규범의 인식과 역사 서술 장르의 분기 • 228
3. 모험 및 탐정소설의 혼성과 장르 변이 • 238
4. 동화와 소설의 젠더적 분화와 서사 구조의 정형화 • 255

제5장 미디어의 발달과 아동문학 장르의 진화 • 275

1. 복합 감각 재현의 매개로서의 미디어 • 276
2. 시청각문화의 결합과 그림 동요 • 281
3. 이미지의 낭만적 수용과 사진소설 · 영화소설 • 288
4. 구술 · 활자 · 공연예술의 상호교류와 소년야담 • 291
5. 영화의 몽타주 기법과 아동만화 • 318

제6장 글을 마치며: 문학적 다중체계로서의 아동문학 장르 • 323

참고문헌 • 330
찾아보기 • 339

■ 그림 목차

[그림 1]『어제소학언해』(1744) ● 38
[그림 2]『의열도』(1703) ● 38
[그림 3]『오륜행실도』(1797) ● 39
[그림 4] 채트먼의 서사의 의사소통 구조 ● 42
[그림 5] 아동 서사의 의사소통 구조 1 ● 44
[그림 6] 아동 서사의 의사소통 구조 2 ● 45
[그림 7]「虎와 狐의 話라」의 삽화 ● 64
[그림 8] 아동문학 형성기 「토끼전」의 표지 삽화 변화 ● 96
[그림 9]「조선극장활동사진 놀부흥부傳」 ● 98
[그림 10]『산수격몽요결』(신문관, 1909) 표지 ● 124
[그림 11]『산수격몽요결』(신문관, 1909) 본문 구성 체제 ● 126
[그림 12] 小山内薫, 「琴の太郎」 삽화 ● 193
[그림 13] 이구조의 아동문학 장르체계 ● 226
[그림 14] 김래성, 「백가면」 ● 247
[그림 15] 임원호, 「늑대」 삽화 ● 267
[그림 16] 정순철, 「나무열매」 삽화 ● 268
[그림 17] 정순철, 「그림장난」 삽화 ● 271
[그림 18] 한정동, 「두룸이」 ● 283
[그림 19] 윤극영, 「쇠ㅅ고리」 ● 284
[그림 20] 그림 동요 「단풍」 ● 286
[그림 21] 그림 동요 「산넘어저쪽」 ● 287
[그림 22]『어린이』 표지 1, 2, 3 ● 289
[그림 23] 이정호, 「정의의 승리」 ● 290
[그림 24]「어린이紙上新年大會順序」(『어린이』, 1929.1) ● 296
[그림 25] 야담사 창립 4주년 기념 야담대회 사진 ● 297
[그림 26] 윤백남의 야담대회 사진 ● 298
[그림 27] 몽타주 기법과 파편화된 신체 이미지 ● 319

■ 표 목차

[표 1] 『신정심상소학』 소재 위인 전기 목록 ● 61

[표 2] 「제6과 虎와 狐의 話라」와 「초책」의 서사 비교 ● 63

[표 3] 「제12과 宿瘤의 話라」와 「宿瘤採桑」의 서사 비교 ● 65

[표 4] 『시문독본』 소재 전기 인물의 특징과 저본 ● 71

[표 5] 신문관 발행 십전총서와 육전소설 목록 ● 83

[표 6] 아동 문학 형성기 「토끼전」의 수용 목록 ● 94

[표 7] 율곡의 『격몽요결』과 신문관의 『산수격몽요결』의 구성과 차이 ● 127

[표 8] 아동문학 형성기 『이솝우화』 수용 목록 ● 139

[표 9] 1920년대 『그림동화』 수용 목록 ● 148

[표 10] 장 자크 루소 주요 수용 목록 ● 155

[표 11] 방정환의 주요 문학론 목록 ● 174

[표 12] 『소년』 소재 차상찬의 전기 인물의 특징 ● 231

[표 13] 베르그손의 청각의 운동적 도식 ● 282

[표 14] 『동아일보』 야담 관련 기사 건수 ● 292

[표 15] 소년야담목록 ● 315

제1장

글을 시작하며: 아동문학 서사 장르의 새로운 문제틀

1. 아동 문학 개념과 장르의 역사적 계보
2. 아동 문학 연구에서 서구중심주의 극복의 필요성
3. 아동 독자, 아동 문학의 의사소통, 다중체계로서의 장르
4. 복합 감각의 재현과 미디어 이론

제1장

글을 시작하며: 아동문학 서사 장르의 새로운 문제틀

1. 아동문학 개념과 장르의 역사적 계보

이 책은 한국 아동문학의 장르 형성과 분화 양상을 규명하는 것을 목적으로 한다. 이는 단순히 텍스트를 분류하고 구분하는 기준을 설정하려는 것이 아니다. 필자는 연구 대상이 지니는 고유한 발생론적 배경을 규명하고, 이로부터 귀납적인 방식으로 그 미학적 정체성을 추출하기 위한 작업의 일환으로 이 책을 기획했다. 이를 위해 구체적으로 아동 독자 개념을 중심으로 텍스트에 내포된 미학과 관습을 추출하고, 분류 체계의 문화적, 장르적 관습을 연구함으로써 작품 구조와 함께 사회적 제도와 문화의 문제를 동시에 다루고자 한다.

한국 아동문학의 형성과 장르 분화 양상을 검토하기에 앞서, 논의의 기본 전제가 되는 아동문학의 개념과 특성은 무엇인가에 관한 표준적인 가설들을 검토하고자 한다. 이를 위해서는 먼저 한국 근대문학의 전개 속에서 '아동문학'을 총칭하는 관습적 장르명으로 사용되어온 '동화' 장르에 대한 인식을 검토할 필요가 있다.

일찍이 한국 아동문학의 형성에 중요한 역할을 한 최남선은 "文字

로써하는記錄이생기기에前에" 형성된 구비문화인 설화(說話)의 하위 갈래의 하나로 '동화'를 규정한 바 있다.

說話에는 여러 가지形式이잇지마는 歷史考究의材料로는

1, 「네에도한사람잇는데」惑「네에도어느때아모대개(或其他有情無情의物類)가한마리잇섯는데」로비롯하는古談(Fairy tale, Marchen[1]) 或은童話, 遊離說話, 또그저說話라고하는것)

2, 「언제누가」이려고저려고하얏다는半歷史半空想的의傳說(Legends)

3, 「어쩌한神(或神人)이」어찌어찌하얏다는神話(Myth)

의三種이가장緊切하고, 에서도神話가尤極重要한것이다. 이세가지를통틀어 우리말에는「이약」或「녯이약」이라하나니[2]

최남선에게 동화라는 용어는 좁은 의미의 '근대적'인 동화 개념으로 사용되지 않는다. 그는 ① 고담(古談, Fairy tale, Märchen), 동화, 유리설화, (협의) 설화, ② 전설(Legends), ③ 신화(Myth)를 통틀어서 우리말의 "이약" 또는 "녯이약"으로 총칭한다. 그는 이러한 개념을 통해 옛날부터 전해져 내려오는 설화를 새로운 근대적 문화 양식으로 계승함으로써 '통합된 문화'를 창출하고자 했다. 근대 이후 식민화의 고착 속에서 최남선은 사라져 가는 전통을 소생시키고 흩어진 "녯이약"이를 모아 '하나의 상징적인 통일'을 만들어 내려고 한 것이다.

그러나 전통적인 "녯이약"이가 구비문학에서 활자로 인쇄된 문학으로 전환되는 과정은 식민주의와 탈식민주의가 첨예하게 대립하는 문화적 경쟁의 장(場)이기도 했다. 그는 단군신화를 예로 들어서 "녯이

1 Märchen의 오식으로 보임(인용자).

2 최남선, 「朝鮮歷史通俗講話(7): 神話」, 『동명』, 1922.10.29, 12쪽.

약"이들이 일본 제국의 식민지학의 일부로 고착되는 현상[3]에 대해 다음과 같이 통렬히 비판했다.

> **古代의歷史는이악이쎈이엇다.** 입에서입으로퍼져나가고 입에서입으로물려나려갓섯다. 文字라는연장이생기매記錄이라는그릇을만들어 그속에이것을주어담은 것이 우리의가진古代生活에關한文籍이란것이다. 그러나여러가지事情을쫄하서 가튼文化民族이라도 記錄에올린神話의分量이퍽만키도하고썩작기도하다. **그럼으로記錄으로傳하는것만이決코그民族의가진神話의全部아님은 毋論이다.** ᄯᅩ이미記錄된것이라도 그것이반듯이그神話의完全한形態가아님꽛도거긔나오는名物이 그神話의 本然한語態가아닌일이만타. 우리朝鮮의神話—더욱그古史神話에關한部分은上에말한여러가지에切當한例證이되는것이다. 記錄에오른것이변변치못한點, 그記錄된것이라도原型과本義를몹시닐허버린點으로 記錄的不具의適例되는것이朝鮮의神話이다. 이ᄶᅢ문에朝鮮의神話가아즉ᄭᅡ지學的闡揚의機運을際會하지못하얏다. 이ᄶᅢ문에**貴重한暗示를지닌尊勝한神話가輕妄한學者의손에원통하게盲杖癡帚를당하야거의거의存在의餘地를닐케될쌘하기ᄭᅡ지하얏다 가장神聖하고가장緊要한朝鮮歷史의元始點인檀君說話가튼것이 가장凶慘한 禍厄을닙고가장寃抑한境遇에ᄲᅡ졋섯다**[4]

일본인 학자들을 중심으로 조선의 역사와 문화를 제국의 지역학으로 통합하려는 시도 속에서, 단군신화에 관한 연구는 크게 두 가지 방향으로 이루어졌다. 하나는 단군신화와 일본 신화의 유사성을 강조하

---

3 1920년대 들어 총독부는 일본의 역사학자와 고고학자들을 대거 투입하여 '조선사편수회'를 조직하고 이를 통해 '조선고적조사사업'을 벌여 나갔다. 제국에 복속된 한 지역으로서 식민지 조선의 언어, 문화, 사상, 종교, 민속 등을 연구하는 것을 그 목적으로 했다. 강상순, 「고전소설의 근대적 재인식과 정전화 과정: 1920~30년대를 중심으로」, 『동방학지』, 2013, 82쪽.

4 최남선, 앞의 글, 같은 쪽. 이 책에서 인용자가 강조한 부분은 위와 같이 굵은 글씨로 밑줄을 쳐서 표기한다.

면서 동일신이라는 허구의 기원을 창출하는 것이다. "우도천황의 칭호는 조선 소시모리에서 왔으며 따라서 단군과 동일한 신이라는 설" 혹은 일본의 국조 아마테라스오미카(天照大神)와 조선의 국조 단군을 동시에 봉재(奉齋)하려던 '신궁봉경회'의 시도 등이 이에 해당한다. 다른 하나는 실증주의적인 관점에서 단군신화를 증명이 불가능한 '허구'로 간주하고 조선의 기원에서 제외하고자 하는 것이다. 대표적인 학자로 이마니시가 있다.[5] 특히 최남선의 비판 대상은 후자인 이마니시로 대표되는 연구 경향이었다. 최남선이 제기한 설화로서의 동화 개념은 당대 제국의 지역학의 일환으로 시도된 조선 연구를 넘어서기 위한 구체적인 문화 기획으로 이해될 수 있다. 그는 조선의 구술 문화의 중요성을 강조하면서 조선총독부의 기획 하에 좁은 의미의 실증주의적 관점에서의 역사적 사실로 축소된 설화의 가치를 복원하고자 했다.

그에게 동화는 설화에 준하는 것으로, '범인류적 보편성'을 지닌 문학 양식으로 이해되었다. 그에 따르면 문화의 감응이란 제국과 식민지의 수직적인 관계가 아니라 인류 보편의 수평적인 것이며, 전근대와 근대를 아울러 공통적인 것이다.

> 民族과民族과의交通, 文化와文化와의感應은진실로아득한녯적부터ᄭᅳ닌적도업섯거니와 ᄯᅩ언제든지 活潑繁雜하얏섯다. 傳說의相干에셔도그것을본다. 시방우리곳에서 한아비가손주에게 들녀주고 어머니가어린애에게 닐러주는 녯날이약이라는것—언제비롯한것인지모르거니와벌서부터ᄶᅩᆨ朝鮮古談가티옴겨져가는 이약이도 (중략) 外形으로는 우리古代의 歷史的事實인듯한것도 실상은全世界廣布或一種族共通의一說話에不外한것이만타.[6]

5 심희찬, 「근대역사학과 식민주의 역사학의 거리」, 『한국사학사학보』, 2013, 304~306쪽.
6 최남선, 「朝鮮歷史通俗講話(9): 說話」, 『동명』, 1922.11.12. 6쪽.

조선의 전통적인 문화에서 서구적 양식으로서 근대적인 아동문학 개념에 해당하는 작품은 없을지라도, "우리곳에서" "어린애에게" 구전되던 "녯날이약이라는 것"으로서의 문학적 전통은 엄연히 "존재"했다. 이처럼 신화, 전설, 민담은 그에 합당한 이름을 부여받기 이전부터 존재했었지만 근대에 들어 새롭게 그 가치가 인식된 이야기 갈래였다. 이는 문학적 전통을 '부재한 것'이나 '열등한 것'으로 인식하는 당대 일반적인 경향과는 달리, 전대 문화를 현대 문화와의 감응을 통해 재맥락화하기 위한 매개로서 동화 장르에 주목한 것으로 평가할 수 있다.[7] 최남선은 구체적으로 자신이 주재한 아동 잡지인 『붉은저고리』와 『아이들보이』에서 전통적인 신화, 전설, 민담 등의 구비문학 장르를 아동에게 적합한 이야기 양식으로 차용했다. 이처럼 그는 문자 이전 시대에 존재했던 구술적인 텍스트들을 아동을 위한 근대적인 기록 문학으로 전환하는 실천을 보여주었다.

이와 같이 최남선에 의해 전통 문화 양식 계승의 매개로 제기된 아동문학 개념은, 이후 방정환에 의해 아동을 독자적인 수신자로 한 문학으로 분명하게 자리매김되었다.

兒이란童童이요 話는 說話의 話인즉 결국童話는兒童說話라 고할것임니다 그러니 兒童以外엣사람이만히닑거나듯거나하는 경우에라도 童話그것은兒童을상대로하는것이아니면안될것은물론임니다. 그런고로 동화가 가저야할첫

---

7 주요한은 아동문학자로서의 최남선의 위상을 다음과 같이 기술하였다. "皇城新聞, 獨立新聞, 大韓每日新聞, 基督申報 등의 초기의 신문지가 대부분의 정력을 정치에 주입하면서도 널븐 의미로의 문학의 발전을 촉진하얏슴을 뜻하거니와 문장과 문예를 주로한 활동은 六堂 崔南善씨의 『少年』 잡지를 어더 비로소 시작된 줄 안다. 『青春』 『샛별』 『붉은 저고리』 『아이들보이』로 『東明』에 니르기까지 六堂은 文에 잇서서 그 莊重苦澁한 논문체와 明快軟柔한 동화체의 창시자로 또는 보육자로 그 지위를 독점한다할 것이다."(주요한, 「新文藝運動의 先驅者, 榮光의 朝鮮先驅者들!!」, 『삼천리』, 1929.9, 16~17쪽).

재요건은 一兒童들이 잘알수잇는 것이라야한다 는것임니다 (중략) 二兒童에게愉悅을 주어야한다는것임니다 兒童의 마음에깃붐과 유쾌한흥을 주는것이 童話의生命이라고해도 조흘것임니다 教育的價値문데는 셋재넷재문데고 처재깃붐을 주어야하는것임니다[8]

인용문에 나타난 것처럼 '동화'가 아동을 독자적인 수신자로 삼는다는 주장은, 곧 방정환이 '동화'를 아동이 읽고 이해할 수 있는 형식과 내용을 지니며 아동의 정서에 토대한 것으로 인식했음을 보여준다. 즉, 최남선이 설화의 하위 갈래로서의 동화 개념을 통해서 전통 문학과의 문화적 연속성을 강조했다면, 방정환은 전대의 문학과 구분되는 동화의 특성을 새롭게 제시한 셈이다. 하지만 방정환 역시 동화를 아동을 위한 "설화"라고 하면서 "옛날이약"부터 창작동화까지 포함하는 넓은 외연을 지닌 개념으로 정의했다. 즉, 방정환은 다양한 전통적 문학 장르와 서구의 근대적 아동문학 장르를 포괄하는 것으로 '동화'를 규정한 셈이다. 그는 예컨대 「해와달」, 「흥부놀부」, 「콩쥐팟쥐」, 「별주부(톡긔의간)」 등과 같은 동화(설화)와 오스카 와일드 등의 창작동화를 모두 동화의 개념 속에 포괄하고자 했다.[9]

김태준은 『조선소설사』에서 동화를 문학사적 흐름 속에 위치시키며, 그 발생사적으로는 동화가 소설의 모체로 기능함을 기술하였다. 특히 『조선소설사』 제5편 2장의 「동화·전설의 소설화」는 뚜렷하게 최남선의 「조선역사통속강화」의 내용을 요약적으로 기술하면서도, 동화를 소설의 '기원'이나 '원형'으로 인식한다는 점에서 주목된다.

8 小波生, 「童話作法: 童話짓는 이에게」, 『동아일보』, 1924.1.1.
9 小波, 「새로開拓되는 「童話」에하야: 特히少年以外의 一般큰이에게」, 『개벽』, 1923.1, 19~20쪽.

> 모든文化의交叉點이요 瀦水池인만큼 童話傳說도 豊富히 모혀들어 「뻘손」·「안델센」·「그림」과같은童話集은 없을망정 於于野談·芝峯類說·大東野乘·大東稗林과같은隨筆物과같은隨筆物과類書속에는 間間히그片影을보이고있거니와 그와같은 童話·傳說은 우리나라에들어와서 몇百年 몇千年동안에서로流轉하는사이에 우리네의文化와調和하고 우리네의 風俗·習慣·信仰·傳說等과折衝하야 舊來의原型을變하여버리고 점점歌劇·打鈴·講談·小說의類로變遷하여버렸다.[10]

김태준에게 동화는 전설과 함께 문자 이전의 "모든 문화의 교차점"이자 "저수지"를 이루는 문화적 원형으로서의 서사를 의미한다. 이는 최남선이 제시한 '범인류적 보편성'을 지닌 문학 양식으로서 동화를 설화의 한 범주로 이해하는 관점을 계승하고 있다. 그런데 최남선이 신화 → 설화 → 동화로 이어지는 발전적 도식으로 개별 양식의 성격을 해소하지 않고 다만 '넷이약이'라는 총칭 아래 다양한 문학 양식을 병치시킨 반면, 김태준은 동화를 이야기의 가장 보편적이면서 원시적인 '원형'으로서 근대의 다양한 서사 장르들이 이로부터 분기하는 것으로 설명한다. 그의 문학사적 인식은 결과적으로 동화를 전근대적인 양식으로 고정시킨다는 점에서 한계를 지니지만, 김태준의 문학사 서술을 통해 동화는 소설과 대비되어 문화의 발생론적인 기원으로서의 '원시성'이라는 중요한 함의를 지니게 되었다.

이처럼 "설화", "넷이약이", "구전동화" 등의 용어상의 편차는 있으나 대체로 구비문학의 자취와 계보는 창작동화와 함께 아동문학의 내포로서 중요하게 기술되었다. 아동문학은 전대 문학의 파괴와 부정 위에서 출발한 것이 아니며, 성인문학에 비해 훨씬 큰 비중으로 전통 문

10 김태준, 『증보 조선소설사』, 학예사, 1939, 124쪽.

학을 재발견하고 설화, 전설, 옛이야기, 구전동화 등의 다양한 명칭 속에서 재창작되고 향유되었기 때문이다. 이는 아동 서사에만 한정된 것이 아니었다. 유도순은 "우리의 녯동요" "노래의 아름다움"을 복원하고자 했으며[11], 한창동은 근대의 개성 있는 자아개념을 강조하는 동요론 속에 "조선의藝術이닛가 조선맛나는 鄕土的 童謠를 읇허주십시요"라고 당부하며 전통 문학의 함의를 포함하고자 했다.[12]

그러나 1940년대 이구조의 논의에 이르면 아동문학의 내포에서 구비문학의 위치는 "農村兒童의 興味"에 적합한 하위 갈래로 축소된다. 이구조는 "口碑로 傳承해 내려오는 民族童話에 對한 興味가 僻地로갈수록 오래 兒童感性에 殘溜해잇게 되는것이다. 이것을 何必爛熟한 都市風文化에로 誘導할 必要가 없을것이니 口傳童話의再錄과 그것을 取材한 創作도해서 農村兒童의 興味그대로도살려줌도 올흘것이다."[13]라고 주장한다. 이와 같이 도시와 농촌을 난숙한 것과 원시적인 것으로 이분하는 근대적인 관점에 의해서 아동문학 역시 위계적 질서를 지닌 것으로 해석된다. 동화와 소설은 도시 발전에 조응하는 충분히 발달하고 성숙한 문학으로, 구비 전승되는 동요는 벽지의 농촌의 아동의 소양에 적합한 것으로 폄하된다.

해방 이후 대한민국 건국과 함께 아동문학의 개념과 범주는 중요한 논쟁점으로 대두한다. 당대 주요 아동문학 논자들이 참여한 『兒童文學의 指導와 鑑賞』[14]에 나란히 수록된 윤석중과 최태호의 글은 아동문학에 대한 상이한 관점을 보여준다. 윤석중의 경우 아동문학을 '신문학' 이후에 성립된 근대적인 것으로 한정한다. 그는 아동문학에 대해

11 유도순, 「朝鮮의 童謠자랑」, 『어린이』, 1929.3.
12 한창동, 「童謠잘 짓는 方法」, 『어린이』 부록 「어린이 세상」, 1929.8.
13 李龜, 「童話의 基礎工事: 어린이文學論議」(1), 『동아일보』, 1940.5.26.
14 윤석중 외, 『兒童文學의 指導와 鑑賞』, 대한교육연합회, 1962.

"〈육당〉〈춘원〉의 입김을 쏘이고, 〈소파〉에게로 옮아온 우리아동문학"으로 서술하며 아동문학의 대략적인 역사를 기술한다. 그에게 아동문학 형성기에 두드러지는 전통적인 이야기의 계승 양상은 비판의 대상이었다. "초창기의 우리나라 아동문학은 신화(神話) · 전설(傳說) · 고담(古談) · 동화(童話) · 우화(寓話) 따위 전래 설화나 미담 · 전기들을 적당히 요리한 재탕 이야기가 태반이었으며, 동요 역시 기름기 없는 창가 따위가 판을 쳤던 것이다."[15] 이와 같이 아동문학을 '신문학' 이후에 형성된 것으로 한정하는 전제 속에서 문학적 전통의 공유와 문학사적 연속성에 대한 인식은 폐기된다.

반면에 최태호는 동화가 논의되어 온 역사적 개념과 내포를 확장하면서 다음과 같이 동화의 범주를 규정한다.

> "동화"는 이제 옛날과 같이 "옛날 이야기"라는 좁은 테두리가 아니고, 넓게 "우스운 이야기" "우화" "옛 이야기" "신화" "전설" "역사 이야기" "자연계의 이야기" "실화"를 포함하여 생각하고 있는 것이다. 그러나, 근대의 창작동화가 발생한 후에는 자칫하면 창작동화만을 동화라고 좁혀 생각하는 경향도 있다. 여기서 말하는 동화는 이상의 모든 영역을 잡은 것이다.[16]

그는 실화에서 허구에 이르기까지, 전통 서사의 재화(再話)에서 창작동화에 이르기까지 동화의 개념과 그 범주를 매우 넓게 확장하고 있다. 개념의 정합성을 따지기 이전에 그는 역사적으로 향유되어오던 실체로서의 다양한 하위 장르명을 총칭하는 것으로 동화의 존재를 인정하면서 논의의 출발점을 삼고 있다. 특히, 그는 우리가 현재 자명하게 여기고 있는 동화의 범주 속에서 제외된 하위 갈래들 역시 풍부하게

---

15 윤석중, 「韓國兒童文學小史」, 위의 책, 10쪽.
16 최태호, 「兒童文學과 敎育」, 윤석중 외, 위의 책, 17쪽.

제시한다.

그러나 대체로 아동문학을 '신문학' 이후에 성립된 근대적인 것으로 보는 관점이 주류적인 것으로 자리매김했다. 윤석중이 소략하게 제시한 '신문학' 이후의 아동문학의 개념을 정교하게 논리화한 대표적인 인물 중 하나는 이원수다. 이원수는 아동 서사의 개념과 갈래에 대한 이론적인 정교함을 위해 크게 두 가지 방법을 취한다. 하나는 소설과의 대비를 통해 동화의 개념과 성격을 규정해나가는 '배제적 정의'의 방식이다.

> 문학으로는 '동화'라는 한 장르를 이루고 있지만 크게 분류하면 현대 동화는 소설에 속한다.
>
> 그러나 소설과 다른 점으로 동화는 추상적이요 공상적인 요소를 가지며 서술에 있어서도 줄거리에 치중하면서 산문시적인 표현을 하며 디테일(detail)의 묘사는 거의 없다.
>
> 소설이 치밀한 묘사와 정확하고 과학적인 계산 아래 씌어지는 데 비해서, 동화는 함축성 있는 단순한 묘사로써 그 내용에서도 공상적 · 초자연적인 세계를 그릴 수 있는 것이 하나의 특징이라 할 것이다.[17]

인용문에서 동화는 소설의 산문적 성격과 대조되면서 이로부터 일탈되고 배제된 요소들로 구성된 것으로 규정된다. 동화의 추상성, 공상성, 초자연성, 시적인 미(美)는 소설의 과학성, 현실성, 구상성, 산문적인 미와 대조된다. 이처럼 동화와 소설의 장르적 성격은 대립적인 개념쌍들에 의해 배타적인 성격을 지닌 것으로 '구성'되었다. 이러한

---

17 이원수, 『아동문학입문』, 소년한길, 2001, 30쪽. 이원수의 책은 1965년 발행되었으며, 이 책에서는 2001년 소년한길에서 출간된 것을 참조했다.

배제적 정의에 의해서 동화는 소설로부터 분리된 명쾌한 장르로서 그 범주를 설정할 수 있었다. 또 아동문학 서사로 총칭되던 '동화' 개념을 버리고, 아동문학의 하위 갈래로서 동화와 소년소설을 분리해서 기술할 수 있게 되었다. 그 과정에서 동화는 일상적 리얼리티의 원리와는 다른 추상적, 공상적, 초월적, 시적인 특질을 지닌 것으로 규정되었다. 이처럼 동화를 정의하면서 핵심적으로 동화가 '공상성'에 기반을 둔다는 전제가 서구나 일본과 달리 한국 아동문학의 전개에서 1960년대라는 상당히 늦은 시기에 주류적 논리로 형성되었다는 점은 특기할 만하다. 또 오늘날 자명한 것으로 간주되는 동화의 '공상성'이라는 특징이 소설의 '사실성'이라는 성격과의 대비 속에서 '만들어진 것'이라는 점 역시 한국 아동문학의 특징으로 볼 수 있다. 바꾸어 말하면, 한국 아동문학의 경우 계보학적으로는 사실성, 혹은 현실성 등의 특질을 상당 부분 계승하고 있는 셈이기 때문이다.

한편, 이원수가 아동문학의 '근대성'을 정교화하기 위해 취하는 또 다른 전략은 구비문학을 계승하는 동요나 동화를 각각 동시와 소년소설의 '기원'으로 상상하는 것이다.

> 동화는 산문이면서 시적이요 공상적인 이야기로서, 발생사적으로는 소설의 모체라 할 수 있다. 이 역시 구전되어 오는 전래동화를 계승하여 그림(Grimm) 형제의 전래동화 수집 정리와 안데르센(Andersen)의 전래동화 재화 및 창작동화에 이르러 오늘날의 현대 동화는 비로소 문학으로서의 위치를 확보하게 되었다.[18]

> 동요는 산문시로서의 동시를 낳았고, 동화는 그 시적인 것에서, 보다 본격

---

18 위의 책, 30쪽.

> 적인 산문 문학으로서 소년 소설을 낳았다. 그리고 이 동시와 소년 소설은 아동문학의 가장 중요한 소임과 큰 분량을 가지지 않을 수 없는 자리에 놓여지고 있는 것이다.[19]

동화는 산문이면서도 소설과 비교될 때는 "산문이면서 시적"이며, "발생사적으로는 소설의 모체"라는 인식을 통해 소년소설의 '기원'으로 설정된다. 그러나 앞서 살펴본 것처럼 최남선이 동화를 설화의 하위 범주로 생각하고, 이를 바탕으로 김태준이 동화를 근대적인 서사의 '기원'으로 상정하는 것과는 다소 다른 인식이 나타난다. 이원수는 명백히 동시기에 출현한 근대문학의 하위 범주인 동요와 동시 또는 동화와 소년소설의 관계를 시간적 흐름에 따른 단선적인 선조적 발전관계로 기술한다. 그는 동요와 동화를 원시적이고 초보적인 장르로 기술하며, 소년소설을 발전적이고 본격적인 문학으로 설명한다. 이처럼 그는 동요와 동화 장르를 타자화하면서 소위 '본격적인 문학'인 동시와 소년소설로 발전해 나가는 것으로 아동문학을 정의한다. 이러한 도식은 아동문학을 '신문학' 이후의 개념으로 한정하면서 이 시기 형성된 근대적 아동문학을 본질적인 것으로 상정할 때에만 이해될 수 있다. 즉 동화를 구비문학적인 전통과 문학사적 연속성을 지닌 장르의 구현태로 인식하는 것이 아니라, 서구적인 의미의 시와 소설을 보다 '본질적'이고 '본격적'인 문학으로 전제하며 동화를 이에 미달된 장르로 인식하는 것이다. 이처럼 이원수는 한국 아동문학이란 '신문학' 이후에 형성되었다는 전제에 대한 정교한 이론적 주석을 덧붙였으나, 서구의 근대적 아동문학 개념을 보편적이고 절대적인 것으로 간주했다는 점에서 그 한계 역시 분명하다.

---

19 위의 책, 100쪽.

이상과 같이 동화를 중심으로 아동문학 서사의 개념과 내포에 대한 역사적 전개를 되돌아보면서, 이 책은 다음과 같은 문제의식 속에서 본격적인 논의를 시작하고자 한다.

첫째, 서구적인 근대문학 개념으로는 해명되지 않는 한국 아동문학의 특수성을 해명하려는 연구가 필요하다. 앞서 살핀 바와 같이 서구적인 근대문학의 하위 범주로서 한국 아동문학의 성격을 한정하려는 경향은 일제 말기에서 1960년대 이후라는 비교적 늦은 시기에 제기되고 정교화되었다. 이는 이광수가 문학이란 "西洋의 Literatur 或은 literature라는 語를 文學이라는 語로 飜譯하였다"[20]라고 선언한 것이 1916년이었던 것을 상기해보면 상당히 늦은 셈이다. 그러나 1960년대 이원수 등에 의해 정교하게 논리화되어 지금까지 주류적으로 통용되고 있는 아동문학 개념과는 달리, 위에서 검토한 것처럼 아동문학 서사의 개념 규정에 대한 개화기 최남선, 일제 시대 방정환과 김태준, 해방 이후 최태호 등의 논의는 대체로 전래의 구비문학의 계보와 흔적을 아동문학의 내포 안에 어떻게 위치시킬 것인가 하는 문제의식 아래 비교적 넓은 외연을 지닌 동화 개념을 산출했다. 물론 이는 성인문학보다 상대적으로 전통문학과의 연속성이 강한 아동문학의 고유한 특성 때문이기도 하다. 그러나 1960년대 이후, 동화를 소설과 다른 독특한 성격을 지닌 것으로 명확히 분절하는 과정에서 한국 아동문학의 전개를 서구적인 아동문학에 도달하기 위한 단선적인 진화의 과정으로 치환하는 경향이 나타나고, 이러한 통념이 현재까지도 지배적인 인식으로 작동하고 있는 것은 분명한 사실이다. 이러한 관점에서 한국 전통 서사의 근대적인 아동문학 서사로의 변용 양상들은 부차적이고 지엽적인 현상으로 여겨진다. 하지만 실제 텍스트를 실증적으로 살펴

20 이광수, 「文學이란 何오」(1), 『매일신보』, 1916.11.10.

볼 경우 근대 형성기는 물론 일제 말기까지도 전(傳), 기(記), 록(錄), 담(談) 등의 전통 서사 장르를 차용한 서사 텍스트는 매우 활발히 창작·유통되었으며, 이는 현재까지도 아동문학에서 위인 전기, 전래동화 등의 하위 장르로 지속되고 있다. 이와 같이 아동문학에서 전통 문학의 현재화는 아동문학 형성기의 단편적 '기원'이나 '과도기'의 부수적인 양상이 아니라 주류적이고 지속적인 문학사적 전개 양상으로 나타났다. 이러한 사실은 한국의 근대 아동 서사가 단순히 서구 아동문학의 장르적 성격으로 환원되지 않음을 단적으로 보여준다. 따라서 온전한 의미에서 한국 아동문학 서사의 특성을 규명하기 위해서는 전통 고전 서사와 서구 근대 아동 서사가 상호 충돌-교섭-혼종하며 만들어 내는 특성을 귀납적인 방식으로 추출할 필요가 있다.

둘째, 아동문학을 성인문학의 타자나 소여가 아니라 고유한 '미적 대상(aesthetic object)'으로 설정하고 그 특성을 규명할 필요가 있다. 예컨대 소설과의 '관계' 속에서 동화를 '기원'으로 소급하거나 사실성/환상성, 핍집성/추상성, 산문적/시적 등의 개념적 대립물로 치환하면서 배타적인 방식으로 그 특성을 규정하는 경향을 극복하고 아동문학만의 고유한 미학적 성격을 도출하려는 연구가 필요하다. 일반적으로 동화는 성인문학에 속하는 소설에 비해 환상적이고 추상적이며 시적인 것으로 인식된다. 그러나 식민지 시기 동화에서 두드러지는 '사실동화', '생활동화'라는 표제 장르명이 보여주듯, 한국 근대 아동 서사는 일상의 리얼리티에 기반을 두면서도 상징적 함축성을 동시에 보여주는 특성을 지닌 것이기도 하다. 따라서 일반적인 통념에 따른 동화와 소설의 대립적 인식을 벗어날 필요가 있다. 특히, 동화의 개념과 범주가 '초역사적인 것'이 아니라 역사적으로 '구성'된 것이라는 점을 고려할 때, 동화의 개념과 성격을 소설과의 대타항 속에서 단순하게 해명하려는 시각으로부터 벗어날 필요가 있다. 그리고 이 과정에서 아동문학 안에서 분명하게 실재했으나 기존 연구에서 배제된 전래동화, 생활동화, 위인 전기 등의 구체적인 텍스트들을 포함해서, 아동문학 내의 다양한 하위 장르 간의 개별적 차이를 포용하려는 것으로 장르 규명과 관련된 연구가 진전될 필요가 있다.

이 책은 이와 같은 문제제기로부터 시작하여 협소하게 고착된 서구적인 근대문학의 성격을 아동문학 속에서 확인하며 일반화하는 지배적인 연구 경향을 극복하고자 한다. 한국 근대 아동문학 텍스트들을 실증적으로 복원하며 이를 토대로 하여 전통과 근대, 동양과 서양, 허구와 실재를 횡단하면서 만들어지는 이질적인 총체로서 한국 아동문학의 성격과 제도가 형성되고 전개되는 양상을 기술하고자 한다. 필자는 단선적 방식의 '근대적인 아동문학의 성립'이라는 거대 서사에서 벗어나 오히려 복합적이고 경쟁적이며 모순적인 서사의 공존을 조망하고자 한다. 한국 근대 아동 서사 텍스트들을 구성하는 다양한 원천들은 아동문학의 성격이 역사적, 사회적, 문화적으로 매우 복합적인 방식을 통해 형성되었다는 사실을 뚜렷하게 보여준다. 이에 대한 분석을 통해 한국 아동문학 장르가 역사적 구성물로서 다양한 체계들과 관계하면서도 어떤 특이성을 지니는지를 규명할 때, 한국 아동문학 연구가 보다 풍부해질 수 있을 것으로 기대된다.

2. 아동문학 연구에서 서구중심주의 극복의 필요성

한국 아동문학에 대한 연구는 질적, 양적인 측면 모두에서 성인문학에 비해 짧은 기간에 축적된 것이 사실이다. 1960년대 아동문학의 역사적 전개 과정이 소론[21]으로 기술된 이후, 아동문학에 대한 연구가 비로소 본격적인 학문 체계를 갖추고 문학사 기술의 형태로 나타나기 시작했다. 특히 이재철의 문학사[22]와 이론서[23]는 아동문학 작가와 매체에 대한 실증적인 연구를 토대로 그 특성이 체계적으로 기술된 학술적 성과로 평가된다. 이 시기에 축적된 연구는 이후 아동문학을 바라보는 기본적인 관점과 논리적 틀을 제공한다. 나아가 2000년대 이후 비교적 최근 들어 아동문학에 대한 연구가 많이 진행되고 있으나, 아직까지도 이재철의 연구를 넘어서는 방법론적 통찰이 활발하게 제기되고 있지 못한 현실은 보다 진전된 연구의 필요성을 환기시킨다.

일차적으로 이러한 연구의 미비는 아동문학 연구가 일반 문학 연구에 비해 훨씬 짧은 역사를 지니고 있으며, 교육학적 관점을 제외하면 체계적인 학문과 이론을 바탕으로 아동문학에 접근할 수 있는 제도적 토대가 상당히 협소한 편이기 때문인 것으로 이해할 수 있다. 기존의 아동문학 연구에서 가장 주류적인 관점은 교육학적 관점이다. 1960년대에 초등 교원 양성 기관인 교육대학이 설립되면서 아동문학의 교육적 목적이 강조되었으며, 이러한 교육학적 관점에 토대를 둔 연구를 통해서 아동 정서의 계발과 함양을 위한 다양한 연구 성과가 도출되었고 또한 아동문학의 사회적 기능이 강조되었다. 반면에 교육학적 관점을 제외한 보다 다양한 층위의 접근은 상당히 제한적인 것이 사실이다.

반면 2000년대 이후 전개된 아동문학 연구의 주류적인 경향은 당대

---

21 윤석중 외, 「한국아동문학소사」, 『아동문학의 지도와 감상』, 대한교육연합회, 1962; 조지훈, 「동화의 위치: 문학 형태 발달과정에서 본 동화와 소설」, 『아동문학』, 1962.11; 어효선, 「아동문학사연표」, 『아동문학』, 1965.7; 이원수, 「아동문학의 결산」, 『월간문학』, 1968.11.

22 이재철은 다음의 연구 성과를 통해서 학술적으로 체계화된 최초의 아동문학사를 제공하였다. 「한국아동문학사」, 『아동문학개론』, 문운당, 1967; 「한국현대 아동문학사 연구」, 단국대학교 박사학위논문, 1977; 『한국현대아동문학사』, 일지사, 1978 등.

23 이재철은 다음의 연구 성과를 통해서 아동문학의 학문적 이해를 위한 근간을 제공하였다. 『아동문학개론』, 서문당, 1983; 『아동문학의 이해』, 형설출판사, 1983; 『한국아동문학 작가론』, 개문사, 1983; 『아동문학의 이론』, 형설출판사, 1984 등.

근대적 계몽 기획과 아동의 발견에 관한 담론 연구[24], 근대 아동문학의 기원과 형성에 대한 연구[25], 기념비적인 작가 연구 등으로 분화되어 나타난다. 이들 연구는 세부적인 차이에도 불구하고 성인과 분리된 근대적 아동의 발견, 성인문학으로부터 분류된 범주로서 '근대적 아동문학의 성립'이라는 가설을 논증하는 것에 초점을 맞추고 있다는 점에서 공통적이다. 구체적으로 근대적 계몽의 기획, 특히 국민국가의 주체 생성의 맥락에서 아동이 새로운 주체로 발견되는 과정에 대한 연구, 최초의 근대적인 아동문학 작품의 기원을 확정하고자 하는 연구, 선조적인 문학사를 구성하고자 하는 기념비적인 작가 연구 등의 주된 경향은, 공통적으로 '근대적'인 아동과 이에 기반을 둔 아동문학의 출현을 검토하고 있다. 이러한 연구 경향에 의해서 성인문학 체계와 분절된 독립적인 학문 분야로서 아동문학 체계가 자리매김할 수 있었다. 반면 이 과정에서 아동문학 연구는 주로 '아동'이나 이를 배태한 당대 '사회'의 '담론'에 초점을 맞춘 나머지, 결과적으로 '문학'을 단순한 역사적 자료로 환원한 경향 역시 존재한다. 아동문학을 독자적인 연구

---

24 대표적인 연구로 다음을 들 수 있다. 이기훈, 「1920년대 '어린이'의 형성과 동화」, 『역사문제연구』, 2002; 조은숙, 「근대계몽담론과 "소년"의 표상」, 『어문논집』, 2002; 한기형, 「최남선의 잡지 발간과 초기 근대문학의 재편-〈소년〉, 〈청춘〉의 문학사적 역할과 위상」, 『대동문화연구』, 2004; 소영현, 「청년과 근대—〈소년〉을 중심으로」, 『한국근대문학연구』, 2005; 최기숙, 「〈신대한소년〉과 〈아이들보이〉의 문화생태학」, 『상허학보』, 2006; 최재목, 「최남선 〈소년〉지의 '신대한의 소년' 기획에 대하여」, 『일본문화연구』, 2006; 조윤정, 「잡지 〈소년〉과 국민문화의 형성」, 『한국현대문학연구』, 2007; 윤영실, 「국민국가의 주동력, "청년"과 "소년"의 거리—최남선의 〈소년〉지를 중심으로」, 『민족문화연구』, 2008. 등.

25 대표적인 연구로 다음을 들 수 있다. 신현득, 「한국 근대 아동문학 형성과정 연구」, 『국문학논총』, 2000; 원종찬, 「한일 아동문학의 기원과 성격비교」, 『한국학연구』, 2000; 김화선, 「한국 근대 아동문학 형성과정 연구」, 충남대학교 박사학위논문, 2002; 박혜숙, 「서양 동화의 유입과 1920년대 한국동화의 성립」, 『어문연구』, 2005; 조은숙, 「한국 아동문학의 형성과정 연구」, 고려대학교 박사학위논문, 2005; 김용희, 「한국 창작동화의 형성과정과 구성원리 연구」, 경희대학교 박사학위논문, 2008; 원종찬, 「한국 아동문학의 형성과정—〈소년〉(1908)에서 〈어린이〉(1923)까지」, 『동북아문화연구』, 2008; 정혜원, 「1910년대 아동문학 연구: 아동 매체를 중심으로」, 성신여자대학교 박사학위논문, 2008. 등.

의 대상으로 설정하기보다는, 교육학적 관점에서 '아동'을 계몽하기 위한 도구의 일환으로 간주하거나, 혹은 담론 연구의 측면에서 근대 '아동'이 지니는 표상의 변화를 읽어내기 위한 '소재'로 간주하는 경향이 이러한 한계의 가장 근본적인 원인으로 판단된다.

문학 연구에서는 과학적, 사회적 언어로 환원되지 않는 텍스트의 미적 자질에 대한 분석과 평가가 매우 중요하다. 사실 성인문학에서는 이미 1950~1960년대부터 신비평으로 대표되는 문학 텍스트의 미학적 측면에 대한 독자적인 연구방법론이 수용되었으며, 이후 언어와 형식에 대한 연구뿐만 아니라 문학 외적 요소들을 배제하려 했던 신비평적 경향에 대한 반성적 연구까지 상당히 축적되었다는 점에서, 텍스트의 미적 특성에 주목하는 것은 새로운 이론적 접근법이 아니다. 하지만 아동문학 분야에서는 이와 같은 미학적 특성에 대한 연구가 거의 이루어지지 못한 것이 사실이다. 앞서 검토한 바와 같이 선행 연구에서 그간 교육학적, 혹은 사회학적 방법론은 활발히 수용되었으나 '예술'로서의 아동 '문학'의 고유성에 주목하는 미학적 방법론은 거의 논의되지 못했다. 이는 근본적으로는 아동문학을 고유한 미적 체계와 규범을 지닌 '문학'의 한 분야로 설정하지 않는 연구 풍토에 기인한다. 아동문학을 주류적인 성인문학에 비해서 '미성숙하고 불완전한 문학'으로 전제하는 위계적 평가는 독자적인 아동 '문학' 연구를 배제하고 억압하는 기제로 작동해왔다. 이는 곧 한국 아동문학에 대한 다양한 관점에서의 '문학' 연구를 지체시키는 결과를 낳고 있다.

아동문학은 성인문학과 많은 요소들을 공유하면서도 성인문학과 구별되는 미적 규범을 마련하고 양식적 가치를 구성하면서 고유한 문학적 영토를 개척해 왔다. 아동문학의 발생과 장르론에 대한 초기 논의는 주로 이론적 틀을 가지고 하위 갈래들을 어떻게 분절해낼 것인가에 집중되었다. 특히 1960~1970년대에 이원수의 「아동문학」[26]과 『아동문학입문』(1965), 최인학의 「동화의 특질과 발달과정 연구」[27], 이재철의 「한국현대아동문학사연구」[28] 등에 의해 아동문학에 대한 이론적인 장르 논의가 정교화 되었다.

구체적으로 논의 내용을 살펴보면 아동문학의 발생과 파생에 대해서 이원수와 최인학은 서로 다른 기원을 제시한다. 먼저 이원수는 아동문학의 발생 역사를 성인문학과의 '관계' 속에서 이전과 이후로 나누고, 다시 후자를 '신문학 발생 이후의 것'으로 제시한다.

> 여기서 우리가 생각하려는 아동문학의 발생 역사는 일반 문학보다 이후의 것으로서, 의식적으로 아동을 위한 문학으로서 발생·발달한 것에 국한하여 논의하려 한다.
>
> 일반 문학이 존재하게 된 이후에 아동문학이 생겼다고 보는 견해는, 문학 발생 초기의 소박한 가요 중에는 이미 동요가 있었다는 예를 들어 반박을 받을지도 모른다. 그러나 의식적인 아동문학을 그러한 원시적 동요나 동화에서 보지 않고 근대에 와서 찾으려는 의도는 '아동문학이 아동의 인격을 존중하며 아동의 자유와 성장을 올바르게 갖게 하고 옹호하려는 민주적이요 아동애호적인 사상에서 이룩된 문학이다.'라고 보고 그러한 정신에서 생겨난 문학을 대상으로 하여 말하려 하기 때문이다.[29]

이원수는 신문학의 성립 이후에 근대 아동문학이 발생했다고 하면서 전근대에 대한 '단절'을 강조한다. 그런데 이러한 주장은 학술적인 것이라기보다는 아동의 평등 사상을 강조함으로써 당대 담론에 개입

---

26 이원수, 「아동문학」, 『경성대학신문』, 1961.1.10.
27 최인학, 「동화의 특질과 발달과정 연구」, 경희대학교 박사학위논문, 1967.
28 이재철(1978), 앞의 책.
29 이원수(1961), 앞의 글, 139쪽.

하고자 하는 다소 주관적인 동기가 강하다. 또 그가 제시하는 신문학 시기 아동문학의 사상적 토대가 되는 천도교의 아동 평등 사상이 사실 그 이전 시기 형성된 동학 사상을 계승한 것이라는 점도 신문학 기점설이라는 그의 논거를 약하게 한다.

> 동화는 먼 옛날부터 있었다. 그것은 주로 권선징악의 도덕적 역할을 하였다. 오늘날 우리가 생각하는 문학적 가치는 거의 없었다 하겠으나 옛날의 동화는 오늘날의 현대 동화의 조상이 되는 동시에 현대 소설의 기원도 되었다.[30]

이원수가 "동화는 먼 옛날부터 있었다"고 할 때 "동화"는 신화, 전설, 민담의 포괄하는 구비문학의 하위 갈래로서의 '설화'를 의미한다. 그런데 그는 설화로서의 구비문학적 전통은 현대의 '기원'인 '과거'일 뿐, "문학적 가치는 거의 없었다"라고 단언한다. 이러한 이원수의 아동문학에 대한 개념과 접근 방식의 바탕에 놓여 있는 전제는 서구의 근대적 서사만이 문학이라는 인식이다.

반면에 최인학의 「동화의 특질과 발달과정 연구」는 동화의 개념을 광의와 협의로 구분한다. 동화가 신화, 전설, 민담 등의 설화에서 파생되었으므로, 동화의 정의를 고찰할 때에 근대적인 창작동화 외에도 구비적 성격의 전래동화까지 포괄하는 광의의 개념이 요구된다는 것이다.[31] 그는 전래의 구비문학에서 파생된 동화의 특질을 강조하며, 근대 아동문학의 문학사적 연속성을 강조하였다.

이원수와 최인학의 아동문학의 기원과 발생에 대한 논쟁은 이후 후대 연구자들에 의해 이원수의 단절론적 관점이 우세한 경향으로 이어

30 위의 글, 145쪽.
31 최인학, 앞의 글, 93쪽.

진다. 특히 이재철은 『한국현대아동문학사』에서 "傳來文學(傳承文學)은 제외하기로 하고 명백한 自覺과 목적 의식을 가지고 창작된 甲午更張 이후의 創作文學(현대문학)만을 그 영역으로 한정한 것이다."[32]라고 언급한 바 있다. 나아가 그는 이를 바탕으로 시/소설/희곡이라는 3분법 아래 아동문학의 하위 갈래를 제시하였다.[33] 그에 따르면, "근대적 아동문학은 이 땅의 新文學과 함께 탄생한 것으로, 그것은 어린이가 어른의 종속적 위치에서 독자적 위치를 굳힌, 더 크게는 신문학이란 배경 곧 근대사—다시 말하면 근대화의 과정 속에서 싹트고 형성된 근대정신의 소산"[34]이다. 이러한 이재철의 논리는 이후 후대 연구자들이 아동문학의 개념과 갈래를 산출하는 이론적 전제가 된다는 점에서 보다 깊이 있게 논의될 필요가 있다.

이재철의 주장, 즉 "갑오경장 이후의 창작문학"만을 근대 아동문학 연구의 대상으로 설정한다는 것은 후대 연구자들이 근대 아동문학의 발생과 장르를 논의하는 다음과 같은 구체적인 틀을 만들었다. 예컨대 최초의 창작동화는 무엇인가를 질문하는 것이다. 이에 대한 논의는 대체로 마해송의 작품에서 출발해서 이광수와 최남선의 작품으로 거슬러 올라갔다. 또는 근대 아동문학의 기점은 최남선의 『소년』이 창간된 1908년인가, 아니면 방정환의 『어린이』가 창간된 1923년인가를 질문하는 것이다. 다소 시기적 편차는 있지만 기실 두 가지 선택 모두 1894년 갑오경장 이후라는 이재철의 전제에 대해서는 암묵적으로 동의하고 있다. 그리고 이러한 전제는, 앞서 지적한 것처럼 고전 문학과 근대문학, 전통적 양식과 서구적 양식을 이분법적으로 사고하며, 후자를 절대적인 근대 아동문학의 상(象)으로 설정한다는 점에서 재고의

32 이재철, 앞의 책, 19쪽.
33 위의 책, 24쪽.
34 이재철, 『兒童文學槪論』, 서문당, 1983, 46쪽.

여지가 크다.

그렇다면 질문을 바꾸어야 한다. '갑오경장'을 기준으로 하는 기점설은 어떻게 제기되었는가? 아동문학을 '창작문학'만으로 한정하는 관점은 어디서 기원하는가? 안자산은 『조선문학사』[35]에서 '최근 문학'이 시작된 시기는 1894년 갑오경장 이후라고 제시했다. 그는 갑오경장 이후에 일어난 문체의 변화와 서구 문명의 유입 및 소개를 신문예의 중요한 특질로 생각했다. 이러한 관점은 임화에 의해서 더욱 명료화되었다. 임화는 「개설 신문학사」[36]에서 우리의 신문학을 "육당과 춘원 이후의 문학"으로 한정한다. 그는 갑오경장을 계기로 서구 문화의 유입이 시작되었고 신문학의 발생 역시 여기서 시작되었다는 사실을 강조한다. 아동문학 연구에서 임화의 이러한 주장은, 앞서 살펴본 바와 같이 해방 이후 윤석중, 이원수, 이재철에 의해 정교화되었다.

아동문학을 '창작문학'으로 좁게 한정하는 관점은 서구적인 서사 개념에 기초한 것이다. 빅터 메어(Victor Mair)는 동양의 소설 개념과 서구의 소설 개념의 차이를 다음과 같이 지적한다. "'소설(fitction)'의 중국 용어인 소설(小說)은 문자적으로 '자질구레한 말' 혹은 '보잘 것 없는 이야기'라는 뜻이다. 이것은 궁극적으로 라틴어 fingere('형성하다' 혹은 '만들다', '고안하다')의 과거 분사에서 파생된 영어 단어와는 근본적으로 다르다. 중국의 용어는 어원론적으로는 한담(閑談)이나 일화 같은 것을 의미하는 한편, 영어 단어는 지은이나 작가에 의해 만들어지고 창조된 무엇인가를 지칭한다."[37] 이와 같이 서사를 작가의 '창작품'으로 보는 관점은 서구에서 발생한 것으로, 동양에서의 전통적인 서사

35 안자산, 『조선문학사』, 한일서점, 1922.

36 임화, 「개설 신문학사」, 『조선일보』, 1939.9.2~11.25.

37 Victor H. Mair, "The Narrative Revolution in Chines Literature: Ontological Presuppositions", *Chinese Literature: Essays, Articles*, Reviews 5, 1983, pp. 21~22; Lu Hsiao-pong, 조미원 외 옮김, 『역사에서 허구로: 중국의 서사학』, 길, 2001, 80쪽에서 재인용.

개념과는 상당한 차이가 있다.

이러한 맥락에서, 일찍이 내재적 발전론을 제창한 김일근의 오래된 비판[38]은 아동문학 연구에 있어서 아직 유효하다. 그는 한국의 근대를 갑오경장에서 출발시키고, 중국의 근대를 아편전쟁 이후에 두며, 일본의 근대를 명치유신에 두는 것은 순전히 서구중심주의에 지나지 않는 것이라고 비판한다. 이런 기준들의 설정은 이른바 '서구문화의 이식을 곧 근대로 생각하는 잘못된 판단'의 결과라는 것이다. 그는 한국 근대문학사의 시기 구분은 한국적 근대성을 중심으로 이루어져야 한다는 점을 강조한다.

이러한 한국 근대 아동문학의 개념과 장르적 성격 구분에 내재된 서구중심주의에 대한 비판은 충분히 수용되어야 한다. 그러나 이 책이 일찍이 내재적 발전론에서 제기했던 바와 같이 민족주의적 관점에서 한국 근대문학의 기점을 영·정조시대 까지 끌어올려야 한다는 주장을 다시 제기하는 것[39]은 물론 아니다.

그러나 서구중심주의에서 벗어나 한국 아동문학의 형성과 장르의 분기에 대한 보다 '유연한 관점'이 요청되는 것은 사실이다. 서구의 근대적 관점에 의해 한국 아동문학 연구에서 그간 충분히 논의되지 못했던 다음과 같은 문제들이 본격적으로 다루어져야 한다. 작게는 분명 한국 아동문학의 전개에서 중요한 하위 장르였으나 충분히 자리매김하지 못한 전래동화, 위인 전기 등의 다양한 텍스트들의 복원, 전통 장르와 근대적인 동화의 연속성과 차이에 대한 실증적인 연구에서부터 크게는 무엇이 근대적인 것이며, 한국 아동문학 서사 장르를 규정할 수 있는 지표들은 무엇인가에 대한 질문으로 나아갈 필요가 있다.

38 김일근, 「민족문학사적 시대구분 시론」, 『자유문학』, 1957.7.
39 김윤식 · 김현, 『한국문학사』, 민음사, 1973.

이와 관련하여 2000년대 이후, 아동문학의 하위 갈래에 대한 논의와 표제 장르에 대한 논의로 연구 범주가 섬세하게 분화되었다는 점은 주목할 만하다. 원종찬[40], 김상욱[41], 여을환[42], 조은숙[43] 등의 연구가 대표적인 바, 이러한 연구 경향은 실체로서의 아동문학 위에서 본격적으로 그 개념과 장르를 검토할 수 있는 시발점을 형성한다는 점에서 의미가 있다.

이 책은 이와 같은 선행 연구의 성과와 한계 위에서 한국 근대 아동문학 서사는 어떻게 형성되고 전개되었으며, 그 장르 분화의 고유한 특징은 무엇인가를 살펴보고자 한다. 특히 기존의 이식문학론에 입각한 단절론적 관점을 극복하고 전통 서사 장르가 근대 아동문학과 결합되는 풍부한 양상들을 조망하고자 한다. 더불어 서구의 장르 개념을 절대적인 기준으로 설정하지 않고, 동양 고전 장르의 창조적 변용의 양상들 역시 실증적인 방식으로 복원하고자 한다.

3. 아동 독자, 아동문학의 의사소통, 다중체계로서의 장르

이 책은 1895년부터 1930년대 후반까지의 아동문학 텍스트를 주된 연구 대상으로 삼는다. 한국 아동문학은 19세기 말 아동을 독자로 삼는 작품이 출현하면서 형성되었다. 초기 형태는 대부분 아동을 대상으로 하는 근대적인 교과서, 독본들과 조선 고전 서사와 서구 정전을 아

40 원종찬, 「한국 동화 장르에 관한 연구」, 『민족문학사연구』, 2006; 「해방 이후 아동문학 서사 장르 용어에 대한 고찰」, 『아동청소년문학연구』, 2009.
41 김상욱, 「아동문학의 장르와 용어」, 『아동청소년문학연구』, 2009.
42 여을환, 「현단계 아동문학 장르론에 대한 비판적 고찰」, 『아동청소년문학연구』, 2010.
43 조은숙, 「일제강점기 아동문학 서사 장르의 용어와 개념 고찰」, 『아동청소년문학연구』, 2009.

동의 이해와 요구에 부합하도록 수용한 번역 및 번안물들이었다. 이후 1930년대에 이르면 아동문학 내에서 다양한 차이를 산출하는 하위 장르들이 분화되었다. 이와 같이 이 책이 연구 대상으로 삼는 시기인 1895년부터 1930년대 후반까지는 근대 아동문학을 구성하는 담론과 미학들이 텍스트의 형식과 장르 속에서 채택되고 구체화되는 매우 다양한 양상들이 나타난다.

조은숙의 지적처럼, "기존의 아동문학사 기술에서 1909년과 1923년은 아동문학의 형성과 확립을 가르는 중요한 결절(結節)의 지점으로 이해되어 왔는데 이는 각각 잡지 『소년』과 『어린이』의 발간 연도이기 때문이다. 기존의 아동문학사는 『소년』과 『어린이』를 중심으로 해서 아동문학의 기점뿐만 아니라, 아동문학의 본질과 가치, 장르와 양식에 대한 판단 등의 논의를 전개해왔다."[44] 그러나 『소년』과 『어린이』 등의 '주요 잡지'를 중심으로 이에 수록된 한정된 텍스트만을 분석할 경우, 거시적 층위에서의 논의의 타당성은 상당 부분 약화될 수밖에 없다.

따라서 이 책은 특정한 매체나 작가 중심으로 연구되어온 한계를 넘어서기 위해 연구 대상 시기와 자료의 범위를 확대하고자 한다. 이를 통해 한국 근대 아동문학의 형성과 장르의 분화를 뒷받침할 수 있는 문학 작품의 수집 · 정리와 이에 대한 체계적이고 실증적인 검토를 시도하고자 한다. 구체적으로 근대식 학제가 도입된 1895년부터 발간된 아동을 수신자로 한 교과서, 독본 등과 함께 아동문학으로 수용된 다양한 전통 서사 및 서구의 정전 역시 검토의 대상으로 삼고자 한다. 나아가 아동문학의 특성을 고려하여 문자 텍스트뿐만 아니라 표지, 삽화, 악보, 영상 이미지 등 비문자적인 텍스트 역시 분석의 대상에 포함시킴으로써, 다양한 매체들이 아동문학의 발전 속에서 수용되며 만들

44 조은숙, 『한국 아동문학의 형성』, 소명출판, 2009, 32쪽.

어지는 미학적 특성 역시 규명하고자 한다.

아동 독자

근대 아동문학에 속하는 자료의 범위를 확대할 때, 해당 자료의 고유한 특성을 고려한 섬세한 연구방법론이 요구된다. 사실 전통적인 구술 문화 안에서 고유한 옛이야기, 신화, 종교적 · 윤리적 이야기들은 오랫동안 존재했다. 조선 시대 역시 유교적인 전통 안에서 아동을 구별하고 그들을 가르치기 위한 텍스트들이 존재했다. 대표적으로 『소학(小學)』과 『근사록(近思錄)』 등을 통해 아동에게 우주와 인간 사회의 기본 질서에 대해 교육했으며, 이후 아동들에 대한 교육이 체계화되며 『동몽선습(童蒙先習)』, 『속몽구(續蒙求)』, 『신증유합(新增類合)』 등 글자와 기본 예절을 가르치기 위한 교재들이 편찬되었다. 조선 초기에는 아동 교육이 독립적인 위상을 지니기보다는, 사대부 가문의 소년들이 과거를 준비하거나 향촌의 신분 윤리를 지켜나가는 데 주된 목적이 있었다. 그러나 18세기 아동 교육의 독자성이 점차 확보되면서 평민들도 계(契) 조직 등을 통해 훈장을 고용하는 등 자제들에게 자체적인 서당 교육을 시행하게 되었다. 평민 중심의 교재가 본격적으로 선보였으며, 마을마다 서당이 건립되어 아동 교육을 담당하게 되었다. 이러한 아동 교육의 보편화 속에서 기존의 한문 텍스트를 한글로 번역한 다양한 교재들이 등장한다.

구체적으로 『소학』을 한글로 번역하여 1518년(중종 13년)에 간행된 『번역소학(飜譯小學)』, 보다 읽기 쉽도록 한글로 토를 달고 1744년(영조 20년)에 간행된 『어제소학언해(御製小學諺解)』 등이 있다. 이들은 [그림 1]에 나타난 "져근아희비홀글의쓴거시라"는 『어제소학언해』의 언급이 보여주듯, 아동을 수신자로 명시한 텍스트이다. 조선 시대 아동 교

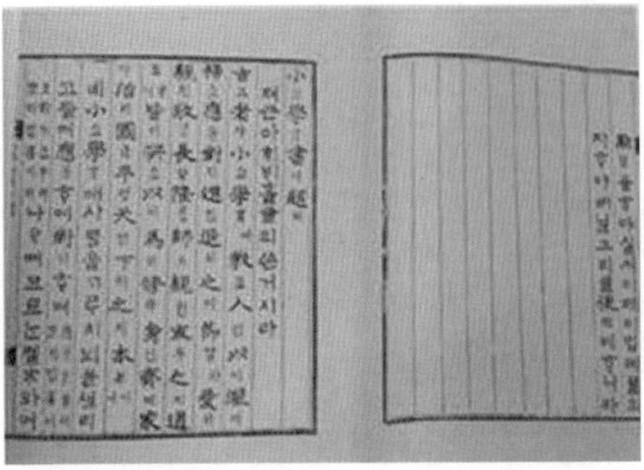

[그림 1] 『어제소학언해』(1744년)

[그림 2] 『의열도』(1703년)

육에서 중요한 위상을 차지했던 『소학』은 근대 학제의 도입 이후에도 아동을 위한 교과서와 독본의 체제와 내용 구성에 직접적인 영향을 미쳤다.

또 효제충신(孝悌忠信) 등의 유교적인 가치를 여성과 아동을 포함한 평민에게 교화하기 위한 그림책도 다수 존재했다. 구체적으로 『삼강행실도(三綱行實圖)』(1434년, 세종 16년), 『속삼강행실도(續三綱行實圖)』(1512년, 중종 7년), 『이륜행실도(二倫行實圖)』(1518년, 중종 13년), 『동국신속삼강행실도(東國新續三綱行實圖)』(1617년, 광해군 9년), 『오륜행실도(五倫行實圖)』(1795년, 정조 19년) 등과, 조구상(趙龜祥)이 주인을 따라 죽은 의로운 소의 행적을 그린 그림책 『의열도(義烈圖)』(1703년, 숙종 29년) 등이 있다.[45] 이러한 행실도류(行實圖類) 문헌은 유교적 가치의 내면화를 구현하기 위한 조선 시대의 핵심 교화서 역할을 담당해 왔다.[46]

[그림 3]은 『오륜행실도』의 체제를 잘 보여준다. 본문에는 제일 먼

45 오수창 외, 『규장각 자료로 보는 조선시대의 교육』, 서울대학교 규장각, 1996.
46 송철의 외, 『역주 오륜행실도』, 서울대학교출판부, 2006, 886쪽.

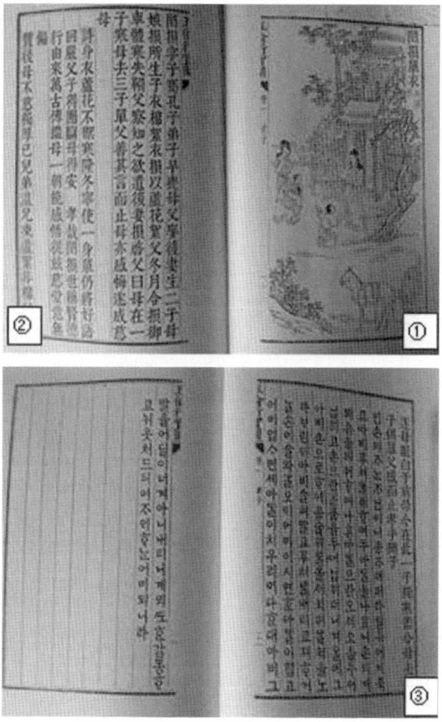

[그림 3] 『오륜행실도(1797년)

저 ①의 도판인 그림이 앞서고, ②의 한문 원문에는 시(詩)나 찬(贊)이 기술되어 있고 ③의 언해문이 뒤를 잇는다. 즉 구성면에서 도판(圖版)의 이미지 재현과 한문이나 언해문 등으로 기록된 짧은 단형 서사가 결합되어 있는 점에서 그림책의 전사(前史)로서 상당히 중요한 의미를 지닌다. 이처럼 아동 개념에 관한 분별이나 교육 그리고 아동이 함께 향유할 수 있는 시각적 재현 예술은 근대 이전에도 존재했다.

그러나 이 책은 특정 텍스트들을 근거로 근대 아동문학의 기원을 조선 시기로 소급적용할 것을 제안하지는 않는다. 아동문학은 전통 문학을 계승하면서도 명백히 근대적인 현상이라는 점에서 구별될 필요가 있기 때문이다. 전통 문학은 대부분 아동을 독자적인 대상 청중으로 한 문학은 아니라는 점에서 근대 아동문학과 차이가 있다. 물론 아동을 대상으로 한 저서가 일부 존재하기는 했으나 이 역시 아동의 흥미와 감성을 자극하는 것은 아니었다. 근대 이전 아동을 위한 텍스트들은 유교적인 윤리의 습득과 보급을 위한 교육적 목적의 비문학 텍스트가 중심이었다.[47]

하지만 다양한 유교 경전과 『소학』 등이 근대 학제와 결합하면서 아동을 위한 새로운 문학 형식으로 활발하게 수용되며, 그림이라는 표현 양식이 근대 인쇄 매체와 결합되면서 텍스트와 이미지의 상호작용을 바탕으로 한 그림책들이 확산될 수 있었다는 점은 아동문학의 관점에서 충분히 검토될 필요가 있다. 따라서 보다 중요한 것은 근대 아동문학의 형성 과정에서 다양한 원천들이 계승되는 것과 동시에, 이것이 근대적으로 재맥락화 됨으로써 이전 문학과는 변별되는 특징을 창출하는 양상을 함께 기술할 수 있는 방법론에 대한 모색일 것이다.

아동문학의 내포 독자

아동문학의 형성과 장르 논의를 다루는 이 책의 주된 관심사는, 근대적인 아동 주체의 탄생이나 아동 담론의 전개가 아니라, '아동을 수신자로 한 문학'이다. 아동문학은 대체로 성인이 아동을 위해 쓴 문학으로 규정된다. 그런데 아동을 명백히 분류된 범주의 수신자로 삼는 문학이라는 개념은 보다 심층적으로 탐구될 필요가 있다. 이 부분에서는 먼저 아동 독자와 텍스트의 구성 원리에 대해 풍부하게 해명함으로써 아동 '문학'의 형성과 장르 분화 과정을 기술하고자 한다.

독자는 크게 텍스트 내의 내포 독자(implied reader)와 텍스트 밖의 실제 독자(real reader)로 구분된다. 먼저 내포 독자는 볼프강 이저(Wolfgang Iser)에 의해 처음으로 '텍스트 속에 실제 저자가 생각한 청중'으로 정의되었다. 이때 내포 독자란 텍스트의 잠재적 의미의 선구조화

---

47 전통 문학과 분별될 수 있는 근대 아동문학의 특징에 대해 방정환은 『동화작법』이란 글에서 다음의 세 가지로 정리한 바 있다. 첫째, "童話그것은兒童을상대로하는 것"으로 "兒童들이 잘알수잇는 것이라야한다". 즉 아동을 수신자로한 문학으로 아동이 이해할 수 있는 서사 미학을 지닌 것이다. 둘째, 아동의 흥미에 기초해서 "兒童에게 愉悅을 주어야한다." 셋째, 교육적 의미를 가져야 한다. 방정환, 「童話作法: 童話짓는이에게」, 『동아일보』, 1925.1.1. 이 중에서 전통 문학은 첫째와 둘째 항목을 충족하지 못한다.

(prestructuring)와 독서를 통한 이 잠재적 생각의 실현이라는 두 가지에 의해 새겨진 가설적인 독자로 정의된다.[48] 텍스트에서 독자의 역할을 강조한 그의 논의를 아동문학에 적용시키면, 아동문학에서 내포 독자는 단순히 어린 연령의 아동을 수신자로 설정한 것만이 아니라, 텍스트 구성에 영향을 미치는 특정한 나이, 성(性), 지식 수준, 정치적 · 문화적 배경 등을 함축한 개념으로 볼 수 있다. 서술 대상과 내포 독자의 위치에 의해 아동의 경험, 흥미, 인지적 역량을 바탕으로 문학의 주제뿐만 아니라 스토리, 플롯, 시공간, 인물화 등 서사의 미학적 규범의 구성까지 영향을 받는다. 따라서 단순히 아동을 초점화하거나 아동을 화자로 내세운 성인문학과 '아동을 내포 독자로 설정한' 아동문학은 명확히 다른 것으로 분리된다. 이와 같이 아동문학의 내포 독자 개념에 주목할 경우 성인과 아동의 분리라는 도식을 넘어서 아동문학의 미적 규범까지 논의의 대상으로 삼을 수 있다.

아동문학의 의사소통 구조

기존의 아동문학에 대한 개념 규정은 성인 저자가 아동의 요구와 흥미에 적합하다고 믿는 텍스트를 채택함으로써 단독의 아동 독자에게 말할 수 있다는 것으로 요약된다. 이는 주로 서사 이론에서 [그림 4]와 같은 단일한 의사소통 구조에 기반을 둔 것이다. 웨인 부스(Wayne Booth)가 『소설의 수사학(The Rhetoric of Fiction)』(1961)에서 '작가-작품-청중'이 관여하는 의도된 전달행위의 추론의 과정으로 이해하기를 제

48 "the implied reader incorporates both the prestructuring of the potential meaning of the text, and the reader's actualization of this potential through the reading process.", Wolfgang Iser, *The Implied Reader: Patterns of Communication from Bunyan to Beckett*, Baltimore: Johns Hopkins University press, 1974, p.12..

안했고, 이를 발전시킨 채트먼(S. Chatman)은 모든 서사물에 공통되는 서사적 진술의 전달 과정을 [그림 4]와 같이 정식화했다. 채트먼은 모든 서사물이 내포 작가와 내포 독자를 포함하는 반면, 서술자와 수화자는 생략될 수도 있다고 말한다. 서사적 진술은 서술자에 의해 중개될 수도 있고, 생략될 경우 내포 작가와 내포 독자 사이에서만 이루어질 수도 있다.[49]

[그림 4] 채트먼의 서사 의사소통 구조[50]

그런데 서사의 의사소통 구조는 논자들의 강조점에 따라서 다양하게 변주될 수 있다. 실제 저자, 내포 저자, 서술자의 축을 강조할 것인가 수화자, 내포 독자, 실제 독자의 축을 강조할 것인가에 따라 의사소통 구조에 대한 해석의 쟁점이 만들어진다.

채트먼은 저자의 축을 강조한다. 그에 따르면 내포 작가는 서사 텍스트 전체의 의미론적 미적 구조의 근원이다. 서술자가 발화자(utterer)라면, 내포 작가는 서술자를 선임하고 그의 발화를 창안하는 '창작자'인 것이다. 결국 채트먼의 내포 작가 개념은 서사물을 전기적 관점의 실제 작가와 분리시키면서도, 서사 텍스트가 단지 독자와의 관계 속에서 구성되는 것이 아니라 그에 앞선 어떤 '행위자'에 의해 '기획'된

49 박진, 『서사학과 텍스트 이론: 토도로프에서 데리다까지』, 소명출판, 2014, 63~64쪽.

50 Seymour Chatman, *Story and Discourse: Narrative Structure in Fiction and Film*, Ithaca, NY: Cornell University Press, 1978, p.151.

산물임을 강조하기 위해 필요한 개념이라고 할 수 있다.[51]

반대로 주네트(G. Genette)는 독자의 축을 보다 강조한다. 그에 따르면 '수화자', '내포 독자'라는 용어는 내포 저자를 특징지어주는 의식적 설득의 영역보다 앞서 존재하면서 그것을 뒷받침해주는 문화적 맥락을 명시해주는 방법이다. 그는 "서술적 의사소통의 벡터적인 것(vectorality)을 정의하였다. 서술의 저자는 그 순간에 부재한 독자를 수신자로 한다. 저자가 수신자로 삼지만, 결코 존재할 수 없는 내포 독자는 실제 작가의 머리 속에서 가능한 독자라는 관념이다."[52] 이러한 진술은 의사소통 구조의 대칭성을 파괴하는 경향이 있는데, 의사소통 구조의 서술자보다 대칭점에 있는 청중(audience)을 강조한다. 헤리 쇼(Harry E. Shaw)는 주네트의 내포 독자라는 용어에 대해 내포 저자를 특징짓는 의식적 동기의 영역보다 앞서 존재하는 문화 속에 깊이 묻혀있는 것을 구체화해주는 방법으로 평가한다. '어떤 언어적 수준을 서술에서 가정하는 것으로 보이는가? 어떤 문화적 지식이나 공유된 가치를 상정하는가?' 등 내포 독자에 관해 말하는 것은 문화적 요소를 포함한다는 것이다.[53]

채트먼이 제시한 의사소통 구조를 아동문학에 적용시킨다면 [그림 5]와 같은 도식이 만들어진다. 이재철은 "아동문학이란 어른이 어린이에게 읽히는 것을 강하게 의식하고 창조한 모든 문학을 말한다."[54]라고 정의한 바 있다. 이처럼 일반적으로 아동문학을 성인 저자가 아동의 요구와 흥미에 적합하다고 믿는 텍스트를 채택함으로써 단독의

51 박진, 앞의 책, 65~66쪽.

52 G. Genette, *Narrative Discourse Revisited*, trans. Jane E. Lewin. Ithaca, New York: Cornell university Press, 1988, p.149.

53 Harry E. Shaw, " Why Won' t Our Terms Stay Put? The Narrative Communication Diagram Scrutinized and Historicized" , Edited by James Phelan and Peter J. Rabinowitz, A *Companion to Narrative Theory*, USA & UK: Blackwell publishing, 2008, pp.301~302.

54 이재철, 앞의 책, 11쪽.

아동 독자에게 말할 수 있는 것으로 규정할 때, 아동 독자의 경우 의사소통 구조의 비대칭성이 매우 크다는 특징이 있다. 아동이 직접 창작하고 동시에 향유하는 특수한 문학도 존재하지만, 아동문학의 주류적인 양식은 '성인'인 저자의 축(실제 저자, 내포 저자, 서술자)에서 '아동'인 독자의 축(아동 수화자, 아동 내포 독자, 실제 아동 독자)으로 연결되는 의사소통 구조를 지닌다. 이를 도표화하면 다음과 같다.

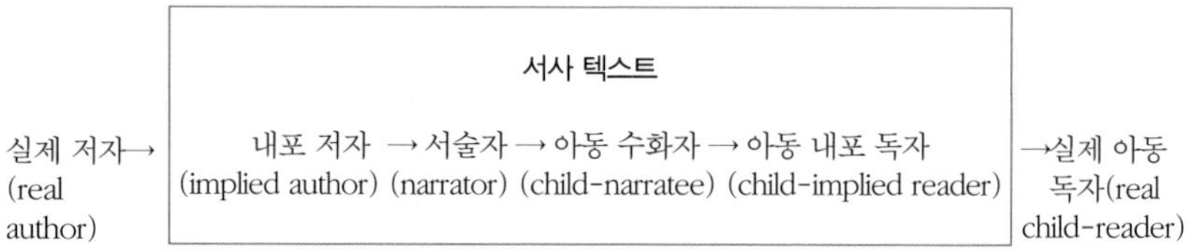

[그림 5] 아동 서사의 의사소통 구조 1

최근 아동문학의 서사 이론은 단일 내포 독자(single implied reader)에서 복수의 내포 독자(multiple implied readers)에 대한 논의로 옮겨가고 있다. 아동문학의 저자인 발신자는 성인인 반면, 독자인 수신자는 아동이다. 저자-발신자가 성인이고 독자-수신자는 아동이라는 낙차는 아동문학의 중요한 특징이다. 아동문학의 경우 쓰는 것은 물론 유통과 소비 그리고 독서에 이르기까지의 전 과정이 판매자, 비평가, 사서, 교사, 부모 등의 성인에 의해 조정된다. 따라서 작가는 의식적이든 무의식적이든 이러한 성인 독자를 고려하지 않을 수 없다. 그 결과 아동문학의 의사소통 구조는 [그림 6]과 같이 성인문학과 다른 복잡성을 지니게 된다.

서사 텍스트

실제 저자→ 내포 저자 → 서술자→ 아동 수화자→아동 내포 독자→ 실제 아동 독자

실제 저자→ 내포 저자 → 서술자→ 성인 수화자→ 성인 내포 독자→ 실제 성인 독자

[그림 6] 아동 서사의 의사소통 구조 2[55]

성인문학에서도 하나의 텍스트가 복수의 내포 독자를 상정한 문학이 만들어질 수 있다. 그러나 이는 작가가 정치적 검열을 우회하거나 실험적으로 고도의 기교를 구성하는 등의 비교적 특수한 경우의 작품에 국한된다. 반면에 많은 아동문학은 아동뿐만 아니라 교사나 부모 등 명백히 다른 참조틀을 지닌 성인을 동시에 내포 독자로 삼는 경우가 빈번하다. 아동문학에서 하나의 이야기가 동시에 다른 청중에게 이야기될 가능성을 (무)의식적으로 염두에 두어야 한다는 것이 복수의 내포 독자에 대한 논의에서 새롭게 제기하는 내용의 핵심이다.

아동문학에서 복수의 내포 독자에 대한 본격적인 논의를 개진한 것은 바바라 월(Barbara Wall)이다. 그는 아동-수화자(child-narratee)와 성인-수화자(adult-narratee)가 분리된 층위에 있는 것을 이원적 수신(double address)으로, 아동-수화자와 성인-수화자가 같은 층위에 있는 것을 이중적 수신(dual address)으로 구분했다.[56] 이를 바탕으로 그는 아동문학을 하나 혹은 두 개의 수신자를 지닌 문학으로 규정한다.

브라이언 리처드슨(Brian Richardson)은 아동문학의 특징으로 이중적 수신 개념을 강조한다. 그는 내포 저자에 의해 상이한 수화자를 의식

---

55 Maria Nikolajeva, 조희숙 외 옮김, 『아동문학의 미학적 접근』, 교문사, 2009, 327쪽 참조. 'narratee'는 서술자의 말을 듣고 있는 각별히 묘사된 이야기의 수신자이다. 일반적으로 '서술자적 청중', '수화자' 등으로 번역된다. 이 책에서는 '수화자'로 통일하여 사용한다.

56 Barbara Wall, *The Narrator's Voice: The Dilemma of Children's Fiction*, Basingstoke and London: Macmaillan, 1991.

적으로 구조화한 경우와 구조화하지 않은 경우로 나누어서 설명한다.[57] 이 개념을 아동문학의 내포 독자 개념에 적용한다면 내포 저자에 의해 비구조화된 이중적 내포 독자(non-hierarchized double implied readers)와 구조화된 이중적 내포 독자(constructed double implied readers)로 구분될 수 있다. 이러한 구분을 통해 브라이언 리처드슨은 내포 독자에 대한 저자의 구성이 훨씬 의도적이고 계획적이거나 그 반대일 수 있다는 점을 강조한다.

반면에 마리아 니콜라예바(Maria Nikolajeva)는 아동문학 텍스트를 기호학적 관점에서 "'아동 코드'와 '성인 코드'로 이루어진 이중적 코드 시스템"으로 규정한다.[58] 두 가지 상이한 코드는 역사적으로 다양하게 분기하거나 겹치는 양상을 보여준다는 점에서 상호의존적이다. 그는 아동문학에서 아동만을 수화자로 삼는 단일 내포 독자의 개념은 사실상 불가능하며, 하나의 텍스트 안에서 성인과 아동이라는 복수의 내포 독자를 상정해야만 한다고 주장한다.[59] 따라서 아동문학은 아동과 성인이라는 이중의 내포 독자를 고려한 다양한 미학적 특질들을 동시에 내포하는 것으로 정의된다.

이러한 복수의 내포 독자 개념은 근대 형성기에 생산된 다양한 텍스트들을 아동문학의 대상으로 새롭게 논의하는 데 유용한 틀을 제공한다. 근대적 학제가 도입된 1895년부터 1920년대의 교과서나 독본처럼 명확하게 아동을 수신자로 한 텍스트뿐만 아니라, 명백히 다른 참조틀을 가진 성인과 아동을 동시에 수신자로 한 다양한 텍스트들이 존재했다. 독자층이 미분화된 전대의 문학과 달리 근대문학의 수용자

57 Brian Richardson, "Singular Text, Multiple Implied Readers", *Style*, Vol.14, No.3, Fall 2007.
58 Maria Nikolajeva, 김서정 옮김, 『용의 아이들: 아동문학 이론의 새로운 지평』, 문학과지성사, 1998, 97쪽.
59 Maria Nikolajeva(2009), 앞의 책, 327쪽.

는 아동 독자, 성인 독자, 이중 독자 등 다양한 내포 독자 유형으로 세분할 수 있으며 각각의 수화자에 따른 고유한 미학적 차이를 구분할 수 있다. 다만 여기서 분명히 할 것은 내포 독자는 텍스트 전략의 일환으로 설정된 '가상적으로 이상화된 독자'라는 사실이다. 따라서 아동 내포 독자는 직접 작품을 향유하는 실제 아동 독자의 출현 이전에도 텍스트 내부에 얼마든지 선행하여 존재할 수 있다.

아동문학의 실제 독자는 크게 아동 독자(real child-reader), 성인 공동 독자(real adult co-reader), 성인 독자(real adult-reader)로 구분할 수 있다. 아동 독자가 아동문학을 향유하려면 문화적으로 훈련되고 사회화되어야 한다. 아동 독자는 일정한 문해력과 문학적 관습을 습득하는 과정 중에 있는 독자이다. 이때 부모나 교사 등의 성인이 공동의 독자로서 향유 과정에 직접 개입할 수 있다. 반면에 명백하게 아동을 내포 독자로 한 텍스트라도 실제 성인 독자에 의해 충분히 향유될 수도 있다. 동심을 향유하려는 성인이나 문해력이 낮은 성인 등의 경우가 대표적이다.[60]

그런데 실제 독자는 많은 문학 '외'적 요소 때문에 내포 독자와 다를 수 있다. 이는 학제와 가족 구성 등을 비롯한 일련의 근대적 제도와 밀접하게 관계된다. 특히 근대 형성기 한국의 경우에는 급격한 근대화로 인해 하나의 학급에 다양한 연령이 혼재되어 있었다. 즉 오늘날과 달리 특정 연령과 학제상 학년 사이의 일치는 상당히 불명확했으며, 한 학급의 구성원 역시 매우 넓은 연령의 분포를 보였다. 이러한 사정으로 인해 아동을 내포 독자로 한 교과서, 독본, 잡지 등은 아동뿐만 아니라 성인에게까지 향유되면서 충분한 독해력을 획득하지 못한

60 이재철은 아동문학을 "아동 및 童心的 성인을 독자로 하는 문학"으로 개념 규정한 바 있다. 이때 '동심적 성인'이란 아동문학을 향유하는 실제 독자로서의 성인을 의미한다. 이재철, 앞의 책, 10쪽.

계층의 문화적 교양서나 대중적인 지식 매체로 기능했다. 여기에는 서당과 같은 전근대적 학교 관행의 잔존, 근대 학제의 낮은 보급률, 급속한 지식의 평준화로 인한 아동문학에 대한 성인 독자의 높은 수요 등이 복합적인 요인으로 작동했다.

식민지 근대성과 근대 제도'들'의 불균등한 전개

하지만 보다 중요한 것은 이러한 현상들의 심층적인 요인인 식민지 근대성의 문제이다. 이를 해명하기 위해서는 근대적 교육제도, 언론과 문화 미디어, 커뮤니케이션 구조 등에 대한 천착을 통해 아동문학 연구의 방법론을 보다 확장시킬 필요가 있다. 이와 관련하여 기존의 주류적 연구 경향인 특정 작가 중심의 연구나 기점 논의에서 아동 독자, 매체, 작가를 중심으로 한 제도에 대한 논의로 전환한 것은 원종찬의 기여가 크다.[61] 특정한 텍스트가 매체나 제도와의 조응 양상 속에서 기술되어야 한다는 그의 주장은 이 책의 관점과 일치한다. 하지만 "아동문학은 아동을 전제로 해서 만들어지는 것이니만큼 성인과 분리된 근대적인 아동이 발견되어야 성립할 수 있다"[62]는 단선적인 논의는 다소 재고될 필요가 있는 것으로 판단된다. 즉, 식민지 근대라는 특수성으로 인한 근대 제도'들'의 불균등한 전개 양상이 충분히 고려될 필요가 있는 것이다. 아동에 관한 담론과 아동문학 텍스트를 지배하는 독특한 관습과 제도들이 형성되고 작동하는 방식의 특수한 맥락에 대해서도 보다 주의 깊게 고려할 필요가 있다. 아동문학과 근대성이 교차될 때 각각의 특수한 사회적, 역사적 정황에 따라 근대적 교육 제도,

---

61 원종찬, 「한국 아동문학의 형성과정: 『소년』(1908)에서 『어린이』(1923)까지」, 『동북아문화연구』, 2008.
62 원종찬, 『한국 아동문학의 쟁점』, 창비, 2010, 57쪽.

문학 제도, 아동 담론 등은 모두 각기 차별적으로 작동한다. 이 근대적인 요소들은 특정한 순간에 함께 탄생한 동질적인 것이 아니라, 세부적으로 서로 불균등하게 출현하여 전개되었으며 종종 소급적으로만 '근대적'이라고 정의할 수 있는 제도적, 문학적, 철학적 줄기들이 서로 얽혀 있는 집합체이다. '근대' 아동문학에서 '근대'는 안정적인 지시대상이나 일련의 속성들과 동일시되기보다는 오히려 때로는 경쟁하는 다양한 제도들을 구성하는 유동적인 분류 범주의 역할을 했다. 따라서 이 책은 아동을 수신자로 삼는 문학 텍스트의 전개 양상을 아동 담론과 문학 제도의 역동적인 전개 과정 속에서 기술하고자 한다.

위와 같은 맥락에서 이 책은 아동문학의 근대적인 기원을 강조하고 순수성에 대한 메타포를 통해 아동문학의 전개 양상을 서구 낭만주의의 도식적인 구조 속에 포괄하여 보여주려는 시도는 하지 않는다. 선행연구가 아동문학의 근대적인 기원을 강조하고 순수성에 대한 메타포를 통해 성인문학과의 분리된 논리를 구축하고자 했던 것은 아동문학의 독립성을 성취하고자 하는 연구자들의 욕망을 보여준다. 그러나 성인문학과의 대비적인 이질성을 강조하는 방식은 아동문학을 성인문학의 대상이나 타자로서 구성하는 방식이라는 점에서 재고될 여지가 있다. 더불어 이 책은 '근대' 아동문학에 대해 좁은 의미의 서구중심적인 신화를 만들어 내는 경향성을 넘어서고자 한다. 이를 위해 단선적인 문학사 인식을 지양하고 문학적 다중체계(literary polysystem)[63]의 일환으로서 아동문학 체계를 대등하게 기술하려는 시각을 취하고자 한다.

장르론은 문학이라는 다양한 현상에 질서를 가져오기 위한 논의의 핵심에 해당한다. 장르론의 시작은 고대 그리스까지 거슬러 올라가는데, 특히 아리스토텔레스의 『시학』을 통해 확립된 서정, 서사, 극의 장

63 Zohar Shavit, *Poetics of Children's Literature*, The University of Georgia Press, 1986.

르 구분은 현재까지 강력한 영향을 미치고 있다.[64] 그러나 아동문학의 경우 문학의 장르 개념이 어떤 견고한 체계를 갖추지 못하고 다양한 이론적, 유형적, 주제적, 소재적 접근이 이루어지고 있는 것이 사실이다. 이러한 원인의 하나로 아동문학의 다양한 원천을 들 수 있다.

이재철은 문학 형태의 발달 과정에 따라 아동문학을 구비문학과 창작문학으로 양분했다. 구비문학은 ① 설화문학(說話文學)인 설화 · 전설 · 민담 · 우화에서 발달한 동화, ② 연기문학(演技文學)인 탈춤 · 인형극 · 연극에서 발달한 동극, ③ 가요문학(歌謠文學)인 무가 · 민요 · 동요에서 발달한 동요 등으로 나뉜다. 창작문학은 ① 서사시에서 발달한 동화, ② 소설에서 발달한 아동소설 등의 서사, ③ 극시에서 발달한 극, ④ 희곡에서 발달한 아동극 등의 극, ⑤ 서정시에서 발달한 동요, ⑥ 시에서 발달한 동시 등으로 다시 세분된다.[65] 이재철의 장르론은 아동문학이 서정, 서사, 극 등의 삼분법으로 분류될 수도 있지만, 과거와 현재의 다양한 문학적 원천들이 아동문학의 창작과 형태의 발달에 동시적으로 관여하고 있음을 특징적으로 잘 보여준다. 다양한 문학을 원천으로 갖는 것은 아동문학 자체가 비교적 짧은 시기에 형성된 문학이기에 지니는 보편적인 현상으로 이해할 수 있다. 이에 대해 마리아 니콜라예바는 아동문학은 단일한 장르가 아니라, 다양한 다른 장르와 통합하는 광범위한 범주임을 인정해야 한다고 주장한다.[66]

문학적 다중체계(literary polysystem)로서의 장르

아동문학 텍스트의 장르 경계는 유동적이고 역동적이다. 그래서 텍

64 Aristotle, 천병희 옮김, 『시학』, 문예출판사, 2002.
65 이재철, 앞의 책, 100쪽.
66 Maria Nikolajeva, 앞의 책, 84쪽.

스트의 범주나 특성을 표시하는 '표제 장르'가 매우 풍부하게 발달했다.[67] 따라서 이론적 논의와 함께 당대 장르 관습을 풍부하게 보여주는 표제 장르를 통해서 아동문학 장르의 다양성과 특성을 함께 살펴볼 수 있다. 아동문학은 '표제 장르'를 통해서 다양한 아동문학의 서사들을 구획해나갔는데, 이는 장르가 고정되고 보편적인 개념이 아니라, 역사적이고 관습적인 개념이라는 사실을 잘 보여준다. 따라서 한국 근대 아동문학 장르의 분화를 살펴보면서 표제 장르의 실제적인 적용에 주목하여 장르의 명칭이 어떤 방식으로 담론에 통일성과 질서를 부여하는지 규명할 필요가 있다. 장르적 관습은 "본질적으로 의미부여의 가능성이고, 텍스트를 자연스럽게 설명하는 방식이며, 우리의 문화가 규정하는 세계에 자리매김하는 것"[68]이기 때문이다.

더불어 아동문학의 독자성에 대한 논의에서 더 나아가 아동문학이 고전문학, 외국문학, 성인문학은 물론 다양한 아동 문화 텍스트 등의 인접한 시스템들과 활발하게 상호작용하는 양상을 규명하기 위한 논의로 확대될 필요가 있다. 이러한 관계 양상에 대한 분석을 통해 아동문학이 연속성과 독자성을 구획해나가는 방식을 보다 명료하게 드러낼 수 있을 것이다. 이는 기존에 협소하게 규정된 지적 사유의 전통을 넘어서 문학사를 단일한 논리로 종합될 수 없는 다층적인 역사적·문화적 전개를 포괄하는 복수(複數)의 체계로 인식하려는 관점을 통해 보다 풍부하게 논의될 수 있을 것이다.

---

67 Fishelov에 따르면 우리는 텍스트에 내포된 장르적 관습을 지닌다. 따라서 특정 텍스트를 "해독"하기 위한 장르적인 "코드"를 갖추어야 한다. 이를 해석 코드라고 한다. 이처럼 장르에 대한 가정과 이를 독해하기 위한 코드는 문화의존적이다.(David Fishelov, *Metaphors of Genre*, Pennsylvania: The Pennsylvania State University press, 1993, pp.26~27.). 피쉬럽의 논의에 따르면 표제 장르는 텍스트에 내포된 장르적 관습을 해독할 수 있는 유효한 장르적인 코드로 작동할 수 있을 것으로 판단된다.

68 Rene Wellek, 이경수 옮김, 『문학의 이론』, 문예출판사, 1989.

주지하다시피 근대 형성기, 전통적인 '문(文)'의 개념은 서구적인 문학의 개념으로 전환되었다. 즉, "개화계몽시대를 거치면서 전통적인 문의 개념이 서구적인 문학의 개념으로 변화되기 시작한 것은 가치와 윤리의 영역에 자리 잡고 있던 문의 개념이 정서와 취향의 영역에 자리하고 있는 새로운 문학개념으로 전환되고 있음을 의미한다."[69] 중요한 점은 모든 변화가 그러하듯이 근대적 예술로서의 문학의 발생이 전통적인 '문'의 갑작스러운 소멸을 뜻하는 것은 아니라는 점이다. 소멸해가는 전통은 문학적 다중체계의 주변으로 이동되었다. 그런데 주목되는 것은 성인문학 체계에서 소멸해가는 '문(文)'의 전통이 아동문학 체계에서는 새로운 미적 규범으로 기능하기 시작했다는 사실이다. 전기(傳記)와 구술적 전통이 아동문학을 중심으로 새롭게 재편되는 양상은, 아동문학의 분화가 단순히 독자적인 문학 체계를 구성하는 것뿐만 아니라 동시에 다른 문학 체계와 관계하는 것임을 단적으로 보여준다. 아동문학은 단순히 아동을 위한 별개의 영역이 아니라 역사적, 사회적, 문화적 변화 속에서 다양한 문학 체계와 관련 맺는 시대적 산물인 것이다.

문화적 교섭에 대한 최남선의 다음과 같은 언급은 아동문학의 특수성과 보편성의 관계를 흥미롭게 보여준다.

> 문화라는벌판에서는 네니내니, 네것내것이 당초부터잇셔 보지를아니하얏다. 통틀어 한 살림이엇섯다. 인류의 정신생활(精神生活)은 본대부터 세계적(世界的)이엇다. 그가장자미잇는증거를「이약이」의써도는자최(說話의傳播性)에서볼수잇다. (중략) 본대부터제나라제민족에서생겨난이악이라고 오랫동안미더나리오든것도 자세히상고하야보면 수백년전, 혹수천년전, 또짐작할

69 권영민, 『서사양식과 담론의 근대성』, 서울대학교출판부, 1999, 64쪽.

수업는아득한녯날에 남의곳으로서써들어온것임을알게된다. 넓히찾고오래파보면 소료밧긔이악이에 소료밧긔출처가잇슴을 알아내는일이만히잇다.

(중략) 이런것들을볼때에 문화의전파가어써케오랜녯날부터 세계적분량(世界的分量)을가젓든것을 새삼스럽게놀라워하지안흘수업다. 어써케만흔갓가지재료가 사방으로서모여들어서, 우리의녯문화를맨들어내고, 우리의시방생활까지흘러나려오는지를 늣거워하지안흘수업다.[70]

이악이가 이러저리로돌아다니는동안에 사연이만하지고 형식이변역됨은 이악이의텬디에서 항다반잇는일이다. 어느민족의틈에서생겨난무슨이악이가 다른민족에게로 옴겨가서 새판을차려셔옴길때에 더욱그러케되는것이다. 이악이란것은 이리저리 올마다니는동안에 넘우긴것은 출여지기도하고 넘우짤은것은 늘이기도하며 업셔야조흘부분은 후리기도하고 잇서야긴한사연은 보태기도하며 고치기도하고 바로잡기도하야 이리쿵저리쿵변화가 만흔것이다.[71]

인용문에서 최남선은 외국 문학으로부터 한국 문학이 받는 수동적 영향만을 강조하는 시각을 넘어서 이를 문화 교섭의 보편성 속에서 사유할 수 있는 시각을 열어주고 있다. 특히 문화 교섭으로 인한 다양한 텍스트들과의 연계 양상은 성인문학보다 아동문학에서 더 활발하게 나타난다. 성인문학의 소설에서는 새롭고 혁신적인 주제와 서술 장치를 찾는 데 비해, 아동문학은 '동일한 주제의 변이'라는 반복과 영향의 문제가 보다 중요하기 때문이다.[72]

---

70 최남선, 「外國으로서歸化한朝鮮古談—朝鮮歷史通俗講話別錄」(1), 『동명』, 1922.11.19, 6쪽.

71 최남선, 「外國으로서歸化한朝鮮古談—安息國에連絡잇는 芝峰類說의 一士人」(7), 『동명』, 1923.1,14, 6쪽.

72 아동문학 서사의 반복성은 헤럴드 블룸의 용어로는 '영향과 창조적인 오독', 줄리아 크리스테바의 용어로는 '상호텍스트성'이 뚜렷한 것으로 설명할 수 있다. 이들 개념에 대한 자세

마리아 니콜라예바는 이러한 문제들을 예술의 커뮤니케이션 기능으로 설명한 바 있다. 그에 따르면 예술은 일반 규칙의 파괴에 기초한 예술과 규범적 시스템에 기초를 둔 예술로 나눌 수 있다. 아동문학은 주로 후자에 속한다. 이러한 규범적 예술은 수용자의 마음 속에 있는 정보를 증폭시키는 타입으로 수용 과정에서 문화 창출의 효과가 극대화될 수 있다.

> 분명히 외국으로서들어와서 얼업시 국민적변화를이루고 감쪽가티 향토적색채(鄕土的色彩)를씌는이악이의 한쌍구슬로볼것이 흥부놀부와 별주부토생원의 두이악이다. 년구월심할스록 속도붓고거죽도늘어셔동화(童話)로부터국민시(國民詩)의테쪽으로들어간것을말하자면 일두이악이가 그훌륭한대표노릇을할만하다.[73]

최남선의 논의의 초점을 화소(話素)의 '기원' 문제가 아니라 문화 교섭 속에서 동화의 '기능'에 대한 것으로 이해할 때 보다 생산적인 논의가 가능하다. 그는 대표적인 전래동화를 "국민시(國民詩)의테"로 이행한 것이자, 하나의 화소가 다양한 장르를 넘나들면서 문화적 기호로 자리매김하는 것으로 설명한다. 그는 이야기의 변천 과정을 논하며, 원전과 모방 혹은 발신자-전신자-수신자의 틀이 아니라 국경을 넘어선 보편적인 교류 과정에서 동화가 문화적 규범으로 기능하는 현상에 주목한다. 더불어 「흥부전」, 「별주부전」 등의 화소는 문자뿐만 아니라, 구연이나 연극은 물론 근대의 다양한 매체에 의해서 재생산되며 당대의 문화적 규범으로 기능할 수 있었다. 이러한 당대 문학의 문화 교섭

한 논의는 Harold Bloom, 양석원 옮김, 『영향에 대한 불안』, 문학과지성사, 2012; Julia Kristeva, 서민원 옮김, 『세미오티케: 기호분석론』, 동문선, 2005. 참조.

73 최남선, 「外國으로서歸化한朝鮮古談—印度의鼈主簿兎生員(4)」, 『동명』, 1922.12.10, 6쪽.

적 양상에 주목하며, 이 책은 문화의 특수성과 보편성의 교차점으로서 아동문학의 장르를 인식하고, 이 지점에서 창출되는 고유한 규범의 생산적 성격을 강조하고자 한다.

4. 복합 감각의 재현과 미디어 이론

마지막으로 이 책은 미디어 발전에 따른 새로운 미학적 실험들이 아동문학과 결합되는 양상들을 검토하고자 한다. 아동문학은 활자 미디어와 청각 미디어, 영상 미디어의 경계를 넘나들면서 형성되었다. 하지만 구술에서 문자로, 청각에서 시각으로의 전환이라는 문화적 가설들[74]은 아동문학 체계에 일방적으로 적용하기 어렵다. 아동문학에서는 오히려 다양한 감각과 이를 재현하는 미디어의 테크놀로지가 긴밀한 '상호 공존의 관계'를 맺는 경우가 많다. 예컨대 구연된 공연의 레퍼토리가 활자화되어 잡지 지면에 수록되기도 하며 반대의 경우도 있다. 영화가 사진소설 등으로 수록되며, 동요는 악보와 함께 춤 출 수 있는 유희가 덧붙여지기도 한다. 역사는 강연의 대상이자 신문이나 잡지 등의 근대적 미디어에 의해서 논픽션과 허구의 경계를 가로지르며 활자로 전환되기도 했다.

---

74 Walter J. Ong, 이기우 · 임명진 옮김, 『구술문화와 문자문화: 언어를 다루는 기술』, 문예출판사, 1995; Alberto Manguel, 정명진 옮김, 『독서의 역사』, 세종서적, 2000; Maeda Ai, 유은경 · 이원희 옮김, 『일본 근대 독자의 성립』, 이룸, 2003 등이 구술 문화와 문자 문화 간의 비약적인 경계를 설정하거나 이를 독서의 문제틀로 전환해서 묵독에서 음독으로의 이행이라는 문제를 논의한 대표적인 논의들이다. 한편 근대의 시각 문화와 문자를 중시하는 이러한 가설은 근대의 청각 문화에 주목한 다음의 연구들에 의해 비판되었다. Yoshimi Shunya, 송태욱 옮김, 『소리의 자본주의』, 이매진, 2005; Jonathan Sterne, 윤원화 옮김, 『청취의 과거: 청각적 근대성의 기원들』, 현실문화, 2010 등은 대표적인 음향 미디어인 전화, 축음기, 라디오가 근대의 소리 문화를 형성하는 과정을 고찰함으로써 시각 외의 다양한 감각이 근대 문화에서 향유되는 양상을 복원하는 것의 중요성을 제기한 논의들이다.

그러나 다양한 미디어를 넘나드는 문화 현상과 아동문학의 관련 양상은 현재의 분과 학문 체제에서 충분히 논의되지 못했다. 지금까지 아동 '문학' 연구는 주로 최남선, 방정환 등의 작가나 『소년』이나 『어린이』 등의 대표적인 아동 잡지를 중심으로 이루어졌다. 즉 작가와 문학 집단 그리고 그들의 세계관을 중심으로 문학사가 기술되었다. 이는 문학이라는 행위가 결국 창조자로서의 작가에 의해 생산된다는 관점을 전제한 것이다. 이러한 관점에 의해 신문, 라디오, 극장, 영화 등으로 대표되는 근대 미디어의 변화와 이에 따른 특정 장르 미학의 수용 등을 비롯한 문학과 인접 미디어와의 교섭 양상은 아동문학 연구에서 배제되었다고 할 수 있다.

특히 아동문학의 경우 서사가 하나의 미디어로만 향유되는 것이 아니라, 다양한 미디어를 넘나들면서 문화적 자원들을 바탕으로 서사적 원형이 변형되는 특징을 지닌다. 따라서 문자 중심의 활자 매체뿐만 아니라, 다양한 미디어 기획에 접속되며 구성되는 복합적인 문화적 실행의 산물로서 아동문학 서사 장르에 새롭게 주목할 필요가 있다. 이를 통해 복합적인 미디어 테크놀로지와 접속하여 내포 독자의 다양한 인지와 감각을 추동한 한국 근대 아동문학의 실험을 고찰할 수 있을 것으로 기대된다.

제2장

전통 서사의 변용을 통한 아동 서사의 기획

1. 역사 기술에서 위인 전기로의 이행
2. 기록 서사로의 전환과 구술 문화의 계승
3. 전래 동화와 문화적 규범의 창출

제2장

전통 서사의 변용을 통한 아동 서사의 기획

1. 역사 기술에서 위인 전기로의 이행

동양의 역사 기술은 동화의 출발

단절론적 관점에 입각한 일반적인 통념과는 달리, 한국 근대 아동문학의 발생은 고전 문학의 수용과 밀접한 연관을 지닌다. 특히 근대 형성기 활발히 이루어진 고전 서사의 창조적 계승 양상은 주목할 만하다. 역사의 새로운 시기마다 고전 서사의 상징과 지형은 사회 질서 내부에서 살아가는 사람들의 필요와 갈등에 반응하면서 새로운 의미를 획득하기도 하고 변형되기도 하며 없어지기도 한다. 근대 형성기, 고전 서사의 미학적 배치의 변화, 즉 모티프, 주제, 기능, 구조 등의 변형과 재편성을 통해서 근대적인 아동문학의 미적 규범들이 형성되기 시작했다. 특히 1890년대부터 1920년대에 이르기까지 '문'의 전통은 아동문학이라는 근대적 개념으로 활발하게 전환되었다. 그러나 '문'의 계승을 통한 근대적인 아동문학으로의 전환이라는 특성이 아동문학이 성인문학에 비해 근대화가 지체되었다거나 예술적으로 낮은 지위에 있음을 의미하는 것은 아니다. 반대로 전통문학과 아동문학의 관계는 근대와 서구적인 예술 개념으로의 전환이라는 문학사적 전제에 대해 질문하고 새롭게 사유할 수 있는 단초를 제공할 수 있을 것이다. 이를 통해서 문학적 전통에 관한 균형 잡힌 견해를 확보할 수 있을 것으로 기대된다.

이광수에 의해 서구 근대문학의 '역어'로서의 근대문학 개념이 제시된 이후에도, 전통적인 서사 양식에 해당하는 고소설 등은 서구적 근대 서사 양식에 해당하는 텍스트들과 경쟁 구도를 이루면서 다양한 형태의 독서물로 생산-유통-소비되었다. 이런 상황에서 조선 시대의 전기(傳記), 고소설, 판소리계 소설 등이 근대 매체나 아동문학 체계에서 새로운 미적 규범을 형성해나가는 과정은 충분히 해명될 필요가 있다.

특히, 근대라는 새로운 단계로 들어서면서 전통적인 '문'이 근대 동화 장르와 결합하는 양상에 주목할 필요가 있다. 문(文)·사(史)·철(哲)의 개념을 포괄하고 있었던 전통적인 문의 개념이 근대 형성기에 독자적인 영역으로 분화된다는 문학사적 전제는 거시적인 틀에서는 충분히 의의가 있다. 하지만 반대로 세부적인 특정 문학 체계나 특정 장르의 층위에서는 다소 사정이 다르다. 특히 아동문학에서 두드러지는 전기 양식은 예술과 역사 그리고 공동체에 대한 역사철학을 포괄하는 전통적인 '문'의 근대적 계승이라는 문제를 고찰해 볼 수 있다는 점에서 각별히 주목할 필요가 있다.

당대 조선 고전 서사의 계승 양상은 크게 세 가지로 요약할 수 있다. ① 역사 서술을 아동문학의 전기로 새롭게 창출하는 것. ② 고소설과 판소리계 소설을 근대의 새로운 율격과 결합시킴으로써 구술문화를 계승하는 것. ③ 설화, 민담, 우화 등을 근대적 아동 서사 구성 원리와 결합하여 문화적 규범을 창출하는 것.

최초의 근대 교과서와 역사 이야기

먼저 전통적인 역사 서술 양식이 아동문학의 전기(傳記) 양식으로 계승되고 전환되는 양상을 살펴보자. 근대 형성기에 아동문학에서 전기 장르의 형성에 가장 크게 기여한 것은 근대적 학제의 도입에 따른 교과서와 독본 그리고 최남선에 의해 신문관에서 발행된 아동 잡지들이다. 이 중 『신정심상소학(新訂尋常小學)』(1~3권)(1896.2)은 최초의 근대 교과서로 평가되는 『국민소학독본(國民小學讀本)』(1985.3), 『소학독본(小學讀本)』(1895.12)과 함께 갑오정부 학부편집국에서 간행한 국정 교과서이다. 『신정심상소학』은 1896년 7월 19일 시행된 소학교령에 따라 편찬된 것으로, 당대 소학교의 심상과(尋常科)의 3년 과정에 맞추어 3권으로 간행된 아동용 교과서로서, "교과서의 역사상 처음으로 많은 '이야기'가 등장"[1]한다. 본래 여기 수록된 텍스트들은 그 원천이 생산되었던 시기에는 '아동'을 대상으로 설정한 것은 아니었으나, 이후 근대 형성기 교과서를 매개로 하여 점차 아동문학 텍스트로 다시 쓰여지는 과정을 통해 위인 전기의 양식적 원천으로 작동한다. 이러한 점에 주목하여 주로 전대의 역사 서술 양식이 분화되면서 아동문학의 전기 장르로 수렴되는 양상을 중점적으로 살펴보고자 한다.

『신정심상소학』에는 역사적인 실존 인물의 전기가 다수 수록되어 있다. 그 목록은 다음과 같다.

1 김태준, 「이솝우화의 수용과 개화기 교과서」, 『한국학보』, 1981, 108쪽.

〔표 1〕『신정심상소학』 소재 위인 전기 목록

제목	권수	입전 인물	선행 텍스트
「제4과 張維의 이약기라」	2권	장유(張維)(1587~1638년) 조선 중기의 문신	
「제12과 小野道風의 이약기라」	2권	오노 도후(小野道風)(894~966년) 일본의 서예가	문부성, 『심상소학독본』 1권 30과
「제18과 司馬溫公 어린 적 이약기라」	2권	사마광(司馬光)(1019~1086년) 중국 북송의 학자	
「제3과 塙保已一의 사적이라」	3권	하나와 호키이치(塙保已一)(1746~1821년) 일본 에도시대의 학자	
「제6과 虎와 狐의 話라」	3권	중국 전국 시대 초(楚)나라 선왕(宣王)	유향(劉向) 『전국책(戰國策)』 「초책(楚策)」
「제7과 華盛頓의 話라」	3권	조지 워싱턴(George Washington)(1732~1799년) 미국의 초대 대통령	*New National Reader*, 2권 29화
「제10과 英祖朝게 옵서 褥䘩還給ᄒᆞ신 이약기라」	3권	영조(英祖)(1694~1776년) 조선의 21대 왕	존호도감(尊號都監), 『인원왕후영조대왕(仁元王后英祖大王)』
「제11과 李時白이 꼿을 밧치지 아니ᄒᆞᄂᆞᆫ 이약기라」	3권	이시백(李時白)(1581~1660년) 조선 후기의 문신	
「제12과 宿瘤의 화라」	3권	숙류(宿瘤) 중국 제(齊)나라 민왕(閔王)의 왕후	이한(李瀚) 『몽구(夢求)』 「숙류채상(宿瘤採桑)」

위의 [표 1]에 정리된 것처럼, 『신정심상소학』에는 조선뿐만 아니라 중국, 일본 등 동양의 다양한 위인들의 이야기가 배치되어 있다. 오늘날의 관점에서 표면적으로 이질적으로 보이는 『신정심상소학』의 위인들의 배치를 이해하려면, 19세기 말의 실제 독자는 오늘날 우리와 다른 교육, 독서 습관과 문화적 배경을 지녔다는 사실을 충분히 고려해

야 한다. 다시 말하면 오늘날의 독자와 '문학에 관한 참조틀'이 달랐던 이들이 당대 독자였던 것이다. 예컨대 「제6과 虎와 狐의 話라」는 전한(前漢) 시대의 유향(劉向)이 편찬한 『전국책(戰國策)』의 「초책(楚策)」에 '호가호위'의 고사를 우화로 재구성한 것이다. 『전국책』은 16세기 말부터 수용되어 조선 중기 문풍의 독특한 특징을 이룰 만큼 친숙한 것이었다.[2] 「제12과 宿瘤의 화라」의 숙류(宿瘤) 역시 중국 제나라 민왕(閔王)과 관련된 고사(古史)에서 기원했지만, 조선 시대 추녀를 이르는 비유로 친숙한 문화적 기호였다. 『신정심상소학』에 수록된 작품들은 동아시아의 서사 전통에서 대체로 훌륭한 관리, 현숙한 여인과 같은 유명한 인물들을 선별하고 이들의 전기나 일화를 중심으로 서술한 것이라는 점에서 공통적이다. 『신정심상소학』은 여기에 당대 영어 교과서나 일본 교과서에서 수용한 새로운 위인들이 추가된 구성을 지니고 있다. 요약하자면 아동이 본받아야 할 위인들을 전통적인 문헌 속에서 재발견하면서, 당대의 새로운 인물들을 일부 추가시킨 셈이다.

이들 서사를 서구의 근대문학 기준으로 보면 근대의 미달태로 이해되거나 전근대에서 근대로 이행하는 과도적인 서사로 평가되기 쉽다. 아동문학의 형성 과정을 논할 때, 흔히 근대의 새로운 성격을 강조하기 위해 전대 문학과의 영향 관계를 과소평가하거나 전통적으로 존재했던 아동에 대한 개념과 철학과 교육, 문학 등을 '부재하는 것'으로 간주하기 쉽다. 그러나 이는 서구적인 '허구(fiction)'나 '소설(novel)', '문학(literature)' 개념을 절대적 준거로 하여, 역사와 문화에 대한 서양과 동양의 상이한 접근 방식과 고유한 문화적 '차이'의 문제를 소거해 버리는 결과를 낳을 수 있다는 점에서 문제가 있다. 더구나 다양한 역사, 철학, 문학, 설화, 잡기 등의 기록에서 인물의 일화를 중심으로 위

2 남은경, 「조선중기 독서경향과 『전국책(戰國策)』」, 『대동한문학』, 2007.

인의 전기를 구성하는 방식은, 근대 형성기의 과도적인 현상이라기보다는 아동문학에서 역사를 문학화하는 전형적인 방식으로 현재까지도 지속되고 있다는 점에서 그 중요성 또한 매우 크다고 할 수 있다. 따라서 전통적인 서사를 계승하면서도 이를 '어떻게' 근대적인 맥락에서 새롭게 재맥락화하고 있는지 살펴보는 것이 아동문학 형성 과정을 살펴보는 데 있어 보다 생산적일 것으로 판단된다.

『신정심상소학』에 수록된 이야기들이 과거 실존 인물들을 다루는 방식에서 두드러지는 점은 전통적인 역사(史)에서 벗어나 정(情)과 이(理)에 중심을 두고 있다는 것이다. 신빙성 있는 역사적 사건에 기반을 둔 서사에서 현실적인 인간의 감정과 진실한 이치의 묘사에 초점을 맞추는 것으로 서사의 핵심이 변화되었던 셈이다. 서사는 더 이상 '사실적 기록(實錄)'이나 '믿을 만한 역사(信史)'의 기능만으로 한정되지 않는다. 이는 예컨대 「제6과 虎와 狐의 話라」를 이 이야기의 출전인 『전국책』 「초책」의 호가호위가 수록된 원전 서사[3]와 비교해보면 잘 드러난다.

〔표 2〕 「제6과 虎와 狐의 話라」와 「초책」의 서사 비교

『신정심상소학(3권)』 「제6과 虎와 狐의 話라」	『전국책』 「초책」
생략	초선왕(楚宣王)이 군신들에게 북방의 제후국들이 초나라의 소해휼(昭奚恤)을 두려워하는 이유를 묻자, 강을(江乙)이 나서서 답했다.
범이 여우를 잡아 먹아 먹고자 한다.	"호랑이가 백수를 잡아 먹으려 하다가 마침 여우를 만났습니다.
여우는 범의 위세를 빌려 다른 동물을 쫓아낸다.	여우는 호랑이의 위세를 빌려 다른 동물을 쫓아냈습니다.

3 유향 지음, 신동준 역주, 『전국책』, 인간사랑, 2004, 367~368쪽.

범은 짐승들이 자신을 두려워하여 달아난 줄도 모르고 여우때문인 줄 안다.	호랑이는 짐승들이 자신을 두려워하여 달아난 줄도 모르고 여우때문인 줄 압니다.
然故로主人의勢力이며親知의威權을밋고. 微弱ᄒᆞᆫ사ᄅᆞᆷ을 凌虐ᄒᆞᄂᆞᆫ者ᄅᆞᆯ俗言에일으되 狐假虎威라ᄒᆞᄂᆞ이다.	대왕의 영토와 군사를 모두 소해휼에게 맡겨놓고 있어서, 이로 인해 북방의 제후국들이 소해휼을 두려워하는 것입니다. 그러나 실제로는 대왕의 갑병(甲兵)을 두려워하는 것으로 이는 마치 백수가 호랑이를 두려워한 것과 같습니다.“

[표 2]에서 보이는 원전과 『신정심상소학』 수록본의 가장 뚜렷한 차이는 역사적 요소의 탈각이다. 루 샤오펑에 따르면 “중국 전통에서 서구의 서사라는 장르 범주에 가장 가까운 것은 분명히 ‘역사’이다. 현존하는 역사기록, 새롭게 씌어진 역사 기록, 정치 문서, 인기 있는 이야기, 전기(傳記), 지리서, 일화, 잡록, 대화는 모두 ‘역사 저작’ 항목 아래 포함되었다.”[4] 『전국책』 「초책」의 ‘호가호위’ 부분 역시 전국시대의 역사 서술 안에 비유적인 우화로서 삽입되어 있었다. 그런데 『신정심상소학』에 수록된 「虎와 狐의 話라」에서는 단순화라는 아동문학의 함축적인 시학 속에 역사적인 맥락이 탈각되면서 역사와 경전의

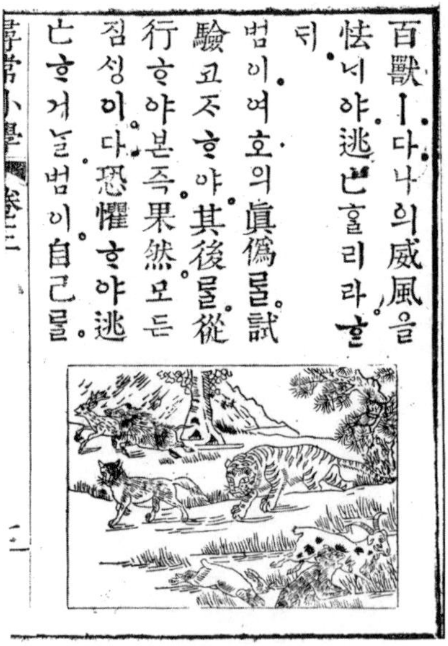

[그림 7] 「虎와 狐의 話라」의 삽화
글과 그림의 일 대 일 대응 양식으로 본문이 구성되었다. 선묘 중심의 동양적인 삽화가 인상적이다.

4 Lu Hsiao-peng, 앞의 책, 87쪽.

보완물이었던 우화의 위치가 반대로 역전되고 있다.

여기에 [그림 7]과 같이 본문에 삽입된 삽화에 의해, 의미의 중심이 역사가 아닌 서사로 이동하는 현상이 보다 강화된다. 우화 중심의 텍스트와 그림을 통해 이 작품은 동물 형상을 사용한 풍자적이고 도덕적인 이야기로 변용된다.

서사의 위치가 역사의 보완물에서 벗어나게 되면서, 전통적인 역사 서술과 근대 아동문학이 교차할 때 새롭게 발견되는 중요한 문학적 장르의 하나가 바로 전기이다. 과거 역사 서술의 하위 장르였던 전기는 『신정심상소학』에 수록되며 주로 위대한 인물들의 간단한 삽화나 어린 시절을 중심으로 재구성된다. 이러한 사례는 특히 「제12과 宿瘤의 話라」와 「제18과 司馬溫公 어린ᄯᅥᆨ 이ᄋᆡ기라」에서 잘 드러난다. 출전인 이한(李瀚)의 『몽구(夢求)』 「숙류채상(宿瘤採桑)」[5]과 서사 단위를 비교해보면 다음과 같다.

〔표 3〕「제12과 宿瘤의 話라」와 「宿瘤採桑」의 서사 비교

『신정심상소학(3권)』「제12과 宿瘤의 話라」	『몽구(夢求)』「숙류채상(宿瘤採桑)」
支那昔時에. 齊나라에. ᄲᅩᆼ닙을ᄯᅡᄂᆞᆫ. ᄒᆞᆫ女子-. 잇스니이女子ᄂᆞᆫ. 목에. 큰혹이잇ᄂᆞᆫ지라. 그런로ᄉᆞ름. 이宿瘤라일홈을지엇더라.	『고열녀전(古烈女傳)』에 민왕(齊閔王)의 왕후는 목에 큰 혹이 있어 혹부리라고 일컬었다.
민왕이 나들이를 하여 동곽에 이르자 백성은 모두 구경하였으나 혹부리 여자만은 전과 다름없이 행동한다.	민왕이 나들이를 하여 동곽에 이르자 백성은 모두 구경하였으나 혹부리 여자만은 전과 다름없이 행동한다.
왕이 이유를 묻고 그 현숙함을 알았다.	왕이 이유를 묻고 그 현숙함을 알았다.
생략 ①	왕이 태우려고 하자, 부모님의 가르침을 받고 따라야한다고 하자, 왕이 부끄러워하며 돌아갔다. 그 후 사자에게 예물과 금을 받들고 가게 하니, 부모는 몸을 씻게 하고 새 옷을 입히려하였다. 숙류는 왕께서 알아보지 못할

5 권오석 역주, 『몽구』, 홍신문화사, 1998, 127~128쪽.

	것이라 이르고 이전과 같이하고 사자를 따라갔다.
궁녀들이 숙류의 의복과 목에 혹을 보고 웃자, 왕이 그 무례함을 책하고 그녀를 왕후로 삼았다.	민왕이 그녀를 왕후로 삼았다.
요약 ① 王妃의 諫言을 容納ᄒᆞ야. 宮中의冗費를. 減省하며, 백성의게 惠澤을ᄂᆡ리니라. 이날노. 富强ᄒᆞ야 위력이. 隣國을壓服ᄒᆞ엿ᄂᆞ이다.	궁실을 낮추고 못을 메워버렸으며, 반찬의 수를 덜고 음악을 줄였다. 후궁에게도 겹치는 장식과 꾸밈은 하지 못하게 하였다. 교화는 이웃나라까지 행해졌고 제후가 입조(入朝)하였다. 삼진(三晉)을 침공하자 진(秦)이나 초나라도 두려워하였으니, 혹부리 왕후가 있음으로써 힘을 입은 것이었다.
생략 ②	혹부리 왕후가 죽고 난 뒤에 연나라가 마침내 제나라를 도륙하였고 민왕은 도망쳐 외국에서 살해되었다.

『몽구』는 다양한 군상들의 행적을 담은 일화집이라는 점 그리고 중국, 일본, 조선 등의 동아시아에서 아동을 가르치기 위한 훈몽서류로 수용되었다는 점[6]에서 『신정심상소학』을 통해 일화 중심의 위인 전기로 전환될 수 있는 충분한 토대를 지니고 있었다. 그러나 「숙류채상」이 「宿瘤의 話라」로 전환될 때, 서사 구조는 한편으로는 유교적 가치를 반영하면서도 다른 한편으로는 이를 굴절시킨다. 출전에서 숙류가 현숙한 인물이 될 수 있었던 것은 추한 외모와 달리 현상의 본질을 인식하고, 예법과 관련된 절차를 이해하기 때문이다. 그런데 「宿瘤의 話라」에서 생략된 ①은 자신의 위치와 신분에 따른 절차와 예법에 관련

6 "당대 이후 『몽구』처럼 『주역』의 「몽괘」를 교육 지표로 삼는 책들이 여럿 쓰여졌다. 특히 우리 나라에서 어린이 교과서로 쓰인 '어린이가 먼저 익혀야 할 책'이라는 뜻의 『동몽선습(童蒙先習)』의 '동몽'이란 제목도 여기서 유래하고, '어리석음을 깨우쳐 주는 핵심'이라는 뜻의 『격몽요결(擊蒙要訣)』의 '몽'자 역시 여기에서 유래한다. (중략) 일본에서는 계속해서 봉건시대 어린이 교과서로서 애용되었다. 특히 명치유신 이후로 서구 문들의 전폭적인 수입 과정 속에서 『몽구』는 전통적인 교양서로 각광받으면서 수많은 번역본이 등장했다." 유동환 「해제」, 유동환 옮김, 『몽구』, 홍익출판사, 2005, 324~325쪽.

된 내용이다. 전통적으로 예(禮)와 관련된 '절차'는 중요한 문화적 규율이자 아동교육의 대상이었다. 그럼에도 「宿瘤의 話라」에서는 예법과 관련된 절차의 내용이 생략되거나 간단하게 요약될 따름이다. 그 결과 전통적인 규범 체계는 약화되는 반면, 숙류를 중심으로 한 인물의 일화라는 서사 구성의 완결성이 강조된다.

『신정심상소학』에 수록된 텍스트들은 서술자에 의해 모든 행위가 요약적으로 전달되거나 인물의 성품을 드러낸다고 판단되는 일부 삽화만이 제시된다. 일화적인 플롯에서는 하나의 사건이나 짧은 에피소드가 인물, 배경과 주제로 연결되는 양상이 두드러진다. 특히 위인들의 연대기를 '유년기 중심의 일화'로 재구성하는 것은 아동문학의 위인 전기에서 유독 두드러지는 특성으로 각별히 주목할 필요가 있다. 이는 근대적으로 특정 연령층이 특권화되고 유년기라는 삶에 대한 시기 구분이 문학에 수용되는 양상을 뚜렷하게 보여준다.

「제18과 司馬溫公 어린ᄯᅵᆨ 이ᄋᆡ기라」는 "녯적支那宋時에司馬溫公이란ᄉᆞᄅᆞᆷ이잇스니五六歲時에兒孩들과갓치노다가"라는 언급으로 시작한다. 즉 사마광의 전체 생애에 대한 서술인 '전기'와는 달리 사마광의 어릴 적 일화만으로 구성되어 있으며, 따라서 그의 지혜라는 성품을 강조할 뿐 그가 성인이 된 후 이룬 핵심적인 업적은 생략된다. 전통적인 전기는 종결된 연대기적 서술에 기반을 둔다. 즉 출생에서 죽음에 이르는 이미 종결된 행적에 대한 서술을 통해 후세의 도덕적 교화를 목적으로 한다. 그런데 이러한 전기가 근대 형성기 아동문학 장르로 재구성될 때에는, 위인들의 역사적인 업적이나 성과보다는 오히려 그것을 예비하는 유년기의 성품과 자질, 노력 등을 형상화하는 것이 중심 서사로 재배치된다. 따라서 전대의 전기가 충(忠), 효(孝), 열(烈) 등의 추상적이고 보편적인 질서에 속한 완결된 존재로서의 인간을 기술했다면, 아동문학에서 전기는 아동기의 일화가 중점적으로 기술되는 반면 성인이 된 이후의 행적은 한 두 문장으로 약술되거나 생략되는 특성을 지닌다. 이러한 특성은 전기의 전통적인 규범을 약화시키고 독자에게 미래에 완결될 수 있는 열린 구조의 성장담이라는 환상을 만들어 낸다. 실제 역사에서는 완결되었으나 아동문학의 전기에서는 완결되지 않은 위인들의 일대기는 미래에 완결될 수 있는 잠재적 경험의 성격을 지닌다는 점에서 차이가 분명하다. 이러한 위인 전기의 기능은 당대의 수신 교과서의 서술에서 보다 명확히 드러난다.

> 사람은 고상한 정신으로 공부하고 덕을 수양하는 바탕을 삼아야 하는데, 이 바탕은 인생의 가치를 스스로 더하는 것이다. 옛날에 '성현'이라 '영웅'이라 불리며 불후한 명성을 백세(百世)까지 남긴 사람들도 결코 우리와 특별히 다른 점이 있거나 우리는 바라볼 수도 없는 일을 한 것은 아니다. 단지 자기의 학문을 닦으며 덕을 쌓아서 공업을 이룬 것일 뿐이다. 비유하자면 성현과 호걸은 옥을 갈고 쪼아 밝고 아름답게 빛나는 것과 같고 우리들은 아직 다듬지 않은 옥과 같아서, 그 차이는 갈고 다듬었는가 여부에 있을 뿐이지 결코 백옥과 기와 조각처럼 구별되는 점이 있는 것은 아니다. 그러므로 우리들은 성현과 호걸이 존경받는 이유를 잘 알아서 자기를 존중하도록 노력해야 한다.[7]

다양한 고전 문헌에 등장하는 '성현'이나 '영웅'을 근대 아동의 교과서에서 다시 호명할 때 그것은 아동들의 '덕'의 수양이라는 목표에서 재배치되었다. 이처럼 역사적 인물의 일대기가 근대적인 학제에 의해 일반적인 아동 전반을 수신자로 재맥락화될 때, 위인 전기라는 허

7 「제3과 修德에 關ᄒᆞᆫ 主義 제23과 自重」, 『중등수신교과서』(제2권), 휘문의숙, 1906; 김남이 외 역, 『근대수신교과서』(2권), 소명출판, 2011, 110쪽.

구의 서사가 전면화되었으며 이는 완결되지 않은 잠재적인 성장담이자 누구라도 덕의 수양을 통해 도달할 수 있는 이상으로 제시되었다.

한편 최남선은 실재 사적(史蹟)에서 모범이 될 수 있는 이야기를 찾아내서 전기로 재구성한다. 그가 실재한 영웅의 전기에 관심을 두었다는 사실은 신문관에서 간행된 『소년』(1909.11~1911.5), 『붉은져고리』(1913.1~1913.6), 『아이들보이』(1913.9~1914.10) 등의 아동 잡지와 독본에서 공통적으로 나타난다.

그런데 소개된 전기는 주로 서구의 영웅적인 인물의 일대기를 번역한 것이 대부분이다. 『소년』에서는 피터 대제, 나폴레옹, 조지 워싱톤, 가리발디, 프랭클린, 링컨 등이 주로 소개된다. 이들은 국가의 번영을 주도했거나 독립을 위해 크게 기여한 인물들이다. 이들 전기는 주로 성인문학 체계에서 1900년부터 1910년에 이르기까지 대개 일본과 중국에 널리 소개되었던 것을 바탕으로 활발하게 번역 소개한 것들이다.[8] 흥미로운 것은 위인 전기 장르가 성인문학 체계에서 아동문학 체계로 이동하는 시점과 과정이다. 성인문학 체계에서 일본에 대한 비판적인 정치성을 서사화한 위인 전기는 검열과 출판, 판매 금지에 의해 원천적으로 봉쇄된다.[9] 이와 같은 이유로 성인문학 체계에서 전기 양식의 서사적 전통은 더 이상 유지되지 못한다. 그런데 성인문학 체계에서 유지되지 못한 전기의 서사적 전통이 아동문학 체계에서는 1910년을 전후로 오히려 활발하게 확산되는 양상에 주목할 필요가 있다.

최남선을 중심으로 한 신문관 발행 아동 잡지에서 나타나는 서구 중심의 위인 전기는 1911년을 기점으로 동양의 위인으로 대상이 확장된다. 『소년』의 종간호(1911.5)에는 중국 명나라의 유가(儒家) 철학자인 왕

8 권영민, 앞의 책, 171쪽.
9 위의 책, 183~184쪽.

수인의 사진과 박은식의 「王陽明先生實記」가 수록된다. 그러나 왕수인의 유학에 대한 주목은 일본을 경유한 동양의 한문학적 고전 일반이라는 범주 안에 포함된 것이었다. 또한 문체 역시 아동문학으로의 이행으로 보기에는 어려운 것이었다. 이전 호에 비해 종간호에서는 난해한 한문의 통사 구조와 어휘가 급격하게 증가하는 양상을 보여주기 때문이다.

반면에 『붉은져고리』에서는 조지 워싱톤, 프랭클린, 링컨, 뉴튼, 나폴레옹, 셰익스피어 같은 서구의 인물뿐만 아니라 해명태자(解明太子), 온달, 솔거, 정몽주, 김시습 등 한국의 설화와 사적에서 모범이 될 수 있는 인물의 전기가 나란히 병치된다.

'문(文)'의 전통과 전기(傳記)

이러한 병렬적 배치를 넘어, 아동문학에서 '문'의 전통을 계승하면서 새롭게 장르적 규범을 창출하는 과정을 살펴볼 수 있는 중요한 텍스트가 최남선 편의 『시문독본』(신문관, 1916)이다. 이 독본은 한글을 배우는 이를 내포 독자로 명확히 밝히고 있다. 그래서 선행 연구 역시 주로 근대적인 글쓰기 양상과 『시문독본』의 한글 표기법과 문체에 주목했다. 근대 형성기 보편화되기 시작한 글쓰기와 글읽기는 그 이전 시대의 언어문자 행위에서 소외되었던 아동을 새롭게 발견한다.

그런데 근대적인 글쓰기를 실험하는 핵심적인 문제의식이 언어를 통한 주체성의 확립이라는 점은 거의 주목되지 못했다. 이 독본의 발문을 보면 내 소리, 내 말, 내 글로 "나를 세우라"고 말한다. 최남선이 이전에 주재한 『소년』지가 지리, 수리, 화학 등 분절된 근대 학문 체계를 바탕으로 한 교양의 확립에 목적을 두었다면, 『시문독본』은 고유한 소리, 말, 글 등의 언어 체계의 수립을 통한 개성있는 자아의 확립에

목적을 둔다는 점에서 차이가 있다.[10]

언어, 특히 한글을 통한 주체성의 확립이라는 문제의식이 명료해지면서, 『시문독본』의 내용은 전기를 형성하는 새로운 예술 규범의 확립, 조선의 역사 기록에 대한 탐구, 공동체의 윤리 규범 제시 등으로 확장된다. 『시문독본』은 주로 조선 시기의 행록(行錄), 개인문집, 일기, 사전(私傳) 등을 새롭게 아동문학 체계 안에서 위인의 유년기 행적과 일화 중심의 이야기로 재편한다. 그 구체적인 내용은 [표 4]와 같이 정리할 수 있다.

〔표 4〕『시문독본』 소재 전기 인물의 특징과 저본[11]

편저자	제목	입전인물/주요특징	원전 편찬자	선행 텍스트	유형
최남선	서고청	서기(徐起)/조선중기학자, 상인(常人)계층	이덕무	『국조명신언행록(國朝名臣言行錄)』(제6권)	행록(行錄)
	검도령	장량(張良)/중국 한나라의 건국 공신 창해력사(滄海力士)/진시황 시해 시도	홍만종	『순오지(旬五志)』	문집(文集)
	이의립	이의립/조선시대 광물채굴가	이의립	『구충당선생문집(求忠堂先生文集)』(제1권) 「잡저」의 하위항목 「삼보창조일기(三寶創造日記)」	문집(文集) 일기
	남의 長短	황희(黃喜)/고려 말 조선 초기 문신 상진(尙震)/조선 중기 문신	이덕무	『국조명신언행록(國朝名臣言行錄)』제3권, 『국조명신언행록(國朝名臣言行錄)』제11권	행록(行錄)

10 『시문독본』의 발문은 한샘 주시경이 썼다. 그는 발문을 통해 다음과 같이 글쓰기와 주체적인 자아의 형성을 강조했다. "아름다운.내.소리.넉넉한.내.말.한껏.잘된.내.글씨.이올과.날로.나이.된.내.글월.이로도.굿센.나로다. (중략) 나를세우라.온갓.일의.샘이니.생각의.나.부터.안치라.온갓.생각의.흐름이니.글월의.나를.일히키라.두.즘.의.침침을.헤칠.때ㄴ저.가웃.골의.잠잠을.깨칠.때ㄴ저"(한샘, 「발문」, 최남선 편, 『시문독본』, 신문관, 1916).

11 조선 시대 저본 텍스트들은 한국학종합DB(경인 문화사 편찬, db.mkstudy.com)와 한국문집총간DB(한국고전번역원 편찬, krpia.co.kr)에서 원문을 확인하고 대조하였다.

	덕량	황방촌희(黃厖村喜)	이덕무	『국조명신언행록(國朝名臣言行錄)』	행록(行錄)
	상진	상진(尙震)/조선 중기 문신	미상	『대동명신전(大東名臣傳)』	사전(私傳)
	서경덕	서경덕/조선전기학자	서경덕	『화담집(花潭集)』(제3권)의 「부록」의 「연보」	시문집(詩文集)

최남선은 주로 조선 시기 역사 기록과 개인 문집을 대상으로 하여 일화(逸話), 전기(傳記), 일기, 연보 등 인물에 관한 기록만을 저본으로 삼아 위대한 인물의 이야기로 재구성한다. 『국조명신언행록』이나 『대동명신전』은 충(忠), 효(孝), 열(烈)이라는 전통적인 도덕 규범에 부합되는 인물들이 수록된 저본들이다. 그러나 『시문독본』에서 재구성된 인물들은 이러한 전통적인 도덕 규범에 부합되지 않더라도 서고청, 검도령, 이의립 등 나름대로 가치 있는 삶을 보여주는 인물을 다수 포함하고 있다. 전기에서 입전 인물의 다양화와 특히 하층 인물에 대한 관심은 조선 후기 전의 중요한 변화 양상 가운데 하나이다.[12] 최남선이 전통적인 도덕 규범에 부합하는 인물뿐만 아니라 비교적 근대적인 가치 규범에 부합하는 인물까지 나란히 배열할 수 있었던 것은 그가 역사적 실재를 '근대적인 시스템' 안에서 표상하려 했기 때문이다. 즉 과거와 동일한 인물을 표상하더라도, 표상의 사회문화적 표현 코드는 근대성 위에 기반을 두고 변용되는 셈이다. 즉 "표상을 표상으로 떠받치는 코드와 그 사회적인 유통·순환(circulation)의 시스템, 소위 표상 시스템(representational system)이 변용"[13]되었으며, 따라서 공동체 내부에서 기호로 유통되고 있는 대상, 표상의 전통적인 문화 코드를 상대화시켜 대상을 전달하는 형식을 통일하는 원리 혹은 제도가 언어적 형식으로

12 박희병, 「조선후기 「전」의 소설적 성격 연구」, 서울대학교 박사학위논문, 1991, 51~52쪽.
13 이효덕, 박성관 옮김, 『표상 공간의 근대』, 소명출판, 2002, 19쪽.

마련될 필요가 있는 셈이다.[14]

『시문독본』이 고전 서사 양식을 아동을 내포 독자로 설정하는 근대적인 전기로 재구성하는 핵심적인 언어적 전략은 '단순화'와 '암시'로 볼 수 있다. 먼저 단순화는 스토리와 서술 방식 모두에서 나타난다. 『시문독본』에 수록된 텍스트들은 서술자에 의해 행위가 요약 전달되거나 인물의 성품을 드러낸다고 판단되는 일부 삽화만이 제시되며, 전체 스토리를 단순화하면서 주로 일화적 플롯으로 전개되는 특성을 보인다. 일화적 플롯에서는 하나의 사건이나 짧은 에피소드가 일반적인 인물, 배경 또는 주제로 연결되는 양상이 두드러진다. 따라서 서사 내적인 스토리가 선행 텍스트에 비해 전체적으로 단축된다. 선행 연구에서 이러한 축약된 번역은 종종 저본이 지닌 다양한 가치를 반영하지 못하거나 지나치게 단순화한 것으로 비판되었다. 그러나 아동문학이 내포 독자를 아동으로 설정한다는 점을 고려하면, 이러한 단순화는 아동 독자의 인지 역량, 인생 경험, 언어적인 제한을 적절히 고려한 전략으로 평가될 필요가 있다. 전체적인 맥락이 존재하면서도 개별 이야기의 단편(斷片)을 단편인 채로 즐길 수 있는 구조는 아동 독자의 인지에 적절한 형식이기 때문이다. 단순한 스토리와 서술 방식, 일화적 플롯, 기억하기 쉬운 제한된 인원의 평면적 인물, 전형적인 인물의 속성, 권위적이고 교훈적인 화자 등으로 요약되는 단순화는 당대 지식의 대중화에 따른 개작 전략과 아동문학으로의 이행 양상을 보여준다.

특히 연대기를 '유년기 중심의 일화'로 재구성하는 것은 분명 아동문학의 전기에서 유독 두드러지는 특성이다. 이는 아동에 대한 근대적인 표상이 반영된 것이다. 특정 연령층이 특권화되고 유년기라는 삶에 대한 특정한 시기 구분이 문학에 수용되는 양상을 뚜렷하게 보여주기

14 위의 책, 92쪽.

때문이다. 전통적인 전기나 연보 등은 종결된 연대기적 서술에 기반을 둔다. 즉 출생에서 죽음에 이르는 이미 종결된 행적 서술을 통한 후세의 도덕적 교화를 목적으로 한다. 그런데 아동문학으로 재구성되면서 영웅적 인물의 대표적인 업적이나 성과보다 오히려 그것을 예비하는 유년기의 성품과 자질, 노력 등을 형상화하는 것이 중심 서사로 재배치된다. 물론 가계, 신분, 성명, 거주지 등을 서술하는 인정기술, 행적기술, 논평 등의 전통적인 전기의 3단 구성의 서술형식은 대체로 유지된다. 서두의 인정기술이나 말미의 논평에서 확인되듯, '전(傳)'의 체제를 취하고 있는 점도 이와 마찬가지이다. 하지만 서술 형식의 측면에서 전통적인 전의 체제 속에 유독 유년기 중심의 일화가 행적기술의 중심을 차지하는 양상이 두드러진다. 이러한 형식을 통해서 전통적인 서술 방식과 아동을 명확한 수신자로 삼는 근대적 아동문학의 미적 규범이 결합되는 양상으로 나타난다. 아동기를 명확히 분화된 독자적인 시기로 상상하고 이에 적절한 문학 중 하나로서 전기가 재발견되는 것이다.

① **徐孤青의名은起니中宗時常人의子라幼時**에里中의班兒들과嬉遊할새同儕사이에輕蔑을當함 (중략) 이때로부터孤靑의**어린속에**아모도알지못하는큰뜻시품겻더라 (중략) 先生도**어린거싀向學의誠**을感歎하야誠心으로教授하더라[15]

② 一村嫗가시내가에서쌀래를하더니크기**瓢子만한一卵**이上流로서떠나려오는지라村嫗ㅡ이상하게알아건져다두엇더니얼마만에一男子가껍질을깨치고나오는데形貌ㅡ非常한지라村嫗ㅡ그대로길으니**年이六七**에身長이八尺이오顔

15 최남선 편, 「서고청」, 『시문독본』, 신문관, 1916, 31~32쪽.

面이黎黑한지라남들이검도령이라고부르매마츰내이름이되엿다하더라[16]

③ **尙泛虛亭震은明宗朝賢相이니어려서豪縱不覇하고成童까지**도馳射하기나일삼더니儕流에게侵辱을當하고드대어發憤하야讀書한지五月에文義를達하고十月에文理에거침이업게되니그立志의固함과用力의勤함을볼네라[17]

④ **어려서부터聰明하고正直하며배호기를조하하야**事物을決然하게看過하는거시업스며집이가난하야일즉師博에게出就하지못하고집에잇서家計를돕는데비록글의봄과말의들음이업스나實地를臨하야窮理를힘쓰므로隨時隨處에가르침을밧고배홈이잇더라[18]

위의 인용문들은 공통적으로 위인의 유년기 시대를 다룬다. ①과 ③에서 강조한 부분은 전통적으로 인물의 가계와 신분을 서술하는 인정기술에 해당된다. 이러한 인정기술은 동시에 인생의 여러 시기 중에서 어른과 분리되어 아동기에 주목하는 일화들과 나란히 병치된다. 특히 서사의 단순화 과정에서 선택될 수 있는 일화는 대체로 두 세 개 정도인데 대부분의 작품들이 유년기의 일화를 중심으로 기술된다는 점에 주목할 필요가 있다. ①에서 서기(徐起)가 유년기 반상(班常)의 구별에 의해 역경을 당하는 것이 중심 일화로 그려지고, 이후 학문에 정진함으로써 "천동(賤童)"이 세상의 "사표(師表)"가 된다. ②는 검도령의 탄생설화에서 이야기가 시작된다. 탄생과 소년기의 비범한 성격과 행적이 중심 서사로 제시된다. ③역시 상진의 어릴 적 비범함이 학문에 뜻을 두고 성취를 이루는 과정으로 요약된다. ④에서 서경덕은 어려서부터

16 「검도령」, 위의 책, 65~66쪽.
17 「상진」, 위의 책, 27쪽.
18 「서경덕」, 위의 책, 39~40쪽.

배움을 좋아하는 것으로 서술된다. 이러한 자질이 14세, 18세 성장기의 일화 속에서도 확인되는 것으로 전체 작품이 구성된다. 그의 성리학자로서의 성과는 비중 있게 기술되지 않으며 "치지격물(致知格物)"은 배움을 이루는 방법 정도로 서술된다. 유교적 의미에서의 "치지격물"을 스스로 배우고 실험하는 공부의 방법으로 단순화하는 것은 내포독자의 인지적 수준에 맞춘 아동문학의 개작의 양상으로 평가할 수 있다. 성인문학과 상정하고 있는 독자가 다르기 때문에 이러한 서술방식의 차이가 산출된 것이다.

이처럼 『시문독본』의 전기는 전통적인 '전'의 서술 방식을 계승하면서도 독자적인 아동기에 주목하고 이를 서사의 중심으로 재구성한다는 점, 교육적인 관점을 강조한다는 점 등에서 전대의 문학이나 근대 성인문학과는 큰 차이를 지닌다. 그런데 흥미로운 것은 위인의 유년기를 중심으로 서사가 단순화되면서 이것이 전통적인 일대기 중심의 전기를 대체하고 있다는 점이다. 전래의 일대기 중심의 서사는 탄생과 죽음의 순환과 이러한 연속 속에서 추상적이고 보편적인 질서에 속한 존재로서의 인간을 강조하는 기능을 한다. 반면에 아동문학에서 전기는 아동기의 일화가 중점적으로 기술되는 반면, 정작 성인이 된 이후의 역사적 행적은 한 두 문장으로 약술되거나 생략됨으로써 독자에게 미래에 완결될 수 있는 열린 구조의 성장담이라는 환상을 만들어낸다. 실재 역사에서는 완결되었으나 아동 서사에서는 완결되지 않은 위인들의 일대기는 경험이나 행위에 기초해서 선택될 수 있는 경험의 지평이자 미래에 완결될 수 있는 잠재적 경험의 성격을 지닌다. 특히 『시문독본』에 수록된 「善한習慣」이라는 글은 유년기 중심의 일화로 재구성되는 전기가 전제하고 있는 아동과 교육에 대한 관념을 뚜렷하게 잘 보여준다.

사람은幼少時로부터善한習慣에자라나야하나니대개少年적에習慣이된거슨終身토록存續하야變하지아니함일새니라견주어보건대나무썹질에글씨를새김가트니그나무가자라는대로글씨도커질거시니라兒童적에그後來에行할길속에너허서教育함이要緊하니[19]

인용문에서 아동기는 인간의 본성을 선하게 교육할 수 있는 최적의 시기로 설명된다. "兒童적에그後來에行할길속에너허서教育함"이라는 언급은 아동문학에서 전기의 존재 방식을 명료하게 보여준다. 아동은 아직 올바르게 성장할 준비가 되어 있지 않으며, 따라서 어른이 되기 전에 충분한 교육이 수행되어야 한다. 교육에 대한 새로운 관심은 전기가 정신적, 도덕적 기능을 함양하고 영혼과 육체를 성장하도록 돕는다는 새로운 의식을 촉진했다.

하지만 단순화된 표층 서사에 따르면, 근대 형성기 성인문학 체계에서 전기의 정치적 성격은 상당 부분 순화된 것으로 여겨질 수 있다. 선행 연구에서 공부를 통한 입지(立志)론이 일본 제국주의에 의해 아동을 유순한 주체로 훈육하려고 했던 '입신출세담'의 자기계발 담론과 같은 것으로 평가되거나, 부국강병의 논리 역시 제국주의적 논리와 상동성이 있는 것으로 평가되는 것은 이 때문이다.

그러나 이러한 일면적인 평가는 단순화를 보완하는 장치로서의 암시(allusion)와 이를 통한 심층 서사의 전개 가능성을 간과하고 있다는 점에서 한계를 지닌다. 암시에 의해 전기는 문학(외)적 참조틀을 적극적으로 환기시킨다. 『시문독본』에서 저본으로 삼고 있는 조선 시대의 행록(行錄), 전기(傳記), 일기, 연보 등은 모두 '사실을 중시하는 문학 양식'이라는 점에서 공통적이다. 아동문학의 전기 역시 사실을 중시하

19 「善한習慣」, 위의 책, 14~15쪽.

는 장르 규범을 계승하며 공동체에 계승되어야 할 윤리적 가치나 도덕적 교훈성을 강조하는 경향을 보인다.

하지만 전대의 역사 서사와 변별되는 것은 근대 아동문학으로서의 전기가 암시를 통해 상호텍스트성을 형성한다는 점이다. 전통적인 역사 서사는 실재를 투명하게 기록하는 것을 전제로 한다. 이때 역사 서사는 실재에 대한 단 '하나'의 반영물로 간주되며, 서사는 이러한 사실의 '전달' 매개라는 위상이 강조된다. 이를 통해서 작가가 재현하고 있는 것이 모두 진실의 소산임을 강조하는 것이 역사 서사의 기본적인 규범이다.

반면에 근대의 전기는 위인의 일대기와 선행 텍스트 그리고 후행 텍스트 등의 여러 개의 텍스트들이 상호작용을 하는 중층적인 텍스트 구조를 지니고 있다. 특히 유년기의 일화를 중심으로 한 서사의 단순화와 특정 사건이나 인물에 대한 암시는 아동 전기가 완결된 텍스트라기보다는 독자와의 적극적인 상호작용을 전제로 한 문학임을 잘 보여준다. 위인들의 과업은 아직 완수되지 않았으며, 주요한 행적이나 사건은 암시만 될 뿐이다. 따라서 아동문학의 전기는 쓰여진 것보다 독자의 경험과 참여를 통해 실현되어야 할 것이 더 많은 텍스트라는 점에서 잠재적인 성격을 지닌다.

이러한 성격을 잘 보여주는 대표적인 작품이 「이의립」이다. 이의립(李義立, 1621~1694년)은 17세기 중반 대규모로 철을 비롯한 각종 광물을 채굴한 인물이다. 서사는 '탐험가'로서 자원을 발굴하는 이의립의 역경과 성취를 중심으로 형상화된다. 그는 유황과 철 등의 각종 광물을 발견하고 제련하는 기술을 발전시킨 위인으로 서술된다. 탐험자로서 부원 개발을 강조하는 표층적인 서사는 최남선이 주재한 『소년』지의 논의와 연속성이 있음은 분명하다. 그런데 탐험가로서의 부원 개발이라는 서사만으로는 왜 특히 황과 철의 자원 발굴과 자립적인 제련 기술의 획득 과정이 강조되는지, 또 이러한 이의립의 행적이 전체적으로 "男兒의眞骨頭를發揮"하는 등의 과잉된 남성적인 비장함을 통해 표현되는지 충분히 설명되지 않는다.

> 李義立은孝宗時慶州人이니일즉이切要ᄒᆞᆫ物品을스스로가지지못하야남에게侵侮와損害를免치못함에慨然이發憤하야弱冠에志를立하고自誓하야가로대ᄯᅡᆼ은다가트니地中의寶가이미東西兩地에잇거늘어ᄶᅵ그사이에잇는여긔만업슬理가잇스리오千仞을파서엇지못하면萬丈ᄭᅡ지라도차즌뒤에말리라[20]

> 삼한지전(三韓之戰)은 다만 이 병갑(兵甲)으로써 뛰어난 재주가 있었으나 조총을 사용할 줄 몰랐다. 두 오랑캐의 난에 우리 군사가 패전한 것은 진실로 이 때문이다. 곧 병기가 가장 요구되는 것은 유황(硫黃)과 자원이니 소위 만인적의 자원이다. (三韓之戰但以兵甲爲長技而不知用鳥銃兩狄之亂我師之敗績良以此也. 然則兵器之最要者硫黃資所謂萬人敵之資也.)[21]

인용문에서 이의립의 광물 개발의 계기는 남에게 침해와 모욕 그리고 손해를 면하기 위한 것으로 약술된다. 그 구체적인 내용은 생략됨으로써 원인이 암시될 뿐이다. 반면 「이의립」의 저본인 「삼보창조일기」에는 침해의 내용이 구체적으로 나타난다. 두 오랑캐의 난, 즉 임진왜란과 병자호란 이후 이의립은 자생적인 무기 생산을 위해 자원 개발에 몰두하는 것으로 계기가 설명된다.

이처럼 과거의 역사 속에서 영웅적인 인물을 제시하고 민족의 위기 극복 능력을 제시한다는 점, 외세의 침략이라는 당대적 위기 상황에

---

20 「이의립」, 위의 책, 9쪽.

21 이의립, 「삼보창조일기」, 『구충당문집』, 목판본, 1910, 인용자가 번역하고 원문을 병기하였다.

대한 우회적인 인식의 표현이라는 점은 성인문학의 전기와 아동문학의 전기가 공통적으로 내포하고 있는 특징이다. 그런데 아동문학에서 전기는 과거의 역사 속에서 민족적 역량을 지닌 인물을 재현 대상으로 선택하면서도, 그들의 주요 업적은 거의 기술하지 않고 암시의 영역으로 남긴다는 점에서 차이가 있다.

따라서 아동문학에서의 전기의 경우 입전 대상으로 선택된 인물의 생애 자체가 중요한 암시의 기능을 지닌다. 전기는 후대에 전수해야 할 가치를 인물의 행적을 통해 제시한다. 예컨대 「검도령」의 장량은 진(秦)이 한(韓)을 멸망시키자 한의 회복을 도모한 인물이다. 그는 유방을 도와 한을 세우고 천하를 통일한 건국 공신이다. 그러나 「검도령」에서 이러한 장량의 행적 전체는 기술되지 않고, 검도령에게 도움을 구해서 진시황을 암살하고자 하는 일화만이 서술된다.

또한 이의립은 임진왜란과 병자호란 이후 무기 생산을 위해 대규모로 황과 철을 채굴했다. 이후 후손에게 가업이 승계되었으나 1908년 통감부에서 공포한 한국광산법에 의하여 철장은 일본인 나카무라(中村俊松)에게 약탈당하였다. 그러나 전기 「이의립」에서는 이와 같은 역사적 사실은 소거된 채, 광물의 채굴을 향한 이의립의 의지와 고난 그리고 극복 과정만이 서사화된다. 단순화와 암시를 통해 특정한 문제의식을 환기하는 『시문독본』 소재 전기의 특징은 식민지 시기 아동문학 전기의 공통된 특징이라는 점에서 문제적이다.

아동문학에서 전기의 단순화와 암시가 생성하는 잠재적 텍스트의 특징은 당대 독본의 향유 방식을 이해할 때 더욱 명료하게 드러난다. 독본은 사립학교, 야학, 각종 소년단체, 종교단체 등의 한글 교육 교재로 활용되었다. 다시 말하면 독본은 성인과 아동의 적극적이고 협력적인 공동의 읽기 행위에 의해 수용되는 텍스트였다. 다양한 수준에서 협동적인 아동-성인의 해석을 수반하는 읽기를 통해서, 전기의 의미는 중층적으로 해석될 수 있었다.

특히 전기의 암시는 식민지의 독자와 제국의 독자 간의 문학에 관한 참조틀의 차이를 적극적으로 활용한 서사 전략으로 이해할 수 있다. 구체적으로 식민지 조선의 내포 독자에게 친숙하다고 기대되는 역사적 사실은 간단하게 암시된다. 이런 점에서 볼 때, 아동문학의 전기는 계획적으로 구성된 문화의존적인 틈이 풍부하다고 말할 수 있다. 저자는 독자의 이전 경험과 상상에 따라 채울 수 있는 틈을 남겨둔다. 이는 또한 읽기 과정에서 독자에게 훨씬 능동적인 역할을 부여하면서, 개별 독자가 그 틈을 채울 것을 전제한다.[22]

이처럼 제국과 식민지 사이의 서로 다른 문화적 코드를 활용한 내포 독자의 분리, 단순화와 암시를 통한 잠재적 텍스트로서 위인을 재현하는 전략 등을 활용하여, 아동문학의 전기는 정치적인 검열을 우회하면서 중요한 서사 양식으로 자리 잡을 수 있었다.

요약하자면 전기는 문예와 윤리, 역사의 영역을 모두 포괄하는 전통적인 문의 개념을 계승하면서도 독자적인 아동기에 대한 인식과 내포 독자의 정립에 따른 근대 아동문학의 영역으로 분화되었다. 이 과정에서 전기는 사회적 규범을 재생산하는 문학으로서 자리매김할 수 있었다. 열전(列傳), 행록(行錄) 등의 인물을 소개하는 형식적 규칙은 점차 와해되었지만, 과거를 현재의 경험과 미래에 대한 기대와 함께 교직한 그물망으로서 인식하는 역사에 대한 해석학적 전통은 아동문학에서 주류적인 문학 양식으로 지속되었다.

22 Maria Nikolajeva, 앞의 책, 323쪽.

2. 기록 서사로의 전환과 구술 문화의 계승

구비문학에서 기록문학으로

역사의 새로운 시기마다 고전 서사는 사회 질서 내부에 살아가는 사람들의 필요와 갈등에 반응하면서 새로운 의미를 획득하기도 하고 변형되기도 하며 사라지기도 한다. 고전 서사의 미학적 배치의 변화, 즉 모티프, 주제, 기능, 구조를 변형하고 재편성함으로써 근대적인 아동문학 장르의 미적 규범들이 형성되었다. 특히 1890년대부터 1920년대에 이르기까지 '문(文)'의 전통은 아동문학이라는 근대적 서사로 활발하게 전환되어 새롭게 등장했다.

특히 고소설과 판소리계 소설이 아동문학으로 정착하면서 구술적 전통이 계승되는 양상은 보다 면밀히 고찰될 필요가 있다. 근대 문학은 인쇄 매체의 발달과 함께 '문자 예술'로서 등장했다. 반면에 아동문학은 기록 서사로 정착되면서도 전통적인 구술 문화를 계승하는 양상이 매우 뚜렷하게 나타난다. 이러한 점을 고려하여 아동문학이 구비예술과 기록 예술을 포함하는 종합적인 예술로서 자리매김하는 양상과 성인문학에 비해 구술 문화와의 연속성이 강조되는 맥락에 주목하고자 한다.

십전총서 · 육전소설과 동화의 대중화

누구나 문자를 읽고 쓸 수 있다는 이상은 근대적인 기술적 진보와 문화적 혁명의 산물이다. 근대 형성기 출판 활동에서 총서와 문고본의 기획은 당대의 지식과 교양을 폭넓게 대중화하려는 기획이었다. 구체적으로 최남선의 신문관(新文館), 다케우치 로쿠노스케(竹內錄之助)의 신문사(新文社), 민준호(閔濬鎬)의 동양서원(東洋書院) 등을 통해 총서와 문고본이 탄생했다.[23] 특히 신문관의 '십전총서(十錢叢書, 1909)'와 '륙젼쇼셜(六錢小說, 1913~1914)' 등은 아동문학 형성의 관점에서 주목할 필요가 있다.

〔표 5〕 신문관 발행 십전총서와 육전소설 목록[24]

총서와 문고	서명	발행자	발행일	저본 · 비고
십전총서	껄늬버遊覽記	최창선	1909.2.12	조나단 스위프트(Jonathan Swift)의 『걸리버 여행기』
	산수격몽요결(刪修擊蒙要訣)		1909.3.1	이이(李珥)의 『격몽요결』
륙젼쇼셜	남훈태평가	최창선	1913.3.3	『아이들보이』에 광고 수록
	심쳥젼	최창선	1913.9.5	
	홍길동젼	최창선	1913.9.5	
	흥부젼	최창선	1913.10.5	
	삼셜긔(상하)	최창선	1913.3.10/18	
	져마무젼	최창선	1914.3.18	
	사시남정긔(상하)	최창선	1914.7.9/22	
	뎐우치젼	최창선	1914.7.9	

신문관의 십전총서와 육전소설 시리즈는 지식의 대중화를 목표로 대략 50매 내외 분량으로 내용을 축약하면서 한글 문체를 전면화했다. 이러한 대중화 과정에서 아동이나 학생을 내포 독자로 상정한 텍스트들이 새롭게 발견된다. 십전총서의 『산수격몽요결』은 율곡 이이

23 박진영, 「초창기 출판 자본의 역사적 성격과 문고본의 탄생」, 『사이』, 2014, 224쪽.
24 이 목록은 서적 광고를 토대로 신문관 출판 활동을 정리한 권두연의 논의를 기초로 아동문학의 관점에서 고전 서사의 수용을 중심으로 중요한 텍스트만을 선별해서 목록화한 것이다. 신문관의 전체 서적 목록은 권두연, 「신문관 출판 활동의 구조적 측면 연구(2)」, 『민족문학사연구』, 2010. 참조.

가 지은 『격몽요결』을 저본으로 삼고 서양의 격언을 함께 수록한 '훈몽서'로, 부록으로 후쿠자와 유키치(福澤諭吉)의 「수신요령」을 수록했다. 저본인 이이의 『격몽요결』은 '어리석음을 깨우쳐 주는 핵심'이란 뜻으로 조선 시대 아동이 일상 생활에서 배워야 할 사항을 정리한 책이다. 특히 성리학에서 주입하고자 하는 윤리를 위주로 입지(立志), 독서, 사친(事親), 제례(祭禮) 등의 항목으로 구성되었다. 짧은 유교 덕목 등을 중심으로 외우기 편하도록 편집한 셈이다. 그런데 이이의 논지에 서양의 격언을 함께 수록한 것은 표면적으로 매우 낯설어 보일 수도 있다. 그러나 그 형식 자체는 동아시아의 전통 교육에서 규범화된 것이었다. 예컨대 전통적인 아동교육서의 하나인 『추구(推句)』는 역사상 유명한 문장 중에서 단순한 문장만을 골라낸 '명언집'이었다. 즉 『산수격몽요결』은 전통적인 아동 교육서의 형식에 당대의 새로운 담론인 서구 격언과 일본의 수신론이라는 내용을 함께 접합시키려 한 시도로 평가할 수 있다.

육전소설 시리즈는 고전의 현대화, 대중화의 목표에 따라 주로 방각본 경판본을 판본으로 삼았다. 대체로 활자본 고소설 중에서도 분량이 짧은 경판본들을 우선적으로 선택한 다음 그것을 편집하는 방식으로 이루어졌다.[25] 이에 대해 선행 연구는 주로 "독서 대중의 요구를 외면한 것"[26], "저급 독자를 겨냥한 상술"[27]이라는 부정적인 평가를 내린 바 있다. 그러나 이 책의 주제와 관련하여 이러한 평가는 고소설 경판본이 육전소설 시리즈를 매개로 하여 전래동화 장르의 저본으로 기능하며 근대 아동문학의 형성에 기여한 측면을 고려하지 못한 것으로 판단된다. 또한 육전소설이 아동문학 잡지인 『아이들보이』의 광고에 수

25 이태화, 「신문관 간행 판소리계 소설의 개작 양상」, 고려대학교 석사학위논문, 2003, 27쪽.
26 최호석, 「신문관 간행 「육전소설」에 대한 연구」, 『한민족어문학』, 2010, 154쪽.
27 박진영, 앞의 논문, 231쪽.

록되었다는 점 역시 주목할 만하다. 이는 육전소설을 통한 고전의 대중화와 현대화 과정에서 내포 독자로서 새롭게 아동을 발견한 것으로 해석할 수 있다.

신문관은 육전소설 시리즈를 통해서 새로운 고전의 독자로서 아동에 주목했다. 이러한 현상은 당대 학제와 검열의 상관관계 속에서 보다 명확하게 이해될 수 있다. 근대 형성기 학제는 크게 제1기(1895~1905), 근대식 학제 도입에 따른 교과서 개발기와 제2기(1906~1910), 통감시대 학정 잠식기의 교과서로 구분된다. 제1기에는 학부 편찬의 교과서뿐만 아니라 개인 저술의 비교적 자유로운 교과서가 다수 출현했다. 반면 제2기의 통감시대 이후 학부의 교과서 편찬은 식민 지배를 전제로 한다. 검정 규정에 따라 교과서의 내용이 변질되고 기존의 교과서 가운데 국권 회복이나 민지 계발과 무관한 교과서만 인정되었다.[28] 강윤호의 조사에 따르면, 1908년 9월부터 1910년 4월 5일 기준으로 제출된 검정 출원된 교과서가 117부였으며, 그 중 인가된 부수가 55부 나머지 검정에 통과되지 못하거나 조사 중인 교과서가 62부에 달했다. 검정에 통과되지 못한 교과는 주로 어학, 지리, 역사에 집중되었다.[29]

근대 형성기 신문관의 활동은 당대 학제 교과서의 한계와 검열을 우회하기 위한 것이었다. 당시 대부분의 출판사들이 학부 교과서 발매를 대행했음에도 불구하고, 신문관은 교과서에 해당하는 서적을 한 권도 발간하지 않았다. 또 신문관은 통감시대 교과서에서 집중적인 검열의 대상이었던 문예, 조선어와 한문, 역사 전기, 지리 분야의 도서에 집중했다. 이는 근대 형성기 출판 활동을 상업적인 시장 논리

28 허재영, 「근대계몽기 교과서 해제」, 『근대수신교과서』(1권), 소명출판, 2011, 8~9쪽.
29 강윤호, 『개화기의 교과용 도서』, 교육출판부, 1973, 67~68쪽.

만으로 평가할 수 없음을 단적으로 보여준다. 특히 아동 잡지가 통감 시대 이후 식민 지배를 전제로 한 학제와 경쟁하면서 당대 교육 제도에서 배제된 내용을 아동들에게 교육하기 위한 일종의 대안적인 교과서로 준제도적인 역할을 담당했다는 점 역시 충분히 강조될 필요가 있다.

한편 근대 형성기 고전 소설 출판은 독자층의 확산과 분화를 보여준다. 독자층이 성인뿐만 아니라 아동들로까지 확장되며, 이들을 위한 값싸고 쉽고 재미있는 교양서로서의 성격이 강조된 셈이다. 성인들은 조선 시대에 이어 근대 초기에도 여전히 고소설 독자층이었으나, 아동들은 20세기가 발견해 낸 새로운 차원의 고소설 독자들이었다.[30] 이러한 맥락에서 육전소설의 발간사는 아동이라는 독자를 함께 고려할 때 새롭게 독해될 수 있다.

> 근ᄅᆡ ᄎᆡᆨ 박ᄂᆞᆫ 법이 편ᄒᆞᆷ을 ᄯᅡ라 답지 못ᄒᆞᆫ ᄎᆡᆨ이 만히 나ᄂᆞᆫ즁 네젼부터 널니 ᄒᆡᆼᄒᆞ던 ᄎᆡᆨ을 구태 일홈을 밧고고 ᄉᆞ연을 고치되 ᄒᆞᆫ이 쥬옥을 변ᄒᆞ야 와록을 만들어 턱 업ᄂᆞᆫ ① 리를 탐ᄒᆞ는재 만흐니 엇지 한심치 아니ᄒᆞ리오 우리가 이를 개연히 녁이여 크게 이 폐단을 고칠 ᄭᅬ를 ᄒᆞᆯᄉᆡ 먼져 녯 ᄎᆡᆨ 가운ᄃᆡ가히 ② 젼ᄒᆞᆯ만ᄒᆞᆫ것을 가리혀 ᄉᆞ연과 글의 잘못된것을 바로잡으며 ③ 올치 못ᄒᆞᆫ것을 맛당토록 고치여 이 『륙젼쇼셜』(六錢小說)이란것을 내오니 ᄉᆞ연은 ④ 녯 맛이 새로우며 ⑤ 글은 원법에 마지며 ⑥ ᄎᆡᆨ은 얌젼ᄒᆞ며 갑ᄉᆞᆫ ⑦ 싼지라. ⑧ ᄉᆞᄒᆡ 쳠군ᄌᆞ씌셔ᄂᆞᆫ 다ᄒᆡᆼ히 깃븜으로 마지시기를 쳔만 바라ᄂᆞ이다[31]

인용된 발간사에 따르면 육전소설은 ① 상업적 목적의 출판물이 아

30 조혜란, 「번역과 전파, 장르와 매체의 변화: 20세기 초 고소설 동화화와 그 의미」, 『고소설연구』, 2014, 112쪽.
31 최창선(저작 겸 발행자), 『륙젼쇼셜 발간사』, 『흥부젼』, 신문관, 1913.

니라, ② 고전의 계승을 목표로 하여, 구체적으로 ③ 올바르지 못한 것을 고치고 ④ 옛 맛을 새롭게 하고 ⑤ 글을 문법에 맞게 하며 ⑥ 외설스러운 것을 교정한 ⑦ 값싼 대중서이니 ⑧ '사해 첨군자(四海 僉君子)' 즉 온 세상 여러 점잖은 사람을 독자로 설정하여 발간한 고전 서적이다. 이는 기존의 성인 독자뿐만 아니라 새롭게 부상한 아동 독자까지 포함한 일종의 '이중 독자'를 고려한 고전의 현재화, 대중화 전략이라고 평가할 수 있다.

활자화된 '음송'과 '율독'

이러한 맥락에서 신문관의 출판에 깊이 관여한 최남선이 고전 서사 양식을 근대적 아동문학 장르로 전환하는 양상은 주목을 요한다. 최남선은 고전 서사가 아동에게 새로운 지식과 교양으로 자리매김하는 문맥 속에서 고소설과 판소리계 소설, 민담 등을 아동을 독자적인 수신자로 삼고 다시 쓰거나(re-writing) 번역하는 작업을 수행했다. 그는 이 과정에서 기존의 서사를 5·7조나 4·4조 등의 운문적 서사로 전환하는 실험을 보여준다. 구체적으로 「고든 마음의 갑흠」(『붉은져고리』, 10), 「홍부 놀부」(『아이들보이』, 2~3), 「자라 령감허고 토끼 생원」(『아이들보이』, 4~5), 「세 선비」(『아이들보이』, 6~8), 「옷 나거라 뚝딱」(『아이들보이』, 9), 「나무군으로 신션」(『아이들보이』, 10~11), 「남잡이가 저잡이」(『아이들보이』, 12)와 같은 7·5조의 창가 서사를 들 수 있다. 또한 근대문학 초창기의 대표적인 작가 중 하나인 이광수 역시 「허생전」(『새별』, 16)과 같은 4·4조의 가사체 서사를 만들어냈다.

7·5조 창가 서사나 4·4조의 가사체라는 단순한 운문 형식은 전통적인 구술 문화를 근대적인 구술 문화로 전환하는 틀이었다. 이 틀을 통해 「심청전」, 「홍부전」, 「토끼전」, 「홍길동전」 등의 판소리계 소설은

물론, 「허생전」 등의 고소설이 아동에게 적합한 서사적 요건을 갖추어 아동 잡지의 지면에 실릴 수 있었던 것이다. "젼라경샹디경에 두사람 사니 / 놀부라ᄂᆞᆫ짝업시 모진언니와 / 흥부라ᄂᆞᆫ어질기 한업ᄂᆞᆫ아오 / 두 동생의압뒤일 볼만ᄒᆞ도다" 등과 같이 「흥부전」에서 보여주는 7·5조 4행 1절의 형식은 서사를 서양 악곡의 노래로 호환시키기도 편했지만, '가창'되지 않는 경우라고 하더라도 책을 소리내어 읽는 '율독'의 방식에 절대적으로 유리했다. 조은숙이 지적한 바와 같이 "율독은 혼자 고독하게 텍스트와 마주 대하는 개인적이고 성찰적인 독서보다는 여럿이 모인 자리에서 함께 읽고 듣는 공동체적 독서에서 사용하기에 적합한 방법이며, 어떤 내용을 오래 잘 기억할 수 있게 해주는 효과가 있어 경전과 같은 것을 암기할 때에도 자주 사용되어온 전통적인 독서법이기도 하다."[32] 전통적인 교육에서도 운문 형식은 아동을 교육하기 위한 매력적인 것으로 주목되었다. 아동들의 한자 학습서로 널리 이용된 『천자문』은 사언고시(四言古詩)의 형식이었으며, 『소학』을 아동들이 배우기 쉽게 네 글자씩의 음률에 맞게 재편집한 책이 바로 조선시대 교육에서 필수적인 교재로 간주된 『사자소학』이다. 이한의 『몽구』 역시 네 글자의 운문과 보충 주석으로 구성되어 아동들이 입으로 외우기에 편리하도록 했다. 이처럼 단순한 운문 형식은 다른 형식보다 소박해서 아동들이 맞춰 부르거나 기억하기 쉬운 장점을 지니고 있다.

최남선은 신문관의 출판 활동에서 운문의 형식을 고전의 계승뿐만 아니라 다양한 근대적 지식을 아동에게 교양하기 위한 효과적인 방식으로 주목했다. 구체적으로 1908년 신문관 창립과 동시에 출판된 『경부텰도 노래』와 『한양 노래』는 "소년 가영서류(歌詠書類)"나 "소년 구가서류(口歌書類)"로 묶여 기획되었다. 그 밖에도 『역사가영(歷史歌詠)』, 『대

32 조은숙, 앞의 책, 235쪽.

한연해가』, 『경의철도가』, 『대한지리가』 등을 후속편으로 기획[33]하면서 아동들에게 근대적 지식 교양을 보급하고자 했다.[34]

최남선이 저본으로 삼은 방각본이나 판소리계 소설의 경우 그 구술적 성격으로 인해 아동문학으로의 전환이 상대적으로 쉬운 텍스트였다. 반면에 이광수가 저본으로 삼은 박지원의 허생전은 구술성과는 거리가 먼 한문 고소설이라는 점에서 흥미롭다. 이광수가 외적 형식으로 빌린 4·4조의 율격은 연원이 전통적인 민요에 닿아 있으며, 특히 근대 형성기에 4·4조 연속체는 구비문학과 기록문학의 장르를 넘나들던 공통적인 율격이었다.[35] 이광수는 4·4조 연속체의 운율을 지닌 「허생전」을 통해 시가가 노래되었던 전통적인 향유 방식을 활용하여 한문 산문을 다시 쓴다. 이와 같은 방법을 통해서 그는 근대 아동이 '음송'과 '율독' 등을 통해 복합적으로 향유할 수 있는 새로운 운문 서사를 만들어 냈다.

이처럼 최남선과 이광수는 공통적으로 '가창', '음송', '율독'이 동시적으로 실현 가능한 복합적인 예술 형식을 제시했으며, 이 형식을 통해 구비문학과 새롭게 인쇄된 기록문학을 넘나들면서 학교에 편입된 근대 아동 교육에도 효율적인 운문 서사를 창안했다. 운문 서사라

33 박진영, 앞의 논문, 230쪽.

34 『경부텰도 노래』와 『한양 노래』의 경우 1918년 발매금지되었으며, 창립 당시 발간 예정이었던 상당수 출판부들이 실제 발간되지 못했다. 권두연은 이를 출판법(1909.2)과 병합(1910.8) 이후 출판물에 개입된 일제의 검열의 단면을 보여주는 것으로 설명한다. 이에 대한 자세한 논의는 권두연, 앞의 논문, 287쪽을 참조.

35 오선영은 『독립신문』에 나타난 4·4조 율격을 분석하면서, "기록 문학의 텍스트이면서 또한 구비문학으로서 가창 등의 연행(演行)이 가능했으며, 한편으로 문자 텍스트상에서는 율문과 산문의 중간 형태로도 제시, 향유되었고, 또 한편으로 구술 텍스트로서는 음송(吟誦)과 율독(律讀)이 동시적으로 실현되었던 바, 복합적인 제시 형식과 향유 방식을 그 특성으로서 보여준다."(오선영, 「근대 초기의 율격 전통과 개화 교육—「독립신문」에 실린 4·4조 율격의 운동 양상」, 『현대문학의 연구』, 2002, 138쪽)고 평가한다. 필자는 최남선과 이광수가 근대 형성기 아동문학에서 제시한 새로운 운문 서사 역시 『독립신문』의 시가류의 성과와 상당한 연속성이 있다고 본다.

는 장르 혼합적인 실천은 아동이 서사를 향유하는 방식의 고유한 특성을 이해할 때 그 의미가 온전히 해명될 수 있다. 근대 형성기의 『붉은져고리』, 『아이들보이』 등에 나타나는 운문 서사는 전통적인 매체와는 변별되는 근대 활자 매체에 의해 생산-유통되었으며, 창가라는 새로운 율격이나, 전통 시가의 구술성에 의해서도 향유되었다.

아동문학이 점차 근대적 문자 매체로 수렴되어 가는 과정에서도 '노래'라는 전통적인 향유 방식은 상당히 지속적이고 주류적인 위상을 지녔다. 물론 7·5조 창가 서사나 4·4조의 가사체 서사와 같은 정형적인 음수율에 바탕을 둔 율격이 이후 아동문학 서사에서도 지속적으로 전개된 것은 아니다. 그러나 전통적인 구비문학과 인쇄된 기록문학으로 정착한 서사를 넘나들면서 '가창', '음송', '율독' 등이 실현 가능한 복합적인 형식 실험이라는 점은 상당히 중요한 의미가 있다. 공동의 낭독에서 고립된 사적인 독서로 나아간 성인[36]과 달리, 아동의 경우 근대 문자 매체의 정착 이후에도 학교나 소년회, 교회, 야학 등을 중심으로 전개된 '낭독회', '연극회' 등을 통해 텍스트의 의미를 집단적으로 발화하는 것은 중요한 향유 방식의 하나였다. 집단적인 발화는 새롭게 형성된 근대적인 공동체 내부에서 텍스트를 '낭독'함으로써, 연대감을 강화하거나 교육학적으로 효율적인 학습을 강화하는 기능을 수행했다. 이처럼 운문과 산문을 넘나들면서 활자화된 서사를 제시

36 마에다 아이는 일본 근대 독자의 성립의 조건을 ① 획일적 독서에서 다원적인 독서로(혹은 비개성적인 독서에서 개성적인 독서로), ② 공동체적인 독서에서 개인적인 독서로, ③ 음독에서 묵독으로의 이행 등 세 가지로 제시한다(Maeda Ai, 유은경·이원희 옮김, 『일본 근대 독자의 성립』, 이룸, 2003, 155~156쪽). 천정환에 따르면 한국에서도 1920~1930년대 근대 사회로의 변화와 함께 대중 독자가 형성되었다. 그 역시 마에다 아이가 제시한 근대 독자의 성립과 이행에 대한 동일한 문제의식을 공유하고 있다(천정환, 『근대의 책 읽기: 독자의 탄생과 한국 근대문학』, 푸른역사, 2004). 그러나 독서의 수용에 대한 이러한 발전적 도식은 성인을 대상으로 한 것으로, 아동의 경우 전통적인 것과 근대적인 것이 동시적으로 나타나거나 보다 입체적인 향유 방식이 전개된다는 점에서 기계적으로 적용되기는 어렵다.

하는 복합적인 형식과 구술성과 활자성을 넘나드는 향유 방식 등은 일시적인 실험적 형식이 아니었다.

누구나 읽고 쓸 수 있다는 근대의 이상과 달리 '문자' 예술의 특권화는 모든 계층에 일반화될 수 있는 것이 아니었다. 당대에 읽고 쓸 수 있는 능력을 지닌 사람은 여전히 특권적 계층에 국한되었으며, 전반적으로는 비문해자(the illiterate)의 비율이 훨씬 높았다. 특히 근대의 아동문학을 아동이라는 독자적인 수신자를 전제로 한 문학이라고 정의할 때, 아동은 자유롭게 읽고 쓸 수 없거나 아직 이를 배우는 과정 중에 있다는 점을 상기할 필요가 있다. 따라서 아동문학이 점차 근대적 문자 매체로 수렴되어 가는 과정에서 '음송'과 '율독'을 비롯한 구술적 성격의 계승은, 아동이라는 독특한 참조틀을 지닌 독자를 고려한 형식과 향유 방식으로 지속되었다고 평가할 수 있다.

3. 전래동화와 문화적 규범의 창출

설화의 근대적 전환

신화, 전설, 민담 등을 비롯한 설화는 근대적인 전래동화로 수렴되면서 새로운 문화적 규범을 창출하는 기능을 계승했다. 아동문학의 원천 중 하나인 설화는 아동과 성인이 함께 향유하던 문학 형태였다. 특히 전래동화는 고전 문학의 현대적 계승이 가장 성공적으로 이루어지고 있는 장르 중 하나라는 점에서 주목할 만하다.

신화, 전설, 민담과 전래동화는 다음과 같이 구분해 볼 수 있다. 신화는 전승자가 신성한 이야기로 인식하고 있고, 작중 시간이 태초와 같은 신화의 시간으로 역사적 시간과 다르며, 작중 공간이 신성 공간으로서 현실적이거나 지리적인 공간과 다르다. 전설은 전승자가 이야기 내용을 사실로 믿고 진지한 태도를 가지며, 작중 시간은 구체적이며 역사적 시간으로 한정되고, 작중 공간도 구체적으로 실재하는 지리적 공간이다. 민담은 전승자가 이야기 내용을 거짓말이라고 인식하고 있고, 작중 시간도 '옛날 옛적'과 같이 시제 상 과거라는 것을 나타낼 뿐 구체적으로 한정되지 않으며, 작중 공간도 '어느 한 곳에'라는 식으로 구체적 지역으로 한정되지 않는다. 전승의 원동력의 경우 신화는 신성성에, 전설은 진실성에, 민담은 흥미성에 있다고 할 수 있다.[37]

반면에 전래동화는 근대의 산물이다. 전래동화는 민속 전통(folk tradition)에 관계된 낭만주의, 전대와의 단절, 세상에 대한 이성적 관점, 아동에 대한 이상화 등에 힘입은 것이다. 신화와 전래동화의 가장 뚜렷한 차이는 서사에 대한 독자의 '위치'이다. 신화가 스토리의 사건이 곧 현실이라는 믿음에 기초한다면, 전래동화의 수신자(addressee)는 텍스트 밖에 위치하며, 스토리의 사건이 곧 현실이 아니라는 믿음에 기초한다. 이러한 인식론적 차이에 의해서 전래동화는 전통적인 신화의 제의적 목적을 분명하게 상실한다.[38]

20세기 초반 쇠퇴해가던 전래의 설화가 근대의 전래동화로 계승되면서 문화적 저장고의 기능을 새롭게 수행했다는 점은 충분히 강조될 필요가 있다. 1924년 조선총독부에서 발간한 『조선동화집(朝鮮童話集)』, 1926년 심의린의 『조선동화대집(朝鮮童話大集)』, 1940년 박영만의 『조

---

37 서대석, 『이야기의 의미와 해석』, 세창출판사, 2011, 25~26쪽.

38 마리아 니콜라예바는 신화(myth), 민담(folk tale), 요정담(fairy tale)과 문학적 요정담(literary fairy tale), 판타지(fantasy)를 구별하면서, 특히 근대적 현상으로서의 판타지의 특징을 강조한다. 필자는 마리아 니콜라예바가 근대적 판타지의 특성으로 제시한 바 있는, 구술문학과 관련성을 지니면서도 근대적 원리에 의해 차이가 산출되는 성격만을 차용하여 전래동화에 적용하고자 한다. Maria Nikolajeva, "Fairy Tale and Fantasy: From Archaic to Postmodern", *Marvels & Tales Journal of Fairy Tale Studies*, Vol.17, 2003, pp.139~153.

선전래동화집(朝鮮傳來童話集)』을 조선 삼대 전래동화집으로 계보화하고 오늘날 간행되는 각종 전래동화집의 원천으로 인식하는 선행 연구 경향을 비판적으로 인식하면서, 당대의 다양한 문화적 원천으로부터 전래동화가 형성되었음을 새롭게 논증할 필요성이 존재하는 셈이다.

구활자본 고소설에서 전래동화로

이야기가 말로 만들어져서 말로 전승되는 구비문학과 달리, 전래동화는 앞서 언급한 바와 같이 근대 인쇄 매체에 의한 기록 서사로의 전환 과정에서 형성되었다. 따라서 전래동화의 형성에는 여러 사람들의 머릿속에 기억되고 입에서 입으로 전승되는 구비문학뿐만 아니라 전통 서사를 새롭게 계승하고자 했던 구활자본 고소설의 기록문학 역시 중요한 원천으로 작용했다. 여기에 구비문학이 당대 새롭게 등장한 연극, 창극 등 근대의 다양한 미디어를 넘나들면서 문화적 기호로 자리매김하는 과정은 전래동화의 형성을 이해할 수 있는 중요한 배경이 된다.

여기서는 구체적으로 「토끼전」이 아동문학의 전래동화 장르로 수용되는 양상을 분석해보고자 한다. 「토끼전」은 길게는 원천으로 작동하는 『삼국사기』의 역사 서술부터, 가깝게는 판소리계 소설의 형성 이후 근대 형성기를 거쳐 1910년대까지 지속적으로 다양한 방식의 매체와 장르로 전환되었다는 점, 특히 아동문학의 형성 과정에서도 중요한 참조점이 된다는 점에서 전통 서사 계승의 중요한 사례로 판단되기 때문이다. 본래 일종의 역사 서술의 일환으로 형성된 「토끼전」은 시대의 흐름에 점차 역사에서 분리되어 판소리계 소설로 볼 수 있는 가람본 「별토가」, 경판본 「토생전」과 완판본 「퇴별가」를 거쳐서, 1910년대에는 인쇄 매체로의 전환에 의한 대중적인 구활자본 텍스트로 전환되었다. 특히 1910년대 이후 활자 매체의 대두 속에서 이전 시기 연행 예술 장르로 존재했던 토끼 타령까지도 활자 텍스트로 출간되기 시작했다. 대표적인 것만 들어도 이해조의 『兎의 肝』(『매일신보』, 1912.06.09~07.11/박문서관, 1916)과 『不老草』(유일서관, 1912/박문서관, 1920), 『鼈主簿傳』(신구서림, 1913) 등이 있다.[39] 그런데 「토생전」은 이러한 구활자본 고소설본뿐만 아니라 판소리 창본의 '소리'의 형식으로도 존재했다. 이러한 당대의 다양한 문화적 맥락 속에서 전래동화라는 근대적인 아동문학이 탄생했다.

〔표 6〕 아동문학 형성기 「토끼전」의 수용 목록

편자/저자	제목	발행처/발표매체	발행일	내포독자/저본
이해조	兎의肝	매일신보	1912.6.9~7.11	성인/토끼타령
유일서관	불노초	유일서관	1912.	성인
無記名	자라 영감하고 토끼 생원	아이들보이(1호)	1913.09.	아동/경판본 토생전
김용준	兎의肝(별쥬부가)	박문서관	1916.2.30.	성인
조선총독부	심부름꾼 거북이(鼈のお使)	조선동화집	1924.	아동/『삼국사기』제41 「열전」 제1 김유신의 귀토지설
고유상	兎의肝(별쥬부가)	회동서관	1925.11.10.	성인
조선도서주식회사	별쥬부젼	조선도서주식회사	1926.1.25.	성인
심의린	鼈主簿(별주부)	조선동화대집	1926.	아동/경판본 토생전
맹주천	용궁에 잡히어 갓든 톡기	신소년(5-1)	1927.01.	아동/복수의 문화적 텍스트

39 권순긍, 「〈토끼전〉의 매체변화와 존재방식」, 『고전문학연구』, 2006, 71쪽.

무기명의 「자라 영감하고 토끼 생원」(『아이들보이』, 1913.9)은 경판본 토생전을 저본으로 삼아 이를 자라와 토끼의 '기지담(奇智談)'으로 재구성했다. 이는 아동이 지니는 호기심과 모험담을 차용하여 새로운 서사를 구축하고자 한 것으로 판단된다.

조선총독부 편의 「심부름꾼 거북이(鼈のお使)」(『조선동화집』, 1924)는 『삼국사기』 「열전」의 '귀토지설(龜兎之說)'을 재구성한 것이었다. 귀토지설은 『삼국사기』 14권, 「열전(列傳)」 「김유신(金庾信)」에 수록된 것으로, 김춘추(金春秋)의 고구려 사신행과 신라로의 귀환이라는 역사적 사건 속에 포함된 우화이다. 그런데 이 작품이 조선총독부의 『조선동화집』에 배치되는 것은 당시 조선, 대만, 오키나와, 아이누 등의 동화를 일본의 식민지학 속에 포괄하려는 제국의 민속지적 기획에 의한 것이다.

한편 심의린 편의 「鼈主簿」(『조선동화대집』, 1926)을 거쳐서 맹주천의 「용궁에 들어갓든 톡기」(『신소년』, 1927.1)에 이르면 「토끼전」은 당대 생산된 다양한 문화적 원천들의 저장고로서 기능하게 된다.

맹주천의 작품은 첫째, 토끼와 자라 부인의 동침과 같은 성(性)적 요소를 제외하고, 토끼와 거북이의 '기지담'으로 이야기를 단순화한다. 이러한 내용과 형식의 변화는 새로운 아동 독자를 위한 개작 전략으로 이해할 수 있다. 같은 맥락에서 내포 독자를 고려하여 원전의 생생하고 저속한 세부묘사들을 생략되고, 플롯 역시 단순화된다.

둘째, 경판본의 「토생전」을 기본 플롯으로 하고 4·4조의 율격의 '노래'를 서사 속에 포함한다. 이는 앞서 서술한 것처럼 아동이 지니는 비문해적 성격을 고려한 것으로 해석할 수 있다.

셋째, 표지 이미지나 삽화 등의 파라텍스트 활용이 수행된다. 맹주천은 고전소설 『별주부전』(조선도서주식회사, 1926)의 표지에서 제시되었던 그림을 본문에 삽화로 삽입함으로써 텍스트와 이미지의 상호 작용을 바탕으로 한 새로운 문학 작품을 만들어 냈다. [그림 8]과 같이 활

「兎의肝(별쥬부가)」(회동서관, 1925) 표지

「별쥬부젼」(조선도서주식회사, 1926) 표지

맹주천, 「용궁에 잡히어 갓든 톡기」(신소년(5-1), 1927.1)의 삽화

[그림 8] 아동문학 형성기 「토끼전」의 표지 삽화 변화

자본 텍스트의 표지는 서사를 이미지로 전환한 문화적 기호를 증가시켰다. 맹주천본의 동화는 이러한 문화적 기호로 자리 잡은 이미지를 서사로 편입시킨 것이다. 이런 점에서 맹주천본의 전래동화는 다양한 이본에서 제시된 예술의 원초적 저장고로 자리매김할 수 있었다.

특히 근대 인쇄 매체의 발달로 인한 이미지 재현의 증가 역시 아동문학의 관점에서 주목할 수 있다. 회동서관본의 표지는 자라가 토끼의 간을 구하러 땅으로 올라가는 장면을, 조선도서주식회사본의 표지는 자라가 토기를 태우고 용궁으로 향하는 장면을 재현한다. 표지의 이미지 텍스트는 관습적이고 선형적인 기호인 서사의 일부 대상을 직접 재현하는 비선형적인 기호로 전환한다. 이처럼 근대 인쇄 매체의 발달에 따른 시각적 재현의 증가는 문자 중심의 관습적 재현에만 의존하는 것보다 아동이 서사의 의사소통 구조에 참여할 수 있는 가능성을 증가시킨다. 문자 중심의 관습적 기호는 수신자가 그 코드에 익숙할 때에만 해석이 가능하다. 반면에 이미지처럼 현실과 기호 사이의 유사성이나 직접적 지시에 기초할 경우 그림은 글이 명시적으로 언급하지 않은 배경을 보충하고 대상을 직접적으로 표상한다. 때문에 특별한 배경 지식이 필요하지 않다는 점에서 아동의 이해를 도울 수 있다. 나아가 고전 소설에서 표지로 기능했던 그림이 맹주천본의 전래동화에서는 스토리 내부에 삽입되기도 한다. 즉, 이미지 텍스트가 표지와 같은 장식적 위치에서 서사 내부의 한 요소로 전환된 것이다.

「흥부전」 역시 하나의 이야기 화소가 문자뿐만 아니라 구연, 민담은 물론 연극, 창극 등의 근대적인 다양한 매체를 넘나들면서 문화적 기호로 자리매김하는 과정에서 전래동화로 새롭게 정착된 경우로 볼 수 있다.

> 조선에 가장널리펴진이악이가 무엇이냐하게되면, 아모든지 먼저 손쉽는 몃개가운대 반듯이 한목을 보는것이 흥부놀부 박타든이악이다. 어려서는 어머니 반지ᄭᅩ리엽헤서 듯고, 자라서는 광대 북앗헤서 듯고, 드름ᄲᅮᆫ아니라 책으로보고, 책ᄲᅮᆫ아니라 연극으로 구경하야, ᄲᅧ에 박이고 살에 들도록 우리들 허고 닉숙한것이 실상 이 흥부놀부 이악이다.[40]

인용문은 「흥부전」의 화소가 다양한 문화의 메커니즘 안에서 집단기억(collective memory)으로 작용하고 있음을 잘 보여준다. 이러한 집단기억은 「흥부전」 화소의 다양한 텍스트들의 발전 안에서 충분히 축적되었으며, 아동문학으로 전환될 수 있는 중요한 토대가 되었다.

신문관에서는 '육전소설'이라는 명칭 하에 고소설 단행본들을 출판했는데, 『(륙젼쇼셜) 흥부젼』이 발행된 시기는 1913년 10월이다. 『아이들보이』에 「흥부놀부」가 수록된 2, 3호는 1913년 10월, 11월에 출간되

40 최남선, 「外國으로서歸化한朝鮮古談—朝鮮歷史通俗講話別錄」(1), 『동명』, 1922.11.19, 6쪽.

[그림 9] 「조선극장활동사진 놀부흥부傳」(『동아일보』, 1925.05.19)

■ 조선극장에서 상영된 흥부전의 〈박타는 놀부〉의 한 장면. 이처럼 「흥부전」은 근대적인 시각적 기호로도 재생산되어 광범위하게 확산되었다.

었다. 이와 같은 출간 시기를 고려할 때, 신문관은 동일한 '흥부전'을 한 편으로는 '육전소설' 시리즈의 일환으로, 다른 한 편으로는 아동 대상의 전래동화로 구상한 셈이다. 그런데 『(륙젼쇼셜) 흥부젼』은 대체로 활자본 고소설 중에서도 분량이 짧은 경판본을 우선적으로 선택한 다음 그것을 편집하는 방식으로 이루어졌다. 이를 통해서 신문관은 성인 독자층을 대상으로 한 고전문학의 대중화라는 성과를 이루었다. 그런데 흥미로운 것은 『(륙젼쇼셜) 흥부젼』이 아동을 독자적인 수신자로 삼는 「흥부놀부」의 '동화'로 전환될 때 육전소설본을 아동의 인지 수준에 맞는 어휘와 문장구조로 교정하는 방식으로 아동문학이 탄생한다는 점이다. 두 작품은 모두 경판본 「토생전」에 바탕한 기본 플롯이 동일할 뿐만 아니라, 문장 단위의 서술까지 유사성을 보인다.

① 화셜경샹젼라량도디경에셔사는사름이잇스니놀부는형이오흥부는아이라놀부심식무지ᄒᆞ여부모싱젼분직젼답을홀로차지ᄒᆞ고흥부ᄀᆞᆺᄒᆞᆫ어진동싱을구박ᄒᆞ여[41]

② 젼라경샹디경에 두사람사니/ 놀부라ᄂᆞᆫ짝업시 모진언니와/ 홍부라ᄂᆞᆫ어질기 한업ᄂᆞᆫ아오/ 두동생의압뒤일 볼만ᄒᆞ도다[42]

③ 삼ᄉᆞ일에슌이나셔마듸마듸닙히오줄기줄기곳이퓌여박넷통이여럿스되고마슈영젼션ᄀᆞᆺ치대동강샹에당두리ᄀᆞᆺ치덩그러케달녓구나홍부가반기녁여문ᄌᆞ로써말ᄒᆞ되륙월에화락ᄒᆞ니칠월에셩실이라대쟈ᄂᆞᆫ여항ᄒᆞ고쇼쟈ᄂᆞᆫ여분이라엇지아니됴흘소냐여봅소비단이ᄒᆞᆫᄶᅵ라ᄒᆞ니ᄒᆞᆫ통을ᄶᅡ셔속으란지져먹고박아지ᄂᆞᆫ팔아쌀을팔아다가밥을지어먹어봅세[43]

④ 어느덧박네통이 두렷이열녀/대동강널은물에 당두리처럼/덩그런히달님을 홍부가보고/깃븐김에웅산이 한둘아니라/『비단이한ᄶᅵ라니 한통을ᄶᅡ서/속으란지져먹고 박아진파라/쌀파라다밥지어 먹읍세』[44]

인용문 ①, ②는 각각 소설 『흥부전』과 동화 「흥부놀부」의 도입부이다. 동일한 도입부에, ①의 핵심 내용을 비교적 평이하게 축약한 것이 ②의 형태이다. 인용문 ③, ④는 수사 단위의 서술까지 동일하게 구성되어 있음을 뚜렷하게 보여준다. 다만 박이 열리는 과정에 대한 묘사를 '어느덧'으로 요약하거나, 흥부의 문자 사설을 생략하는 점이 나타날 뿐이다. 이러한 「흥부놀부」의 형태와 내용의 단순성은 아동의 참조틀을 고려한 서술의 차이를 잘 보여준다. 이처럼 전래동화로서의 「흥부놀부」는 고소설 경판본의 기본 플롯에 근대 인쇄 매체에 의해 활자화된 텍스트를 기본 자료로 활용하면서 다양한 저본의 문화적 특징을

41 최창선(저작 겸 발행자), 『홍부젼』, 신문관, 1913, 1쪽.
42 「홍부놀부」(1), 『아이들보이』, 1913, 23쪽.
43 최창선(저작 겸 발행자), 앞의 책, 17쪽.
44 「홍부 놀부」(1), 앞의 책, 25쪽.

아동의 기대 지평에 맞추어 변형한 특성을 지닌다.

문화적 저장고로서의 전래동화

전통적인 설화는 당대 새롭게 등장한 매체에 의해 다양한 양식으로 변환되었다. 구술과 문자, 극장에서의 공연 등 다수의 매체를 통해 전통적인 서사적 화소는 다양한 텍스트로 변형될 수 있었다. 특히 전래동화는 당대에 새롭게 등장한 인쇄 문화와 근대적인 다양한 미디어를 넘나들며 형성된 문화적 기호들을 함축함으로써 문화적 저장고로 기능할 수 있었다.

제3장

서구 정전의 탈식민적 수용과 서사 독법의 전환

1. 번역과 탈식민주의
2. 『이솝우화』의 번역과 알레고리적 독해
3. 『그림동화』의 수용과 문자적 독해
4. 낭만주의와 동화의 숭고 미학

제3장

서구 정전의 탈식민적 수용과 서사 독법의 전환

1. 번역과 탈식민주의

이 장에서는 문화 접변의 문맥에서 서구 문학의 정전이 어떠한 방식으로 독특하게 당대 한국의 아동문학장(場)에 조응하는 형식으로 재구성되었는지에 대해 살펴보고자 한다. 일반적으로 한국 근대 아동문학은, 다른 문학과 마찬가지로 서구의 그것이 일본을 경유하여 수용, 형성된 것으로 간주된다. 이러한 관점을 통해 한국 문학 일반은 그 보편적인 성격을 확인할 수 있었으며, 이는 매우 중요한 문학사적 성과로 평가될 수 있다. 그러나 동시에 이러한 관점이 자칫 일종의 '이식문학론', 혹은 서구에 대한 '새것 콤플렉스'로 귀결될 수 있다는 점 역시 충분히 지적될 필요가 있다. 특히 장르론적 연구에서 '전파론적 관점'은 비판될 필요가 있는바, 이것이 서구의 아동문학을 절대적인 기준으로 설정하고, 한국의 아동문학을 서구의 모방이나 이식의 결과로 부당하게 평가하는 결과를 가져올 수 있기 때문이다. 이를 극복하기 위해서 탈식민적 관점에 입각한 비교문학적 연구 방법론을 장르의 층위에서 활용할 필요가 있다.

신유교주의(neo-confucian morality)와 아동 교양

먼저 근대 형성기, 다니엘 디포(Daniel Defoe)의 『로빈슨 크루소』를 중심으로 서구 문학의 능동적 수용을 통한 아동 텍스트의 형성 양상을 살펴보도록 하겠다. 이 작품은 서구뿐만 아니라 한국에서도 초기 아동문학사에서 독자적인 아동문학의 형성과 근대 문명의 확산에 큰 영향을 끼친 작품이라는 점, 또 식민 개척 이데올로기를 전파하는 대표적인 작품이 식민지로 전락하기 직전의 조선에서 활발하게 수용되었다는 점에서 각별한 주목이 필요하다. 다니엘 디포의 원작 소설은 성인문학에서 아동문학으로 이행한 대표적인 작품이자[1], 영국의 식민 개척 이데올로기를 전파하는 대표적 작품으로 평가된다.[2] 이 작품은 일본에서 메이지 말기 강한 국가 자원으로서의 어린이를 교양하기 위한 모험 소설로 수용되었으며[3], 이후 일본을 매개로 하여 조선에도 근대 형성기에 활발하게 수용되었다.

구체적으로 작자 미상의 「그루소의흑인을엇어동모흠」[4], 김찬의 『(절세기담) 나빈손표류기』[5], 최남선의 『로빈손무인절도표류기(無人絶島漂流記)』[6] 등의 작품이 한일병합(1910) 이전까지 활발하게 조선에서 번역(안)되었다. 작자미상의 작품은 기독교적 관점에서 크루소가 식인종으로부터 프라이데이를 구출하는 단편적인 에피소드를 번역한 것이다. 김찬의 번역본은 『로빈슨 크루소』 1권을 전역한 작품이며, 최남선

---

1 John Rowe Townsend, 강무홍 옮김, 『어린이책의 역사』 제1권, 시공주니어, 1999, 72쪽.
2 고부응, 「영문학 속의 식민이데올로기: 『로빈슨크루소』에 나타난 식민주의」, 『역사비평』, 1995; 최병갑, 「『로빈슨 크루소』: 정치적 읽기」, 『신영어영문학』, 2000; 전세재, 「로빈슨 크루소와 문화적 공간」, 『영미문화』, 2007 등의 논의를 참조.
3 Kawahara Kazue, 양미화 옮김, 『어린이관의 근대』, 소명출판, 2007, 50~53쪽.
4 작자 미상, 「그루소의흑인을엇어동모」, 『그리스도 신문』, 1902.5.8.
5 김찬, 『(절세기담(絶世奇談) 나빈손표류기(羅賓孫漂流記)』, 義進社, 1908.
6 최남선 옮김, 「로빈손무인절도표류기(無人絶島漂流記)」, 『소년』, 1909.2~1909.9.

의 번역본은 『로빈슨 크루소』 1권과 2권을 모험의 플롯 중심으로 번역한 작품이다.[7]

이 중에서도 특히 김찬의 경우, 바꾸어 말하기(rewording), 순화(purification), 윤색(embellishment) 등의 '자국화(domestication) 번역 전략'을 활용하여 원작을 유교적 관점의 소년 교양이 반영된 텍스트로 변용한다는 점에서 주목된다.

'바꾸어 말하기'는 대상 언어에 존재하지 않는 은유나 개념어를, 이와 가까운 것으로 추정되는 경계적 의미로 대체하는 것이다. 김찬은 이국적인 개념을 전래의 유교적 세계관을 지닌 청중에게 친숙한 개념으로 대체하는 전략을 사용했다. 먼저 원작의 내용을 간략하게 살펴보자. 이 소설은 아들에 대한 로빈슨 아버지의 충고로부터 시작한다. 해외로 나가고 싶어 하는 아들에게 로빈슨 아버지는 국내에서 '중간층 내지는 평범한 서민의 상류계층'으로 살아갈 것을 권한다. 아버지는 본인처럼 아들 역시 도시에 정착한 자본가로서의 안정된 삶을 살아가길 바란다. 하지만 크루소는 위험한 바다로 나가 식민지 플랜테이션 및 노예무역 등의 해외 개척으로 엄청나게 자본을 증식하는 삶을 선택함으로써 주요 갈등이 벌어진다. 요약하자면 원작의 갈등 양상은 표면적으로 부자(父子)의 대립이지만, 본질적으로는 영국 부르주아 계층이 도시에 정착한 자본가로서의 안정된 삶에 만족할 것인가 아니면

---

7 김찬의 경우 어떤 것을 저본으로 삼아서 다니엘 디포의 소설을 번역했는지 확실하지 않다. 단행본으로 간행된 책에는 역술자 김찬만 표기되어 있다. 다만 개화기에 조선에서는 주로 일본이나 중국의 판본을 저본으로 삼아서 중역하는 사례가 많았음을 밝혀둔다. 저본으로 검토해 볼 수 있는 일본의 저작은 다음과 같다. ヅーフヲー 著, 『魯敏孫漂流記 : 絶世奇談』, 東京: 博聞社, 1883; ヅーフヲー 著, 『絶世奇談魯敏孫漂流記』, 東京: 長尾景弼, 1883; ダニエル・ディフォー 作, 『ロビンソン漂流記 : 絶島奇談』, 東京: 岡村書店, 1908. 한편 최남선이 번역한 작품은 巖谷小波 편저, 『無人島大王 : ロビンソン漂流』, 東京: 博文館, 1899.를 저본으로 삼은 것으로 알려져 있다. 최남선 작품의 서지는 다음을 참조했다. 김병철, 『한국근대번역문학사연구』, 을유문화사, 1975, 283쪽. 그러나 아직까지 김찬이나 최남선의 작품과 일본의 대상 작품을 대조한 연구가 없어서, 정확한 번역의 저본 확정은 차후의 연구 과제로 남아 있다.

식민지 경영을 통한 해외개척으로 일정 부분 위험을 감수하면서 대규모 자본의 팽창을 꾀할 것인가 하는 선택 간의 갈등으로 볼 수 있다.

그런데 김찬은 원작 서두의 "지혜롭고 근엄하신 아버지(My Father, a wise and grave Man)"(p.4)[8]라는 표현을 "나빈손의 아버지는 원래로 영명단정한 군자(羅賓孫의父는原來로英明端正훈君子)"(3쪽)[9]라는 표현으로 바꾼다. 또 아들에게 국내에서 '중등사회'의 삶을 살 것을 권하면서 "수신상에도 능히 중용의 도를 취할 것(修身上에도能히中庸의道를取후야)"(3쪽)을 요구한다. 원작의 '중간층의 삶'을 '중용의 도'로 대체한 것이다.

흥미로운 것은 이러한 바꾸어 말하기의 '효과'이다. 김찬의 번역본에서 바꾸어 말하기 전략은 단순히 몇몇 주요 단어의 변경에 그치는 것이 아니라 중심 플롯의 기초 요소인 갈등의 양상을 원전과는 상이하게 변용한다는 점에서 각별히 주목할 필요가 있다.

유가(儒家)에서 군자는 매우 특별한 의미를 지닌 어휘이다. 군자는 공자가 생각한 '이상적 인격의 대표적 명칭'이다. "君子는 좁은 의미의 聖人과 仁者의 아래 위치하는 이상적인 인격의 세 번째 단계를 나타낸다. 그리고 넓은 의미로 쓰일 때는 '이상적 인격 일반'의 명칭으로 위로는 聖人을 포괄하고, 아래로는 仁者 및 거기에 도달하려고 노력하는 군자를 포함한다."[10] 또한 군자는 '윤리적 도덕의 원천을 알고 인간이 가야할 길'인 천명(天命)을 아는 자이다.[11]

---

8 원본은 1719년 초판본에 기초한 Daniel Defoe, ed. J. Donald Crowley, *Robinson Crusoe*, Oxford University Press, 1998이다. 논의의 편의를 위해 원작을 우리말로 옮기고, 원문을 병기하였다. 이하 이 작품의 인용 시 괄호 안에 인용 면수만을 표기한다.

9 김찬 옮김, 『(絶世奇談)羅賓孫漂流記』, 義進社 1908. 논의의 편의를 위해 원문의 표기 및 띄어쓰기를 현대어 기준에 맞게 고치고, 원문을 병기하였다. 이하 이 작품의 인용 시 괄호 안에 인용 쪽수만을 표기한다.

10 임헌규, 「천명(天命)과 윤리(倫理)」, 『온지논총』, 2012, 406쪽.

11 『논어』에서 "천명(天命)을 알지 못하면 군자가 되지 못한다.(子曰 不知命 無以爲君子也)"(공자, 성백효 역주, 「堯曰」, 『논어』, 전통문화연구회, 1996, 389쪽). 다시 말해서 군자는 천명을 아는 존재이다.

아울러 아버지는 '중용'의 도를 통해 자기 실현을 이루라고 권한다. 유가에서는 "치우치지 않음을 中이라 하고, 변치 않음을 庸이라 한다. 中은 天下의 바른 道이고, 庸은 천하의 정한 理이다."[12] 다시 말해 아버지는 아들에게 천하의 바른 도리에 따라 주어진 본성의 덕을 자각함으로써 인간의 윤리적 이상인 군자가 되라는 유가의 자기 정립과 자기 실현의 길을 제시한다.

이처럼 김찬의 번역본에서 아버지와 아들의 대립은 유교적 관점에서 '윤리적 도덕의 원천을 알고 인간이 가야할 길'을 아는 군자 대 이를 모르는 소인의 대립 구도라는 심층적 갈등 구조로 심화된다. 아울러 유교의 문화적 맥락에서 아버지와 아들의 갈등 구조에 크루소는 '효'의 가치를 외면하는 것으로 새로운 의미의 갈등 구조가 덧붙여진다. 유교에서 부모의 명을 어기는 것과 자식이 몸을 상하게 하는 것은 큰 불효이다.[13] 로빈슨 크루소의 모험과 항해는 이러한 유교적 관점에서의 '불효'의 표상으로 작동한다.

원전과 번역본 모두 표면적으로는 아버지와 아들의 갈등 양상을 보인다. 하지만 플롯을 추동하는 심층 갈등은 다르게 형상화된다. 원전이 제국주의적인 자본 축적의 문제를 갈등화했다면, 김찬의 번역본은 유교적 관점에서 군자로의 성장과 윤리적인 삶의 문제를 갈등화했다는 점에서 그 차이는 매우 크다.

또 다른 자국화 번역의 전략으로 김찬은 '순화(purification)'를 적극적으로 활용한다. 순화는 정치, 문화, 또는 종교적 이유에서의 생략과 변경을 지칭한다. 그는 번역본에서 크게 두 가지 부분을 순화한다. 하나는 조선

12 "程子曰 不偏之謂中 不易之謂庸 中者 天下之正道 庸者 天下之定理"(위의 책, 123쪽).

13 "맹의자가 효를 묻자, 공자께서 "어김이 없어야 한다."고 대답하셨다.(孟懿子問孝 子曰 無違) / "맹무백이 효를 묻자, 공자께서 대답하셨다. "부모는 오직 자식이 병들까 근심하신다."(孟武伯問孝 子曰 父母 唯其疾之憂)"(위의 책, 36~38쪽).

의 문화에서 받아들이기 힘든 개신교의 종교적 구절의 삭제 및 순화이며, 다른 하나는 결말을 내포 독자에게 적합하도록 변경한 것이다.

먼저 종교적 내용의 순화를 살펴보자. 김찬의 작품에서는 신(God)이라는 단어가 자주 생략되거나 원작의 개신교의 교리에 관한 핵심적인 주요 장면이 삭제된다.[14] 또 그는 기독교의 신을 유교의 상제(上帝) 혹은 상천(上天)으로 변용하여 번역한다. 이는 상당히 의도적인 것으로 김찬은 반드시 기독교와 관련지어 이해할 수 있는 내용일 때에만 '야소교'로 별도 표기하였다.

이에 따라 원작이 지닌 서구 개신교의 종교적 성격은 유교적 관념으로 성격이 바뀐다. 이러한 순화 전략에 의해서 원작의 플롯에 따른 크루소의 내면 성장의 초점이 완전히 바뀐다는 점은 상당히 중요하다. 원작인 『로빈슨 크루소』의 플롯은 아동 서사의 기본적인 플롯, 즉 집에서 떠나서 시련과 모험을 거친 후에 다시 집으로 귀환하는 구조와 일치한다. 주인공의 모험은 곧 내면의 성장 과정에 다름 아니다. 원작에서 크루소의 내면 성장의 핵심은 '개신교도'로서의 신앙심이다. 고립된 섬이라는 극단적인 배경에서 크루소는 사제 없이 혼자 성경을 읽고 기도하며 양심에 따라 행동하면서 개신교도로 성장한다. 그런데 김찬의 작품에서는 기독교적인 신이 대부분 삭제되거나 유교적인 신과 하늘 개념으로 대체됨으로써 원작의 내면 성장의 서사는 원천적으로 차단된다. 그렇다면 원작의 크루소의 내면 성장을 대체하는 것은 무엇인가를 살펴봄으로써 김찬의 번역 전략의 실체를 규명할 수 있을 것이다.

이를 위해 먼저 유교에서 하늘(天)의 개념부터 살펴볼 필요가 있다. "유가의 궁극자인 天은 만물을 造化發育하는 존재근거이면서 윤리적

14 예컨대 원작에서 크루소가 곡물을 발견하고서 탄생의 제1원인인 신에 대해 경탄하다가 이후 그것이 자신이 버린 곡물이 원인이었음을 이성적으로 추론하는 장면이라든가, 프라이데이와 문답하면서 그에게 기독교를 전파하는 장면 등이 삭제되었다.

도덕의 원천이다. 만물의 존재 근원인 하늘이 만물, 특히 인간에게 법칙과 본성을 그 존재근거로 부여했으며, 이렇게 인간과 만물이 天命으로 부여받고 태어난 본성의 덕(德)이 마땅히 구현해야 할 당위규범이다."[15] 이처럼 '윤리적 도덕의 원천'으로서의 하늘이 유교적 관념에서 핵심적인 개념이다. 인간의 윤리 도덕은 하늘에서 인간에게 내린 본성의 덕으로 정당화되며, 실천해야 할 강력한 윤리 규범으로 작동한다. 따라서 김찬의 번역 작품에서 하늘과 상제의 힘은 다음과 같이 크루소의 삶과 운명에 적극적으로 작용한다.

① 危急ᄒᆞᆷ을生覺ᄒᆞ고自歎ᄒᆞ되平素의目的을遂行코ᄌᆞᄒᆞ야慈愛가山海갓튼兩親의教命을不遵ᄒᆞ고至此ᄒᆞ야危地에陷ᄒᆞ게되니此ᄂᆞᆫ**上帝게서予의不孝不信의罪를懲戒ᄒᆞ심**이라.(7쪽)

② 摠世界의 事ᄂᆞᆫ, 다天意로出ᄒᆞ얏고人力으로 爭得ᄒᆞᆯ바-, 아니라上天은萬物을主裁ᄒᆞ시니, 엇지偏僻이有ᄒᆞ리오,有功者ᄅᆞᆯ賞ᄒᆞ시고有罪者를罰ᄒᆞ심은天運의循環ᄒᆞᄂᆞᆫ正理라, 然이ᄂᆞ余ᄂᆞᆫ**上帝ᄭᅴ得罪ᄒᆞᆷ**이有ᄒᆞᆷ으로此處에流罰ᄒᆞ심이니, 萬若上天을怨ᄒᆞᄂᆞᆫ時ᄂᆞᆫ罪上添罪ᄒᆞᆯ지라, 決코天助를仰望ᄒᆞᆷ이當然ᄒᆞ니**自今으로修身立德ᄒᆞ야天의冥佑ᄅᆞᆯ得ᄒᆞ야此危難을免ᄒᆞ리라**(62쪽)

강조한 부분은 모두 원본에는 없는 부분으로 번역본에서 추가된 내용이다. 추가된 개념으로 인해 유교적인 신과 자연의 힘이 인간 윤리에 적극적으로 작용하는 것으로 전체 문맥이 변경되었다. ①은 크루소가 항해를 떠난 직후 풍랑을 만나고 이를 하늘이 자신이 '불효한 죄'를 내리는 것으로 인식하여 자신의 행위를 반성하는 부분이다. ②는

15 임헌규, 앞의 논문, 401쪽.

원작에서 크루소가 창조주 하나님께 죄지은 자로서 자신의 위치와 구원에 대해서 사색하는 부분인데, 이러한 개신교의 신은 모두 유교적인 하늘의 개념으로 변경되었다. 특히 크루소가 유교적인 자기 정립 방법인 '수신입덕'을 통해 무인도에 처한 위기를 면하겠다고 결심하는 부분은 상당히 인상적이다. 수신(修身)이란 마음과 행실을 바르게 하도록 심신을 닦는 일이다. 이를 통해서 본성의 덕을 실현하는 것(立德)이 바로 '천명'에 순응하는 방법이다. 따라서 크루소의 '수신입덕'이란 '천명'으로 주어진 본성의 덕을 자각하여 군자로서의 자기실현에 이르는 과정에 다름 아니다.

아버지, 곧 군자의 천명을 어기고 "소년의 날카로운 기세(少年銳氣)"(4쪽)로 집을 떠난 아들 크루소가 돌아갈 곳은 어디일까? 김찬의 번역본에서 원작과 결정적으로 달라지는 부분이 바로 결말이다. 순화의 정점이 바로 결말에서 나타난다.

① 이러한 모든 것들과 그 밖에 기타 내 자신의 한 10년간의 새로운 모험에서 겪은 놀라운 사건 이야기는 아마 나중에 더 할 기회가 있지 않을까 생각한다. (All these things, with some very surprising Incidents in some new Adventures of my own, for ten Years more, I may perhaps give a farther Account of hereafter)(p.306)

② 羅賓孫은如此흔巨額을受ᄒᆞ고前者에受흔財産을合ᄒᆞ면一巨富를致흔지라姪二人의게各各優數히分與ᄒᆞ고娶妻ᄒᆞ야二南一女를生ᄒᆞ얏더니不幸히其妻一死흔後, 自然心神이不一ᄒᆞᄂᆞ子女ᄅᆞᆯ教育ᄒᆞ고平穩이一生을 享樂ᄒᆞ니라.(178쪽)

원작의 결말인 ①은 결국 집으로 돌아온 로빈슨이 다시 모험을 떠날

것을 암시하며 끝난다. 실제로 다니엘 디포는 『로빈슨 크루소』의 속편을 발표해서 크루소의 모험담을 그렸다. 반면에 김찬의 번역본인 ②에서의 결말은 로빈슨이 '가족'을 이루고 평생 자녀를 교육하며 일생을 즐겁게 살았다는 새로운 내용으로 변경된다.

이러한 결말의 '차이'는 왜 생겼을까? 원작의 서사는 전형적인 남성적 모험담이다. 집을 떠나서, 모험하고, 싸움에서 승리하며, 식민지를 정복하고, 부를 얻어서 집으로 돌아온다. 크루소가 수많은 모험을 겪으면서도 사랑에 빠지거나, 가족을 이루는 이야기가 전혀 없는 이유이다. 반면에 김찬의 번역본의 서사는 시작부터 가족을 기초로 한 유교적 윤리 규범을 담은 이야기로 변형되었다, 그 결과 자식의 부모에 대한 윤리인 '효'와 윤리 도덕의 원천인 '하늘'의 명을 어긴 크루소가 모험을 통해 '수신입덕'함으로써 유교적 가치를 내면화한 군자로 성장하여 집으로 귀환한다. 이처럼 변형된 서사 안에서 크루소가 가족을 이루고 일생을 향락하는 것은 필연적인 결말이다.

김찬의 핵심적인 번역 전략인 자국화의 또 다른 구체적인 방법으로 '윤색(embellishment)'이 있다. 윤색은 원본보다 더 과장된 언어 사용에서 길게 늘인 묘사까지, 모든 형태의 미화를 의미한다. 흥미로운 것은 그가 윤색을 통해 유교적 관점에서의 '소년' 교양물을 기획하고 있다는 점이다. 이는 로빈슨의 모험 구조가 부성을 승인하며 유교적 가치를 체득하는, 이로 인해 결과적으로 독립적인 근대적 주체로 형성되는 것이 아니라 기존의 질서에 순응하는 플롯으로 수렴된다는 점에서 두드러진다.

주인공의 모험은 부모에 대한 윤리와 천명에 따르는 길을 버리면서 시작된다. 이는 유교적 가치에 대한 부정의 의미를 지닌다. 그런데 정작 모험 과정에서의 프라이데이와의 만남은, 주인공 스스로가 유교적 의미의 주체로 회귀하는 계기로 작동한다.

① 이 불쌍한 야만인이 자기 아버지를 만나고 또한 그가 죽음의 문턱에서 구출된 것을 보고 크나큰 기쁨에 잠겨 지극한 효심을 느끼는 것을 보면서 내가 얼마나 감동을 받았는지 말로 표현하기가 쉽지 않은 정도였고, 이후에 프라이데이가 보여준 넘쳐나는 감정 표현의 그 절반 정도도 설명할 수 없을 정도였으니, 그가 보트로 들어갔다가 다시 나오기를 수 없이 반복했고 (중략) 나는 상황이 어떠한지를 파악하고 내 병에서 럼주를 좀 따라주며 그것으로 상처에 발라주도록 하자 상당히 효과가 있었다. (It is not easy for me to express how it move'd me to see what Extasy and filial affection had work'd in this poor Savage, at the Sight of his Father, and of his being deliver'd from Death; nor indeed can I describe half the Extravagancies of his Affection after this; for he went into the Boat and out of the Boat a great many times (…) I perceiving what the Case was, gave him some Rum out of my Botttle, to rub them with, which did them a great deal of Good.)(p.238)

② 喜悅홈을不勝ᄒ며후라이데이ᄂ其父ᄅ至誠救護ᄒᄂ其行爲가卓異홈을見ᄒ고其孝心에感泣ᄒ야酒瓶을出ᄒ야曰, 此를傷處에注ᄒ면其効가有ᄒ리라 (중략) 此時에후라이데이ᄂ其父親의顔面을見ᄒ고喜出望外ᄒ야精神을失ᄒ고昏絶ᄒ얏다가回甦ᄒ는지라(118~119쪽)

인용된 부분은 크루소가 백인을 구하는 과정에서 우연히 프라이데이의 아버지를 구하고 난 이후의 장면을 비교한 것이다. 원작인 ①에서는 크루소와 프라이데이가 감동하며 기뻐하는 정도로 서술되지만, 번역본인 ②에서 크루소는 아버지를 극진히 보살피는 프라이데이의 효심에 감동해서 울고, 프라이데이는 아버지와 재회한 후 기쁜 나머지 혼절하였다가 다시 정신을 회복하는 것으로 윤색된다.

이와 같이 '효'를 강조하여 프라이데이와 그의 아버지의 재회를 원작에 비해 길고 과잉된 형식으로 서술하는 것은 전형적인 '윤색' 전략에 해당한다. 그런데 흥미로운 것은 작품의 서두에서 '불효'를 저지르며 모험을 떠났던 주인공이, 프라이데이의 아버지를 구하며 스스로가 '효'의 담지자로서, 또 다른 부성의 담지자로서 설정된다는 점이다. 특히 원작과는 달리 프라이데이와 그의 아버지의 재회를 계기로 '효심'의 가치를 확인하는 부분은 중요하다. 왜냐하면 이 작품의 결말의 차이, 즉 새롭게 모험을 떠나는 것이 아니라 고향에 정착하여 스스로가 유교적 주체로서 재생산되는 경로가 이미 프라이데이의 아버지를 구하는 장면에서 예비되기 때문이다. 이 장면에서 크루소는 스스로가 부정했던 '효'의 가치를 타자인 프라이데이와 그의 아버지에게 제공하고 있다. 김찬의 번역이 모험담의 구성에도 불구하고 결국 유교적 질서로의 회귀로 수렴되는 까닭은 이 때문이다.

이처럼 김찬은 번역의 자국화 전략에 따라 원작의 핵심 갈등 및 플롯의 의미 그리고 결말까지를 모두 유교적 가족 질서를 기초로 한 인간의 자기 실현과 성장담을 담은 이야기로 변용했다. 김찬은 유교적 관점에서 아동기에서 성숙기로의 이행, 소인에서 군자로의 성장을 통해 독립적이고 전체적이며 완전한 개인이 되는 과정을 서사화하였다. 이는 전형적인 서구의 모험담 안에 유교적인 윤리 규범과 이상적 인격의 실현이라는 가치를 새롭게 부여함으로써 조선의 독자들에게 친숙하면서도 새로운 성장담을 제시한 것으로 평가할 수 있다.

한편 서구 유럽에서 아동문학 형성에 큰 기여를 한 이솝 우화가 한국 근대 아동문학 형성기 번역된 주된 작품인 것은 우연이 아니다. 서구에서 18세기에 널리 퍼져 있는 관점은 아동을 위한 이야기들이 항상 도덕적인 것을 가르치도록 해야 한다는 것이었다. 이솝 우화 역시 이야기 속에 이와 같은 요소들이 내포되어 있었다. 이솝 우화는 강한 교훈적 성격과 종교적 성향으로 쓰여진 초기 청교도 문학 전통 속에 있었다는 점[16]에서 다니엘 디포의 『로빈슨 크루소』와 공통점을 지닌다. 근대 형성기 한국에서 이솝 우화는 번역을 통해서 짧게 축약된 서사를 유교적인 도덕 원리와 결합시키는 방식으로 재가공 되었다. 특히 최남선은 「이솝의 이약」이라는 제목으로 세 편의 이솝 우화를 번역했는데, 축약된 서사에 '배홀일'과 '가르팀'이라는 항목을 덧붙여서 아동에게 도덕적 내용을 가르치고자 하는 번역의 의도를 극대화했다.

① 目前의 苦痛을 견대디못하고 이리뎌리 쐬를 내이난中 더욱 돗티못한데로 빠디난일이 往往 잇나니 如干不平이잇더라도 할수잇난대로 忍耐하난것이 돗소.[17]

② 衣服을 입난다고 決코 知識이 느난것도 아니오 品格이 오르난것도 아니라 다만 엿흔 女人의 稱讚을 밧고 어리석은 뎌다兒孩의 부러워함을 엇을 싄이니 麤布옷입고 딥신신흔사람에 每樣 거룩한사람이 만코 紈袴子弟中에 輕薄한사람이 만흔것은 거의 博例라 (중략) 그런 故로 孔子갓흐신 聖人도 外貌로 사람을 보다가 오히려 달못함이 잇다하디안엇소.[18]

①, ②에서 공통적으로 강조되는 것은 인내, 지식, 품격 등의 가치이다. ①에서는 부르주아 계급의 자질들인 정직함, 부지런함, 책임감, 금욕주의를 포함하는 방향으로 작품의 의미를 확장하고 있다. ②에서 지식과 품격은 근대적인 시민의 자질들인데 이러한 가치는 '환고자제'

16 차은정, 「근대화와 영국 아동문학: 문학적 관점에서 아동문학 발전의 역사적 조건 재해석」, 『새한영어영문학』, 2008, 117쪽.
17 최남선 역, 「이솝의 이약: 主人할미와 下人」, 『소년』, 1909.11, 27쪽.
18 위의 글, 28~28쪽.

즉 재산이 많고 지위가 높은 집안의 자제보다는 거친 옷을 입고 짚신을 신은 평민 계층에게 적합한 것으로 설명된다. 최남선은 이솝 우화를 전유하여 근대적인 시민의 자질에 관한 문학의 한 형태로 가공한다. 흥미로운 것은 근대적인 시민의 자질을 평민 계층과 연결시키려는 시도가 공자로 대표되는 유교적 논리에 의해서 정당화된다는 점이다. 여기서 최남선은 부르주아 계급의 가치와 유교적 가치를 혼합한 척도를 제공함으로써, 번역 동화가 도덕적 목적에 복무하는 새로운 방식을 구현하고자 했다.

최남선 역시 김찬과 마찬가지로 다니엘 디포의 『로빈슨 크루소』를 『로빈손무인절도표류기』라는 제목으로 번역했다. 그런데 김찬이 자국화의 번역 전략을 통해서 서구의 모험 서사를 유교적 관점의 소년 교양이 반영된 텍스트로 변용했다면, 최남선은 단순화(simplification), 화합(harmonization), 추가(addition) 등의 번역 전략을 통해서 내포 독자를 아동으로 설정하여 형식적으로 근대적인 아동문학의 서사 규범을 반영한 텍스트로 재문맥화했다는 점이 특징적이다.

단순화(simplification)는 원본의 핵심 사건에 초점을 맞추고, 원본의 인물화 과정이나 다른 복잡한 측면을 생략하면서 스토리를 재화(再話)하는 것을 의미한다. 외래의 개념이 다른 어떤 것으로 대체되는 것 역시 단순화에 포함된다. 최남선의 『로빈손무인절도표류기』의 경우 원본의 모험적인 스토리 라인의 요점을 중심으로 텍스트가 축약되었다. 크루소의 내적 발화는 생략되거나 요약적으로 제시되며, 브라질, 아프리카, 아시아 등의 전 세계를 주유하는 모험의 에피소드에 초점이 맞추어진다. 이는 아동 독자에게 적합하도록 스토리를 변형한 것이다. 성인 소설이 번역될 때, 내포 독자는 외국의 특정 사물과 개념이 자국의 그것과 다르다는 사실을 이해하고 있는 것으로 간주된다. 반면에 아동 독자는 외국의 지역이나 문화에 대한 지식이 부족하기 때문에 아동문학 번역에서 외국의 음식, 무게와 치수, 화폐, 동물과 식물, 풍습, 관습 등을 쉽게 이해할 수 있는 것으로 변경하는 경우가 빈번하게 일어난다.[19] 예컨대 최남선의 텍스트에서도 무어인, 흑인 등은 모두 '야만'으로 통칭되고, 식민지 개척과 노예 무역을 통한 자본 축적 역시 단순한 '무역'이나 '상리(商利)'로 번역된다.

아동 독자의 경우 성인 독자에 비해 상대적으로 낯선 관념에 대한 이해를 수행하기 어렵다. '무어인'이나 혹은 '노예 무역', '자본 축적' 등의 개념은 상당 수준의 지적 능력과 문화적 지식을 축적한 이후에 인지될 수 있는 어휘들이다. 따라서 본래 성인 문학이었던 『로빈슨 크루소』가 최남선에 의해 『로빈손무인절도표류기』라는 아동문학으로 전이되는 과정에서 아동 독자의 기대 지평에 부응하기 위한 단순화 과정이 수반되는 것은 매우 자연스럽다. 최남선은 단순화 전략을 통해 실제 아동 독자를 내포 독자로 설정한 텍스트 다시 쓰기를 수행하고 있는 셈이다.

화합(harmonization)은 원본이 대상 문화에 부적절한 것으로 인식될 경우, 아동이나 성인의 태도를 변경하는 번역 전략을 의미한다. 예를 들어, 여러 문화권의 아동문학에서 성인은 결점이 없는 것으로 기대된다. 최남선의 번역본에서 주인공 로빈슨 크루소는 원작보다 훨씬 긍정적인 인물로 형상화된다.

① 제가 그아해의 자유(自由)를 팔앗난고하야 거상후회(居常後悔)하얏소이다.[20]

② 『노형(老兄)은 정(正)말 사람이시오닛가 하나님이나 천사(天使)가 아

19 Maria Nikolajeva, 앞의 책, 298~299쪽.
20 최남선 옮김, 「로빈손무인절도표류기(無人絶島漂流記)」, 『소년』, 1909.4, 18쪽.

니오닛가』[21]

로빈슨은 충직한 무어인 꼬마 노예 '쑤리'를 자신을 구해준 선장에게 팔아버리는데, 나중에 이를 후회하게 되는 결정적 이유가 원작과 달라진다. 원작에서는 로빈슨이 브라질 식민지 농장이 번성하면서 일손에 부족하게 되자 충직한 노예를 팔아버린 사실을 후회한다. 하지만 최남선의 번역본 ①에서는 원전 서사를 요약하는 과정에서 노예의 자유를 팔아버린 사실을 늘상 후회하는 것으로 미화된다. 또 로빈슨이 프라이데이와 함께 식인종으로부터 백인을 구출한 이후 로빈슨은 ②처럼 "하나님"이나 "천사"에 비유될 정도로 미화되어 표현된다.

이러한 화합 전략은 텍스트 수용자, 즉 아동의 기대 지평에 부응하기 위한 서사 전략의 일환이다. 아동문학에서 인물은 일반적으로 외재적 표현(external representation)에 의해 단순화되어 제시된다. 특히 주동 인물과 반동 인물의 대립 구조에 의해 전형적으로 형상화되는데, 이들은 한 가지의 전형적인 특성을 가졌거나 또는 전혀 없는 것으로 단순화되어 묘사된다. 예를 들면 인물은 착한 사람 혹은 나쁜 사람으로 귀속된다. 따라서 인용문의 사례처럼, 주동 인물의 외모, 행동, 발화 모두 선한 것으로 형상되고, 반동 인물의 경우 반대로 모두 악한 것으로 형상화된다. 따라서 최남선이 '화합'의 전략을 사용하여 텍스트 수용자의 아동문학에 대한 기대 지평을 조율하는 것 역시 원작을 아동문학 텍스트로 다시 쓰기 위한 전략의 일환으로 볼 수 있다.

추가(addition)는 번역가가 번역본이 원작과 다른 점을 설명하는 구절을 덧붙이는 것이다. 최남선의 번역본에서는 작품의 서두와 말미에 권위적 화자에 의한 설명이 프레임 스토리의 형식으로 삽입되었다.

---

21 위의 작품, 1909.8, 39쪽.

① 나는 서역(西曆) 일천육백삼십이년(一千六百三十二年)에 쑈리탠국(國) 요욕부(府)에서난 로빈손, 크루서란 사람이온데 내가 경력(經歷)한 말삼을 여러분압헤서 베풂은 참 영광(榮光)스럽게 아난바올시다.[22]

② 그러나 한가지 원(願)하난것은 가장 영광(光明)스럽고 영예(榮譽)잇슬 전도(前途)를 가진 신대한소년(新大韓少年)여러분은 여러분의 나라형편이 삼면(三面)으로 자미(滋味)의 주머니오 보배의 곳(庫ㅅ)집인 바다에 둘닛 것을 심상(尋常)한 일노 알지말어 항상(恒常) 그를 벗하고 그를 스승하고 또 거긔를 노리터로 알고 거긔를 일터로 알어 그를 부리고 그의 비위(脾胃)를 마초기에 마음 두시기를 바라옵나니 엇졉지아니한 말삼이나 깁히 드러주시오 그런데 한마듸 부쳐 말할 것은 우리모양(-로빈슨 크루소와 영국, 인용자)으로 사리(私利)와 작난으로 바다를 쓰실 생각 말고 좀 크게 놉게 인문(人文)을 위(爲)하야 국익(國益)을 위(爲)하야 진실(眞實)한 마음과 정성(精誠)스러운 뜻으로 학리연구 · 부원개발 등(學理硏究 · 富源開發等) 조흔 소유(消遺)을 잡으시기를 바람이외다.

여러분은 응당(應當) 이 늙은사람보담 더욱 자미(滋味)잇난 해상경력(海上經歷)이 잇슬터이라 좀 들녀주시구려.[23]

인용문 ①, ②는 늙은 크루소가 작품 서두와 말미에 스토리의 바깥에서 회고적으로 자신의 어린 시절의 모험담을 이야기하고 이에 대한 당부를 덧붙이는 구절이다. 화자에 의한 서술 행위가 이루어지는 시간(서술시)과 스토리가 전개되는 시간(사건시) 사이에는 큰 간격이 있는 것으로 설정된다. 따라서 화자는 자신의 아동기를 회고하며 숙련된 성인으로서 발화한다. 이는 화자가 권위를 가지고 개작의 교훈적인 의도에

22 위의 작품, 1909.2, 21쪽.
23 위의 작품, 1909.9, 43쪽.

부합되게 설명하고, 논평하고, 판단하는 것을 가능하게 한다.[24] 아울러 화자는 "新大韓少年여러분"처럼 직접 독자에게 말을 걸면서 설교적인 어조로 작중 인물과 사건에 대해 설명하고, 인물의 잘못과 실수를 지적한다. 이러한 프레임 스토리의 추가는 아동 독자의 인지적 수준에 맞춘 교훈적인 개작으로 이해할 수 있다. 아동 독자는 텍스트 내부의 인물을 통한 간접적인 재현보다는 외부에 존재하는 화자의 직접적인 구술을 더 쉽게 이해할 수 있기 때문이다. 이러한 단순화와 화합, 추가의 문법을 차용함으로써, 최남선은 성인 대상의 원작을 아동 독자를 대상으로 하는 텍스트로 전환하여 번역할 수 있었다.

하지만 아동문학 문법에 의한 텍스트 다시 쓰기 전략이 작품의 주제에 미치는 효과는 다소 복잡하게 나타난다. 한편으로는 이러한 번역과 개작 전략이 원작의 제국주의 이데올로기를 강화하는 측면도 있다. 예컨대 단순화에 의해 크루소가 브라질, 아프리카, 아시아 등 전 세계로 식민 개척의 모험을 수행하는 스토리 라인을 중심으로 서사가 진행된다는 점, 화합에 의해 크루소로 대표되는 영국 및 백인은 선의 축으로 이와 대립되는 무어인, 아프리카 등의 식민지인은 해적이나 식인종 등의 악의 축으로 선명하게 대비된다는 점 등은 원작의 식민 이데올로기를 강화한다. 그러나 다른 한편으로 추가에 의한 권위적 화자의 논평은 아동 독자에게 작품의 식민 이데올로기를 비판하면서 원작의 제국주의적인 주제를 변경할 것을 요구하기도 한다. 이는 텍스트 내부의 스토리와 외부의 권위적 화자 사이의 긴장이 매우 강해져 작품의 주제를 다른 방향으로 이끄는 경우에 해당된다.

최남선이 결말에 원작의 플롯을 사적 이익의 추구로 비판하고 공익

---

24 만약 아동이 화자일 경우 인생의 경험 부족이나 어휘력의 제한, 미숙한 세계관 등으로 인해 신빙성이 없는 것으로 여겨진다. 대체로 아동문학에서는 회고적 화자를 통해서 반성과 판단을 허용하면서 이러한 문제를 피해간다. Maria Nikolajeva, 위의 책, 225~227쪽.

과 인문 정신을 강조하는 내용을 추가한 것은 형식적 측면 뿐만 아니라 주제적 측면에서도 깊이 있게 살펴볼 필요가 있다. 다니엘 디포의 원작에서 나타나는 크루소의 모험과 재산 축적 과정은 영국 제국주의의 발달과 프로테스탄티즘에 기반을 둔 자본 팽창 논리를 배경으로 한다. 프로테스탄티즘에서 강조되는 직분의 논리는 자본의 무한한 증식이라는 욕망을 신의 계시로 정당화한다. 막스 베버는 신교도들이 동시에 자본주의자였던 것은 우연이 아니라고 말한다. 그에 따르면 프로테스탄티즘의 직분 논리는 개인의 수완을 통한 영리 활동을 신의 계시로 합법화시킨다. 신교도에게 노동은 신이 지정한 삶의 목적으로, 개인은 부를 이룩하더라도 태만하거나 축적한 부에 안주해서는 안 된다. 직업의 의무로서 부의 추구는 도덕적으로 허용될 뿐 아니라 신에 의해서 명령된 것이다. 이처럼 이윤 추구에 대한 섭리적 해석을 바탕으로 개인의 무한한 부의 축적에 대한 근거가 마련되었다.[25] 크루소의 모험은 프로테스탄티즘의 직분의 논리와 무한한 이윤 창출이라는 제국주의의 자본 팽창 논리에 기반하고 있기 때문에, 그는 거대한 부를 이룩한 이후에도 한 곳에 정주할 수 없다. 부의 추구 행위 자체가 신의 계시이기 때문이다. 크루소는 플랜테이션, 노예 무역, 식민지 개척 등으로 엄청난 부를 축적하지만 다시 러시아, 중국, 일본 등의 아시아로 새롭게 식민 개척의 모험을 떠난다. 이처럼 원작에서 모험의 플롯과 작품 속의 프로테스탄티즘에 바탕한 무한한 자본의 축적 논리는 해외로 팽창하는 영국의 제국주의 이데올로기를 정확하게 반영한다.

그렇다면 최남선이 추가를 통해서 프로테스탄티즘에 기반을 둔 무한한 자본의 축적을 비판하고, 근대적인 지식과 인문으로 도달하고자 한 것은 무엇인지 살펴볼 필요가 있다. 그의 다른 평문들은 이러한 인

25 Maximilian Weber, 박성수 옮김, 『프로테스탄티즘의 윤리와 자본주의 정신』, 문예출판사, 2004, 125~143쪽.

문 정신의 내용을 보다 구체적으로 보여준다. 그는 세계적 지식의 일환으로 영국을 소개하는 글에서 "신대한(新大韓)의소년(少年)에게 향(向)하야 더욱 이 국민(國民)의성격(性格)에 배움이잇기를깁히바라노니 이는 결(決)코 세계도처(世界到處)에 속지(屬地)를 두고자하난 가마귀공상(空相)으로 그럼이 아니라"[26]고 밝히면서, "다만 그네의 위대(偉大)한 정신(精神)을 잘배우시오"[27]라고 소년들에게 당부한다. 최남선이 지향하는 인문정신은 "서울 사람도 우리의 형제자매(兄弟姉妹)오 시골 사람도 우리의 형제자매(兄弟姉妹)오 우리나라 사람도 동포(同胞)오 남의 나라 사람도 동포(同胞)오 백인종(白人種)도 한딥안 식구(食口)오 흑구자(黑肌者)도 한딥안 식구(食口)니 친소(親疎)를 가릴ㅅ것도아니오 후박(厚薄)을 둘ㅅ것도 아니라 우리가 뎌 대자연(大自然)을 생각할 ㅅ대에 한갈갓히 그 압헤 업다려 공손(恭遜)한 무리가 되고 우애(友愛)하난 형매(兄妹)가 되야서 서로 반목질시(反目嫉視)할 것이 아닌"[28] 전 지구적인 것이었다.

이처럼 최남선은 근대적인 아동문학의 문법에 따른 번역 전략을 통해서 한편으로는 제국주의를 반영한 식민 개척 플롯을 그대로 반영하면서도, 다른 한편으로는 프로테스탄티즘의 사적 이윤 추구를 비판하고 '인류의 공익 추구'를 내세움으로써 모순된 번역 텍스트를 구성하고 있다. 그는 전 인류의 화해와 공존을 이상적 가치로 생각하면서도 한편으로는 제국주의의 수사학과 마찬가지로 탐험, 이주, 정복, 식민화의 메타포에 의존하고 있었다. 이처럼 최남선의 번역 작품의 경우 스토리 층위에서 재현되는 식민 개척 이데올로기와 프레임 스토리 층위에서 인류 공익의 실천으로 원작의 주제를 변경할 것을 요구하는 권위적 화자 사이의 해소될 수 없는 긴장 관계를 형성한다.

26 최남선, 「現世界上에 屬地甲富는 쑤리텐國」, 『소년』, 1909.7, 63쪽.
27 위의 글, 64쪽.
28 최남선, 「우리가 賴生하난 地球星」(上), 『소년』, 1908.12, 43쪽.

모험 문학의 수용 양상은 아동문학이 형성되는 다양한 방식을 보여준다는 점에서 주목된다. 서구적인 담화 형식과 새로운 유교적 윤리(neo-confucian morality)의 접합을 통한 아동 교양 기획은 서구의 근대 아동 서사와 당대 조선의 수용자층의 전통적인 기대 지평이 결합하면서 독특한 근대 아동문학의 미학을 형성했음을 보여준다.

『산수격몽요결』과 번역의 혼종성

1909년 신문관에서 간행된 『산수격몽요결(刪修擊蒙要訣)』[29]은 혼성적 번역 전략을 취한 문제적 텍스트이다. 이 책은 율곡 이이(栗谷 李珥, 1536~1584)의 『격몽요결』[30]을 저본으로 서양의 격언을 함께 수록했으며, 후쿠자와 유키치(福澤諭吉, 1813~1901)의 「수신요령」[31]을 부록으로 수록했다. 이 저서에 대해서는 신문관을 중심으로 한 매체 연구에서 주로 서지 정도만이 언급되었으며, 선행 연구로는 임상석의 논의가 유일하다.[32] 『소년』지에 수록된 「수신요령」에 대해서는 번역과 계몽의 상

29 신문관 편집국 編修, 『산수격몽요결(刪修擊蒙要訣)』, 신문관, 1909.

30 『격몽요결』은 율곡 이이가 황해도 황주의 은병정사(隱屛精舍)에서 초학(初學)의 향방을 정하지 못하는 제자들을 위해 1577년(선조 10년) 12월에 저술하여 간행한 후 조선 시대 대표적 초학 교재 중 하나로 자리매김하였다. 임영란, 「『격몽요결』 초간본과 현전본에 관한 서지적 연구」, 『서지학연구』, 2013, 261쪽.

31 송혜경에 따르면 「수신요령」은 후쿠자와 유키치와 게이오기주쿠(慶應義塾) 제자들의 공동 저작이다. 송혜경은 게이오기주쿠의 학보 등의 자료를 근거로 다음과 같이 주장한다. 후쿠자와 유키치는 제자들에게 명해서 1899년 11월경 「수신요령」을 편찬하게 했다. 수차례 회의를 거쳐 마련된 초안에 후쿠자와의 제안과 의견을 덧붙여서 1900년 2월 11일 완성되었다. 이 「수신요령」을 제404회 미타(三田) 연설회 석상에서 1900년 2월 24일 발표하여 다음 날 『시사신보』에 전문이 게재된다. 송혜경, 「근대 초, 조선에 있어서 『수신요령』의 번역과 수용」, 『일본사상』, 2012, 178~179쪽. 이러한 관점을 수용한다면 「수신요령」은 단순히 한 개인의 저작이 아니라, 19세기 후반 일본의 게이오기주쿠를 중심으로 한 공동의 사상적 저작으로 평가할 수 있다.

32 임상석, 「『산수격몽요결』연구: 서구 격언과 일본 근대 행동규범의 번역을 통해 굴절된 한국 고전」, 『코기토』,, 2011; 임상석, 「문헌 해제: 이이, 후쿠자와 유키치 외, 『산수격몽요결』」, 『개념과 소통』, 2015.

관 관계에 대한 별도의 연구 정도가 있을 뿐이다.[33]

율곡의 『격몽요결』은 주희의 『소학』과 주요 유교 경전들을 조선 현실에 맞추어 재해석한 대표적인 교육서이다. 근대 문명의 전환기에 신문관을 중심으로 동아시아의 유교적 전통을 잇는 조선의 대표적인 텍스트가 재호명되는 셈이다. 하지만 번역은 단순한 등가성(equvialence)의 보급에 머무는 것이 아니라, 내포 독자와 문화적 맥락에 따른 역동적인 상호작용이자 재문맥화 행위라는 점[34]을 고려할 때, 『격몽요결』의 아동 교양물로의 전환에 대한 풍부한 논의가 가능할 것이다.

이 텍스트에서 주목되는 것은 유교 정전의 텍스트에 주석을 다는 형태의 전통적인 글쓰기 형식을 취하면서도, 그 구성에서는 서구 철학자들의 격언과 후쿠자와 유키치의 글들이 배치되는 매우 파격적인 시도가 나타난다는 점이다. 이처럼 『산수격몽요결』은 전통적인 것과 근대적인 것, 동양적인 것과 서구적인 것을 함께 아우르는 혼성적인 텍스트라는 점이 특징적이다. 이러한 혼성적인 텍스트 구성은 박은식이 쓴 다음의 서문을 볼 때 최남선에 의한 것으로 판단된다.

하루는 (최남선이—인용자) 소매에서 한 책을 꺼내 보여주며 이르길, "이 책은 율곡선생의 『격몽요결』을 취하여 절요하고 서양 철학자들의 말을 채집하여 은근히 서로 부합하는 것을 대조하여 나란히 보게 하였으니 아마 금일 학계의 변모(弁髦)가 되지 않겠습니까?" 나는 이르길, "이는 내가 깊이 구하고 얻고자 했던 것인데 다행히 우리 최군(최남선-인용자)에게서 얻게 되었어라." (중략) 지금의 교육 책무를 담당한 자들이 이런 혈성을 갖춘다면 어찌 이 책의

33 김지녀, 「〈少年〉誌에 나타난 '獨立' 개념의 특징과 그 배경」, 『어문연구』, 2008; 송혜경, 앞의 논문.

34 Annie Brisset, "The Search for a Native Language: Translation and Cultural Identity", ed. Lawrence Venuti, *The translation studies reader*, New York: Routledge, 2004.

> 발달만 있겠는가, 각종 학문에 모두 유추되어 증진할 것이다. 이는 또한 내가 교육가들에게 바라는 바이다. (一日袖一册而示之曰, "是書也, 就栗谷先生 擊蒙要訣而節要之 採西洋理學家言之, 暗相符合者之對照而竝觀, 庶不爲今日學界之弁髦耶." 余曰, "此余之深求而欲得之者, 幸從吾子而得之." (중략) 今之擔敎育之責者 具此等血誠 則奚獨是書之發達 各種學問 皆觸類而烝進矣.)[35]

표지에는 신문관 편집국 편수(編修)로 표기되어 있으나, 위의 박은식의 서문에 나타난 것처럼 실제의 편자는 최남선으로 볼 수 있다. 그렇다면 혼성성으로 요약되는 최남선의 독특한 구성 전략의 목적은 무엇이었을까?

첫째, 동아시아 유교 전통의 재발견이라는 측면에 주목할 수 있다. 일반적으로 유교 전통은 근대에 급격하게 부정되고 단절된 것으로 이해되어왔다. 물론 대표적인 문인이었던 이광수나 천도교 계열의 아동문화 운동가였던 김기전 역시 유교적 질서와 관념에 대해 날카로운 비판을 가한 바 있다. 하지만 비판의 초점은 대개 봉건적인 신분 질서와 통치 체제에 내재된 차등적 관념에 있었다. 근대 형성기 이후 유교에 대한 비판을 성급하게 일반화하지 않으려면, 단절과 계승의 측면을 섬세하게 살펴볼 필요가 있다. 특히 유교의 근본 정신인 주자학적 세계관에 주목할 필요가 있는데, 이 세계관은 우주의 존재 원리가 곧 인간의 도덕적 원리이고, 이 도덕 원리를 인간의 행위 규범으로 구체화했다. 이러한 맥락에서 『산수격몽요결』의 편자인 최남선이 대체로 유교의 세계관을 계승하면서도, 후쿠자와 유키치와 크로포트킨을 중심으로 유교적 전통에 대한 새로운 사고를 전개하는 양상에 주목할 필

35 「박은식 서(序)」, 『산수격몽요결』, 신문관 편집국 편수, 신문관, 1909, 2쪽. 번역은 임상석의 것을 인용했다. 임상석(2011), 82~83쪽.

요가 있다.

둘째, 지식의 대중화와 소년 교양물로의 전환을 목표로 했다는 점에 주목할 수 있다. 『산수격몽요결』의 표지, 십전총서의 발간 취지, 서문 등을 통해서 이를 확인할 수 있다. 구체적으로 표지를 보면 십전총서(十錢叢書)의 일환으로 간행된 '교훈서류 제1책(敎訓類 第一冊)'임이 제일 먼저 명기되어 있다. 신문관을 중심으로 한 초기 출판 활동에서 총서와 문고본은 지식과 교양을 폭넓게 대중화하려는 기획이었다. 근대적인 아동 담론 역시 근대 형성기 지식과 교양의 대중화 속에서 파생되었다는 점에서 이러한 기획은 충분히 주목될 필요가 있다.

신문관에서는 1909년 두 개의 십전총서를 간행했다. 교훈류로 『산수격몽요결』이, 소설류로 『썰늬버유람기』가 발간되었다. 「십전총서발행취지」에 따르면 "1. 가장 적은 돈과 힘으로 가장 요긴한 지식과 고상한 취미와 강건한 교훈을 얻으려하는 우리 소년제자의 욕망을 만족

[그림 10] 『산수격몽요결』(신문관, 1909) 표지

■ 대표적인 유교경전인 『격몽요결』을 소년 교양물로 전환하면서, 표지에 발가벗은 아이들이 서구 악기들을 연주하는 장면을 담았다. 아동을 재현할 때 벗은 몸을 강조하는 낭만주의적인 관념은 이후 1920년대 주류적인 양식으로 자리매김한다.

케하려하여, 2. 문명의 이기를 빌려서 백주에 공공연히 사람을 속이고 재물을 빼앗는 허다한 책 도둑들을 멸절하려하며, 백과(百科)의 학문과 사부(四部)의 서(書)에서 더 없이 긴요한 것들을 정선하여 평이하고 간명한 문자로 편술하여 이로써 일반국민, 더욱 소년제자의 정신적 양식을 간단없이 공급하려 함"이 기획의 목적이었다. 전통적인 고전을 대중화하면서 일반 국민 즉 일정한 교양을 지닌 전 연령을 수신자로 삼았지만, 그 중에서도 특히 '소년'층을 핵심적인 내포 독자로 삼은 것이다.

이러한 발간 취지를 고려할 때, 『산수격몽요결』과 『쩔늬버유람기』 표지 삽화의 맥락을 이해할 수 있다. 이들 표지 삽화에는 공통적으로 [그림 10]처럼 벌거벗은 아이들이 음악을 연주하면서 천진난만하게 노는 모습이 수록되었다. 이러한 표지 삽화는 십전총서 시리즈의 당대 소년 수신자를 위한 이상적인 텍스트로서의 성격을 강화하는 기능을 한다.

한편 『산수격몽요결』의 광고와 개신유학자였던 박은식의 「서문」을 보면 이 책의 문제적 구성과 그 의도를 확인할 수 있다.

> 차서(此書)는, 율곡 이이선생의 명저 『격몽요결』을, 엄정히, 산수(删修)하야, 구구(句句)마다, 독(讀)을, 현(懸)하고, 또 절절(節節)마다, 태서명인의, 의의(意義) 암합(暗合)하는, 격언을, 대조하얏스며, 또, 문중(文中)의, 신수(神髓)를, 별(別)노 적기(摘記)하고, 일본 교육대가(教育大家) 복택유길(福澤諭吉)씨의 『처세요령』을, 부록하야, 아못조록, 신시대소년의 덕육 상 실감(實鑑)을, 작(作)하려한 것이오.[36]

36 「『산수격몽요결』 광고문」, 『소년』, 1909.3, 표지의 속지.

위의 인용문에서 확인되는 바와 같이, 『산수격몽요결』은 조선 시대 대표적인 성리학 교육서와 서구 격언들 그리고 메이지 시기 후쿠자와 유키치의 사상을 접목시킨 대담한 시도였다. 『산수격몽요결』은 동서(東西)와 신구(新舊)를 종합하는 기획을 통해서 "신시대 소년의 덕육(德育)의 거울"을 제시하고자 했다. 이처럼 『산수격몽요결』은 조선의 전통적인 사상과 서구 철학 그리고 일본의 사상을 동시에 소년을 위한 교양물로 매개하였다는 점에서 중요한 위상을 지닌다.

『산수격몽요결』의 목적은 고전을 그대로 가져오는 것이 아니라, 이를 소년 교양을 위해 '현재화'하는 것이었다. 이를 위해 본문의 구성은 크게 세 부분으로 나누어 기획되었다. ① 서구 철학자들의 격언을 수록한 것이다. 가장 상단에 『격몽요결』의 뜻에 우연히 들어맞는 것을 병치했다. ② 『격몽요결』 문장의 정수를 요약한 것이다. 가운데 핵심 어구 중심으로 내용을 요약했다. ③ 『격몽요결』의 원문인 한문에 한글로 현토(懸吐)를 단 것이다. 이러한 구성을 본문의 일부로 예시를 들어 보면 [그림 11]과 같다. 독자들은 국한문 혼용체로 제시된 ①의 서구 철학자의 격언 중심으로 독해할 수도 있으며, ②, ③의 『격몽요결』 요

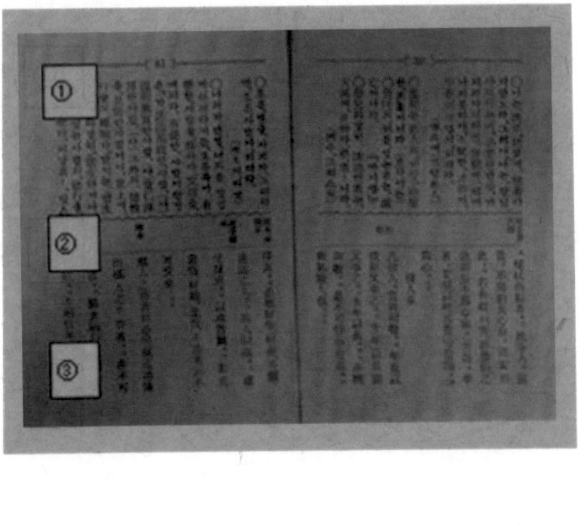

[그림 11] 『산수격몽요결』(신문관, 1909) 본문 구성 체제

■ 삼단으로 이루어진 본문의 구성은 동양과 서양의 지식을 병치한 혼성적인 글쓰기 전략으로 이해할 수 있다.

약 구절과 원문을 중심으로 독해할 수도 있다. 하지만 편집자가 제시한 구성에 따라 독자들은 ①과 ②, ③를 계속 대조해나가면서 새로운 의미를 생성하면서 읽을 수도 있다. 율곡 이이의 글에 대한 주해를 서구 격언으로 단 것은 내용적인 측면에서 당대의 새로운 서구적 사유를 수용하고자 하는 급진적인 것이었다. 하지만 동시에 글쓰기의 측면에서는 유교적 텍스트에 대한 주해가 시대에 따라 달라졌던 것처럼, 유교 사상을 현재화하기 위한 하는 전통적인 쓰기 방식을 계승한 것이었다. 이에 대해 최남선은 서문에서 "나는「刪修」두 자를, 쓰기를, 미안하게, 여기오, 그러나, 크게, 용맹을, 내여, 이, 두 자를, 놓았소, 그런즉, 읽어보고, 마땅치 못하게, 여기시는, 사람은「선독(選讀)」으로, 고치심도, 관계치, 아니하오"라고 말했다. 즉 독특한 본문 구성에 알맞게 당대 독자가 자신의 취향과 지적 차이에 따라 다양한 읽기 방법을 선택할 수 있도록 한 것이다.

또 ③에서 율곡의 『격몽요결』을 현재화하는 전략 역시 다양하다. 본문을 전재하는가 하면, 필요하다고 생각되는 부분만 발췌하기도 하고, 전문을 과감하게 삭제하기도 하며, 원문에는 없는 부록을 첨가하기도 했다. 부록의 「수신요령」에는 '일본 복택유길 저, 대한 최남선 역'으로 저자와 역자가 명확하게 표기되었다. 이상 살펴본 『격몽요결』과 『산수격몽요결』의 구성 차이는 다음과 같이 요약할 수 있다.

〔표 7〕 율곡의 『격몽요결』과 신문관의 『산수격몽요결』의 구성과 차이

『격몽요결』		『산수격몽요결』	
장 구성	주요 내용	장 구성	구성 전략
1장 입지장(立志章)	뜻을 세우다	1장 입지장	전재(轉載, reprinting)
2장 혁구습장(革舊習章)	낡은 습관을 개혁하다	2장 혁구습장	전재(轉載, reprinting)
3장 지신장(持身章)	몸가짐을 바르게하다	3장 지신장	전재(轉載, reprinting)

4장 독서장(讀書章)	책을 읽다	4장 독서장	전재(轉載, reprinting)
5장 사친장(事親章)	어버이를 섬기다	5장 사친장	발췌(拔萃, selection)
6장 상제장(喪制章)	장사 의례		삭제(削除, deletion)
7장 제례장(祭禮章)	제사 의례		삭제(削除, deletion)
8장 거가장(居家章)	집안을 다스리는 법	6장 거가장	발췌(拔萃, selection)
9장 접인장(接人章)	이웃을 대하는 법	7장 접인장	발췌(拔萃, selection)
10장 처인장(處人章)	세상에 처하는 법		삭제(削除, deletion)
		부록 수신요령	추가 (追加, supplement)

대체로 원문을 전재한 부분은 1장의 「입지장」부터 4장의 「독서장」까지 이다. 하지만 고전을 그대로 가져오는 방식이 아니라, 서구의 격언들과 병치시키면서 율곡의 사상적 의미를 다양하게 강화, 확장하거나 나아가 원문에 없는 의미를 추가시키기도 한다.

「입지장」에서 「지신장」은 율곡의 입지(立志)와 성실(誠實)의 사상을 강화하는 것으로 나타난다.

ㅇ으더한,놉흔곳이던지,사람이,가지못하는곳은,업나니라,그러나,굿세게,마음을,決斷하고,단단하게,저를,밋으면서,올너가야,할지니라. (한쓰,안더쎈)

ㅇ英傑의,傳記는,다,우리들도,英傑이,될수,잇슴을,明證하더라. (멍뗼노우)

ㅇ깁히,事物의,眞髓를,透得하야,우리의,生涯를,만들면求하지,아니하야도,賢人智士가,되리라. (워어쓰,워어쓰)

ㅇ善이,되고,惡이,되고,苦難을,밧고,幸福을,밧고,富裕를이루고,貧困에,빠짐이,다,내마음,한아에,잇나니라(스펜서)

先須立志

勇往進取

眞知實踐

———————————————-

刪修擊蒙要訣

德 水李 珥 原著

新文舘 編輯局 刪修

立志章

처음 학문을 하는 사람은 먼저 모름지기 뜻을 세워서 반드시 성인(聖人)이 될 것을 스스로 기약하며 (중략) 어찌 보통 사람들도 성인이 되려고 스스로 기약하지 않을 수 있겠는가?(初學엔先須立志니必以聖人으로自期오(중략)衆人이라도豈可不以聖人으로自期乎아)[37] (이하 원문의 번역은 인용자)

율곡은 배움에 있어 뜻을 세우는 것, 즉 입지(立志)의 중요성을 말하고 있다. 맹자의 성선설에 바탕을 두어, 타고난 성품으로 돌아가면 중인(衆人)도 성인이 될 수 있다고 강조한다. 이러한 주장은 서구의 격언이 덧붙여지면서 '누구나' 성인이 될 수 있다는 보편성이 더 강화된다. 하지만 이러한 본성은 그냥 얻을 수 있는 것이 아니다. 누구나 성인의 자질을 타고나지만, 확고한 의지를 갖고 성인이 되는 것을 목표로 뜻을 세워야 한다. 율곡은 중인이 성인이 되거나 되지 못하는 것은 학문에 정진하는 '성(誠)'에 달려있고 말한다.

ㅇ큰,事業은,힘으로,써,할수잇는,것이,아니라,다만,굿은마음으로,이룰지니라. (쩐손)

ㅇ猶豫는,歲月의,賊이니,해마다,달마다,날마다,光陰을,搶去하야,드듸여,寸晷도,남기지아니하리라. (영)

37 신문관 편집국 편수, 앞의 책, 1~2쪽.

ㅇ너의는,生命을,사랑하나냐,그리하거든,時間을,浪費하지마러라,時間은,生命을,만드러내는,元素니라.(뜨랭클닌)

立志之實在於誠篤

범인이 뜻을 세웠다고 스스로 말하면서도, 곧장 나아가 공부하려 하지 않고, 머뭇거리면서 기다리고 있다. 이름만으로는 뜻을 세웠다고 하지만, 실제로는 학문을 향하려는 정성이 없기 때문이다. 만일 내 뜻이 정말로 학문에 있다면 곧 인은 나에게서 말미암은 것이니, 그것을 바라여 이르고자 함에 어찌하여 다른 사람에게서 구하고 어찌하여 나중을 기약하겠는가? (凡人이自謂立志而不卽用功하고遲回等待者는名爲立志나而實無向學之誠故也-니苟使吾志로誠在於學則爲仁由己라欲之則至어니何求於人이며何待於後哉아)[38]

이처럼 학문에 정진하는 것은 결국 개인이 '성'을 발현시키기 위한 수양론으로 수렴된다. 이러한 인식에서 서구의 명언들 역시 주로 '극기(克己)'라는 키워드로 번역된다. 이들 격언 역시 "극기(克己)는, 온갖, 덕의(德義)의, 근본(根本)"이라는 동양적인 문맥 속으로 포섭된다. 이처럼 인간의 본성으로 돌아가 성인이 되고자 하는 뜻을 세우라는 것은 동아시아의 유가 전통과 상통한다. 이러한 수기치인(修己治人)의 사상[39]은 근대 학제 도입 이후 간행된 독본(讀本)에서도 확인할 수 있다.[40]

반면에 「독서장」의 경우 율곡의 원전과 서구 격언의 내용이 서로 다르게 병치된다. 율곡은 이 장에서 주자학 관련 서적의 계보를 제시한

38 위의 책, 4쪽.

39 율곡의 입지와 성실의 교육철학적 의미는 다음의 논문을 참고. 손인수, 「율곡 교육사상의 입지와 성론」, 율곡학회 편, 『율곡학연구총서: 논문편 7 교육』, 2007.

40 『소학독본』(학부 편집국, 1895)과 『유몽휘편』(학부 편집국, 1895)은 유교적 전통에 근거한 초등용 독본류로 당대 유교 사상의 근대적 전환을 살펴볼 수 있는 중요한 자료이다.

다. 그는 구체적인 순서를 정해서 『소학』에서 시작해서 『대학』, 『논어』, 『맹자』, 『중용』, 『시경』, 『서경』, 『역경』, 『춘추』의 순서로 읽어 나갈 것을 권하고 있다. 그런데 동양의 주자학 서적의 계보에 대한 적절한 서구의 격언이 있을 리 없다. 따라서 서구 격언 대신 다음과 같은 언급이 제시된다. "書籍은,吾人의良師라,苔罰업시,가르치며,叱怒업시,가르치며,束脩업시,가르치며,報酬업시,가르치나니,사람이,그에게,近接할진댄,조곰도倦意업는,그,教訓을,밧을것이오,그에게,往質할진댄,조곰도,隱諱업는,그,指導를,엇을것이오,그를,輕視하는者가,잇서도,怒하지도,아니하고,그를,닑을줄,모르는者가,잇서도,업수히,녁이지,아니하나니라(西哲衣語)"[41]. 「독서장」의 내용과 제시된 격언의 의미를 종합하면 전통적으로 소수의 지배집단에게만 유통되던 유가적 지식이 글을 모르는 일반 대중에게까지 확대될 필요가 있다는 새로운 의미가 만들어진다. 즉, 글 읽기를 통한 유교적 '수양'의 보편성이 강조되는 셈이다.

이처럼 『산수격몽요결』은 대체로 율곡이 개인의 '입지'와 학문적 수양론을 강조한 내용을 중심으로 재배치되었다. 반면에 이러한 수신(修身)의 논리가 혈연을 중심으로 가(家)와 천하(天下)로 확대되는 후반부는 대부분 발췌 과정에서 삭제되었다. 삭제된 내용은 대부분 부모를 봉양하는 구체적인 절차나 장례 제도, 제사의 규범, 혼례와 벼슬 등 공동체의 규범에 관계된 부분이다. 이는 유교의 '교육'을 중심으로 한 개인의 윤리와 수양의 문제는 적극적으로 계승하는 반면 전통적인 절차와 제도 등은 혁신해야 할 구습(舊習)으로 간주하는 인식에 따른 것이다.

후쿠자와 유키치의 「수신요령」은 이러한 삭제된 후반부를 대체하며 첨가된 것이다. 개인들이 지닌 '누구나' 성인이 될 수 있는 자질은 나

41 신문관 편집국 편수, 앞의 책, 17~18쪽.

아가 어떠한 사회적 공동체의 덕목으로 확대되어야 하는가에 대한 최남선 나름의 대안에 해당하는 셈이다. 시대에 따라 수신의 논리도 새롭게 일신되어야 한다는 인식에 따라 전통적인 과거의 '제도' 대신 새로운 근대적 '제도'의 지향과 규범이 요구되었으며, 이러한 문제의식은 후쿠자와 유키치의 「수신요령」의 첨가를 통해 구체화된다. 후쿠자와 유키치의 "「수신요령」은 개인의 독립에서 시작하여 가정의 독립, 사회 · 국가의 독립으로, 단계적인 독립의 확보를 주장한 것이었다. 이는 '일신(一身)독립하여 일가(一家)독립하고, 일가독립하여 일국(一國)독립하고, 일국독립하여 천하가 독립한다'는 후쿠자와가 일찍부터 가져왔던 단계적 독립에 대한 주장으로, 그의 일관된 중심사상을 보여주는 것"[42]이다.

최남선은 「수신요령」을 대체로 직역해서 번역하고 있으며 주석을 통해서 그 의미를 확장하고 있다. 흥미로운 것은 후쿠자와 유키치의 글이 연설되었을 때와 최남선이 활자 매체인 『산수격몽요결』의 부록으로 수록했을 때 나타나는 맥락의 차이이다. 일본에서 후쿠자와 유키치의 글은 서양 문명이 군사력을 전면에 내세워 동아시아 지역에 등장하던 시기에 쓰여진 것이다. 반면에 조선에서 이 글은 일본이 조선의 통치권을 빼앗고 식민지로 삼은 한일병합(1910) 직전인 1909년에 옮겨졌다. 후쿠자와 유키치의 「수신요령」은 최남선이 주재한 잡지 『소년』[43]에 수록된 이후 『기호흥학회월보』[44], 『신한민보』[45] 등으로 확산되었다. 후쿠자와 유키치의 글이 이처럼 1909년을 기점으로 확산된 것은 식민지화의 위협이 극대화된 조선의 정치적 · 문화적 맥락에서 이

42 송혜경, 앞의 논문, 180쪽.
43 「福澤諭吉의 處世要領」, 『소년』, 1909.2.
44 「修身要領」, 『畿湖興學會月報』, 1909.6.
45 「새해에 새문견」, 『新韓民報』, 1914.1.8.~1.22.

해될 필요가 있다. 이러한 관점에서 이 글은 후쿠자와 유키치의 사상에 대한 단순한 부록이나 요약적 소개가 아니라 광범위한 전유(appropriation) 전략으로 읽힐 수 있다.

「수신요령」의 핵심 내용은 '일신(一身)의 독립'을 확대한 '일국(一國)의 독립'에 대한 강조와 인류의 상호 공존의 필요성에 대한 주장으로 요약된다. 일 항에서 십 삼 항까지의 내용은 신시대 개인의 독립 자존에 대한 내용이다. 새로운 사회의 "남녀(士女)는 독립자존의 주의로써 수신처세의 요령"[46]을 삼아야 한다. 덕성을 수양한 개인에 기초한 사회는 "일인일가(一人一家)의 독립자존" 위에 형성된다. 그런데 이러한 사회적 독립 논의의 전제로서의 개인의 독립과 관련된 부분에서, 최남선의 번역은 원문과 중요한 차이를 생성한다. 아래 인용 부분은 원본과 번역본의 도입부이다.

① **凡そ日本國に生生する臣民は男女老少を問はず萬世一系の皇室を奉戴して其恩德を仰かざるものある可らず此一事は滿天下何人も疑を容れざる所なり而して**今日の社會た處するの道を知何にす可きやと云ふに古來道德の教一にして足らぱと雖も德教は人文の進步と共に變化するの約束にして日新文明の社會には自から其社會に適するの教なきを得ず卽ち修身處世の法を新にするの必要ある所以なり[47]

② 今日의士女가 今日의 社會에 處함애 읏더한 道로 써 하리오 하건댄 古來로 道德의 教示로가 許多하나 그러나 德教란 것은 人文의 進步社會를 짜라

46 福澤兪吉 著, 최남선 譯, 「부록: 修身要領」, 신문관 편집국 편수, 앞의 책, 1쪽. 『산수격몽요결』의 본문은 1쪽에서 36쪽까지, 부록인 「수신요령」은 페이지를 달리하여 다시 1쪽에서 12쪽까지 수록되어 있다.

47 福沢諭吉 著, 『修身要領』, 東京: 福沢三八, 1901, 3~5쪽.

서 함의 變化하난 것이 定理인즉 日新하난 社會에는 또한 그 社會에 適當한 教訓이 업슬수업스니 이 修身處世의 法을 新定치아니치못할 所以니라.[48]

①의 후쿠자와 유키치의 글에서 수신의 논리는 천황을 정점으로 하는 일본의 배타적 내셔널리즘과 결부되어 있다. 원문의 강조한 부분을 옮기면 다음과 같다. "무릇 일본국에서 살아가는 신민은 남녀노소에 상관없이 만세일계의 황실을 삼가 받들고 그 은덕을 바라지 않을 수 없다. 이것은 만천하 누구도 의심할 수 없는 바이다." 그런데 ②의 최남선의 번역본에서는 이 부분이 삭제되어 있다. 일본의 경우 근대적인 개인의 자존과 사회적 독립의 논리는 일본의 황실과 천황의 존재를 전제로 한다는 점에서 매우 독특하다. 그런데 최남선은 번역 과정에서 이러한 논리를 삭제함으로써 일본의 내셔널리즘을 자존과 독립에 대한 인류의 보편적인 논리로 재구축하는 효과를 생성한다.[49] 천황에 대한 충성스럽고 선량한 신민의 의무를 삭제함으로서, 덕성을 수양한 개인에 기초한 사회라는 동아시아적 사유의 근대적 변형의 관점이 더욱 강조되는 것이다.

십사 항부터는 이러한 독립자존한 개체들을 묶어주는 사회공존의 도(道)에 대해서 논한다.

① 十四 社會的共存の道は人人自ら權利を獲り幸福を求むると同時に他人の權利幸福を尊重して苟も之を犯すてとなく以て自他の獨立自尊を傷けざるに在り[50]

48 福澤兪吉 著, 최남선 譯, 앞의 책, 1쪽.
49 송혜경, 앞의 논문, 184~185쪽.
50 福沢諭吉 著, 앞의 책, 15~16쪽.

② 十四, 社會共存의 道는 사람사람이 스스로 저의 權利를 護하고 福祉를 求하난 同時에 他人의 權利 · 福祉를 尊重하야 조금만치라도 侵害치아니하야 써 自 · 他의 獨立自尊을 傷害치 아니함에 잇나니라.

〔註〕 彼此扶助(크로포킨의 일은바)[51]

①은 후쿠자와 유키치가 서술한「수신요령」의 14조이며, ②는 최남선이 이를 번역한 것이다. 원문의 '행복'을 '복지'로 바꾼 것 외에 대체로 직역되어있다. 그런데 강조한 주(註)는 최남선이 붙인 것으로 원문에는 없다. 최남선은 사회 공존의 이치를 서술한 항목에 대해 크로포트킨(Kropotkin)의 상호부조론(相互扶助論)에 입각한 것이라는 주석을 붙였다.[52] 19세기 말에서 20세기 초까지 진화론은 조선뿐만 아니라 전 세계적으로 중요한 지적 담론이었다. 최남선이 일본의 와세다대 역사지리학과를 다녔다는 점을 상기해보면,[53] 그가 지리학자이기도 했던 크로포트킨의 사상을 접했을 가능성이 크다. 특히 진화론의 계보에서 크로포트킨은 중요한 위상을 차지한다. 주지하듯이 다윈(Charles Dawin)은 자연과학의 법칙으로 진화론을 체계화했다. 이를 인간 사회에 적용한 것이 헉슬리(Thomas Hanry Huxley)와 스펜서(Herbert Spencer)이다. 특히 스펜서는 적자생존의 원리를 동종의 생존경쟁 원리로 확장시켰다. 스

51 福澤兪吉 著, 최남선 譯, 앞의 책, 7쪽.

52 조선에서 크로포트킨의 사상은 1919년 3 · 1운동을 기점으로 1920년대에 활발하게 수용되었다. 선행 연구에서는 주로 크로포트킨을 중심으로 한 무정부주의 사상의 수용을 사회주의 사상으로 수렴되는 한 계보로 기술하거나, 저항적 민족주의의 한 계보로 기술하였다. 대표적으로 다음의 연구를 참고할 수 있다. 조세현,「동아시아 3국(한 · 중 · 일)에서 크로포트킨 사상의 수용: 『相互扶助論』을 중심으로」,『중국사연구』, 2005; 박종린,「1920년대 초 사회주의사상의 수용과 『신생활(新生活)』」,『성대사림』, 2014; 김미지,「동아시아와 식민지 조선에서 크로포트킨 번역의 경로들과 상호참조 양상 고찰」,『비교문화연구』, 2016. 등.

53 최남선은 1904년 대한제국 황실 유학생으로 일본에 파견되었지만 일시 귀국한 후, 1906년 4월 다시 일본으로 건너가 와세다대학 고등사범부 역사지리과에 입학했다가 1907년 3월에 학교를 그만두었다. 류시현,『최남선평전』, 한겨레출판, 2011, 29~30쪽.

펜서에 의해 강화된 약육강식과 우승열패를 중심으로 하는 사회진화론은 당대 조선에서 제국주의 지배를 정당화하는 대표적인 담론이었다. 크로포트킨의 진화론은 이러한 사회진화론의 한계를 수정했다는 점에서 중요하다. 그는 상호부조론을 통해서 적자생존뿐만 아니라 약자에 대한 배려와 공존이 생명의 진화에 유용한 전략 중 하나임을 새롭게 강조했다. 흥미로운 것은 최남선이 후쿠자와 유키치의 논의에 크로포트킨의 관점이라는 주해를 덧붙이면서, '修身齊家治國平天下'로 요약되는 유교적 원리를 새로운 박애의 원리로 확장한다는 사실이다.

> 十九, 져의 몸을 사랑하난 情을 미루어넓혀 다른사람에게까지 밋쳐 그의 疾苦를 輕減하고 그의 福利를 增進하기에 勉力함은 博愛의 行爲오 人間의 美德이니라.
>
> 二十, 博愛의 情은 同類인 사람에게만 對하야 쓸뿐아니라 禽獸를 虐待하고 또는 無益한 殺生을하는것갓흔 일은 사람의 戒飭할 일으니라.[54]

최남선에 의해 근대적인 독립 국가의 개념과 국제 관계는 동양적인 유가 전통 위에서 재해석된다. 동아시아에서 유가적인 수양론은 성인(聖人)의 경지, 즉 인간과 하늘이 이치가 합일된 상태를 갈구하는 것이다. 이는 개인의 논리에서 출발하여 사회와 우주 전체의 논리로까지 자연스럽게 확장된다. 덕을 길러 독립한 개인과 이러한 개인이 확대된 공동체는 타인과 금수에 이르기까지 다른 생명의 독립자존을 해치지 않는 상호공존의 상태에 이르러야 한다는 논리이다.

이러한 유가적 전통 위에서 긴밀하게 연결되는 개인과 국가 간의 관계에 따라서, "日本國民은 男女 間에 나라의 獨立自尊을 維持하기 위

54 福澤諭吉 著, 최남선 譯, 앞의 책, 5쪽.

해서는 生命·財産을 걸어놋코(내여놋코서)敵國으로 더부러 싸홀 義務가 잇슴을 잇지말지니라". 이에 대해서 최남선은 다음과 같은 주석을 덧붙인다. "〔註〕何獨日本이리오 武裝的平和가 繼續할 동안에는 읏더한나라 읏더한 人民이던지 다 그러할지니라."[55] 즉 세계가 군비경쟁으로 인한 힘의 균형상태에 있는 동안에는 어떤 나라라도 독립자존을 위한 생존경쟁에서 자유로울 수 없다. 특히 십 육 항의 내용은 후쿠자와 유키치의 말이면서 동시에 강력한 전유의 기능을 갖는다. "地球上에 나라를 세운者-그 數-적지아니하여 다 各各 그 法敎·言語·習俗이 달느나 그 國人은 다 마치 한가지로 同類인 사람인즉 이네로 더부러 사괴난데는 조곰만치라도 輕·重·厚·薄의 別을 두지못할지니 저혼자 제 스스로 尊大하야 他國人을 蔑視하는 것은 獨立自尊의 本旨에 悖戾한 것"[56]이다.

최남선은 후쿠자와 유키치의 논리를 식민지화의 위협에 처한 조선의 맥락에 맞추어 환기하고 있다. 이를 통해서 조선의 소년과 일반 대중에게는 제국의 위협에 맞서서 독립자존의 기치를 환기하고, 동시에 일본에게는 스스로의 야만적 행위를 비추는 거울로 활용하고 있다.

이처럼 최남선에 의한 동아시아적인 유가 전통의 사유틀과 후쿠자와 유키치의 사상 간의 접합은 '박애'와 '상호공존'의 공동체론으로 재해석되었다. 『산수격몽요결』은 동양과 서양의 다양한 텍스트들을 접합시키며, 아동을 대상으로 개인의 근대적인 자존과 인류 전체의 평화로운 공존에 관한 독특한 해석을 창출했다는 점에서 그 의미가 크다. 이는 전통적인 유교 담론을 아동과 일반 대중을 위한 교양으로 재해석하며, 혼성적 번역 전략을 통해 일본의 제국주의를 비판하는 담론

---

55 위의 책, 10쪽.

56 위의 책, 11쪽.

으로 전유(appropriation) 한 것으로 평가할 수 있다.

2. 『이솝우화』의 번역과 알레고리적 독해

번역을 통한 동화로의 분화

초기 아동문학사에서 번역(안)은 상당히 중요한 위치를 차지한다. 특히 『이솝우화』는 『신정심상소학』에서 처음 소개된 이후, 한 세기를 넘어 현재까지 초등학교 교과서에 꾸준히 수록되고 있다. 『이솝우화』는 『신정심상소학』(1896)과 『초등소학』(1906) 등의 '교과서'에 주로 수록되었다. 이는 번역된 외국 작품의 새로운 독자로서 '아동'이 처음으로 분화된 경우로 볼 수 있다. 하지만 이 교과서 이외의 『대한유학생회학보』, 『대한협회회보』 등에 수록된 『이솝우화』처럼 청장년층을 내포 독자로 삼거나, 윤치호에 의해 단행본으로 출간된 『우순소리』(대한서림, 1907)처럼 아동뿐만 아니라 공동의 성인 독자가 동시적으로 향유할 수 있는 문학 작품으로도 번역되었으며, 또한 배위량(裵緯良, William M. Baird)의 『이솝우언』(조선야소교서회, 1921)처럼 종교적인 동기로 성인과 아동을 개조하고자 하는 경우 등도 함께 공존했다.

『이솝우화』는 세계의 다양한 나라로 수용되는 과정에서 처음에는 독자가 미분화된 문학이었으나 점차 아동문학으로 분화되어 정착된 보편적인 텍스트이다. 그런데 조선의 경우 서구나 일본처럼 독자층이 미분화된 문학(또는 성인 문학)에서 아동문학으로의 이행이라는 순서로 진행된 것이 아니라, 처음부터 아동문학으로 수용되었다는 점이 특이하다. 이러한 역전은 선행 연구에서 지적된 바와 같이 『이솝우화』를 이미 아동문학의 체계 안에서 수용되었던 일본을 매개로 조선에 다시 수용되었기 때문에 가능한 것이었다. 1890년대부터 1920년대까지 『이솝우화』의 수용 양상은 [표 8]과 같이 정리할 수 있다.

〔표 8〕 아동문학 형성기 『이솝우화』 수용 목록

역자	제목	매체(권호수)	연월일	내포독자
학부편집국 편	17과 쥐의 이야기	신정심상소학(1)	1896	아동
	20과 貪心잇는개라	신정심상소학(1)	1896	아동
	23과 탐욕은 그몸을 망함이라	신정심상소학(1)	1896	아동
	26과 蠅과 飛蛾의 이야기라	신정심상소학(1)	1896	아동
	27과 조고마한 羊이라	신정심상소학(1)	1896	아동
	29과 가마귀와 여호의 이야기라	신정심상소학(1)	1896	아동
	30과 葡萄田(1)	신정심상소학(1)	1896	아동
	31과 葡萄田(2)	신정심상소학(1)	1896	아동
	19과 여호와 괴의 이야기라	신정심상소학(2)	1896	아동
	25과 가마귀가 조개를 먹는 이야기	신정심상소학(2)	1896	아동
	31과 사슴이 물을 거울삼음이라	신정심상소학(2)	1896	아동
	23과 狡猾한 馬라	신정심상소학(3)	1896	아동
국민교육회	3과 기럭이	초등소학(2)	1906	아동
	4과 원숭이	초등소학(2)	1906	아동
	9과 파리와 나부	초등소학(2)	1906	아동
	11과 도끼와 거북	초등소학(2)	1906	아동
	16과 그림 이약이	초등소학(2)	1906	아동
	17과 병아리	초등소학(2)	1906	아동
	8과 개의 그림자	초등소학(5)	1906	아동
	27과 蟻와 蟋蟀	초등소학(5)	1906	아동
	29과 어린 羊	초등소학(5)	1906	아동

	18과 蟻와 鳩	초등소학(6)	1906	아동
	19과 每人을 說코져 함	초등소학(6)	1906	아동
	28과 狡猾한 驢	초등소학(6)	1906	아동
	28과 斧	초등소학(7)	1906	아동
	15과 鳥의 智	초등소학(8)	1906	아동
蒼蒼生	狼과 仔羊	대한유학생회학보(1)	1907.03	성인
蒼蒼生	鼠兒의 食議	대한유학생회학보(1)	1907.03	성인
蒼蒼生	狐와 葡萄	대한유학생회학보(1)	1907.03	성인
李亨雨	貪犬의 影	대한유학생회학보(2)	1907.04	성인
李亨雨	蟻와 蟋蟀	대한유학생회학보(2)	1907.04	성인
李亨雨	驢著獅皮	대한유학생회학보(2)	1907.04	성인
윤치호	우순소리	대한서림	1907.07	이중독자
柳瑾 편	9과 교긍(驕矜)	초등소학수신서	1908.05	아동
柳瑾 편	25과 당무(當務)	초등소학수신서	1908.05	아동
塔園散士	개구리의 흉내내기	대한협회회보(3)	1908.06	성인
塔園散士	돈주머니와 나그네	대한협회회보(3)	1908.06	성인
塔園散士	곰을 만난 나그네	대한협회회보(3)	1908.06	성인
朴允喆	貪人과 貪犬	대한학회월보(5)	1908.06	성인
윤치호	우순소리	대한서림	1907.07	이중독자
無記名	이솝의이약(1)-바람과 볏	소년(1권 1호)	1908.11	아동
無記名	이솝의이약(1)-主人할미와 下人	소년(1권 1호)	1908.11	아동
無記名	이솝의이약(1)-孔雀과 鶴	소년(1권 1호)	1908.11	아동
송헌석	이소보의 空前格言	보급서관	1911	아동
최남선	말과 사자	붉은저고리(1권 2호)	1913.01.15	아동
최남선	개미와 멧둑이	붉은저고리(1권 2호)	1913.01.15	아동
최남선	가막이와 공작	붉은저고리(1권 2호)	1913.01.15	아동
최남선	사자 가죽 쓴 나귀	붉은저고리(1권 2호)	1913.01.15	아동
최남선	남성이와 독수리	붉은저고리(1권 4호)	1913.02.15	아동
최남선	여호와 닭	붉은저고리(1권 4호)	1913.02.15	아동
최남선	색기종달새	붉은저고리(1권 5호)	1913.03.01	아동
최남선	양의 가죽을 쓴 이리	붉은저고리(1권 5호)	1913.03.01	아동

최남선	여호와 이리	붉은저고리(1권 6호)	1913.03.15	아동
최남선	토끼와 개고리	붉은저고리(1권 6호)	1913.03.15	아동
최남선	여호와 토끼	붉은저고리(1권10호)	1913.05.15	아동
최남선	개와 여물통	붉은저고리(1권10호)	1913.05.15	아동
최남선	범과 참새(2)	아이들보이(7호)	1914.03.05	아동
최남선	가막이와 물항아리	아이들보이(9호)	1914.05.05	아동
최남선	과부와 암탉	아이들보이(9호)	1914.05.05	아동
裵緯良(William M. Baird)	이솝우언	朝鮮耶蘇教書會	1921	이중독자
방정환	당나귀와 개	어린이(1권 10호)	1923.11	아동
방정환	당나귀와 닭과 사자	어린이(1권 11호)	1923.12	아동
방정환	서울지와 시골쥐	어린이(2권 1호)	1924.01	아동
방정환	파리와 거미	어린이(2권 3호)	1924.03	아동
방정환	친한 친구	어린이(2권 4호)	1924.04	아동
방정환	모기와 피리 이야기	어린이(2권 8호)	1924.08	아동

초자연의 알레고리적 독해

주목되는 것은 『이솝우화』에 나타나는 읽기 독법(mode)의 변화 양상이다.[57] 초기 『이솝우화』의 수용에서 두드러지는 독법은 초자연적인 사건을 알레고리적 의미(allegorical meaning)로 해석하는 것이다. 동양에서는 전통적으로 서사를 읽고 해석하는 두 가지 주요한 양식이 있었는데, 역사적 양식과 알레고리 양식이 그것이다.[58] 역사적 독서 양식이

---

57 여기서 사용하는 읽기 방식에 관한 이론은 토도로프의 논의를 차용한 것이다. 그에 따르면 동일한 텍스트라 하더라도 재현을 거부한 시적 읽기(poetic reading), 알레고리적 읽기(allegorical reading), 문자적 읽기(literal reading) 등의 읽기 방식의 선택에 따라서 환상과 재현은 유동적으로 독해될 수 있다. Tzvetan Todorov, translated by Richard Howard, *The Fantastic: A Structural Approach to A Literary Genre*, Ithaca & New York: Cornell University Press, 1975, Chap.4, pp.58~74.

58 Lu Hsiao-peng, 앞의 책, 164쪽.

란 사실적 기술과 신뢰할 만한 기록이라는 역사 담론의 투명성에 의존하여 읽는 방식이다. 앞서 논의한 위인 전기를 예로 들면, 묘사된 사건과 인물들은 모두 독자에게 사실적인 것으로 인식되어 독해된다. 위인 전기에 나오는 인물이나 사건들은 역사적으로 실재했던 것이고, 따라서 읽기 과정에서 이들 텍스트는 문자 그대로 '사실'인 것으로 간주된다. 이처럼 전기는 텍스트와 의미 사이의 불일치를 인정하지 않는다. 반면에 『이솝우화』의 경우 동물들이 보여주는 초자연적인 특징들로 인해 역사적 독서 양식은 적합하지 않다. 이때 독자는 텍스트의 의미를 찾기 위해 알레고리 독서 양식을 택하게 된다. 『신정심상소학』에서 나타나는 우화들은 각기 다른 기원에도 불구하고 기표와 기의, 말과 의미의 자의적이고 관습적인 관계를 드러내는 알레고리라는 문학적 형식에 해당한다는 점에서 공통적이다. 알레고리적인 독서 양식은 특히 텍스트에 대한 비평적 주석에서 뚜렷하게 나타난다.

이이ᄋᆡ기ᄂᆞᆫ. ᄎᆞᆷ. 滋味잇ᄉᆞᆸᄂᆞ이다

여러분즁에도. 自家의. 악ᄒᆞᆫ일은. 곳치지안코. 다른ᄃᆡ로만가라고ᄒᆞᄂᆞ니. 잇스면이ᄂᆞᆫ. 亦是이비둘기의게우숨을보오리다. (「제15과 부엉이가 비둘기의게 우숨을 보앗더라」)

萬一. 이두마리羊이. 서로길을. 辭讓ᄒᆞ얏스면. 이러ᄒᆞᆫ苦狀은. 아니볼터이오이다.

여러분은. 이말ᄉᆞᆷ을. 잘혜아려보시오. (「제27과 조고마ᄒᆞᆫ 洋이라」)

여러분도. 자기일만. 힘쓰고. 남을. 웃지마시오. (「제19과 여호와 괴의 이ᄋᆡ기라」)

인용된 논평은 서사를 통해 구체적이며 특수하며 사실적인 현실을 환기시키고자 하며, 서사 속의 특수한 인간 행동의 배경과 기원 및 그 이면에 놓인 원리를 제시하고자 한다. 서사의 사건과 인물은 논평을 통해 '알레고리' 혹은 좀 더 높은 수준의 진실의 표현을 위한 전(前)-텍스트(pre-texts)로 독해된다. 동물들의 이야기는 역자의 논평을 통해 기이하거나 환상적인 이야기라기보다는 당대 삶의 도덕들, 즉, 정직, 근면, 양보 등을 이야기하는 사실적이고 진실한 것이라는 점이 강조된다. 특히 『이솝우화』 번역자의 주석에서 공통적으로 두드러지는 경향은 텍스트에서 풍부하게 재현된 동물담에서 나타나는 비현실적이고 초현실적인 사건들을 현실의 어떤 것을 명백히 지시하는 재현적인 것으로 수용한다는 점이다.

아동을 내포 독자로 설정했을 때 번역 대상 텍스트로 우화가 대거 선택되고 배치되었던 것은 우연이 아니다. 알레고리적인 우화는 표면적인 사건과 인물을 넘어선 '의미'를 통해서 아동의 심성의 교화를 이끌 수 있는 효과적인 형식이기도 했다. 기표와 기의, 지시 대상과 의미의 차이는 논평에 의해서 '탐심'의 경계(「제20과 貪心잇ᄂᆞᆫ개라」, 「제23과 貪慾은 그몸을 亡ᄒᆞᆷ이라」, 「제26과 蠅과 飛蛾의 이ᄋᆡ기라」), '사양(辭讓)'(「제27과 조고마ᄒᆞᆫ 洋이라」) 등의 도덕적 패러다임을 구축하는 것에 기여하였다. 이처럼 『이솝우화』는 당대 아동 심성의 교화라는 가치 속에서 긍정적으로 해석되고 수용되었다.

『우슨소리』와 식민주의 비판

윤치호는 동일한 텍스트를 '약육강식', '보호론' 등의 제국주의 담론에 대한 강력한 비판으로 전환한다. 그는 특히 단순화, 자국화, 생략, 추가, 바뀐 결말 등의 번역 전략과 순국문 표기를 통해서 아동과 공동의 성인 독자가 협동적으로 독해할 수 있는 텍스트로 재가공했다.

새매가 몃칠을 비둘기장 근쳐로 도라단여도 비둘기 한아도 나오지안커늘 새매가 웃난 얼골노 장압헤 와서 비둘기를 보고 쇠우난 말이 「나도 날개와 털이잇고 그대들도 날개와 털이잇스니 우리 조산은 필경 한조상이오 우리는 갓흔 종류로 가위 동포형데라 근일 본즉 삵이 이근쳐로 도라 단이니 그놈의 흉계가 파측한지라 그내들은 텬성이 순량하야 잘못하면 남의 압졔를 당하니 나와 보호약죠를 정ᄒᆞ면 ᄂᆡ가 그대들을 보호하야 그대의 종가도 존엄하게 하고 그대네 집도 보전하야 여러금수 세계에 그대의 독립과 부강을 태산갓치 굿게 헐터이니 엇더하뇨」하고 조흔 쌀아기를 선사하거늘 비둘기들이 깃버하야 새매를 장속에 마져들여 보호ᄃᆡ감을 삼엇더니 그 잇튼날브터 새매가 비둘기 독립과 안녕을 유지한다 하고 비둘기 한 마리식 잡어먹고 다먹은후는 그 장까지 차지하더라

제가 제 보호 못하고 남의보호를 엇지 밋으리오[59]

윤치호는 『이솝우화』를 당대 조선의 정치적 문맥 속에 위치시키며, 일선동조론이나 보호론으로 대표되는 일본의 식민주의 담론[60]을 강하게 비판하는 매개로 활용한다. 일본의 식민주의 담론의 구체적인 내용은 조선이 국제적인 자주 국가로서의 입장을 지니기 위해서는 청국과의 조공적 관계를 청산해야 한다는 점, 조선의 산업을 개발하고 국력을 신장하기 위해서는 일본의 보호와 지원이 필요하다는 점을 선전하는 것으로 요약되며, 이는 결국 일본과 조선의 동질화와 차별화의 논

59 윤치호, 「十二 보호국」, 『우순소리』, 대한서림, 1908, 11~13쪽.

60 식민주의 담론이란 말은 에드워드 사이드에 의해 만들어진 것이다. 그는 푸코의 용어인 담론이라는 개념을 서구 식민주의가 만들어 낸 다양한 지적 산물에 적용하여 그 실질적인 양상의 문제성을 폭넓게 규명한 바 있다. 자세한 논의는 Edward Said, 박홍규 옮김, 『오리엔탈리즘』, 교보문고, 2000. 참조.

리 속에 일본의 지배를 정당화하는 기능을 했다. 이에 대해 윤치호는 『이솝우화』의 서사에 역자 주석의 평가를 결합시키는 방식으로 식민주의 담론에 대한 직접적인 비판을 가한다.

하로는 나무삯 하나히 큰 참나무밧헤 들어가 돌아 단니더니 늙근 참나무가 무엇을 찻나냐 뭇거늘 독긔 자루할 무푸레 나무를 구한다 한 대 참나무들이 의론 하고 하나를 주엇더니 나무삯이 독긔에 자루를 맛춘후에 참나무를 하나식 다 족여내난지라 그중 노성한 참나무가 탐식하되 「권세 자루를 남의 손에 너흐면 나라도 망하난대 참나무야 더 할말 잇나」하더라[61]

말이 사심과 싸화 이긔지 못함애 사람을 와 보고 원수를 갑하 달나 하거널 사람이 허락 하고 말게 안장을 짓고 재갈을 먹인후 올나타고 사심을 쪼차 잡은지라 말이 그 은혜를 감사 하고 안장과 재갈을 벳겨달나 청한대 사람이 말하되 「네원수를 갑하주어셔 네 권리를 존중케 하고 네 독립을 보호하며 네 부강을 도모 하엿스니 평생 내 종노릇 해라」하고 잡어 매거널 말이 탄식하되 「작은 원수를 갑흐려다 큰원수를 맛나스니 내가 독립 못한 탓이라 누구를 원망 하리요」하더라[62]

인용문에 나타난 것처럼, 간결하고 쉽게 번역된 『이솝우화』의 서사와 역자의 논평이 결합되며 식민주의 담론의 모순이 자연스럽고 쉽게 드러난다. 남녀노소 누구나 쉽게 이해할 수 있는 간결한 서사와, 이러한 서사의 밑에 놓인 도덕적, 이데올로기적, 정치적 심층구조를 이해하도록 돕는 주석이 더해져 있는 구조이다. 이러한 알레고리적인 독해

61 윤치호, 「三十三 참나무와 나무삯」, 앞의 책, 29쪽.
62 「三十四 말과 사람」, 위의 책, 30쪽

방법은 서사의 표층과 심층의 주제의식 사이에는 거리가 존재한다는 사유를 전제한다. 여기에는 논평으로 밝혀야만 하는 '신화적'이고 '알레고리적인' 차원이 있다. 이러한 관점에서, 윤치호는 『이솝우화』의 우화를 당대 조선의 역사에 관한 시각을 표현하고 세계에 대한 견해를 제시하는 매개로 사용하고 있다고 평가할 수 있다.

텍스트의 심층적인 의미에 도달하기 위해 해석자는 텍스트 안의 완곡한 어구, 풍자, 암시, 에두른 표현들을 간파해야 한다. 어떤 하나를 말하면서 또 다른 어떤 것을 의미하는 알레고리는, 기표 층위에서의 표면적 의미와 그 표면적 의미의 심층에 놓인 기의로 구성된다. 윤치호에 의해 번역된 『이솝우화』의 보편적이고 간결한 표층적 서사는 남녀노소 누구나 쉽게 이해하고 향유할 수 있었다. 즉 당대 역사, 철학, 정치에 대한 지식이 부족한 아동이나 대중 역시 문자 그대로 독해함으로써 『이솝우화』의 작품을 향유할 수 있었다. 그런데 동시에 윤치호는 논평을 통해 '식민주의 담론에 대한 비판'이라는 원리로 표층의 기표와 심층의 기의 간의 거리를 통합한다. 이러한 심층적 의미는 상당한 지식을 지닌 성인만이 온전히 이해할 수 있으며, 아동은 성인과의 협동적인 독서를 통해 해석에 참여할 수 있다. 이처럼 『우슨소리』는 아동과 성인이라는 각기 다른 참조틀을 가진 수신자가 함께 서사를 향유할 수 있는 이중 독자를 상정한 텍스트로 평가할 수 있다.

이처럼 『이솝우화』를 수용하는 역자 주석의 경우 그 구체적인 가치평가는 차이가 있지만, 공통적으로 풍부하게 재현된 동물과 인간의 변신담, 죽음과 재생 등에서 나타나는 비현실적이고 초현실적인 사건들을 현실의 어떤 것을 명백히 지시하는 재현적인 것으로 수용하는 경향을 보인다. 우화에서 서술된 사건은 문자 그대로 진실하다거나 의미가 직접적으로 이해되는 것이 아니라 기호의 해석을 통해서 의미가 온전히 밝혀진다. 『이솝우화』는 이와 같이 텍스트의 문자적 수준을 넘어서 교훈적 메시지를 함축하고 있는 알레고리적인 독법 속에서 수용되었다. 이처럼 우화는 '현실'에 대한 자신의 생각을 개진하는 특권적 양식으로 기능했다. 이는 우화 역시 역사 서술의 일부로서 분류되고 독해되었던 전통 속에서 비현실적인 것, 경이로운 것들이 현실을 구성하는 원리로 수용되었던 당대의 사회적, 문화적인 특징을 반영하는 것으로 판단된다. '읽는다'는 것은 텍스트의 표면적 표현 너머의 더 깊은 의미를 탐구하는 것이었다. 해석은 서사의 표층 너머 그 이면에 숨겨져 있는 도덕적, 이데올로기적, 정치적 패턴을 이해하는 것이었다.

3. 『그림동화』의 수용과 문자적 독해

초자연의 문자적 독해

1920년대 독일 그림 형제의 『그림동화』의 수용에 이르면 이전 시기 텍스트들에서 빈번히 나타났던 강한 교훈성, 도덕성, 정치성 등의 요소가 상당 부분 탈각된다. 독해 과정에서도 알레고리적 의미가 아니라 '문자적 의미(literal meaning)'로 독해됨으로써, 작품에 형상화된 동물과 자연, 현실과 환상의 관계가 초자연적인 것, 경이로운 것으로 수렴되어 동화의 주된 특징으로 고정된다.

그림 형제의 『그림동화』는 18세기 말에서 19세기 초 낭만주의 시대, 유럽 국가들에서 자신의 민족 역사, 민중 풍속, 민요, 민담, 의례들에 대한 새로운 탐구가 일어난 문화적 배경 속에서 탄생한 독일 낭만주의 시대 대표적인 민담 모음집이다.[63] 한국에서는 1920년대 낭만주의

63 양영란, 「그림 형제와 푸쉬킨 낭만주의 민담 비교 연구」, 『슬라브학보』, 2013, 177~178쪽.

문학의 대두와 함께 아동기를 근원성, 자연성, 완전성의 단계로 보아 찬미하는 시각이 형성되었다. 이로 인해 『그림동화』의 수용 과정에서는 마법적인 세계에 아동에게 적절한 순수 환상의 구현이라는 새로운 의미가 부가되었다.

〔표 9〕 1920년대 『그림동화』 수용 목록

역자	제목	매체(권호 · 출판사)	연월일
오천석	壯士의니야기	학생계(1권 1호)	1920.07.01
방정환	리약이 두 조각-귀먹은, 집오리(家鴨)	천도교회월보(129호)	1921.05
방정환	잠자는왕녀	사랑의선물(개벽사)	1922.01
방정환	텬당가는길	사랑의선물(개벽사)	1922.01
방정환	털보장사	개벽(29호)	1922.11
방정환	황금 거우	어린이(1권 2호)	1923.04
방정환	염소와 늑대	어린이(1권 9호)	1923.1
無記名	염소와늑대(1)	동명(2권 3호)	1923.01.14
無記名	염소와늑대(2)	동명(2권 4호)	1923.01.21
無記名	개고리의王子	동명(2권 5호)	1923.01.28
無記名	바닥난구두	동명(2권 6호)	1923.02.04
無記名	부레면의音樂師	동명(2권 7호)	1923.02.11
無記名	猫와鼠의同居	동명(2권 8호)	1923.02.18
無記名	三兄弟의行路(1)	동명(2권 9호)	1923.02.25
無記名	三兄弟의行路(2)	동명(2권 10호)	1923.03.04
無記名	三兄弟의行路(3)	동명(2권 11호)	1923.03.11
無記名	奇男이와王姬	동명(2권 12호)	1923.03.18
無記名	英雲이와그繼母	동명(2권 13호)	1923.03.25
無記名	재투성이王妃(1)	동명(2권 15호)	1923.04.08
無記名	재투성이王妃(2)	동명(2권 16호)	1923.04.15
無記名	암탉의죽음	동명(2권 17호)	1923.04.22
無記名	거미와벼룩의同居	동명(2권 18호)	1923.04.29
無記名	漁夫의夫婦(1)	동명(2권 19호)	1923.05.06

無記名	漁夫의夫婦(2)	동명(2권 20호)	1923.05.13
無記名	나도나무미틔무덤	동명(2권 21호)	1923.05.20
無記名	빩안帽子	동명(2권 22호)	1923.05.27
無記名	十字架의힘	동명(2권 23호)	1923.06.03
방정환	작은이의 일흠(1)	어린이(2권 1호)	1924.01
방정환	작은이의 일흠(2)	어린이(2권 2호)	1924.02
방정환	개구리 왕자	어린이(2권 7호)	1924.07
박영희	별돈	어린이(3권 3호)	1925.03
오천석	그림동화	한성도서주식회사	1926

초자연적인 것, 경이로운 것과 동화 장르의 규범

앞서 『이솝우화』의 수용 양상을 살펴보며 우화는 텍스트의 문자적 수준을 넘어서 교훈적 메시지를 함축하고 있는 것으로, 즉 알레고리적으로 독해되었다는 점을 확인하였다. 이때의 텍스트는 도덕적, 철학적 관점에서 진실한 것이며, 유용하고 교훈적인 것이었다. 이는 『이솝우화』가 아동을 가르치는 근대적인 교과서에 가장 먼저 수록되고 일본의 식민담론의 허구성을 드러내는 도구로서 기능할 수 있었던 이유이기도 했다.

그러나 역사로도, 알레고리로도 해석되지 않는 이야기들은 설명하기 힘든 '환상적인 것'이 된다. 『그림동화』의 이야기들이 이에 해당되는 바, 평범한 시공간적 연속을 정지시키고, 자연적인 것과 초자연적인 것을 뒤섞어 놓은 특징을 지닌다.

하로는 양의곱비를 붓잡고풀위에안젓자니까어쩐 백의(白衣)를 입은처녀가 피비ㅅ처럼 빨간 ㅅ봉오리에 진주(眞珠)한개를매달아서 옥가튼손으로 그남에게 주면셔 하는말이

「이꼿으로 마술(魔術)에 걸린것을 때리기만하면 무에든지 제대로된다.」고 하야씁니다. 깜작놀라셔 눈을떠보니 난대업는숩인데 그남이압헤는 과연숩에 보든 꼿봉오리가 노혀잇섯습니다.[64]

인용문에서 마술의 힘을 지닌 꽃은 꿈과 현실의 경계를 넘어서면서도 실질적인 힘을 지닌 것으로 형상화된다. 사실 이러한 서사적 요소는 앞서 살핀 『이솝우화』에서도 풍부하게 존재한다. 다만, 이 시기 『그림동화』의 수용 과정에서는, 윤치호의 『이솝우화』 수용 과정에 나타나는 특징, 즉 원작의 서사 내용을 넘어서서 식민 담론을 비판하며 조선의 현실과 텍스트의 의미망을 연결 짓는 역자의 서술자적 논평이 거의 사라진다. 에머 오 설리번(Emer O' Sullivan)은 번역 문학의 서사 커뮤니케이션 구조에서 역자의 서술적 음성(narrative voice)의 역할에 주목하였다. 그에 따르면 번역자는 원작에 대해서는 실제 독자의 위치에 있지만, 번역 작품에서는 내포 역자(implied translator)로서 작품의 층위를 넘어서는 논평할 수도 있다.[65] 즉, 번역자는 서술자의 위치에서 서술적 논평을 수행하거나, 독자에게 직접 말을 걸면서 텍스트 해석에 개입할 수 있다. 이와 대조적으로 1920년대 『그림동화』의 번역 작품에서 서술자는 거의 공개적으로 출현하지 않으며 숨겨지는 경우가 많다.

① 『얼른쌔려주지안으면 잡아먹을터이다』하고 소리를 버럭질르닛가 고만 밀가루장사는 무서워서 벌벌떨면서 하라는대로 그발에 하-연밀가루를만히쌔려주엇습니다.—사람이란 이럿케겁쟁이랍니다—. (중략) 늑대가먹을때

64 「奇男이와玉姬」, 『동명』, 1923.3.
65 Emer O' Sulivan, "Narratology Meets Translation Studies, or The Voice of the Translator in Children's Literature", Edited by Gillian Lathey, *The Translation of Children's Literature*, Clevedon · Buffalo · Toronto: Multilingual Matters Ltd, 2006, pp.103~105.

에 너머 급하게먹어서 씹지안코 그냥 그냥삼킨고로 색긔들은 하나도닷치거나 상한것이업섯습니다. 그러니 오작이나 깃거웟겟습닛가.[66]

② 이말을듯든 늙은염소는 말을씃까지듯기도전에 늑대란놈의소위를 생각하고 이를바득바득갈면서 목을노코소리처울엇습니다. 암만울어보나 소용이 잇겟습니까.[67]

인용문에 나타나는 것처럼 서술자가 드러나는 경우에도 원전 서사의 기본 플롯과 사건을 강화하는 지엽적인 보충 설명 정도를 보여줄 뿐이다. 이는 그림 형제의 「늑대와 일곱 마리의 새끼 염소」를 번역한 ①의 방정환 본이나 ②의 동명본의 작품에서도 공통적으로 나타나는 특징이다. 이러한 내포 역자의 위치 변화는 작품의 독해 방법이 '숨겨진 의미' 혹은 '심층의 의미' 찾기에서 '문자적 의미 읽기'로 변화했음을 드러낸다. 작품의 사건들과 인물들이 좀 더 높은 진리를 표현하는 매개로 간주되는 것이 아니라, 서사의 표면적 사건과 인물 자체에 대한 허구적 구성 원리의 이해가 중요한 독법으로 나타난 것이다. 그 결과, 동물과 아동이 함께 이야기하고, 마법과 일상이 공존하는 서사는 허구적인 것, 초현실적인 것으로 고정되었다.

이와 같이 『그림동화』의 수용을 통해 초현실성을 지닌 것으로서 아동문학의 위상이 새롭게 형성되었다. 이러한 사실을 통해 오늘날 아동문학에 적절한 것으로 여겨지는 초현실성, 불가능성, 비실재성 등의 특징이 고정적인 것이 아니며, 환상과 현실의 경계가 시대와 사회의 문맥에 따라 변동하면서 형성된 역사적인 것임을 이해할 수 있을 것이다.

---

66 夢中人, 「염소와 늑대」, 『어린이』, 1923.10, 4~6쪽.
67 무기명, 「염소와 늑대」(1), 『동명』, 1923.1.14, 17쪽.

4. 낭만주의와 동화의 숭고 미학

낭만주의의 조선적 수용

이 부분에서는 근대적 아동관 형성에 기여한 구체적인 철학, 문학 텍스트와 수용 주체를 실증적으로 복원함으로써 아동문학의 기원으로 상정해온 서구 낭만주의를 그 자체로 초역사적이거나 보편적으로 사유하는 문학사적 통념을 넘어서기 위한 토대를 마련하고자 한다. 특히 아동의 개념과 아동에 대한 사유가 서구적 근대성에 의해 수용되어 갑자기 발견된 것이라거나, 그 이전의 전통과는 단절된 외래적 사조의 수입이라는 등의 논의를 지양하고자 한다. 이를 위해 아동을 둘러싼 사상적 계보를 특히 천도교를 중심으로 살펴보고자 한다.

기존 연구는 필립 아리에스(Philippe Aries)의 논의에 입각하여 전통적 아동의 개념을 '작은 어른'으로 단순화하거나 부재한 것으로 상상하고, 근대적인 아동의 '탄생'을 지나치게 강조함으로써 결과적으로 아동의 개념, 철학, 제도 등을 서구적인 틀과 동일화하는 경향을 낳았다. 그러나 근대적 문물이나 제도의 도입이 일상의 모든 국면을 큰 폭으로 바꾸어가는 과정에서도 기층에서 오랫동안 쌓여왔던 문화적 관습들이 단번에 사라지거나 대체되는 것은 아니다. 오히려 아동을 둘러싼 전통적인 개념, 철학, 제도는 근대적인 학제의 도입과 낭만주의에 기반을 둔 새로운 동화의 보급이 이루어졌던 시기에 이를 나름의 방식으로 수용하고, 전유하는 교섭의 장 속에서 제도화되었다고 보는 편이 더 타당할 것이다.

전근대의 텍스트 중에서도 아동을 둘러싼 개념이나 철학, 교육 등의 관점에서 주목할 수 있는 것들이 있다. 이한의 『몽구(蒙求)』는 동양 학술과 문화의 원천인 『주역』의 「몽괘(蒙卦)」에서 유래한 아동 교육서이다. 「몽괘」의 전체 상징은 아주 어린 상태, 특히 무지몽매한 상태를 상징하는 괘이자, 형통한 괘이다. 주역에서의 몽괘의 뜻을 풀어 보면 다음과 같다. "몽괘는 형통한 괘다. 내가 어리석은 어린 아이에게 가르침에 따르를 것을 요구하는 것이 아니라, 어리석은 어린 아이가 나에게 가르침을 구하는 것이다. 그러므로 처음에 진실하게 물어오면 잘 가르쳐 준다."[68] 몽괘가 형통한 괘로 해석되는 이유는 이처럼 배우고 익혀서 깨달을 수 있는 출발점이 되기 때문이다. 『몽구』에서 어린 아이의 배움은 '신의 뜻을 묻는 것'이며, 아동은 만물의 '출발점'을 상징하는 것이었다.

우리 나라에서 어린이 교과서로 쓰인 '어린이가 먼저 익혀야 할 책'이라는 뜻의 『동몽선습(童蒙先習)』의 '동몽'이라는 제목도 여기서 유래하고, '어리석음을 깨우쳐 주는 핵심'이라는 뜻의 『격몽요결(擊蒙要訣)』의 '몽'자 역시 여기에서 유래한다. 『동몽선습』과 『격몽요결』은 조선 시대 성리학에서 주입하고자 하는 윤리와 도덕이 중심이 되었다. 성리학의 맥락 속에서 아동에게 '성인'과 '군자' 등이 인간의 이상형으로 제시되었다. 아동이 가정 먼저 배웠던 『천자문』의 첫 구절도 "하늘은 검고 땅은 누렇다(天地玄黃)"는 것이며, 다음으로 공간을 상징하는 집 우(宇), 시간을 상징하는 집 주(宙) 등, 하늘과 땅 그리고 공간과 시간이라는 우주론이 가장 먼저 배워야 할 것으로 제시되었다. 이는 조선 시대의 아동 교육의 궁극적인 목표가 성리학적 윤리 의식의 고양이었음을 상징적으로 보여준다.

1896년부터 1920년대에 이르는 시기는 아동을 둘러싼 사회적 규범과 관습의 중대한 전환기였다. 1896년 근대적 학제가 도입된 이후 다양한 수신 교과서들은 전통적인 아동의 개념, 철학, 가치와 근대적인

---

68 유동환 역주, 앞의 책, 298~299쪽.

새로운 담론틀을 매개하고자 했다. 일본의 식민 지배에 의해 학정이 잠식되는 1906년 이전의 교과서를 살펴보면 어떻게 주체적으로 아동 개념을 구성하고자 했는지 복원할 수 있다. 학부 편찬의 『소학독본』에 따르면 어린 아이 시기(幼孩時)는 유가적인 맥락 속에서도 '근본을 바르게 정초할 수 있는 시기'로 다음과 같이 환기되었다.

> 幼孩時에 仁德을養ᄒᆞᆷ이니라. (중략) 무릇 배움을 시작하는 때로부터 덕의를 길러야만 백성을 위하고 일을 이루는 근본적인 토대가 마련된다. (중략) 비유하건대, 재목은 어릴 때 곧게 길러야 크게 된 후에 동량(棟樑)이 되고, 샘물은 그 근원을 맑게 뚫어야 다다른 뒤에 강한(江漢) 같은 강물이 된다. 사람도 처음 키우는 것이 곧아야 자란 후에 대인(大人)이 된다.(比전ᄃᆡ林木이幼時에곳게길너야大ᄒᆞᆫ後棟樑이될ᄶᅥ시오水泉이根源을말케ᄯᅮᆯ어야達ᄒᆞᆫ後江漢이되나니샤람도蒙養이正ᄒᆞ야야長ᄒᆞᆫ後大人이되ᄂᆞ니라)[69]

이러한 전통적인 아동 개념 위에 형성된 '순수한 영혼'이라는 아동에 대한 근대적인 사유는 장 자크 루소(J. J. Rousseau)의 철학 및 문학의 수용과 긴밀하게 연결되어 있었다. 루소는 서구에서 '영원한 아동'으로 상징되는 낭만주의적인 메타포의 상상력을 전개함으로써 아동문학의 형성에 기여한 중요한 철학자로 평가된다. 한국에서 루소의 사상은 [표 10]에서 나타나는 것과 같이 주로 1920년대에 중반까지 중점적으로 수용되었다. 특히 이 시기 이돈화, 김기전, 방정환 등의 천도교 계열의 사상가, 예술가들을 중심으로 루소의 사상이 수용된 것을 확인할 수 있다. 이러한 루소 사상의 수용은 천도교의 철학과 접맥되어 아동에 대한 새로운 관점을 제시할 수 있는 원동력이 되었다.

69 유임하 편역, 『소학독본』, 도서출판 경진, 2012, 16~17쪽.

〔표 10〕 장 자크 루소 주요 수용 목록[70]

저자	제목	매체(권호)	연월일
논설	教育의 目的	기호흥학회월보(1호)	1908.08
이광수	文學의 價値	대한흥학보(11호)	1910.03
이돈화	人乃天의 硏究	개벽(1호)	1920.06
김기전	近代主義의 第一人 루소先生	개벽(5호)	1920.11
이돈화	民族的 體面을 維持하라	개벽(8호)	1921.02
방정환	童話를 쓰기 前에 어린애기르는 父兄과 教師에게	천도교회월보(126호)	1921.02
이돈화	사람性의 解放과 사람性의 自然主義	개벽(10호)	1921.04
김기전	사회봉공의 근본의의	개벽(10호)	1921.04
강매	자유의 신 루소	한성도서주식회사	1921
김억	近代文藝(六)	개벽(15호)	1921.09
鼎言生	泰西教育의 歷史的觀察-휴랑게氏, 룻소氏(1)	동아일보	1921.06.04
鼎言生	泰西教育의 歷史的觀察-룻소氏(2)	동아일보	1921.06.05
鼎言生	泰西教育의 歷史的觀察-룻소氏(3)	동아일보	1921.06.06
이인영	解放의 悲哀	개벽(20호)	1922.02
방정환	새로 開拓되는 「童話」에 關하야, 特히 少年 以外의 一般 큰 이에게	개벽(31호)	1923.01
방정환	少年의 指導에 關하야	천도교회월보(150호)	1923.03
김기전	개벽운동과 합치되는 조선의 소년운동	개벽(35호)	1923.05
김기전	5월 1일은 어떠한 날인가	개벽(35호)	1923.05
박영희	七月에 回想되는 海外文人	개벽(49호)	1924.07
논설	짠짜크루소어른, 혁신문학의 선수로 자유 평등론의 대표	동광(14호)	1927.06

루소의 철학은 그의 『고백록』, 『사회계약론』, 『에밀』 등의 저서 소개

70 이 표는 근대적인 아동 개념의 형성과 직접적인 연관을 지니는 루소의 낭만주의 철학과 『에밀』의 교육사상을 중심으로 한 수용 양상을 목록화한 것이다.

와 그의 자연주의, 낭만주의 철학의 도입 속에서 정치, 사회, 문화, 교육 등을 아우르며 당시 조선에 큰 영향을 미쳤다. 이와 관련하여 선행 연구에서는 주로 『사회계약론』을 중심으로 한 정치사상사적 수용양상[71]이나 『고백록』을 중심으로 한 자연주의의 수용과 고백 문학의 형성[72]이라는 성인 문학에서의 영향 관계를 중점적으로 분석한 바 있다. 이러한 성과를 기반으로 하여, 이 책에서는 천도교 계열을 중심으로 한 루소의 낭만주의 수용 양상을 근대적인 아동 개념의 구성과 동화의 형성이라는 문제틀에서 새롭게 살펴보고자 한다. "이 땅에서 '어린이'의 탄생은 동학에서 천도교로 이어지는 근대적 개혁사상의 구현이기도 했다."[73] 따라서 천도교의 지속적인 루소 수용 양상에 대한 분석은 서구의 근대적인 아동 개념이 조선의 고유한 조선의 지형도 속에서 새롭게 자리매김하는 양상을 풍부하게 보여줄 수 있을 것으로 기대된다.

천도교 계열의 사상가들의 루소 사상 수용은 크게 세 가지로 나누어 볼 수 있다. 첫째, 루소의 사상을 '문명비판론'의 관점에서 해석하여 수용하는 경우이다.

① '불평등원인론'에는 문명사회의 폐해를 없애는데는 원시적 자연상태로 돌아감이 제일이라는 근본사상을 기술하였으니 가로되, 우리가 토계모옥에서 만족할 그때는 가죽옷을 荊棘으로나 魚骨로써 자르고, 羽毛와 貝殼으로써 몸을 장식할 그때는 한 마디로 말하면 우리가 각자 한사람의 힘으로써 만들 수 있는 일에만 종사하던 그때는 완전한 자유와 건강과 善과 행복을 그대로 향략하며 생활하였던 것이다. (중략) 그런데 우리가 이렇게 불행을 초래한 것은 群居의 弊이다. 즉 우리의 집단적 생활이라는 것은 종래에 없는 새 감정

71 이예안, 「개화기 루소 『사회계약론』 수용과 번역」, 『일본문화연구』, 2011.
72 우정권, 『한국 근대 고백소설의 형성과 서사양식』, 소명출판, 2004.
73 원종찬, 『한국 아동문학의 쟁점』, 창비, 2010, 16쪽.

과 새 도덕이 생기는 것과 함께 죄악을 생기게 하였다.[74]

② '에밀'은 「로빈슨 크루소」를 읽었다. 그것을 읽음으로 인하여 그는 아주 로빈슨으로 자처하며 그와 같이 스스로 산야를 개척하여 가옥을 건축하고 山羊의 사육, 초목의 移植 등을 행하며 같은 로빈슨의 행적에 대하여도 어떤 점에 이르러는 '자기라면 그렇게 하지 아니 하겠다' 하는 비판력도 가지게 되었다. 동시에 그는 무엇을 새로 얻고자 하면 그만한 노력이 없이는 불능하다는 것과 또한 노력을 하는데도 상당한 연구와 비판력을 가져야 할 것을 자각하였다. 그래서 '에밀'은 농부와 같이 동작하고 철학자와 같이 사고하였다.[75]

①은 루소가 그의 저서 『불평등원인론』에서 문명과 자연을 대비시켜 자연 속에서 자신의 힘으로 노동하는 인간을 완전한 자유와 선(善), 행복의 상태로 서술한 것을 소개한 부분이다. 루소의 이러한 철학은 ②에서 에밀이 『로빈슨 크루소』의 핵심 모티프인 섬에서의 고립과 노동을 독해하는 내용과 정확히 일치한다. 이처럼 루소의 논의는 근대 문명에 대한 비판적 사유와 자연 속에서 인간의 성장이라는 틀에서 수용되었다.

① 『에밀』 第一編에는 그의 유년기에 대한 교육을 논하얏스니 曰 교육은 제일 자연의 性 즉 각자의 천성에 從하야 할 것이며 그리고 사람은 어대까지 사람으로 교육할 것이니 强히 무엇을 목표하야 교육한다함은 사람의 본성을 상하는 것이며 혹 사회상의 지위 又는 혹 직업에 適하도록 교육한다함도 亦 사람을 害하는 것이다.[76]

74 妙香山人, 「近代主義의 第一人 루소先生」, 『개벽』, 1920.11, 67쪽.
75 위의 글, 72~73쪽.
76 위의 글, 69쪽.

② 氏는人性에는本是로邪惡이無하나其邪惡에起함은오직社會의汚風에感染하는故이로다[77]

③ 지금와서 사람이 만일 모든 폐해를 업시하랴 하면 무엇보다도 먼저 인습적 제도와 인조적 문명의 모든 영향과 感化를 내어버리고 근본의 자연스럽은 원시적 상태로 돌아가지 아니하여서는 아니되겟다 하는 유명한 「자연으로 돌아가거라」(Return to Nature)의 본의인 줄 압니다.[78]

또 문명과 자연의 대립은 김기전, 김억 등의 논자들을 통해서 "문명", "인습적 제도", "인조적 문명", "허위", "가면" 대 "자연", "자연의 性", "원시적 상태", "천성", "천연(天然)", "본연(本然)", "사람의 본성" 등의 어휘로 확장되면서 점차 자연과 인간의 본성을 일치시켜 가는 쪽으로 새롭게 해석된다. 이를 통해 근대적 아동의 정체성을 구성할 수 있는 문명과 자연의 대립이라는 논리적 구조가 형성되었다.

둘째, 자연과 아동의 일치로 인한 아동의 순수성이라는 메타포를 중심으로 루소 사상을 해석하여 수용하는 경우이다. 이때 자연은 아동의 "순수무위(純粹無爲)의 심성", "어린아이(兒) 즉 적자(赤子)의 그 심성"이라는 내면적 층위에서 상동성을 지닌 것이었다.

① 천연 그대로 한 그곳! 그곳에야 말로 純粹無爲의 심성이 宿하얏스며 그 심성이야말로 「루소」가 「루소」된 것이 아닐가.[79]

② 純粹無僞의 그 심성- 그것은 어린兒 즉 赤子의 그 심성이니 赤子의 心

---

77 鼎言生, 「泰西教育의歷史的觀察(二) 루소氏」, 『동아일보』, 1921.6.5.
78 김억, 「近代 文藝」(六), 『개벽』, 1922.1, 27쪽.
79 妙香山人, 앞의 글, 65쪽.

을 失치 아니한 이가 大人이라하면 키큰 어린兒인 「루소」는 확실한 大人일진저.[80]

③ 吾人의 소위 自然이라 함은 반듯이 彼山野田園的 자연에 뿐 限한 자— 아니오 사람이나 事爲나 모든 것의 그대로의 天眞을 일러 그로써 자연이라 함을 이름이니 즉 모든 것의 靡頹, 假裝虛飾을 脫한 본연 其者의 자연을 이름이엇다. 다시 말하면 山野田園的 자연이 자연 그대로의 이상에 의하야 천연의 발육을 受함과 가티 사람은 사람적 자연 그대로의 이상에 의하야 사람 性의 無窮을 계발(자연정복도 의미함)하며 사람 性의 자연주의(人性의 자연과 현실의 자연의 일치점)을 표현함을 이름이엇다.[81]

④ 고로 사람 性의 자연주의라 함은 곳 사람도 자연의 일원임으로 즉 사람도 彼山野田園的 자연과 일치성을 가저슴으로써 彼山野田園과 가티 가장이 업시 허식이 업시 壓迫이 업시 자유롭게 광활하게 생활함을 의미 함은 물론이나 然이나 사람 性이라 함은 但히 彼山野田園的 한 고정적 자연이 아니오 어대까지던지 사람다운 자연 즉 사람으로의 자연을 이름이다.[82]

③에서 자연은 "모든 것의 그대로의 천진(天眞)"으로 표현된다. 천진, 즉 자연 그대로 참되고 꾸밈이 없다는 것은 단순히 전원의 물리적 자연을 지시하는 것이 아니다. 인용문에서 자연은 인위적인 "허위허식"을 벗은 "사람다운 자연 즉 사람으로의 자연"으로, 즉 인간 본성과 일치된 개념으로 전환된다. ①, ②에서 김기전이 루소를 수용하면서 자연과 일치되는 아동의 순수성을 논리화했다면, ③, ④에서 이돈화는

80 위의 글, 66쪽.
81 이돈화, 「사람 性의 解放과 사람 性의 自然主義」, 『개벽』, 1921.4, 17쪽.
82 위의 글, 18쪽.

아동을 포함한 인간과 자연의 내면적 층위의 상동성을 전제로 "사람다운 자연"을 재발견한다. 그에 따르면 사람 역시 자연과 일치성을 가졌으므로 "있는 그대로", "본래의" 본성을 기름으로써 "천연의 발육"에 따라 더 잘 자랄 수 있다. 이처럼 자연에서 아동, 인간으로 이어지는 내면적 상동성은 '순수한 아동'이라는 낭만적인 메타포를 지탱하는 기본 원리로 자리 잡는다.

그런데 자연과 아동의 내적 일치의 논리를 다시 인간 전체로 확장하는 김기전과 이돈화의 논리는 루소적 사유의 연장만으로는 설명하기 어렵다. 천도교 계열의 사상가들은 전통적인 사유 위에 낭만주의적인 메타포를 주체적으로 수용하고 천도교의 고유한 철학적 틀 위에서 아동과 동화의 개념을 정초해 나간다. 김기전은 '순수한 아동'이라는 낭만적인 메타포를 근거로 아동 해방 담론으로 발전시킨다. 또 이돈화의 인간 본성에 대한 논의는 "무한", "무궁성"에 대한 천도교의 독특한 철학으로 발전한다. 이는 다시 방정환에 의해 아동의 영원성과 동화 예술에 매개됨으로써 독립적인 아동문학론으로 전환되었다.

셋째, 루소의 사상을 기반으로 아동의 특성으로 자애(自愛)와 동정(同精)의 감성을 발견하려는 경우이다. 루소는 『불평등원인론』에서 인간의 영혼에는 이성에 앞서는 두 개의 감성이 있다는 점을 지적하는 바, 그 하나는 자애심(amour de soi)이고 다른 하나는 동정(pitie)이다. 자애심은 인간에 있어 가장 원초적이고 자연적인 감성으로 자기자신에 대한 사랑이다. 자애심은 인간의 자기보존을 위한 직접적인 감성이자 최초의 감성이라고 할 수 있다. 동정은 타인을 나와 같은 감성적 존재로 여기가 타인의 고통에 대해 공감하는 것이다.[83] 김기전은 『에밀』에 나타난 루소의 사상을 다음과 같이 요약한다.

---

83 안인희, 『루소의 자연교육사상』, 이화여자대학교 출판부, 1992, 28~29쪽.

열정은 自衛自存上 最心要한 힘이다. 그 열정의 근원이 되고 기타 一切 心意動作의 원인 根因가 되는 것은 자기에 대한 愛이라는 것이다. 고로 아동 최초에 起하는 감정은 此 自愛의 정이니 『에밀』은 이제야말로 그 자애에 根因한 자기 주위의 모든 사람을 사랑하는 감정이 生하얏다. 즉 도덕적 성질이 生하얏다. 유년시대에는 오즉 자기와 物과의 관계를 學함으로 足하얏스나 이제는 자기와 사람과의 관계를 學할 時가 來하얏다. (중략) 如斯히 교육된 청년의 심중에 처음 일어나는 감정은 이성에 대한 사랑이 아니오. 동포에 대한 사랑이 될 것이다. 즉 연애가 아니오. 보편적 동정이 되고마나니 이 동정을 잘 인도함에는 사람과 사회를 연구케 함이 最要하니 사람의 연구와 사회의 연구는 相俟할 것이나 최초에 인정을 學케함이 最可하니 此 인정을 學케 함에는 역사의 연구가 제일이다.[84]

그러나 여기서 유의해야 할 것은, 한국의 근대적 아동관이 루소를 중심으로 한 서구 낭만주의의 일방적인 이입이나 영향으로 성립된 것은 아니라는 점이다. 조선의 전통적 철학을 계승, 변용한 천도교의 사유에 서구 낭만주의와 일본 다이쇼 낭만주의 문학론이 수용되면서, 영향과 창조의 긴장 속에서 새로운 아동의 개념이 형성된 것이다.

천도교와 동심

그렇다면 '신성한 아동'의 메타포를 형성한 중요한 수용 주체로서 천도교의 역할과 예술 담론의 내용을 구체적으로 살펴볼 필요가 있다. 이를 통해 한국의 근대적 아동관이 지닌 세계사적 보편성을 확인하면서, 동시에 한국의 근대적 아동관이 지니는 고유한 성격을 규명할 수

84 妙香山人, 앞의 글, 73~74쪽.

있을 것으로 기대된다.

특히 이돈화, 김기전, 방정환 등의 천도교 계열의 이론가와 예술가들은 '영원한 아동'으로 상징되는 서구의 낭만주의적인 메타포와 상상력을 천도교의 철학과 결합시킴으로써 한국 아동문학 성립의 전제조건인 근대적 아동관과 미학의 형성에 기여한 바가 크다. 신범순은 개벽 사상 속에서 아동과 동화 개념의 역사철학적 사유를 개념화한 바 있다. 그는 최남선의 불함문화론과 이상 그리고 개벽 사상의 계보 속에서, 아동을 서구의 근대성으로 표상되는 역사 시대의 전염된 어른들의 사유에 물들지 않고, 관습에 묶인 세계에 도전하고 부정, 파괴하며 새로운 세계를 가져오는 존재의 상징으로 해석하며, 동화를 이러한 생명이 생장할 수 있도록 해주는 존재의 집이자 근대 이후 신화를 매개하는 유일한 수단으로 평가한다.[85] 이 부분에서는 이돈화, 김기전, 방정환 등의 천도교 이론가 및 예술가들이 낭만주의의 주요 개념과 수사를 차용하면서 조선의 담론 지형을 재편하는 과정을 분석하고, 나아가 서구 낭만주의의 수용 과정에서 나타나는 전유 양상을 고찰하여 새롭게 구상된 근대 아동 개념의 의의를 살펴보고자 한다.

첫째, 천도교 논자들은 낭만주의의 수사법과 용어를 차용하면서 이를 당대 조선의 담론 구조 안에서 재편했다. 이러한 실천은 구체적으로 유교 문명에 의해 희생된 아동의 해방 담론 제기와, 인내천의 이상(理想)으로서의 아동 표상에 대한 기획이라는 두 갈래의 방향으로 나타났다. 김기전에 의해 문명-유교-장자(長子)-군자(君子)-어른으로 이어지는 성인은 '과거'의 "대죄인"으로 표상됐다면[86], 반대로 유년(幼年)-

85 신범순, 「이상의 개벽사상: 태양아이의 역사철학」, 『한국시학회 제24차 학술대회논문집』, 2009, 74~82쪽.

86 金小春, 「長幼有序의 末弊, 幼年男女의 解放을 提唱함」, 『개벽』, 1920.7; 小春, 「曰惡라 是何言也」, 『개벽』 3, 1920.8; 起瀍, 「開闢運動과 合致되는 朝鮮의 少年運動」, 『개벽』, 1923.5.

소아(小兒)-어린이로 이어지는 아동은 순수한 존재로서 세상을 구원할 수 있는 아동 해방 담론의 주체로 재기호화된다. 이 과정에서 문명과 자연, 죄와 순수, 과거와 미래 등의 대립구조를 통해, 성인과 아동은 회복할 수 없는 거리감을 형성하는 것으로 설정된다.

> 어린이 그들은 사람의 부스럭(屑)이도 破片도 아니오 풀노 비기면 싹이오 나무로 비기면 순인 것을 알자. 또 우리 사람은 過去의 延長物도 祖述者도 아니오. 限 업는 極 업는 보다 以上의 明日의 光明을 向하야 줄다름치는 者임을 알쟈. (중략) 언제에는 過去의 標徵은 어룬이라 하야 社會規範의 一切를 어룬을 中心 삼아써 云爲한 바와 가티 이제브터는 未來의 象徵은 어린이라 하야써 社會規範의 一體는 어린이를 中心삼아써 云爲하도록 하쟈. 져 - 풀을 보라. 나무를 보라. 그 줄기와 뿌리의 全體는 오로지 그 적고 적은 햇순 하나를 떠밧치고 잇지 아니한가. 그래서 이슬도, 햇빗도, 또 단비도 땐 몬져 밧을 者는 그 순이 되도록 큼맨그러 잇지 아니한가.[87]

인용문에 나타나는 것처럼 아동의 순수성은 풀의 싹이나 나무의 순, 햇순 등과 같은 미약한 것으로 인식된다. 그러나 오히려 미약하기 때문에 동시에 경계가 없는 '무한한 미래의 상징'으로서 어린이 표상이 가능하다. 아동은 "限 업는 極 업는 보다 以上의 明日의 光明을 向하야 줄다름치는 者"이며, "未來의 象徵"이다. 아동은 순수하기 때문에 보호되어야 하며 동시에 인류를 구원할 수 있다는 이중 담화 전략 속에서 '무한한 미래의 상징'으로서의 '아동' 표상이 탄생한다. 이는 미래를 강조하는 인내천 철학의 시간성을 기반으로 한 것이다. 이와 관련하여 인내천 철학을 체계화한 이돈화의 다음과 같은 글을 참조할

87 起瀍, 「開闢運動과 合致되는 朝鮮의 少年運動」, 『개벽』, 1923.5, 24~25쪽.

수 있다.

世人이或은 人乃天이라하면 문득여러가지疑問을가지게되는所以는 人乃天은天道教의理想으로生覺지안이하고 直接現實의人그사람 卽現實로나타난그사람 卽現實的世界人類들이現在의가지고잇는모든事實을그쑨만으로곳人乃天의中에包容코저하나니 이는實로人乃天을誤解함이大한者라하라 故로人乃天이라함은 決코現實的今日우리의가지고잇는모든不徹底 不公平 을包容하야云하는말이안이오 卽사람의모든美德의中에셔 모든人類가精神上行爲에셔 우리의現在가지고잇는理想을事實的으로實現코져하는意味이니[88]

이돈화에 따르면 인내천이란 현실에서 '지금' 인간이 가지고 있는 불완전한 모습 그대로 신과 일치할 수 있다는 개념이 아니다. 신이 인간에게 내재함을 자각한다는 것은 현재 사람이 지닌 모든 '미덕'만을 모아서 '미래의 시간성' 위에 실현되는 것이다. 이처럼 천도교에서는 현재의 제도, 관습, 도덕 등의 불완전함에 물든 성인이 아닌 아동을 인내천의 이상을 실현할 수 있는 미래의 주체로서 재현하고자 했다.

그런데 이와 같이 아동을 통한 구원을 아직 도래하지 않은 미래의 시간성 위에서 사유하는 양상은 김기진, 이돈화 등 천도교 논자들뿐만 아니라 1910년대 계몽주의 담론과의 연속성 안에서 검토할 필요가 있다. 전영택은 「少年問題의 一般的 考察」(『개벽』, 1924.5)이라는 글에서 아동을 통한 구원 문제에 관해 인상적인 논의를 펼친다. 그는 "세상이 모두 오직 정치 법률밧게 모를 때에 아니 엇지 할 줄을 모르고 다만 아득이기만 할 때에 崔南善君이 李光洙君과 힘을 아울너 「少年」을 발행한 것이 朝鮮에 잇서서는 소년운동의 嚆矢라 하겟습니다."라고 하

88 이돈화, 「사람性의無窮을論하노라」(續), 『천도교회월보』, 1921.5, 4쪽.

면서 소년운동의 효시로 최남선과 이광수를 언급한다. 최남선이 『소년』지의 표어로 삼았던 "우리大韓으로 하여곰 少年의 나라로 하라 그리하랴 하면 能히 이 責任을 堪當하도록 그를 教導하여라"라는 언명을 강조하는 것이나, "진실로 朝鮮민족의 운명은 남녀소년에게 달녓다"는 이광수의 계몽 담론 역시 아직 도래하지 않은 시간성 위에 "소년의 나라"를 표상한 것은 우연이 아니다. 아동의 순수와 구원에 대한 미적 환기는 구체적으로 소년 운동이라는 계몽적 실천 기획과 결합되면서 근대의 문화적, 제도적 기반의 문제를 넘어서고자 하는 논리로 작동했다. 아동에 대한 상징적 시스템은 개인의 내면적 측면 뿐만 아니라 사회 제도나 물질적 층위의 전환을 요구하는 것이었다.

김기전은 「開闢運動과 合致되는 朝鮮의 少年運動」이라는 글에서 소년 운동의 내용을 다음과 같이 요약했다. 문화적 층위에서는, 첫째, 언어에 있어 그들을 경대(敬待)해야 한다. 둘째, 의복, 음식, 거처, 기타 일상생활의 모든 일에서 어린이를 어른과 동격으로 취급하는 습관을 지녀야 한다. 셋째, 가정, 학교, 기타 일반적인 사회적 시설을 할 때에는 반드시 어린이의 존재를 염두에 두어서 신설해야 한다. 경제적 층위에서는, 첫째, 의식(衣食)을 주어 영양 불량의 상태에 빠지지 않게 해야 한다. 둘째, 유소년의 노동을 금하고 모두 하나같이 취학의 기회를 얻게 해야 한다. 이러한 목록은 당대 소년 운동이 근대화된 시민으로서 아동을 재현하고 양육하고자 하는 사회적 이상을 새로운 규범과 관행의 내면화를 통해서 실현하고자 했다는 사실을 잘 보여준다. 아동의 순수와 구원에 대한 미적 환기는 예절과 말투, 성(性), 문학, 놀이 등 모든 차원에서 진행되었다. 이때 아동 개념은 사회적, 제도적 가치로 전환될 수 있는 것이었다. 이처럼 새로운 아동 개념은 아동에 대한 인식, 감정, 태도, 습관 뿐만 아니라 제도까지 근대적으로 바꾸고자 하는 현실의 실천과 결부되어 있었다. 그 결과 아동의 본성에 대한 새로운 인식은 사회적, 제도적 층위에서의 소년 운동과 결부되어 작동했다.

둘째, 천도교 계열의 철학자나 예술가들은 낭만주의적 아동 개념이 지닌 순수성을 천도교의 신성과 연결시켜 해명함으로써 서구나 일본에서는 찾아볼 수 없는 '신성한 아동기'라는 의미로 확장시켰다. 서구에서는 15~16세기 예수나 동정녀 마리아로 대표되는 기독교의 신성성이 가정, 모성, 아동의 일상생활로 전이되는 과정에서 '신성한 아동기'라는 개념이 확대되었다.[89] 이러한 점에서 신성한 아동기라는 개념은 기독교의 유입과 서구 문화의 영향 관계와도 연관될 수 있다. 전영택이 언급한 바와 같이 "종교적으로는 예수 교회에서 「主日學校」라는 것을 하여서 따로 남녀 어린이를 위하야 聖經도 가르치고 자미잇는 니악이도 해주고 작란도 식혀서 어린이의 심리를 이용하야 종교심을 길너주며 아울너 도덕심과 그 天性을 도아주는 일이 잇서왓"[90]던 것이다. 그러나 기독교는 한국에서 "수입 또는 移入된 사람이 만든 종교"[91]라는 한계를 지닌 것이기도 했다. 반면에 천도교는 한국의 자생적인 종교로 인간 본성에 초월적 요소를 부여한 철학적 논의가 상당히 깊이 있게 전개되었으며, 신성한 아동기라는 메타포의 확산에도 기여한 바가 크다는 점에서 각별히 주목할 필요가 있다.

① 人을神으로觀ᄒᆞ는宗教로神과人을同一體로觀ᄒᆞ되人은神의制造ᄒᆞᆫ者ㅡ안이오直接神의表顯이卽人으로觀ᄒᆞ는宗教일지니라.[92]

② 元來一人乃天主義라함은但히 人과神이精神的에셔同一하다는意味에

---

89 起瀍, 앞의 글, 94~95쪽.
90 전영택, 「少年問題의 一般的 考察」, 『개벽』, 1924.5, 12쪽.
91 김기전, 「在京城 各教會의 本部를 歷訪하고」, 『개벽』, 1924.6, 71쪽.
92 이돈화, 「改造와 宗教」, 『천도교회월보』, 1919.12, 8쪽.

犧止한것이안이오 平等或은自由라는正義正道의上에도 其意義가널이包容한 者이니 卽人乃天은 一體人類를다갓치神으로보는同時에 其에屬한 權利 義務 勢力도쏘한一致의上에立하엿슬것이라理想한바이로다.[93]

③「自我」와「세계」는 하나이오 둘이 아니다. 자기는 곳 세계이다. 換言하면 세계는 전인류의 것이 아니오 各人의 것이며 개인은 사회의 分子가 아니오 전체이다. 곳 各人은 각각 세계의 왕이 되는 것이다. 사실 사회는 개인의 집단이 아니오 자기의 延長이다. 우리가 사회를 위하야 일할 最徹底한 관념은 이와 가티 사회를 超個人我로 보아 사회를 자기의 인격 내에 섭취함에 至하야 始生할 것이다. 우리의 참 인격은 無限大이다. 자기인 동시에 사회이며 우주이다. 고로 우리는 사회를 통하야 始로 자기의 全貌를 窺하는 것이다.[94]

인용한 ①, ②, ③은 이돈화에서 김기전으로 이어지는 인내천 사상의 전개 양상을 잘 보여준다. 신과 인간을 하나로 보는 인내천 사상은 ①처럼 인간을 신의 창조물로 보는 기독교의 주종관념에 대한 비판적 인식을 전제로 한다. 이는 ②처럼 평등과 자유에 대한 도덕 철학이나 ③의 세계와 자아의 일치라는 사상으로 변주되기도 하지만 모두 인내천주의의 논리를 바탕으로 하고 있다.

①에서 나타난 것처럼 천도교와 기독교는 철학적 존재론에서 근본적인 차이가 있다. 기독교가 탄생의 제1원인을 조물주인 신에 둔다면, 천도교의 인내천 사상은 신성(神性)을 인간에게 내재한 것으로 파악한다. 즉 존재의 근거가 자기 밖에 있는 것이 아니라 자체의 본성에 이미 있다는 것이다. 인내천 사상을 체계화한 이돈화는 "한울"의 속성을

93 이돈화,「自己解放과 人乃天主義」(續),『천도교회월보』, 1920.7, 3쪽.
94 김기전,「社會 奉貢의 根本意義」,『개벽』, 1921.4, 6~7쪽.

"자존(自存)"에서 찾았다. 그에 따르면 "「한울」은 唯一의 一元으로 「自存」하는 것이다. 어떤 다른 實在에 依存하는 것이 아니오, 自存 其自體가 곧 實在인 것이다."[95] 즉 이돈화는 기독교의 신과 인간의 관계를 '타율적'으로 파악하고, 반대로 천도교에서 신과 인간의 관계를 "自己의 自律的 創造"로 존재론적 연속성이 있는 것으로 자리매김하고자 했다. "「한울」은 어디 까지든지 絶對的으로 自身이 自身의 原因이 되고 他의 制限을 받지않음으로 그는 自律的造化를 가졌다 할수 있다. 造化라는 것은 無爲而化라는 뜻이니 無爲而化는 곧 自律的 創造를 意味한 것이다."[96] 이러한 관점에서 신의 속성을 내재한 인간 역시 "한울"의 근본 성격인 "자존"적 속성을 지닌 것으로 파악된다.

요약하자면 천도교는 기독교와 달리 신의 속성이 만물에 내재했다는 철학적 존재론을 기반으로 하여 인간을 신성한 질서 속에서 재구성하고자 했다. 이는 천도교의 신성함에 관한 철학 자체가 상당히 근대적임을 단적으로 보여준다. 인내천 사상에 따르면 신은 존재하지만 더 이상 거룩한 신비로서, 사랑과 숭배를 이끌어내는 도덕적 원천으로 존재하지 않는다. 신성함을 상실한 근대에 이르러, 천도교는 변화된 초월성의 존재론에 기반을 두고 인간을 재신성화하고자 했다. 이제 신성함은 인간 개개인의 차원에서 재현된다. 이처럼 근대에 의해 변화된 초월성의 위상을 바탕으로 천도교는 인간 자체를 신성함의 원천으로 재인식하여 인간을 존엄한 주체로 구성하고자 했다.

따라서 인내천 사상은 평등, 자유 등의 근대적 윤리와도 유연하게 결합될 수 있었다. 인내천 사상의 존재론적 문제제기는 신의 속성을 내재한 개체가 다른 인간이나 우주 등 다른 것과 맺고 있는 '관계'는

---

95 이돈화, 『신인철학』, 일신사, 1963, 10쪽.
96 위의 책, 11쪽.

무엇인가라는 윤리론적 인과성에 관한 물음으로 확장된다. 신의 속성이 만물에 내재했다면, 그것들이 관계 맺는 방식 역시 윤리론에 기반을 둔 조화와 평등의 관계로 발견될 수밖에 없다. 이돈화에 따르면 인간은 "直接神의表顯"이며, "人乃天은 一體人類를다갓치神으로보는同時에 其에屬한 權利 義務 勢力"를 포함한 개념이다. 이는 천도교적인 신성성의 두 번째 특징을 집약적으로 잘 보여준다. 개개인에게 내재된 신성은 전 인류로 확장되는 것이면서, 동시에 결코 관념성이나 추상성의 층위로 비약하는 것이 아니다. 인내천의 신성 개념은 권리, 의무, 세력 등으로 표현되는 당대 현실과 밀접하게 연관된 것이며, 천도교 사상가들은 종교적인 신성 개념을 당대의 '역사적 사회'로부터 분리시키지 않고 유기적으로 연결한다. 이러한 맥락에서 천도교의 신성성이 추상적 관념론으로 수렴되지 않고 당대 현실에 대한 저항적, 실천적 성격을 지녔다는 사실은 보다 적극적으로 평가될 필요가 있다. 특히 천도교에 의해서 재발견된 신성의 존재론과 평등의 윤리론은 아동평등 사상의 형성과 전개에 결정적인 역할을 했다.

③에 나타나는 것처럼, 천도교는 서구의 근대적 사상을 비판적으로 수용하면서 인간의 무한성과 초월성에 관한 독특한 철학을 형성해나갔다. 김기전은 이 글에서 개인의 자발적 계약으로 사회를 설명하는 루소의 사회계약론, 콩트 드 뷔퐁(Comte de Buffon)과 허버트 스펜서(Herbert Spencer)의 생물진화론에 바탕한 사회유기체설을 비판적으로 검토한 뒤, 천도교의 개인과 사회의 관계를 "자기의 연장"으로 설명한다. 천도교의 인내천 철학은 "자기의 연장"을 통해 자아와 세계의 내적 연결을 해명하고, 인간의 본성으로부터 무한성을 발견하는 논리로 나아간다. 물론 천도교의 무한사상은 헤겔의 우주론, 진화론, 스피노자 등의 철학과 다이쇼 문화주의의 철학적 경향[97] 등과도 관련된다. 하지만 이돈화, 김기전 등은 다양한 근대적 사상들을 비판적으로 섭렵하

며 현실에서 실천 가능한 낭만주의 시학과 유토피아 정치학이라는 인간과 초월성에 관한 독특한 철학을 형성했다.

천도교의 인내천 철학을 바탕으로 인간은 이제 그 존재 자체만으로도 초월적인 것, 숭고한 것, 무한한 것과 연결될 수 있었다. 따라서 인간을 신성함의 원천으로 하는 새로운 신성함의 감각을 창안해야 했다. 이때 천도교에서 가장 주목한 것이 순수한 어린이라는 개념이다. 숭고성이 '순수한 어린이'의 표상과 적극적으로 결합되면서 '신성한 아동기'라는 새로운 관념이 탄생한 것이다.

> ① 새와 가티 쏫과 가티 앵도가튼 어린 입술로, 텬진란만하게 부르는 노래, 그것은 고대로 자연의 소리이며, 고대로 한울의 소리입니다.
>
> 비닭이와 가티 톡기와 가티 부들어운 머리를 바람에 날리면서 뛰노는 모양, 고대로가 자연의 자태이고 고대로가 한울의 그림자입니다. 거긔에는 어른들과 가튼 욕심도 잇지 아니하고 욕심스런 계획도 잇지 아니합니다.
>
> 죄없고 허물업는 평화롭고 자유로운 한울나라! 그것은 우리의 어린이의 나라입니다.[98]

97 『개벽』지에 수록된 니체, 루소, 제임스, 엘렌 케이, 러셀, 카펜더 등의 서구 근대사상 소개글과 일본 다이쇼 문화주의의 철학적 성과와의 영향 관계는 최근 허수에 의해 꼼꼼하게 실증된 바 있다. 허수의 검토에 따르면, 『개벽』 초기 지면에 실린 서구 근대사상의 소개 글 중 일부는 中譯臨川, 生田長江 編, 『近代思想十六講』, 東京: 新潮社, 1915.와 生田長江 · 本間久雄 共著, 『社會改造の八大思想家』, 東京: 東京堂書店, 1920.에서 차용된 것이다. 그러나 단순히 "서구 근대문화의 중역적 소개"로서 "『개벽』 주도층은 일본 지식인의 서구 사상에 대한 이해방식을 모방하고 재활용하는 방법을 취했던 것"(허수, 『이돈화 연구』, 역사비평사, 2011, 94~99쪽)이라는 평가는 재고의 여지가 있다. 근대적 사상이 제국으로부터 식민지로 이식되었다는 관점은 천도교 논자들이 단순히 서구 사상에 대한 소개에 그치지 않고 이에 대한 비판적 검토를 통해서 독특한 철학적 논리로 발전시킨 것에 대한 평가를 생략하고 있다. 모방과 혼성을 통해서 만들어지는 문화의 생성 과정은 식민지 조선의 특수성이라기보다는, 일본과 서구의 문화 생성 모두를 아우르는 보편적 과정으로 이해할 필요가 있다.

98 논설, 「처음에」, 『어린이』, 1923.3.

② 져 새싹이 새순이 그 中에도 우리 어린이덜이 이 大宇宙의 日日의 成長을 表現하고 謳歌하고 잇슴을 알며 그들을 떠나서는 다시 우리에게 아모러한 希望도 光明도 업는 것을 깨닷쟈.[99]

③ 아이들의 행동에대하여쓸데업는 간섭은하지 말것인동시에 텬진란만한 행동이 아이의지식을 길르는데 가장조흔재로인것을 니저서는 안됩니다.[100]

인용문에서 아동은 자연이자 그 자체가 우주인 존재로 표현된다. 신성을 지닌 아동은 우주의 성장을 표현하고 거리낌 없이 즐겨 누리는 존재이다. 아동이 곧 자연이며 그 자체가 우주를 내포한다는 아동에 대한 새로운 자질의 부여는, '실재 아동'의 내적 성질을 발견해가거나 통찰하는 것이라기보다는, 오히려 아동의 본질에 대한 메타포적 해석으로 보는 것이 타당할 것이다. 이러한 해석을 통해 1920년대 천도교에 의해 새롭게 발견된 신성성이라는 개념은 곧 아동이 지닌 '본래적 신성'에 다름 아닌 것으로 자연화되는 '효과'가 생성된다. 흥미로운 점은 신성성을 바탕으로 어른과 아동 사이의 인격 구조가 현격한 차이를 지니는 것으로 분리된다는 사실이다. 천도교의 종교철학에 따르면 어른과 아이 모두 신성을 지닌 존재로 동등하지만, 인용문 ①, ②, ③에 나타나는 것처럼 신성성의 관념은 아동에게 보다 적극적으로 부여되었으며, 수사적 차원에서는 어른과의 대조 속에서 아동의 숭고함이 보다 강조되었다. 이러한 담화 전략을 통해 인내천의 이상을 구현한 신성한 주체로서의 아동이라는 개념은 효과적으로 재현되었다.

위의 인용문들은 공통적으로 어린이를 '인간의 기원으로서의 자연'

99 起瀍, 앞의 글, 24쪽.
100 논설, 「어린이세상은 신성불가침 가려운데도 제가 긁게」, 『중외일보』, 1930.5.4.

으로 거듭 환기함으로써 성인의 결핍과 대비되는 풍요로운 인간 현존의 이미지를 구현한다. 이와 같은 어린이의 신성한 지위에 대한 찬미는 바로 인간의 기원에 대한 자기도취적 매혹으로 연결된다. 순수한 어린이는 인간의 내적 존재의 상징이자 사랑, 숭배, 존경을 이끌어내는 도덕적 원천으로 낯설고 신비롭게 발견되었다. 인간의 기원에 대한 이러한 낭만주의적인 관점은 아동을 인간이 상실한 전체성과 자족적인 완전함의 기표를 회복하는 신화적 존재로 형상화했다. 인간 기원에 대한 나르시시즘적인 도취와 숭배는 동화가 아동을 수신자로 하는 장르이자 동시에 인류 전체를 정화(淨化)하는 문학으로서 자리매김하는 토대가 되었다.

셋째, 천도교 논자들이 서구의 문화를 수용하고 전유하며 새롭게 형성한 근대 아동 개념과 예술의 성격에 주목할 필요가 있다. 앞서 논의한 인내천에 기반한 신성성이 천도교의 존재론이었다면, 이돈화, 김기전, 방정환 등은 '예술을 통한 감응'에 주목하면서 윤리론이 내재된 예술론의 발견으로 나아간다. 특히 방정환의 문학론은 다른 천도교 이론가이자 예술가들의 글과 함께 정밀하게 독해될 필요가 있다. 손병희의 셋째 사위이기도 한 방정환은 김기전, 이돈화, 박달성 등과 함께 천도교청년회의 주요 구성으로 활동하며 천도교 사상을 철학, 종교, 예술 등의 다양한 담론으로 전환하는데 크게 기여했다.

기존의 선행 연구에서는 방정환의 문학론은 주로 일본 문학과의 영향 관계[101]나 민족주의의 담론틀[102] 안에서 조망되었다. 이정현의 연구

---

101 원종찬, 「한일 아동문학의 기원과 성격 비교—방정환과 한국 아동문학의 본질」, 앞의 책; 이정현, 「방정환의 동화론 「새로 開拓되는 童話에 關하야」에 대한 고찰: 일본 타이쇼 시대 동화이론과의 영향 관계」, 『아동청소년문학연구』, 2008.

102 조은숙, 「"동화"라는 개척지—방정환의 '새로 개척되는 "동화"에 관하야'(1923)를 중심으로」, 『어문논집』, 2004.

에 따르면 방정환의 아동관과 문학론은 일본 다이쇼 문학론의 영향을 받은 것이 사실이다. 하지만 방정환의 아동 개념과 아동문학론은 단순한 이식의 결과물은 아니었다. 특히 선행 연구들은 방정환과 천도교의 철학, 예술 담론과의 상관성에 거의 주목하지 못했다는 점에서 큰 한계를 지닌다. 천도교 철학은 방정환의 모든 활동을 뒷받침해주는 기본 바탕이라 할 수 있으며, 그의 문학관과 아동관을 살피고자 할 때 가장 염두에 두어야 할 사항이기 때문이다. 한국 아동문학의 새로운 기폭제가 되었던 『어린이』 잡지도 이와 연속선상에 있음은 물론이다.

그럼에도 기존의 아동문학 연구에서 천도교의 철학과 예술 담론과의 상관성에 관한 연구가 수행되지 못한 결과, 방정환 문학론의 고유한 낭만주의적 성격에 대한 온전한 해명이 이루어지지 못한 것이 사실이다. 서구 낭만주의와 방정환의 낭만주의를 일치하는 것으로 놓음으로써 서구 낭만주의를 보편적이거나 초월적인 것으로 사유하게 하거나, 일본의 다이쇼 문학론의 영향이 서구의 자리를 대체하는 일방적인 이식의 과정으로 설명되었기 때문이다. 따라서 서구나 일본 문예사조의 이입과 영향을 강조하는 연구 경향과 민족주의 담론에 입각한 연구 경향은 방정환 문학론이라는 동일한 대상에 대해 대립적인 해석을 낳아왔다. 이러한 한계를 극복하기 위해서는, 천도교의 문화 예술 담론이 낭만주의라는 큰 틀 안에서 서구의 낭만주의 철학, 일본의 다이쇼기 낭만주의 문학론 등의 문화적 교섭과 전유 속에서 혼성의 문화를 형성해 나가는 양상을 고찰하고, 이러한 결과물로 방정환 문학론을 새롭게 분석할 필요가 있다.

우선 방정환의 대표적인 문학론으로는 다음을 꼽을 수 있다.

〔표 11〕 방정환의 주요 문학론 목록

필자명	제목	수록매체	권호수	발표년월
牧星	童話를쓰기前에 어린이기르는父兄과敎師에게	『천도교회월보』	126호	1921.2
小波	새로開拓되는「童話」에關하야—特히少年以外의一般큰이에게	『개벽』	31호	1923.1
小波	少年의指導에關하야	『천도교회월보』	150호	1923.3
小波	어린이찬미	『신여성』	2권 6호	1924.6

牧星이라는 필명으로 발표된 「童話를쓰기前에 어린이기르는父兄과敎師에게」는 방정환이 동화를 창작하게 된 계기를 밝힌 첫 평론이다.

그리고 나는 이 새일에着手할적에 더욱 우리敎中의 만-흔 어린동모를 생각한다 어엽분天使人乃天의使徒 이윽고는 새世上의 天道敎의 새일꾼으로 地上天國의 建設에從事할 우리 敎中의 어린동모로 하여곰 애쩍부터 詩人일쩍붓터 아즉 物慾의魔鬼가되기前부터 아름다운信仰生活을 憧憬하게하고십다 아름다운 信仰生活을讚美하게하고십다 永遠한天使되게하고십다
늘 이生覺을 닛지말고 이藝術을맨들고십고 또그럿케 할난다.[103]

인용문에서 그는 "어엽분天使人乃天의使徒 이윽고는 새世上의 天道敎의 새일꾼으로 地上天國의 建設에從事할 우리 敎中의 어린동모"를 위해 동화라는 새로운 예술 형식을 창작하고자 한다. 방정환은 '어엽분', '영원한' 등의 낭만주의적 수사와 천도교의 인내천 사상을 결합하면서 "인내천의 사도", "영원한 천사"로서 새롭게 아동을 표상한다. 이는 방정환의 동화 창작의 계기가 인내천 사상[104]의 실천과 단단

103 방정환, 「童話를쓰기前에 어린이기르는父兄과敎師에게」, 『천도교회월보』, 1921.2, 93쪽.

히 결부되어 있음을 명확히 보여준다.

그럼에도 선행 연구에서 방정환의 문학론을 검토하면서, 주로 '천사', '천국', '신성' 등의 어휘 표상만을 강조하고 '천도교'의 맥락을 간과한 경향은 비판적으로 검토될 필요가 있다. 이재철은 방정환의 아동관을 "天使主義", "소박한 感傷的 童心主義"로 규정하면서 다음과 같은 설명을 덧붙였다. "그에게 있어 兒童은 그가 그토록 좋아한 눈과 같이 無垢하고 성스러운 것으로 자유와 행복을 마음껏 누릴 權利를 가진 천사와 같은 존재였던 것이다."[105] 이처럼 방정환의 아동관에서 천도교의 맥락이 지워질 때 아동문학사에서 그의 문학론과 아동, 동심 등의 개념이 지닌 개성적인 성격은 자리매김하지 못한다. 더구나 서구의 낭만주의만이 초역사적이고 보편적인 것으로 한국 아동문학사에서'도' 재발견될 뿐인 것으로 기술된다는 한계점이 있다. 따라서 방정환의 아동관이나 문학론을 연구할 때 천도교의 사상과 예술 담론은 반드시 함께 고려되어야 한다.

방정환의 동화 창작 활동은 천도교청년회를 매개로 한 이돈화, 김기전 등의 교류와 밀접하게 관련된다. 천도교청년회는 전신으로 천도교 교리강연부(1919년 9월)에서 출발하여 이후 천도교청년회(1920년 4월)를 거쳐 천도교청년당(1923년 9월)으로 명칭을 바꾸면서 천도교 내의 청년들을 중심으로 교리와 지식의 계발에 기여하고자 했다. 천도교교리강연부는 인내천 교리에 근거한 이성의 계몽을 목적으로 했다.[106] 천도교교리강연부의 임원 구성을 보면 최대 부장으로는 정도준이 선임되었

104 인내천 사상은 1909년에 이르러 천도교에서 표어화하여 공식으로 내세운 교리이다. 인내천은 사람과 만물이 한울로부터 태어났으며, 만물의 성(性)과 심(心)이 내재하는 것은 한울로부터 나온 것이고, 사람은 한울님의 뜻을 맡아가지고 있으므로 사람과 한울은 하나이면서 둘이요, 둘이면서 하나라는 논리로 전개되었다. 홍장화 편저, 『천도교 교리와 사상』, 천도교중앙총부, 1990, 89~93쪽.

105 이재철(1978), 앞의 책, 99~100쪽.

고, 간무원에 김옥빈, 박달성, 이두성, 간의원에 박내홍, 손재기, 방정환, 이돈화, 황경주, 최혁, 박용준이 선임되었다. 교리강연부는 1920년 4월 25일을 기해 천도교청년교리강연부에서 천도교청년회로 명칭을 바꾸며 명실상부한 청년운동 단체로서 면모를 일신한다.[107] 김기전은 천도교청년회의 편집부장이었고, 이돈화는 간의원이었다. 1921년 2월 방정환, 김상근, 이기정, 정중섭, 박달성, 이태운, 박춘섭, 김광현 등은 청도교청년회 하부 단체로 동경지회를 설립하고 1921년 여름 방학을 이용하여 유학생으로 구성된 강연대를 파견하여 6월에서 8월까지 전국 순회 강연을 하였다.[108] 이후 천도교청년회는 1923년 9월 2일 이돈화, 김기전, 조기간, 박사직, 박래홍 등의 발의를 통해 천도교청년당으로 개편된다. 천도교의 전위조직으로서 청년당의 목표는 인내천주의에 따라 보국안민, 포덕천하함으로써 지상 천국을 건설한다는 것이었다.[109]

방정환이 지상 천국 건설과 "인내천의 사도"로서의 아동 교화를 위해 동화를 발견해나가는 것, 이돈화가 인간 본성인 "無窮性의 美化"로서 종교, 학술, 도덕, 예술을 발견해나가는 것[110], 김기전이 '사람 성(性) 자연'에 맞는 새 제도의 실현, 사인여천(事人如天)의 정신에 적절한 새 논리[111]에 기반을 두고 소년 운동, 농촌 운동 등으로 전환해 나가는 것

---

106 "天道教의新眞理인人乃天主義下에셔新覺性을啓發ᄒᆞ며新信仰을確立코자ᄒᆞ는者이니 吾人의覺ᄒᆞᆫ바宗旨(人乃天)가旣明ᄒᆞ얏고 吾人의이상ᄒᆞᆫ바目的(布德天下廣濟蒼生)이旣히表現된以上은吾人은그宗旨를爲ᄒᆞ야理性의啓蒙을催ᄒᆞ고其目的을爲ᄒᆞ야活動의法步를開ᄒᆞᆯ지라"(「天道教青年教理研究部의 設立—講研部趣旨書」, 『천도교회월보』, 1919.9, 64쪽).

107 윤석산 · 김진량, 『천도교 서울 교구사』, 천도교서울교구사 편찬위원회, 2005, 161~164쪽.

108 조규태, 『천도교의 문화운동론과 문화운동』, 국학자료원, 2006, 43쪽.

109 윤석산 · 김진량, 앞의 책, 168~169쪽.

110 "사람 性이 그 본질에서 이미 無窮性을 가젓슴으로써 그 無窮性이 美化하는 곳에 이 곳 종교가 되며 學術이 되며 도덕이 되며 예술이 되는 것이엇다."(이돈화, 「사람 性의 解放과 사람 性의 自然主義」, 『개벽』, 1921.4, 14쪽).

111 "天道教青年黨의 조직. 己未 9月부터 天道教青年會란 것을 조직하야, 한참 奔走하든 天道教 청년인 그들은 최근에 天道教青年黨을 조직하야, 당원으로서의 책무를 수행하리라 한다. 地上天國의 건설, 이것은 그 당의 主義요. 사람 性 자연에 드러맛는 새 제도의 실현, 事

은 모두 천도교청년회를 기반으로 한 인내천 교리의 실천이라는 공통점을 지닌 것이었다.

그런데 방정환이 천도교의 인내천 사상을 동화라는 새로운 근대 예술 양식으로 구현하고자 했을 때, 이는 인내천 사상의 심화와 확장을 통한 변형을 포함하는 것이었다. 그는 서구 낭만주의와 일본 다이쇼기 낭만주의 문학의 개념과 수사를 차용하면서, 동시에 이를 천도교의 신성성, 일원론적 세계관과 융합시켜 새로운 아동과 동심 개념으로 형성해나간다. 이 과정에서 새로운 아동 개념의 미적 효과가 어떻게 창출되는지 살펴봄으로써 1920년대 천도교를 형성된 근대 아동 개념과 예술론의 복합적 성격이 규명될 수 있을 것이다.

방정환은 "어린詩人의 깨끗한가슴", "그의天使갓흔마음 깨끗한가슴에 가장適合하난 깨끗한 神聖한것을 주고십다"[112]고 하면서 그것이 바로 동화라고 말한다. 어른과는 다른 순수성이라는 자질을 지닌 아동에게는 동화라는 새로운 예술 형식이 필요한 것이다. 물론 여기서 나타나는 순수한 아동에 대한 메타포는 방정환만의 고안물이라기보다는 앞서 살펴본 바와 같이, 1900년대에서 1920년대에 이르는 서구적 낭만주의의 한국적인 수용 양상 속에서 형성된 것이다.

그런데 그의 두 번째 문학론인 「새로開拓되는「童話」에關하야—特히少年以外의一般큰이에게」에 이르면 더 이상 동화는 어른-작가가 아동-독자에게 주는 선물이 아니다. 방정환은 다카기 토시오(高木敏雄)의 『童話の研究』(東京: 婦人文庫刊行会, 1919)의 서문에서 일부 개념과 논리를 차용한다. 그는 "精神的食物", "精神的食料"등의 개념을 가져와 동화에 대한 요구는 아동에게 본능적인 자연의 욕구로 발견된다

人如天의 정신에 드러맞는 새 논리의 수립, 이것은 그 당의 綱領이오. 당의 결의에는 절대로 복종할 것, 이것은 그 당의 約束이다."(小春, 「思想과 傾向」, 『개벽』, 1923.09, 128쪽).

112 牧星, 「童話를쓰기前에 어린이기르는父兄과教師에게」, 『천도교회월보』, 1921.2, 93쪽.

고 주장한다.[113]

童話가 어느時代 어느곳에던지 업는곳이업고 갈스록 더 그世上을넓혀가는 所以는 實로 世界全般兒童의生活에 不可缺할精神的食料로 本能的, 自然으로 欲求되는까닭이다[114]

인용문에 나타난 것처럼, 방정환은 다카기 토시오의 논의를 차용하여 어른-작가와 아동-독자의 관계를 전도시키며, 아동이 동화를 요구하는 것은 본능이자 자연적 욕구라고 말한다. 영아가 모유를 욕구하는 것과 같이 아동은 동화를 욕구한다. 즉 아동과 동화의 관계는 인간이 '본래부터 가진 속성'으로 연결된다. 따라서 아동의 본성과 결부된 동화는 시공간을 뛰어넘어 존재하는 '보편성'을 지닌 것으로 새롭게 재맥락화된다. 이는 아동과 동화가 근대적인 고안물이라는 역사적 사실을 탈각시키고 보편과 숭고의 신화 속에서 동화를 이해하게 한다.

따라서 아동-독자의 본성에 존재하는 순수성과 예술은 반대로 어른-작가가 발견해야만 하는 대상이다. 이제 "우리는 恒常時時로 天眞爛漫하든 엣-故園—兒童의世界—에돌아가 마음의純潔을 빌지아니하면 아니된다."[115] 성인과 아동의 관계를 전도함으로써, 인류 전체의 옛 고향, 순수의 회복의 장소로서 아동의 세계가 발견된다. 방정환은 같은 글에서 이번에는 오가와 미메이(小川未明)의 논의를 다음과 같이 차용한다.

① 童話는 永遠한兒童性을 니치아니한人類中의一人인藝術家가 다시 兒童

113 이정현, 앞의 논문, 108쪽.

114 小波, 「새로開拓되는「童話」에關하야—特히少年以外의一般큰이에게」, 『개벽』, 1923.1, 20쪽.

115 위의 글, 22쪽.

의마음에돌아와 어느感激—或은現實의生活을 反省하는데서 생기는어느느낌을 讀者에게 呼訴하는것이면 그感激, 그反省은 世上모든사람의感激, 反省이 아니면아니될 것이다.[116]

② 어느누구던지 人生은모다 自己가 出生한 故鄕이잇는것과가티 또 그故鄕의景致와 모든일이 永久히 니처지지안는것 쑥가티 人生은 누구나 한차례씩 그兒童의時代 그世界를지나오고 또 그때의 모든일을 永久히닛지못한다.[117]

인용된 오가와 미메이의 논의는 앞서 다카기 토시오의 논의처럼 성인과 아동을 전도시켜 새로운 아동과 동화 개념을 이끌어 내는 부분이다. 어린이는 어른으로 성장해야만 하는 미성숙한 존재가 아니며, 거꾸로 어른이 어린이의 순수한 상태로 돌아가야 한다. 아동의 시대나 세계는 누구에게나 돌아가야 할 "고향"이다. 따라서 작가가 동화를 쓴다는 것 자체가 "영원한 아동성"으로 상징되는 순수를 회복하는 것이므로, 어른 자신에 대한 구원이라는 의미를 지니게 된다.

그렇다고 해서 방정환의 문학론이 다카기 토시오와 오가와 미메이로 대표되는 다이쇼 문학론의 영향 관계만으로 해명될 수 있는 것은 아니다. 방정환은 자신의 글에서 성인과 아동 관계를 전도시킴으로써 "영원한 아동성"을 발견하는 낭만적 아동 예술의 지향 속에서 이러한 이질적인 글들을 나란히 배치해 나간 것이다.

특히 방정환이 일본의 낭만주의 문학론을 참조하면서 동시에 천도교적 맥락에서 인류를 감화하는 예술 양식으로서의 동화 개념을 창출해나가는 과정은 각별히 주목할 필요가 있다. 앞서 살폈듯이 방정환은

---

116 위의 글, 21쪽.
117 위의 글, 22쪽.

다카기 토시오와 오가와 미메이의 문학론을 차용하여 성인과 아동의 관계를 전도시켜 발견함으로써, 인류 전체의 옛 고향, 순수의 회복의 장소로서 아동의 세계를 발견하게 되는 과정을 논리화할 수 있었다.

그러나 "世上모든사람의感激, 反省"을 추동하고 "인류 전체"를 감화하는 예술 양식으로서 동화를 규정하는 것은 이러한 표면적 수사를 넘어서는 의미를 함축한다. 인류 전체의 감화라는 개념은 천도교의 사상 안에서 상당히 중요하고 독특한 의미를 지닌다. 이 개념은 신과 인간을 동일체로 보면서 결국 세계는 일자라는 일원론 철학에 바탕을 둔 것이다. 천도교는 "인류의 情"을 이러한 사유 속에서 개조하고자 했다.[118] 만물에 신이 내재해 있다는 인내천 사상은 개별성과 보편성의 긴장으로 설명된다. 개체에 신성이 내재되어 있기 때문에, 각각의 개체는 타자에게 귀속되지 않은 특수성을 지닌 것이며, 이러한 관계가 수평적으로 확장될 때 인류는 영속적인 보편성을 획득한다. 개체의 신성을 발현하는 문제가 주로 자아의 개조론으로 수렴된다면, 보다 넓은 차원의 수평적 확장의 문제는 인류의 감화론으로 수렴된다. 천도교의 사상은 두 가지를 모두 포괄하는 긴장 속에서 전개되었는데, 흥미로운 것은 주로 아동이나 아동문학과 관련해서는 주로 인류의 감화론이 강조된다는 것이다.

① 내가 사람이거든 온갖 자연계에서 그의 순수함과 위대함을 곧 감득하며, 내가 소년이거든 어른의 위용을, 내가 어른이거든 소년의 온용함을, 만일 남자이거든 여자의 우미함을, 여자이거든 남자의 강대함 등을 곧 감득하게 되면 즉 그러한 전체를 함께 아울어서 완전한 나의 행복을 감득하게 되면, 다시 말하면 피아의 구별을 잊고 살면 어떠할까? (중략) 이로써 보면 우리의 일

118 이돈화, 「改造와 宗敎」, 『천도교회월보』, 1919.12, 8쪽.

반 생명은 이 '나'라는 한 부분에만 있는 것이 아니라 우주 전체의 물(物)에 이같이 엉키어 있음을 알 수 있는 것이다.[119]

② 以上의意味는決코 年齒을標準하야 少年少女에게만 닑힐것이아니고 넓고 넓은人類가 다가티닑을것이며 作者도 또 恒常 大人이小兒에게주는 童話닑힐것이아니고 人類가가지고잇는「永遠한兒童性」을爲하는「童話」로쓰는것이다.[120]

위에 인용한 김기전의 글과 방정환의 문학론을 함께 읽으면, 방정환의 문학론이 천도교의 철학과 공유하고 있는 지점이 보다 명확하게 드러난다. ①에서 김기전은 일원론적 세계관 안에서 전 존재를 '신성성' 아래 긍정한다. 아(我)와 피아(彼我)의 구분은 천도교의 일원론적 세계관 안에서 무의미한 것이며, 따라서 '나'라는 개체는 아동과 성인의 경계나 속성을 넘어서 우주 전체로 엉킬 수 있는 것이다. ②에서 방정환이 나이에 따른 아동과 성인의 경계를 넘어서 인류가 다 같이 읽을 수 있는 문학, 인류가 가지고 있는 영원한 아동성을 위한 문학이 바로 동화라는 논리를 펼치는 것 역시 천도교의 일원론적 세계관이 아동문학의 개념으로 확장된 것임을 이해할 수 있다. 이처럼 방정환에 의해 동화는 인류의 연속성, 즉 영원하며 초역사적인 인간적인 삶의 맥락을 사유하고 재현하기에 적합한 예술 장르로 재발견되었다. 그는 인류의 다른 구성원들과 개체가 공유한 인간성의 공통된 핵을 가정하고, 개선된 (혹은 개선하고자 하는) 인간의 자기 서술 양식으로서 동화를 새롭게 자리매김하고자 했다.

119 김기전,「부분적 생활로부터 전적 생활에」,『개벽』, 1921.11, 23쪽.
120 小波, 앞의 글, 22쪽.

이처럼 김기전과 방정환에게 개체와 인류가 함께 귀속하게 되는 천도교의 존재론은 종교적 원리에만 국한된 것이 아니라 문화와 예술의 원천으로 기능한다는 점에서 매우 중요하다. 이로 인해 인류 전체의 감화를 위한 예술 양식으로서의 동화의 의미는 단순히 많은 사람들에게 사랑받을 만한 성질을 가진 것이라는 양적 확대라는 층위만으로는 정밀하게 독해될 수 없다. 천도교의 신성성이 인류의 감화로, 예술을 통한 감응의 원리로 전개되는 양상 속에는 존재론뿐만 아니라 윤리론이 함께 결합되어 있다는 점에 각별히 주목할 필요가 있다. 신성의 확장 속에서 인간 존재가 공동으로, 즉 일의적으로 귀속하게 되는 경험에 인내천주의의 존재론과 윤리학이 함께 근원하고 있으며, 이 근원적 경험이야말로 철학적, 예술적 언어의 산실이다.[121]

> 한울의屬性을最高理想으로한다함은卽 至正, 至公, 至仁, 至愛, 至慈悲, 至誠等의모든美德은우리의理想體로한다함에지내지안이하는것이엇다於是乎「사람이란한울되기爲하야天道教를信한다」함은사람은至正, 至公, 至仁, 至愛, 至慈悲, 至誠되게爲함이라하는結辭에落着될것이니까 모든人類가다갓치 公正仁愛慈悲의理想的境涯에達하엿다하면 於是乎이世界는現在한地獄의分子를解脫하고 天堂의樂園에들게될것이오[122]

---

121 천도교의 인간 존재론과 윤리론의 결합 양상은 동학 더 거슬러 올라가 동양의 철학적 전통을 계승하고 있는 측면이 있다. 이규성은 최시형의 무한 사상을 분석하면서 다음과 같이 서술한다. "윤리적 삶의 태도를 결합시키는 이러한 사유 방식은 사실 중국이나 조선의 성리학과 불교 및 도교 철학에서 이미 숙지된 것이었다. 최시형과 그의 스승은 이 점을 잘 알고 있었다. 다만 그들은 기존의 신분 위계(카스트) 제도가 준 생의 분열과 가치저하에 대한 극복의 의지와 강렬한 종교심에 의거해서 전통 심학 속에 함축되어 잠겨져 있었던 긍정적 화해의 정신을 일반화의 방향으로 폭발시켰던 것이다. 바로 이 지점이 그들이 유.불.도 삼교합일을 계승하지만 그것과 다른 사상을 말한다고 했던 이유인 것이다."(이규성, 「崔時亨에서 '표현'과 시간」, 『동아시아문화연구』, 2005, 220쪽).

122 이돈화, 「사람性의無窮을論하노라」(續), 『천도교회월보』, 1921.5, 5쪽.

특히 천도교의 예술을 통한 감응의 원리에는 인간 존재론과 결합된 평등, 사랑 등의 윤리론이 깊이 결합된다. 인용문에서 하늘의 속성을 이상으로 한다는 것은 공(公), 정(正), 인(仁), 애(愛), 자비(慈悲) 등의 도덕적 본질을 지닌 더 커다란 공동체로서 인류의 존재에 근접해 가는 것이다. 이돈화는 「愛의 開放」이라는 글에서 "시덕(施德)"의 철학을 바탕으로 영적 감화의 중요성을 강조한다. 그에 따르면 "施德코자ᄒᆞᄂᆞᆫ者ᄂᆞᆫ먼져自己의心靈의本源을知ᄒᆞᆯ것이오 그리ᄒᆞ야其心靈의感化로他人心靈의本源를融一케ᄒᆞ야 一世가同一ᄒᆞᆫ德澤下에歸"해야 한다. 천도교에서 영적 감화는 개체를 넘어서 타인에게로 확장되는 성질을 지닌 것으로 강조된다. "吾人이內部觀念上問題로ᄂᆞᆫ 心靈의修煉이極致에達ᄒᆞ엿다ᄒᆞ겟고 人乃天定義를圓滿히知ᄒᆞ엿다ᄒᆞᆯ지라도 其를外에發表ᄒᆞ야他人의感化를與ᄒᆞᆯ能力이"[123] 있어야 한다. 이러한 천도교의 "시덕" 철학, 즉 자신의 영적 감화를 타인에게도 베풀고 일으켜야 한다는 논의는 천도교가 예술을 통한 감응을 중시한 것의 철학적 토대로 기능한다.

다시 방정환으로 돌아가 보자. 그가 천도교의 인내천 사상을 실천하고자 했을 때, 왜 동화라는 '새로운 미학적 형식'이 요구되었는가? 방정환이 자명한 것으로 일치시키는 인내천 사상과 그 실천 예술로서의 동화라는 개념은 그와 천도교 논자들에 의해 새롭게 발견된 것이었다. 방정환이 예술을 통한 감응을 통해 인류의 감화에 가장 적합한 양식으로서 동화를 발견해 나가는 과정은 이처럼 인내천 사상의 예술적 전환 과정에 대응되는 것이었다.

이처럼 1920년대 천도교는 다양한 근대 문화와의 교섭 속에 인내천의 철학을 통합시킴으로써 고유한 근대적 아동 개념을 구성해낼 수

123 이돈화, 「愛의 開放」, 『천도교회월보』, 1919.6, 7쪽.

있었다. 특히 아동의 낭만주의적 표상이 천도교의 사상과 교직될 때 '인내천의 사도', '인류의 감화', '예술을 통한 감응'이라는 개념이 명료화되었으며, 이러한 개념은 한국 아동문학의 고유한 성격을 구성하는 중요한 역할을 했다.

신성화의 충동과 숭고

이 부분에서는 1920년대 창작동화에서 두드러지는 비극과 구원, 죽음과 영원, 현실과 초월, 무한에 대한 열망 등의 문학적 재현에 대한 분석을 통해서 낭만주의에 기반을 둔 식민지 조선의 고유한 동화 미학이 형성되는 과정을 살펴보고자 한다.

선행 연구에서 반복되어온 문학사적 인식, 즉 계몽주의 → 낭만주의 → 계급주의 아동문학으로 이어지는 대립적인 부정과 계승의 단선적인 계보로는 서구로 표상되는 물질 문명, 과학적 합리주의 등에 대한 비판에서 출발하는 한국 근대 동화의 특징을 온전히 규명하기 힘들다. 오히려 이러한 문학사적 통념이 서구 문예의 사적(史的) 계보를 식민지 조선의 아동문학의 전개 속에서 재발견함으로써 동일성을 확인하고자 하는 서구 중심주의의 한 양상은 아닌지 반성할 필요가 있다. 게다가 이러한 단선적 계보는 당대 문단의 현실에도 부합하지 않는다. 민족주의, 낭만주의 아동 매체로 분류되는 『어린이』 잡지는 방정환뿐만 아니라 송영, 박영희 등의 계급주의 계열의 필진이 포진해있었으며, 계급주의 아동 매체로 분류되는 『신소년』에는 권환[124]뿐만 아니라, 고

124 권환(본명 권경완)은 1925년부터 『신소년』에 필진으로 참여하여 「아버지」, 「康濟의夢」, 「언밥」, 「마지막의 우숨」 등의 '소년소설'을 주로 창작하였다. 1930년에는 카프 중앙위원회 회원이 되어 임화 · 안막 등과 함께 계급문학 운동의 볼셰비키화를 주장하면서 제2차 방향전환을 주도하였다. 이처럼 권환은 아동문학에서의 창작과 성인 문학에서의 계급문학 운동을 병행하였다. 권환의 계급문학 운동에 관해서는, 권영민, 앞의 책을 참조.

한승, 손진태 등의 색동회 계열의 작가들도 함께 참여했다. 이러한 인적 구성과 협력적 관계는 서구의 낭만주의나 계급주의의 대립 구도 등의 문제틀로는 이해되기 어렵다.

오히려 아동을 억압하는 조선의 전근대성 극복이라는 개별 문학의 특수성뿐만 아니라 세계 1차 대전 이후 활발히 진행된 서구 물질 문명 비판이라는 동시대적 보편성에 대한 추구를 통해 조선적인 동화의 독특한 시학이 마련되었다고 보는 것이 타당하다. 낭만주의 문학과 계급주의 문학 역시 대립이나 우열 관계 속에서 대립되고 지양되는 것이 아니라, 공통적으로 추구했던 조선의 전근대성 극복과 서구의 물질 문명 비판을 위한 '경쟁과 협동'의 관계였다.

이러한 당대 아동문학의 지형도를 규명하려는 맥락에서 앞서 살펴본 "인내천의 사도"로서 동화 예술이 요구된다는 주장의 심층적인 의미를 분석하는 작업이 요구된다. 천도교의 인내천 논의의 핵심은 과학과 물질주의로 대표되는 서구적 근대 위기에 대한 종교적 반응으로서 새로운 정신적, 종교적 우주론을 제기하고자 한 것에 있다. 이돈화의 다음과 같은 논의는 인류의 과학과 물질 문명의 전개에 대한 비판이라는 보편적인 문명사적 인식을 보여준다.

> 十八世紀의科學勃興은實로精神界의一大變動을起케ᄒᆞ엿나니卽物質發明이極端에 至ᄒᆞᆫ結果一宗教는遽히大打擊을受ᄒᆞ야宇宙는神이無케되며人生은一個機械的物質體에不過케되엿도다 玆에人生은益益憤慨에入ᄒᆞ여益益懷疑悲哀의境의落케되엿도다 雖經濟的方面에셔 科學은大勝利를得ᄒᆞ엿다ᄒᆞᆯ지라도精神的方面에셔는空前의大失敗를逢ᄒᆞ엿더니라 이른바十九世紀의懷疑悲哀라ᄒᆞᆷ은卽이를이름이니[125]

125 이돈화, 「改造와 宗教」, 『천도교회월보』, 1919.12, 5쪽.

18세기에서 19세기에 걸쳐 진행된 서구의 과학, 물질주의에 의해 타락한 인류의 현실을 초월하는 것이 바로 천도교 철학의 핵심이다. 그러나 인류 역사에 대한 반성적 시각과 대안의 제시는 근대와 탈근대가 동시에 나타나는 모순적인 것이었다. 근대성을 전면적인 세속화와 탈마법화의 시대로만 설명하는 것은, 천도교가 새로운 형이상학적 체계의 창조를 통해 근대성의 한계를 극복하고자 했던 당대의 실천을 과소평가하는 것이다. 근대의 세속화와 탈마법의 결과는 획일적인 것이 아니라 불균등하고 모순적으로 나타났다. 1920년대 조선에서 세기말적인 문화 현상과 낭만적인 정신은 절정에 이르렀다. 특히 천도교 계열의 사상가나 예술가들은 신이 의지를 통해 우주를 지배하는 목적을 인간에게 있다고 확신하였고, 따라서 도덕적, 정신적 의미가 고갈된 무질서해 보이는 우주와 현실에 대한 새로운 대안을 제시하고자 했다. 서구 문명으로 대표되는 자본주의, 물질주의에 대한 비판적 성찰에 있어, 과학적인 마르크시즘뿐만 아니라 천도교에 의한 도덕적 비판과 형이상학적인 대안 제시 역시 중요한 역할을 했다. 이는 1920년대 조선의 고유한 동화 미학을 형성한 중요한 배경으로 이해될 필요가 있다. 즉 1920년대 타락한 물질적 현실의 변형과 초월의 의지, 신비의 힘에 대한 광범위한 매혹 등은 독자적인 동화 장르의 창작이라는 문학적 전환을 가능하게 하는 토대가 되었다. 타락한 사회는 아동을 억압하는 조선의 전근대적인 현실뿐만 아니라 서구로 대표되는 물질 문명에 의한 인간의 존재론적 추락을 동시에 비판하는 것이었다.[126]

---

126 과학과 물질 중심으로 대표되는 서구 문명에 대한 비판적 시각과 아동을 통한 생명력의 치유라는 낭만주의 아동문학의 중요한 문제 설정은 한국 근대 문학의 전개 과정에서 다음과 같은 작가들의 계보 속에서 함께 사유될 때 보다 새로운 문학사적 논의로 확장될 수 있을 것이다. 신채호, 최남선, 김소월, 이상 등의 작가 등의 연구를 통해서 생명주의 문학의 계보를 탐구한 다음의 논의가 대표적이다. 신범순, 『노래의 상상계』, 서울대학교출판문화원, 2011.

그러나 다른 한편으로 천도교는 세기말적인 1920년대의 문화와 교감하면서도 자신의 교리를 정당화하기 위해 자주 근대적인 철학과 과학의 언어에 호소했다. 예컨대 천도교가 가장 진보한 종교임을 증명하기 위해 광범위하게 개조론, 진화론의 논의를 끌어들였으며, 그럼으로써 과학적 지식의 양태와 현존하는 종교적 전통을 화해시키고자 했다. 이돈화는 새로운 종교가 지녀야 할 덕목을 다음의 네 가지로 요약한 바 있다. ① 신종교는 필히 유래(由來) 종교를 배척한 것이 아니요 능히 유래 종교의 최선의 이상을 증류(蒸溜)한 정신이다. ② 신종교는 필히 과학을 등진 것이 아니오 능히 과학의 진리를 일층 천명하며 일층 미화한 것이다. 즉 과학의 최고 이상이 신 그 자의 절대 관념으로 변화되어 일물일질(一物一質)이라도 모두 신의 미려한 표현됨을 증명할만한 사실적 원리를 구비한 것이다. ③ 신종교는 철학을 더욱 내포하는 종교이다. ④ 신종교는 우주를 중심으로 함과 동시에 또 개인을 중심으로 하는 종교다.[127] 이처럼 근대적인 과학과 철학은 천도교의 종교 담론을 구체화하는 수단으로 인식되었다. 천도교의 논자들은 이러한 방법론을 통해서 그들의 종교가 당대 사상의 주류를 이루는 근대적이고 진보한 것임을 증명하려고 애썼다. 이러한 전략에 따라 종교와 과학, 우주와 개인, 관념과 물질 등의 대립적인 가치들을 천도교의 내포 속에서 화해시키고자 했다.

이와 같은 천도교의 인류 문명에 대한 비판적 시각과 대립적인 가치를 지양하기 위한 방법론은 특히 방정환의 작품의 가장 큰 특징이기도 하다. 방정환은 물질주의에 자신의 이상주의를 대립시켰다. 즉 문학의 목적은 현실을 있는 그대로 보여주는 것이 아니라 그렇게 되어야만 하는 것을 보여주고, "더럽히지아니한純潔과 無限한自由의世上

127 이돈화, 앞의 글, 6~8쪽.

을 憧憬하는마음", "將來 未來의人生에對한사랑과 希望"[128]을 표현해야 한다는 것이 방정환의 주장이었다. 방정환의 미학은 감상적인 동시에 도덕적이고 미래적이다. 그는 당대 사회적 삶의 세부적인 부분을 기록하기보다는 정서적 강렬함과 정신적 정수를 포착하려고 노력했다.

멜로드라마(melodrama)에 대한 피터 브룩스(Peter Brooks)의 논의는 이러한 문학적 표현 양식을 이해하는 데 유용한 틀을 제공해준다. 음악과 운문을 결합시킨 대중극의 형식으로서 18세기에 처음 발생한 멜로드라마는 점차 도덕적 극단성, 개연성 없는 플롯, 수사적 과장으로 특징지어지는 극적 형식과 소설적 형식을 포함하게 되었다. 그 결과 멜로드라마는 특수한 서사 논리나 주제적 논리로 규정되기보다는 서로 다른 다양한 텍스트들에서 반복적으로 나타날 수 있는 미학적 표현양식으로 규정된다.[129]

이 부분에서는 멜로드라마적 양식이라는 문제설정 아래 먼저 방정환의 번역 및 창작 작품에 나타나는 멜로드라마적 특성을 살펴보고, 방정환, 이성환 등의 천도교 계열의 작가뿐만 아니라 박영희, 권환, 이주홍 등의 계급주의 계열 작가들의 아동문학 양식과 미학적 동질성을 분석하고자 한다.

먼저 방정환의 번역 동화집인 『사랑의 선물』(개벽사, 1928.1)[130]은 방정환에 대한 활발한 논의에 비해 연구자들에 의해 본격적으로 분석되지 못한 경향이 있다. 기존의 대표적인 연구 경향으로는 염희경 등의 민족주의적 관점[131]과 이정현 등의 일본문학의 이입이라는 전파론적 관

---

128 小波, 앞의 글, 22쪽.

129 Rita Felski, 김영찬 · 심진경 옮김, 『근대성과 페미니즘』, 거름, 1998, 193쪽.

130 방정환의 번역 동화집 『사랑의 선물』은 1922년 7월 초판본이 발행되었다. 그러나 이 번역집의 초판본은 확인하지 못했다. 이 책에서는 1928년 1월에 발행된 재판본을 저본으로 삼아 분석하고자 한다. 이하 이 책의 인용시 괄호 안에 작품명과 인용 쪽수만을 표기한다.

131 염희경, 「'네이션'을 상상한 번역 동화: 방정환의 「사랑의 선물」에 대하여」, 『동화와 번역』, 2007; 「민족주의의 내면화와 '전래동화'의 모델 찾기—방정환의 「사랑의 선물」에 대하여」,

점[132]을 들 수 있다. 이 동화집이 민족주의적 관점에서 "네이션"을 상상하는 문학적 기여를 했다는 염희경의 논의와, 전파론적 관점에서 발신자로서의 일본문학의 위상을 강조하고 방정환을 모방자로 규정하는 이정현의 논의는 대립적인 연구 경향을 단적으로 보여준다. 먼저 염희경의 연구는 수신자의 관점에서 수용의 능동성을 강조했다는 점에서 중요하다. 그러나 이 경우 방정환의 번역 텍스트가 일본 문학을 기원으로 하고 있다는 객관적 사실을 완전히 지워버릴 수 없다는 점에서 논의의 한계가 있다. 또 민족주의라는 거대담론이 이 작품의 독특한 특성을 드러내기보다는 방정환을 민족주의자로 기술하는 관성화된 문학사적 규정을 다소 기계적으로 대입한 것은 아닌지 반성될 필요가 있다. 한편 문학적 영향에 대한 이정현의 실증적인 논의는 이후 방정환의 번역 작품 연구에 중요한 토대를 마련했다는 점에서 중요하다. 그러나 발신자의 문화적 우위를 전제로 한 '이입'의 관점에서 방정환의 작품집은 서로 다른 기원을 지닌 작가와 작품들을 기계적인 조합으로 설명될 뿐이다. 이정현에 따르면 방정환의 『사랑의 선물』은 1919년과 1920년대 일본에서 간행된 家庭読物刊行会의 시리즈, 문예잡지 『킨노후네(金の船)』, 〈세카이도우와호교쿠슈(世界童話寶玉集)〉 시리즈, 후잔보(富山房)에서 출판된 〈모한카테이분코(模範家庭文庫)〉 시리즈의 『그리므오토기바나시(グリム御伽噺)』와 『안데루센오토기바나시(アンデルセン御伽噺)』 등을 원천으로 한 작품집이다. 그런데 이른바 '원자론적 경향' 속에서 방정환의 독창적인 문제의식은 소실된다.

따라서 실증주의에 기반을 두면서도 동시에 '발신자-전신자-수신

『한국학연구』, 2007.

132 이정현, 「方定煥の翻訳童話と『金の船』 = 방정환의 번역동화와 『金の船』(킨노후네) 」, 『일본문화연구』, 2007; 「방정환의 그림동화 번역본에 관한 연구—「잠자는왕녀」와 「텬당가는 길」을 중심으로」, 『어린이문학교육연구』, 2008; 「方定煥の翻案童話研究」, 大阪大学大学院文化研究科 博士学位論文, 2008.

자'의 틀 안에서 '이입'을 강조하는 좁은 전파론적 관점을 넘어서는 새로운 독해 방법론이 필요하다. '이입'의 관점을 넘어서 방정환이 이질적인 작품을 선택하고 배치하는 메타적인 원리를 규명하고, 이를 통해 작품 전체의 미적 특성을 고찰하기 위한 총체적 시각으로 나아갈 필요가 있다. 이와 관련하여 방정환의 번역 과정에서 가장 두드러지는 독창성은 바로 서구의 정전들을 '멜로드라마적 양식'으로 전환함으로써 아동문학의 '숭고미'를 새롭게 창출하는 것이었다. 번역을 통해서 새롭게 발견되는 멜로드라마적 양식은 이후 다양한 아동문학 작가들의 창작 작품에서도 고유한 형식, 주제, 문체 등의 시학을 형성한다는 점에서 각별히 주목할 필요가 있다. 이를 통해 한국 근대 아동 소설의 미적 규범으로서 숭고가 확립되는 과정을 살펴볼 수 있을 것이다.

방정환의 『사랑의 선물』은 서구의 아동문학 정전들을 수용한 작품집이다. 흥미로운 것은 "이태리, 불란서, 영국, 시시리아, 독일, 정말" 등의 다양한 세계의 아동들이 '기능적 고아'로 제시된다는 점이다. 작품의 등장 인물은 무구한 '아동'과 죽거나 병이 들거나 도덕적으로 타락한 '부모'로 대비된다. 아이들은 "구차한집아해가튼그소년", "부모도형뎨도업는 이가련한소년", "객지에서 부친을마져일코 어의업는고아가되어 먼-고향의 친하지도못한 아지머님께길니우려가는 어린소년", "가련한소년", "병든아해가치"(「난파선」, 2~5쪽), "연한몸이 고됣흐기도 몹시고됣흐고", "슯흔신세"(「산드룡의 유리구두」, 21~22쪽), "혼자남은 한네레", "가련한한네레", "불상한한네레"(「한네레의죽음」, 85~90쪽), "어머님이도라가시고 혼차 길리운불상한애", "어머니아버지는 도라가시고"(「어린음악가」, 114~115쪽), "다만홀로가난한 가련한소년"(「마음의꼿」, 167쪽) 등으로 가난한 집 아이들이나 고아와 같은 사회적 약자들이 대부분이다.

그런데 '기능적 고아'를 강조하는 작품의 선택과 배치 속에서 제국과 식민지, 서구와 동양의 대립이나 거리는 사라진다. 물론 이를 수신자로서 방정환이 위치한 식민지 조선의 현실을 반영한 '고향 상실 의식'이나 '고아의식'으로 독해할 수도 있으나, 인류 전체 아동의 현실을 비극적으로 전망하는 '초국가적(supra-national)'이고 보편적인 방정환의 시선이 보다 두드러진다. 앞서 이돈화가 「改造와 宗教」라는 글에서 자본주의의 모순으로 인해 인류가 기계의 부품으로 존재의 의미가 추락했으며, 이로 인해 19세기 회의와 비애에 이르렀다는 보편적인 문명 전반에 대한 비판론을 제시한 바 있다는 점을 상기할 필요가 있다. 이러한 맥락에서 『사랑의 선물』은 인류에 대한 천도교의 보편적이고 비판적인 문명사적 인식의 연장선에서 인류 문명의 가장 억압된 존재인 아동의 비극적 현실을 전면화한 것으로 볼 수 있다.

특히 방정환은 아동과 어른을 도덕적 극단성의 세계로 대비시킨다. 지배계급이나 상류사회 혹은 성인의 세계는 악당, 악마가 모여 사는 땅 위의 지옥, 근대적 퇴폐의 섬뜩한 상징, 타락 등의 형태로 묘사된다.

① 훌륭한대궐이잇고 모든 것이 전에보지못하던 찬란한것뿐이여서맛치 요지경쇽에 들어온것갓치 좃코깃거웟스ᄂᆞ 그러나 그즁에 여긔져긔 사람의 쌕짜귀와 해골이 쓰레기처럼싸여잇고 어ᄃᆡ는 썩지도아니한사람의숑장이 노여잇는것을보고 (「요술왕「아아」」, 66쪽)

② 참다참다못하야 소래쳐울엇습니다 압흔곳에 손을내여밀면 무졍하게도 손등ᄭᅡ지 휘갈겨셔 어리고연한손가락에셔 붉은피가 쥬르르흘럿습니다 어ᄃᆡ 아니압흔데가업시 젼신이 물에져진솜갓치되야느리져셔 가느르고쇠진한소ᄅᆡ로 에그어머니이 – 에그어머니이 – 하며울엇습니다 눈물이비오듯쟉 – 고쏘다졋습니다 (중략) 그러더니 별안간에 어ᄃᆡ셔왓는지 무서운사나운 마테른이한

팔은부르것고 한손에몽동이를들고 낫하낫습니다 얼골은 슐을먹어그런지붉고도 통통부어즘생갓고 크고무셔운두눈을사자갓치굴니며 입을악물고달겨들듯이 섯습니다. (「한네레의죽음」, 90쪽; 98쪽)

③ 별안간에 사납게생긴남자한명이 어대셔인지도모르게 달겨들엇습니다 그사납게생긴남자는 색씨를집어다길으는악한남자엿는데 손에들엇던 시퍼런칼을 번개갓치번저석들더니 꼿에입맛추는아해를 한번에찔너죽이엿습니다 그리고 흉악한그악한은 죽어넘어진아해의 목을버혀잘너셔 짜로짜로내여가지고 늣트나무밋헤 한꺼번에파뭇어바렸습니다. (「꼿속의작은이」, 180~181쪽)

인용한 작품들은 공통적으로 아동과 성인의 대립을 형상화한다. 「난파션」, 「요술왕「아아」」에서 성인들의 세계가 곧 죽음의 세계이자 공동묘지라면, 「한네레의 죽음」, 「꼿속의 작은이」에서 성인은 아동의 생명을 해치는 악한으로 현현한다. 이처럼 선한 심성과 생명을 지닌 아동과 악한 심성과 죽음을 지닌 어른의 대비로 도덕적 극단성이 강화된다. 그런데 이러한 아동과 성인의 도덕적 대비 구조는 방정환이 번역과정에서 강화하여 제시한 것이라는 점이 주목된다.

① 그 때 음흉하고 사납게 생긴 한 사나이가 다가왔다. 그는 다름 아닌 아리따운 처녀의 오빠였다. 사나이는 청년을 보더니 날카로운 칼을 뽑아들고는 장미꽃에게 입을 맞추는 청년을 찔러 죽였다. 그리고 죽은 청년의 목을 베어 몸과 함께 보리수나무 아래 묻었다.[133]

② 별안간에 사납게생긴남자한명이 어대셔인지도모르게 달겨들엇습니다

133 Andersen, 윤후남 옮김, 「장미요정」, 『안데르센 동화전집』, 현대지성사, 2010, 211쪽.

그사납게생긴남자는 색씨를집어다길으는악한남자엿는데 손에들엇던 시퍼런 칼을 번개갓치번저석들더니 꼿에입맛추는아해를 한번에찔너죽이엿습니다 그리고 흉악한그악한은 죽어넘어진아해의 목을버혀잘너셔 짜로짜로내여가지고 늣트나무밋헤 한꺼번에파뭇어바렷습니다. (「꼿속의작은이」, 180~181쪽)

①의 안데르센의 원본에서는 사랑하는 남녀 사이를 질투한 오빠가 청년을 죽인다. 반면에 방정환의 판본에서는 오빠를 악한 남자라는 제3의 인물로 치환하고, "아해"를 죽이는 것으로 변형한다. 이러한 변형에 의해서 원작이 지닌 근친상간적 요소가 순화되어 보다 아동에게 적절한 텍스트가 되기도 하지만, 동시에 성인에 의한 아동 생명의 희생이라는 새로운 의미가 만들어진다.

「란파션」 역시 번역 과정에서 삽화의 재배치와 수사적 과장을 통해 성인의 세계를 죽음, 지옥의 상징으로 강화하여 형상화한다. 방정환의 「란파션」은 일본의 마에다 아키라(前田晁)가 번역한 「난파선(難破船)」(『クオレ』, 가정독서간행회(家庭讀書刊行會), 1920)을 중역한 것이다. 그런데 방정환은 번역 과정에서 「란파션」의 본문에 전혀 다른 작품의 삽화를 차

[그림 12] 小山内薫, 「琴の太郎」(『金の船』, 1920.5)의 삽화

용해서 본문과 병치시킨다.

[그림 12]는 오사나이 가오루(小山内薫)의 「고토노타로(琴の太郎)」(『金の船』, 1920.5)에 수록된 삽화이다.[134] 방정환은 이 삽화를 「란파션」의 본문 12쪽에 삽입한다. 난파되는 배에서 군상들은 "마치지옥과갓치"소란해졌으며, 현장은 "공동묘지가티" 참혹한 형상으로 묘사된다. 즉 무관한 다른 작품의 삽화를 난파되는 배의 정경 묘사에 삽입함으로써, 번역 과정에서 지옥의 상징을 훨씬 강화하는 효과를 생성한다. 이와 같이 현실을 지옥의 상징으로 강화하여 형상화하는 경향은 다른 판본들과 비교해 볼 때도 확인된다.

① 선장의 목소리였습니다. 선원들은 펌프를 가지러 달려갔습니다. 하지만 뒤쪽에서 갑작스러운 파도가 몰려와 증기선과 난간과 배의 창문을 박살내고 증기선을 격류 속으로 밀어 넣어 버렸습니다. 살았다기보다는 죽은 사람 같아 보이는 승객들 모두가 큰 객실로 몸을 피했습니다.[135]

② 선장의 목소리였습니다. 선원들은 펌프쪽으로 달려갔습니다. 그러나 그 순간 갑자기 또 파도가 부서지면서 선미쪽으로 무시무시하게 밀려오는가 싶더니, 뱃전도 모두 부수어 버리고 안으로 홍수를 보냈습니다.

승객들은 모두 죽을 것만 같아서, 서둘러 일등실로 달아났습니다.

(それは船長の聲でありました。水夫達はポンプの方へ駈けて行きました。所が途端に海が砕けて、艫の方から凄まじく打ち寄せたかと思ふと船緣をも艙口をも打ち砕いて、中へ洪水を送りました。

乗客達はみんな、生きた心地もなく、あわてて一等室へ逃げ込みました。)[136]

---

134 아 자료를 주신 박종진(전주교대) 선생님을 통해서 연구를 진전시킬 수 있었다. 연구자로서 선생님의 후의에 감사의 뜻을 전한다.

135 Edmondo De Amicis, 이현경 옮김, 『사랑의 학교』(3), 창작과비평사, 1997, 154쪽.

③ 션장은 소릴를질너명령하엿습니다 슈부들은 몰녀와셔 이렇케급한쎡 쓰려고 매여달어두엇던조그만배를 끌너나렷습니다 그러나 그것도발셔 바람과 물결이 다가져가고 단하나밧게남지안엇습니다 그하나남은배는 누가타기도 젼에 무서운물결이 배ㅅ뎐과 쇠리를깨쳐셔물속에넛코 말엇습니다 손님들은 귀신갓치날쒸며 울고부르짓고하엿습니다 발서 그눈에는 부모도업고 형데도 업고 제각기 제가살녀고 날쒸며부르짓고하야 마치지옥과갓치 소란해졋습니다. (「란파션」, 11~12쪽)

인용된 부분을 비교하면 사건에 대한 '감정' 서술이 멜로드라마적인 문체 즉 과장된 언어 표현과 반복에 의해서 ①의 원본이나 ②의 중역본보다 ③의 방정환본에서 훨씬 강조된다. 이러한 멜로드라마적인 문체는 원본이나 중역본과 다른 방정환만의 창조성, 독특성을 보다 뚜렷하게 보여준다는 점에서 충분히 주목할 필요가 있다.

①「마리오야」하고 쮸리엣트는 훌적훌적늣겨 울엇습니다.

어서 어서소리가 비ㅅ발치듯 하엿습니다 마리오는 다시

「어서가거라 가셔 어머님아버님을 만나뵈어라 나는죽어도 슯히할사람도 업다 내가죽을쎄니 네가살아가거라」하엿습니다 그러나 쮸리엣트는 눈물이 비오듯이울면셔 마리오를 노치안엇습니다 (「란파션」, 17쪽)

②「그렇치만 엇더케 왕자님의 눈을쎽임닛가」하면셔 제비는 눈물이 펑펑 쏘다짐니다 착하고착한 왕자님의 마음에 감동된가슴이 터질듯이 압핫습니다 그러나 왕자님은

「제비야 울지말고 어셔 쌔여다주워라」

---

136 アミチス,「難破船」,『クオレ』, 東京: 家庭讀書刊行會, 1920, p.555. 번역은 필자.

제비는 하는수업시 그눈을쌔이게 되엿습니다 눈물은 비오듯쏘다지며 우는목소리로

「아아 왕자님!」하고 쳐다보며 불넛습니다.

「오오 제비야!」왕자님의 눈에도눈물이 흘넛습니다. (「왕자와제비」, 51쪽)

「왕자님 안령히게십시오 왕쟈님 왕자님의 손에입이나 한번맛추게하여쥬십시오」하는대 발셔 눈에셔는 눈물이 평평쏘다집니다 왕자님눈에셔도 두쥴기눈물이 흐르며

「아아 어엽분제비야 짯듯한 남쪽나라로 가련? 아못조록 몸셩히 잘가거라」

「아아니요 저의가는곳은 남쪽나라가 아닙니다 져는죽엄의나라로감니다 영-영- 다시뵈옵지 못할길로 죽어감니다 부대 안령히게십시요왕자님」

「오오 제비야………………」

「아아 왕자님………………」

눈물은 비오듯함니다 긔여코 제비는 마즈막날나셔 눈감은 왕자님의 입살에 입을맛초고 그만 죽엇습니다. (「왕자와제비」, 57쪽)

③「오오 한네레야 아버지도업고어머니도업시 나역시 이세상에셔 너하나를엇더케보고십어하엿는지모른다 밤이나낫이나 남아니보는데셔 나는 이날까지울면셔만지냇단다 한네레야 그릐도 너는어머니나모시고갓치잇셧지………나는 단혼자셔 쓸쓸하게만………」

「그릐도 어머님도라가신후에는 엇더케견될슈업시매를마졋는지 날마다눈물마르는쩍가업셧셔요 그럴젹마다 어머니생각과 언니생각이엇더케나는지견될슈업셧셔요 언니는 그럿케맛지는안쿠살겟지요」

「오오 한네레야 나는구박을밧다 – 못해셔 굴머죽엇단다」

「으응? 굴머죽엇셔요?」

「아ㅡ아 언니마져………언니마져 죽엇구려………」

「오오－한네레야－나는죽은혼이란다」

「아아 언니………」네쥴기피나는눈물은 비오듯흘럿습니다 그즁에도언니마져일코 영－영홋몸이된 어린한네레의 애닯흔눈물이 한이업시작－고흘넛습니다 (「한네레의죽음」, 103~104쪽)

인용문에서 나타나는 기본적인 기술 방식은 생명이 희생되는 참혹함의 강조하기 위해 감정을 과장되게 서술하는 것이다. 감탄사, 대시(-) 기호, 말줄임표 등의 장치는 비극적 감정의 정도가 매우 커 언어로 재현하기에 부족하다는 감각을 독자에게 전달하여 정서적 효과를 극대화하기 위해 규칙적으로 전개된다. 이러한 기술 방식은 원작이나 중역본과 다른 방정환의 독창성을 뚜렷하게 보여준다.

방정환을 '눈물주의', '천사주의', '영웅주의' 등으로 다소 폄하했던 기존의 논의들은 역으로 그의 작품에 나타나는 수사학의 '과잉'이라는 성격을 잘 나타낸다. 그런데 방정환의 작품에 대한 카프 계열 아동문학 진영의 비판과 이재복의 논의가 더해지면서 '감상적', '낭만적'이라는 말이 점차 부정적인 함의를 얻게 되었으며, 방정환의 '눈물주의', '천사주의'는 현실을 비판적으로 이해하려 하지 않고 아름다운 환상 속에서 과장된 감정을 전개하는 형식 속으로 도피하려는 텍스트에 붙이는 꼬리표가 되었다. 다시 말해 기존의 눈물주의, 감상주의, 천사주의라는 용어는 방정환을 제대로 평가하기에는 지나치게 부정적인 함의를 담고 있다. 반면에 원종찬, 장정희 등은 가치 폄하된 방정환 문학의 위상을 회복하고자 한다. 원종찬은 방정환이 "눈물주의에 빠진 '비현실의 작가'가" 아니라 초기 신문학 운동의 낭만주의라는 맥락에서 이해되어야 함을 주장하였으며[137], 장정희는 방정환의 소년소

137 원종찬, 앞의 책, 101~102쪽.

설을 분석하면서 "감정의 강화와 주정(主情)의 서사 전략"을 구사한 것을 적절히 지적하였다.[138] 그러나 이들의 연구에서 아동문학의 '기원'으로서 방정환 문학의 위상은 높게 평가되지만, 동시에 낭만성과 결합된 멜로드라마적인 미학적 특성은 여전히 '눈물주의'로 평가절하된 것이 사실이다. 그러나 이는 세속적인 물질 세계의 구속 너머에 존재하는, 방정환 소설의 초월적인 열망을 올바르게 평가하지 못하게 한다. 오히려 낭만주의의 '무절제'한 감상, 이성이 아닌 '감성'에 대한 호소 등을 근대적 현실을 직시하지 못하는 퇴행적인 것으로 치부하는 통념이 과연 타당한 것인지 재검토될 필요가 있다. 특히 이러한 평가가 아동문학의 특수한 규범들을 고려하지 못한 성급한 일반화의 결과는 아닌지 생각해볼 필요가 있다. 구어 문화(oral culture)에 상당 부분 의존하는 아동에게 문체의 반복성은 '잉여'로 평가하기 어려우며, 문자언어 즉 선형적이고 구조화되어있는 관습적 기호만으로는 의미를 충분하게 재현할 수 없다는 점은 아동문학에서는 보편적인 전제이기 때문이다.

이러한 맥락에서 오히려 도덕적 극단성, 수사적 과장과 함께 방정환이 새롭게 창조하는 초월적인 것, 고양된 것, 형언할 수 없는 것에 대한 열망이 지닌 중요성을 부각시켜 그 의미를 해명하는 것이 중요하다. 피터 브룩스에 따르면 멜로드라마적 양식의 특징은 미학적인 '과잉'을 통한 신성화의 충동(resacrilization)으로 요약된다. 즉 그는 멜로드라마가 신성한 것의 돌이킬 수 없는 상실에서 발생하며, 재신성화의 충동과 신성화를 사유할 수 없는 현실 모두를 재현한다고 지적한다.[139] 그의 논의를 참조하여 이 부분에서는 영원, 초월, 무한에 대한 열망의

138 장정희, 앞의 논문, 147쪽.

139 Peter Brooks, 이승희 · 이혜령 · 최승연 옮김, 『멜로드라마적 상상력』, 소명출판, 2013, 76~77쪽.

문학적 재현을 동화의 '숭고미'로 범주화해서 논의하고자 한다. 숭고 개념에 포함되는 것은 초세속적인 것의 지각과 관련된 환희, 도취, 자기초월 등의 의식을 불러일으키는 모든 표상들이다. 방정환의 동화에서 이러한 표상에 대한 강조는 멜로드라마적인 강렬한 형식과 현실 및 물질세계의 초월이라는 주제가 결합됨으로써 발생한다.[140]

그는 앞서 살펴본 바와 같이 기능적 고아로 과장된 인물, 웅장한 사건, 과장된 감정 표현과 눈물 등 멜로드라마의 레퍼토리에서 활용되는 요소들을 사용해서 현실에서 하찮거나 대수롭지 않은 존재였던 아동을 악과 선, 죽음과 생명, 비극과 구원 사이에서 갈등하며 삶에 대한 인간의 운명과 선택을 떠맡는 강렬한 내면의 드라마의 주인공으로 형상화한다. 이는 독자에게 극도의 고통과 괴로움을 경험하게 한다는 점에서 비극과 유사하지만 격렬한 고통의 경험이 아동 인물의 행동으로 인해 치유되고 해방된다는 점에서 결정적으로 구분된다. 방정환의 『사랑의 선물』에는 명백한 갈등구조를 넘어서는 구원이 뚜렷하게 형상화된다. 선악의 갈등 구조에서 인과응보에 의한 결말로 마무리되는 작품은 「쏫속의 작은이」뿐이며, 대부분의 작품들은 이러한 갈등을 넘어 숭고한 의미를 생성하는 결말로 수렴된다.

두 가지 서로 다른 영역들 사이의 대립 구조는, 인간에게 이미 기입되어 있는 이중성으로 인해 구체화된다. 방정환은 대립적인 두 체계들, 즉 악과 선, 현실과 초월, 문명과 자연, 죽음과 생명 등 인간이 가진 이중성을 주인공의 희생을 통해서 통합시키면서 '숭고미'를 창출

---

140 Rita Felski, 앞의 책, 191쪽. 리타 펠스키는 버크와 칸트 저작에서 숭고가 남성적인 형식으로 정의된 점을 비판한다. 반대로 그는 여성적이면서 대중적인 숭고를 탐색하면서 이를 '대중적 숭고(popular sublime)'라는 개념으로 명명한다. 필자는 보다 여성적이며 감상적인 것에 기반을 두고 숭고를 개념화하는 리타 펠스키의 논의를 차용해서 '숭고' 개념을 정의했다. 그러나 아동문학에서 숭고는 일반적으로 성적(性的) 요소와 결합되어 흥미성을 강조하는 경향과 차이가 있다고 판단해서 '대중적'이라는 수사는 제외했다.

한다. 이러한 숭고미는 현실에 존재하면서 동시에 현실의 삶에 예속되지 않는, 순수와 무구의 현현인 아동에 의해서 실체화될 수 있다. 아동에 의해 두 영역들 사이에 공명이 만들어지고 그것들 간의 소통이 가능해진다. 이러한 주제를 뚜렷하게 형상화한 작품이 「란파션」과 「한네레의죽음」이다. 이들 작품에서 죽음은 비극이 아니라 삶과 죽음을 초월한 숭고함의 향유를 위한 약호로 독해될 필요가 있다.

둘이 제각긔 살겟다고하다가 그소리를듯고 쮸리엣트가 그만락심되야 두팔이축느러지고 얼골이파래젓습니다 그리고멀건히서셔 마리오를 보앗습니다 인제는 키작은 쇼년마리오가 살게되엿습니다.

그러나 그때 마리오의눈에 멀건히락망하고섯는 쮸리엣트의 논란저고리압헤 뭇어잇는불근피가 언듯뵈엿습니다 아아 불근피!! **가련한쇼년의어린가슴에 하날갓흔귀여운 생각이번개가치 번쯕이엿습니다**

「쮸리엣트야 네가타거라」 썰니는 그러나 무섭게힘잇는 소리로부르지젓습니다. (「란파션」, 15~16쪽)

그씩 문이부스스열렷습니다 드러온이는 아버지가아니고 모르는병든이엿습니다 얼든보기에도 불상한병든 길가는 나그네엿습니다.

갈길은멀고 츕기는하고 눈은퍼붓고 배는곱흐고 더가는슈가업서 염테를불고하고들어왓스니 **사람을구원하여달나고 그나그네는애걸하엿습니다** 어린한네레는 자긔설음도 다 이져바리고 다만 그나그네를불상히녁이는마음만가슴에가득하야 져녁도대졉하고 더운자리에눕게하고십엇습니다. (「한네레의죽음」, 87~88쪽)

침몰하는 난파선의 삶과 죽음을 가르는 운명 앞에서 마리오는 스스로 자신의 죽음을 선택함으로써 쮸리엣트의 생명을 살린다. 어머니를

잃고 하나뿐인 언니와 헤어져서 아버지의 폭력에 시달리는 한나레 역시 오히려 가련한 다른 생명을 구원한다. 방정환 작품의 멜로드라마적인 대립의 기획에서 중요한 것은 사회적 존재로서의 인간이 일상을 살아가는 방식을 재현하면서, 동시에 인간 존재와 연루된 도덕의 드라마를 표현하는 이중적 구성이다. 파괴적인 현실 앞에서 아동의 희생을 통해 인간에게 내재된 신성함의 윤리적 파편들을 회복하고자 하는 작가의 문제의식이 표출된다. 마리오의 죽음은 오히려 생명을 구할 수 있는 인간의 본성과 윤리가 최후에 살아있음을 환기시키며, 생명을 구원하는 한나레의 자기 희생적인 죽음을 통해 완전한 윤리적 상황이 명백해진다. 이처럼 선행 연구에서 간단하게 '감상주의', '눈물주의'로 평가되어온 멜로드라마적인 과장된 진술과 지나친 강조, 수사학적 과잉 등은 인간의 심리적 갈등과 승리 그리고 숭고라는 추상적 가치를 '외화'해서 보여주기 위해 고안된 기법이라고 할 수 있다.

이와 같은 이분법적 대립과 치유로 대표되는 멜로드라마의 감정구조는 유아의 나르시시즘, 자기 연민과 과장된 감정 상태의 탐닉이라는 유아적인 꿈의 자기 극화를 기원으로 갖는다.[141] 다시 말하면 아동에 의한 인간성의 구원과 생명과 윤리의 회복이라는 서사는 단순히 아동기로의 퇴행을 의미하는 것이 아니라 인간의 기원으로 돌아가서 인간의 자기 해방을 탐색하는 서사로 독해될 수 있다.

위의 인용문에서 강조한 부분은 방정환이 참조한 중역본인 前田晁의 「難破船」(『クオレ』, 家庭読書刊行会, 1920)과 木谷勝의 「ハンネレの昇天」(『世界童話宝玉集』, 冨山房, 1919)의 서술에 없는 것으로 그에 의해 새롭게 삽입된 부분이다. 특히 "하날갓흔귀여운 생각"이나 "사람을구원하여달나"라는 서술은 단순히 수사적 전략의 층위에서 추가된 것이 아니

141 Peter Brooks, 앞의 책, 75~76쪽.

라 방정환에 의한 천도교적인 담론의 삽입으로 이해할 수 있다. 이를 살펴보기 위해 이돈화의 천도교의 자기 해방과 사람성 무궁 담론의 핵심 내용을 면밀하게 분석해 볼 필요가 있다.

① 吾人이 神을보고神을알며 神이라主張하며 神이라崇拜함은 自己의精神이直接一神인ᄭ닭이안이냐 吾人이眞善美를보고 眞善美라讚揚하며 眞善美라謳歌함은 自己의精神이直接眞善美인故가안일것이냐 如斯히吾人의精神은 直接一神이며 直接眞善美니라(중략)

吾天宗大神師는 實로自己解脫의宗教를創建하엿도다「天의五萬年無功한일을 내能히自擔하야이를成功하리라」하신一言은 實로神의奴隸됨을解脫하신바요「네몸에모셔스니捨近取遠하지말나」하심은 곳人으로神되는資格을覺하라命함이니 吾人은모름직이自己解放의大功績을 人乃天主義의信仰으로붓허 엇고ᄯ한實地體現치안임이不可하도다[142]

② 사람은本來一사람性의本質의中에 仁이有하며愛一有하며慈悲一有하엿는지라 故로써仁의理想이生하며 慈悲의理想이生하며愛의理想이生하엿도다 사람은自己의行하는 實地事實과밋其의理想을 서로對立케하는點에서 쳐음으로神은諸美德의理想體라 假想하게되엿고 人은邪惡이라自暴自棄하게되엿다 사람이만일 自己의理想과事實이根本부터 사람性自己의延長이라確信할것갓흐면 仁愛, 慈悲等諸美德은 決코神其者의專有物이되지안이하고 사람自己의無窮性의表顯임에可知할것이엇다[143]

이돈화는 ①의「自己解放과 人乃天主義」(續)라는 글에서 자기 해방

142 이돈화,「自己解放과 人乃天主義」(續),『천도교회월보』, 1920.7, 5~6쪽.
143 이돈화,「사람성의 無窮을 論하노라」,『천도교회월보』, 1921.4, 6쪽.

담론을 크게 두 가지로 요약한다. 하나는 "빵의 평균 분배"로 대표되는 객관적 층위의 해방이며, 다른 하나는 주관적 층위의 해방이다. 인용문은 주관적 해방에 대한 핵심 사상이 사람으로서 신이 되는 자격을 각성하는 것에 있음을 잘 보여준다. 그에 따르면 자기 해방은 이 두 가지 모두의 성취를 말한다. "이른바資本主義가世界市場을獨占"하고 있는 현재 "麵包의平均分配"는 정치, 종교, 도덕의 궁극적 목적이다. 이는 계급주의 사상을 천도교의 담론 아래 포섭해나가는 단면을 보여준다. 하지만 『사랑의 선물』에 형상화된 계급 모순은 계급 투쟁을 통해 사회 변혁을 이루는 서사보다는, 오히려 초월적인 힘을 통해 '시적 정의'가 실현되어 죄 없는 사람들의 불행이 상징적으로 보상 받는 서사 속에서 지양되는 것으로 표현된다. 이러한 인식은 「왕자와 제비」, 「산드룡의 류리구두」, 「요술왕「아아」」, 「마음의꽃」 등의 작품에서 두드러진다.

한편 ②는 주관적 해방의 구체적인 내용을 설명한 부분이다. 인간이 자기 정신의 진선미를 자각하는 것, 자기 안에서 신성을 발견하는 것이 곧 자기 해방이자 주관적 해방의 핵심이다. 그러나 이러한 자기 해방은 1920년대 '자아'나 '개인의 발견'이라는 담론으로만 수렴되지 않는다. 인간 본성의 진선미에 대한 자각은 "사람성의 무궁", "자기의 연장(延長)"으로서 인류, 나아가 우주 전체로 확장되는 '무한'에 대한 철학을 기반으로 하고 있기 때문이다.

이돈화의 논의를 염두에 두고 방정환의 작품으로 돌아가 보면, 단순히 살기 위한 욕망에 빠져있던 마리오는 하늘같은 생각, 곧 자신을 통해서 다른 생명을 구하는 인간 안의 신성을 자각한다. 또 한나레 역시 중역본의 제목과 같이 "승천"해서 기독교적인 신성과 초월의 세계에 귀의하는 것이 아니라, 방정환이 새롭게 지은 제목과 같이 인간적인 "죽음"을 통해서 인간의 미덕과 선한 본성으로 돌아간다. 『사랑의 선물』에 공통적으로 형상화된 이분법적 대립 구조와 아동에 의한 인간 본성의 치유라는 숭고한 서사는, 이돈화의 어법으로는 사람성의 본질 가운데 인(仁), 사랑, 자비의 자각이 자기의 본성으로부터 무궁성을 확신하는 과정에 해당한다. "아름다운樂園, 崇嚴한王國! 거긔를 世上人類는 누구나지나온다"[144]고 언명했던 방정환 동화론의 실천이 『사랑의 선물』을 구성하는 원리인 셈이다.

아동과 성인, 선과 악의 극단적인 대립이라는 표면적인 서사의 심층에는, 인간적인 것과 신적인 것, 삶과 죽음이라는 두 개의 대립적인 영역을 통합함으로써 인류와 우주의 '거대한 연쇄' 속에서 인간으로 하여금 자신의 근원과 본성을 정초하고자 하는 문제의식이 놓여 있는 셈이다. 이것이 『사랑의 선물』에 나타나는 고유한 숭고성의 미학이며, 인간의 근원과 본성을 탐구하는 동화의 시학을 마련한 작가 방정환의 성취라고 평가할 수 있다.

이처럼 방정환의 번역 문학은 서양 낭만주의 문학의 관념인 '아동의 순수'라는 개념을 받아들이면서, 동시에 이를 조선의 천도교의 문맥에서 아동과 인류에 대한 가치관과 융합시켜 조선적 숭고미를 창출해나가는 과정이었다. 아동의 생명력과 무한성에 대한 예찬은 근대적인 동심을 조선적인 형태로 변형시켜 보급하는 힘이 되었다. 방정환이 확립한 멜로드라마적 양식과 숭고성의 미학은 그의 창작 작품뿐만 아니라 다른 아동문학 작가들의 창작 작품으로 확산-변형되어 한국 아동문학의 중요한 문법으로 자리매김한다는 점에서 더욱 의미가 크다.

그런데 아동문학 번역이 아동문학 창작으로 이행되며, 한국 아동문학에서 아동은 상반되는 두 경향, 즉 생명뿐만 아니라 죽음이나 고난 등을 동시에 상징하게 되었다. 따라서 수용자의 기대 지평에 의해 텍

144 小波, 앞의 글, 22쪽.

스트가 구성되는 과정에서 '영원한 아동'으로 표상되는 서구 아동문학의 전통을 재구성하면서 식민지 조선의 고유한 동화 미학이 형성되는 과정을 살펴볼 필요가 있다. 이에 해당하는 작품으로는 다음의 것들이 대표적이다. 이성환의 「달밤에울고잇는 외로운드리박」(『어린이』, 1925.10), 방정환의 「눈물의 노래」(『어린이』, 1925.10), 이옥희의 「流浪의 小鳥」(『어린이』, 1925.11), 권경완, 「세상구경」(『신소년』, 1925.11), 맹주천, 「장하신나라님」(『신소년』, 1925.12), 이성환의 「앵무새노래」(『어린이』, 1926.2), 전춘강의 「백합쏫」(『어린이』, 1926.3), 최은희의 「불상한동무」(『어린이』, 1926.3), 방정환의 「벗쏫이약이」(『어린이』, 1926.4), 이원수의 「어엽븐금방울」(『어린이』, 1928.6), 연성흠의 「이상한집」(『어린이』, 1929.2), 이태준의 「슬픈명일 秋夕」(『어린이』, 1929.5). 이들 작품들을 중심으로 인물화, 배경, 시공간, 결말 등의 서사적 단위에서 어떤 패턴이 반복적으로 지속되어 나타나는지를 살펴봄으로써 당대 동화의 고유한 미학적 원리를 규명할 수 있을 것으로 기대된다.

먼저 인물화의 특징을 보면 주인공이 꽃이나 동물로 등장하는 경우가 빈번히 나타나며, 사람으로 형상화되는 경우에도 이는 자연의 원형적 상징으로서 나타난다. 의인화는 현대 성인 문학에서는 거의 사용되지 않지만 아동문학에서는 빈번하게 사용되는 장치이다. 그런데 의인화는 스토리 층위에서 동물과 무생물을 실체적인 것으로 형상화하는 기능에 그치는 것이 아니라 특정한 의미를 암시할 수도 있다. 특히 동화에서의 의인화는 유아기의 순진무구를 상징하는 인물화의 방법으로 빈번히 나타난다.

그런데 이들 작품의 공간적 배경은 유아기의 순진무구를 상징하는 인물이 아동문학의 원형적인 낭만성을 상징하는 목가적인 시공간에서 '추방'된 결과로 설정된다. 서구의 전통적인 아동문학의 배경은 전원적인 공간으로 설정되며, 이를 통해 인물이 자연에 근접해있음을 강조한다. 이는 유아기는 자연적이며 순진무구하다는 낭만적 견해를 반영한 것이다. 전원적인 배경은 실제 세계로부터 격리된 자율적 공간으로 기능한다. 이 안에서 아동은 완전히 균형적이고 조화로우며 즐겁고 쾌활하다. 아동과 동물은 가까이 함께 살며, 동물의 언어를 이해하는 것은 가장 순진무구한 아이다움에 주어지는 특권이다. 또한 아동문학에서 집은 안전함의 전형이다. 집은 주인공들이 속해 있으며, 바깥 세계를 모험한 후에 되돌아오는 곳으로, 음식, 따뜻함, 사랑의 무한한 원천 등을 상징한다. 그리고 이러한 집의 상징성은 어머니와 연관되어 있다.

반면에 식민지 시대 창작된 동화들에서는 공통적으로 아동을 보호하는 안전함의 상징으로서의 집이나 부모가 없는 현실 세계가 배경으로 설정된다. 부모는 대부분 죽었거나 일부 살아있더라도 병들어서 주인공들은 '기능적 고아'로 설정된다. 이러한 '기능적 고아'는 서사에서 아동의 '자율적인 모험'이 가능하도록 기능하기보다는, 조화로운 세계에서 추방된 배경에 순진무구한 주인공을 위치시킴으로써 비극적 의미를 심화시키는 기능을 한다.

일반적으로 성인 문학에서 중요한 모티프로 간주되는 두 가지, 즉 죽음과 성적 관심이 서구의 전통적인 아동문학에서는 거의 나타나지 않는다. 인간이든 동물이든 성 정체성이 아직 발견되기 전인 사춘기 이전 단계의 순진무구한 단계의 인물들이 묘사되며, 이들에게는 성장도, 성숙도, 늙음도 없고, 따라서 죽음도 없다. 인물들은 직선적이며 측정 가능한 시간인 크로노스(chronos)와는 반대되는, 카이로스(Kairos)로 재현되는 일종의 영원불멸한 신화적인 시간, 혹은 무시간성 위에 존재한다. 전통적인 아동문학에서 시간은 순환적이다. 성인 문학에서와 같은 직선적 진행은 드물며, 인물의 직선적 발달은 순환적 구조 안으로 되돌아온다. 그 결과 일반적인 아동문학의 시공간은 현실을 넘어

선, 위험이 없고, 안전하며, 행복한 시간과 장소로 나타난다.[145]

그러나 1920년대 창작동화에서 나타나는 시공간은 단순성, 안전성, 낙천성에 기초한 서구 아동문학의 관습적인 시공간과는 다른 성격을 나타낸다. 시공간은 불안정하며, 주인공을 안전하게 보살펴줄 집이나 부모는 없다. 당대 아동문학에서 배경은 단순히 사건의 시간과 장소 묘사에 그치는 것이 아니라 매우 견고하게 주제와 연계되어 있다. 주요 아동 인물들은 빈민, 소작농, 고학생, 거지, 노동자, 부랑자 등의 하층민들로 설정되며, 화려한 자본주의 세계와 이에 진입하지 못한 하층민들의 세계가 극단적으로 부조화를 이루는 불안정한 시공간이 배경으로 나타난다. 1920년대 초반 창작동화에서 확립된 자본주의 세계와의 부조화, 불안정성, 비극성에 기초한 시공간의 설정은, 이후 식민지 시대 전체를 관통하는 아동문학의 중요한 특징으로 반복된다는 점에서 문학사적 의미를 지닌다.

어머니와 집으로 상징되는 목가적인 시공간으로부터 '추방'된 아동 주인공들은 대부분 '죽음'에 이르거나 '길 위의 크로노토프(chronotope of the road)'[146]로 시공간이 확대되면서 '고난'을 거듭한다. 두 모티프는 중첩될 수도 있으나 비교적 짧은 서사 구조를 지닌 아동문학에서는 두 가지 유형 중 하나를 중점적으로 형상화한 경우가 많다.

먼저 아동의 죽음이 주요 모티프로 설정된 작품으로는 방정환의

---

145 Maria Nikolajeva, 앞의 책, 179쪽.

146 '길 위의 크로노토프' 개념은 바흐찐(Bakhtin)이 문학에서 시간과 공간의 본질적 연관성을 뜻하는 개념을 고안하면서 한 유형으로 제시한 것이다. Robyn MaCallum은 바흐찐의 개념을 아동문학에 적용시켜 서사에서의 시공간 개념뿐만 아니라 특정한 이데올로기적 개념으로서 서사를 구성하고 조직하는 시공간으로 그 의미를 확대했다. 그의 견해에 따르면 특히 길 위의 크로노토프가 두드러지는 문학 작품은 사회역사적 이종성(heterogenity)을 효과적으로 재현할 수 있다. Robyn MaCallum, "Subjectivity and History", *Ideologies of Identity In Adolescent Fiction: The Dialogic Construction of Subjectivity*, New York and London: Garland Publishing, 1999, pp. 188~192.

「절영도섬넘어」(『어린이』, 1925.10), 이성환의 「달밤에 울고잇는 외로운드리박」(『어린이』, 1925.10), 「불상한 이의 동무 앵무새노래」(『어린이』, 1926.2), 방정환의 「벗꽃이약이」(『어린이』, 1926.4), 이원수의 「어엽븐금방울」(『어린이』, 1928.6), 연성흠의 「이상한집」(『어린이』, 1929.2), 이태준의 「슬픈명일秋夕」(『어린이』, 1929.5) 등이 대표적이다.

이들 작품에서는 공통적으로 비극적인 결말과 죽음의 플롯이 두드러진다. 조화롭고 행복한 결말이라는 전형적인 아동문학의 특징에서 벗어난 비극적인 결말과 죽음의 플롯이 식민지 시대 창작동화에서 두드러진다는 점은 매우 독특한 특징으로 볼 수 있다. "대부분의 경우 구조적 종결과 심리적 종결의 결합을 전제로 한, 조화로운 종결 또는 행복한 결말은, 대다수의 성인이 즉각적으로 아동문학과 연합시키는 것이며, 많은 학자와 교사들이 좋은 아동도서의 필수조건으로 생각하는 것이다. 민담에는 항상 종결부엔 '영원히 행복하게 살았습니다'로 표현되는 행복한 결말이 있다. 아동픽션은 민담에서 구조의 많은 부분을 빌려오기 때문에 전형적인 아동문학 대부분은, 적어도 표면적으로는 행복한 결말이 있다. 예를 들면, 도로시가 집으로 돌아오고, 하얀 마녀는 제거되며, 보물도 발견하는 것이다."[147]

하지만 1920년대 창작동화들에서는 심리적 수준뿐 아니라 구조적 수준에서 일반적으로 요구되는 행복한 결말과는 다른 서사 규범이 두드러진다. 구조적으로는 스토리가 종결되지만 심리적으로는 미해결 상태인 불협화음이 이 시기 동화의 중요한 특성이다.

어린차돌이와 앵무의조고만죽엄은 어데로갓슬는지?그뒤로 웃마을 아랫마을에서 심심하면『행복스럽든 차돌이는어데로가고업는지』하는말이들리고 압

147 Maria Nikolajeva, 앞의 책, 136쪽.

강에 더움이풀릴대에 배싸공들이 어름나간 번들밧에서 어린이의가슴에 조그마한 새가안긴 죽엄을 보앗다는 소식이들렷슬쑨이엿습니다.[148]

『아아 그러면 우리의동모 슴을한사람이 다갓치죽어서 다갓치쏫이되야 지금 이산에 갓치피여잇고나』생각하엿습니다.

그후로는 늘 나븨와 벌의힘을빌어서로 소식을전하고잇다가 쏫이질쌔가되면 서로공론하고 일시에 왓작 저버렷습니다.[149]

아동이나 아동을 대리하는 자연물 역시 결말에서 죽음으로 처리되는 경우가 많다. 이러한 죽음을 통해 구조적으로 스토리는 종결된다. 그러나 이성환의 「불상한 이의 동무 앵무새노래」에서 차돌이와 앵무의 죽음의 직접적인 계기인 계급적 갈등은 해결되지 않은 채로 남겨진다. 게다가 부자가 빼앗으려 했던 앵무의 자살과 그로 인한 차돌이의 연쇄적인 자살이라는 파국적인 결말로 작품은 마무리된다. 또 방정환의 「벗쏫이약이」에서는 시골에서 서울에 구경 온 소년들이 동무를 잃고 찾다가 모두 죽어서 벚꽃으로 환생하는 것으로 스토리가 종결되지만, 서울과 시골의 공간적 대비를 중심으로 한 근대 문명에 대한 상징적 욕망과 좌절의 문제는 그대로 남겨진다. 그 결과 사회 구조에 의한 순수한 아동의 파국적인 죽음이 지니는 비극성만이 전면화된다.

또 다른 유형으로 '길 위의 크로노토프'로 볼 수 있는 시공간이 전면화된 작품들을 살펴보자. 대표적으로 이정희의 「流浪의 小島」(『어린이』, 1925.11), 방정환의 「두 팔업는 불상한 소년 「가마다」마술단의 전판문씨」(『어린이』, 1925.11), 송근우의 「이천냥빗으로 대신가는 언년이」(『어

148 이성환, 「불상한 이의 동무 앵무새노래」, 『어린이』, 1926.2, 7쪽.
149 방정환, 「벗쏫이약이」, 『어린이』, 1926.4, 15쪽.

린이』, 1926.4) 등이 있다. 이 작품들에서 목가적인 시공간으로부터 '추방'된 아동 주인공들은 집의 '바깥 세계'에 놓여 있으며, 위험하고 고단한 삶에 그대로 노출되어 있다. "세상에태여난후로 아버지의 얼골도몰르고자라난 불상한소녀"가 일본의 곡마단에 팔려서 동경, 조선, 중국 등 "이나라에서저나라로 저나라에서 쏘다른나라로돈버리 왜광대패에쌀어 도라다니"는 소녀의 삶을 서간문 형식으로 형상화한 「유랑의 소도」, "아버지에게도 바림을밧고 어머니에게도 바림을밧은 판문씨"의 서울에서의 구걸생활과 일본 마술단에 팔려 살아가는 삶을 형상화한 「두 팔업는 불상한 소년 「가마다」마술단의 전판문씨」, "세상살이는간곤하기짝이업고 먹을것이업는형편에" 가뭄으로 농사짓던 땅을 떼이고 빚 대신 대금업자의 종으로 팔려가는 언년이와 만주로 이산하는 가족을 형상화한 송근우의 「이천냥빗으로 대신가는 언년이」 등 아동 주인공의 삶의 여정 자체가 고난의 연속으로 형상화된다. 이와 같이 일하며 '집 밖' 길 위에 놓인 소년과 소녀들의 비극적 일상의 재현은 근대적인 가정이나 교육제도를 통해서 보호받는 아동의 성립에서 출발한 서구나 일본의 아동문학과 달리, 상당 수의 아동들이 전근대적인 가정에서 성장하고 근대적인 제도의 '밖'에서 노동해야 했던 식민지 조선의 특수한 현실을 반영한 것이다.

이처럼 근대적인 제도의 '밖'에 위치한 아동의 존재 조건과 노동, 비극적 삶과 죽음 등의 문제는 비단 계급 문학만의 주제가 아니었다. 이는 서구 자본주의에 대한 문명사적 비판에서 출발한 조선 아동문학의 공통적인 문제설정이었으며, 계급적인 아동문학 역시 조선의 낭만주의적인 아동문학과 '협동적 경쟁'의 관계에 놓인 것이었다.

흥미로운 것은 이들 작품들이 '사실애화', '소년애화', '실화', '소개' 등의 표제 장르를 통해서 사실성과 비극성이라는 특성을 강조했다는 점이다. 실제로 이들 작품을 통해 번역 문학에서 제시되었던 '생명의 희생'이라는 다소 추상적인 기호는 구체적인 현실과 접합될 수 있었다. 또한 이들 작품에서도 방정환의 작품에서 빈번히 사용된 멜로드라마적인 수사법이 공통적으로 드러난다.

……어적게도 밥이업 서서 어머니는 저녁을 안잡숫고줌으섯서요……그래도 어머니는 언니생각만하시고 우십니다.

이런말을닑을때 상철이는 그만소리처 울고시흐면서 굵다란 굵다란 눈물이 펑 펑 펑 쏘다젓습니다.

아아 어서 자라서 어머니를위해야겟다 어머니하고 동생을 잘살려야겟다 이럿케 부르지즈면서 그날일을 맛치고는 눈물에저즌 벼개에누어 멀-니 멀-니 싀골집의 어머니와 수철이의삶을꾸면서 그날 그날을지내엿습니다.[150]

아아신세설히운 슷업는나그네! 오늘은 이나라 래일은저나라……바람에불리는부평초갓치 뎡처업는길을걸으면서 하로왼종일 재조을부리고……어두운 어두운밤이와서자리에누으면 고단한몸에도잠은 안들고 슯흔생각 고국생각만 간절하야 헤엄업시흐르는눈물이 외로운벼개를 저시고적시고합니다.[151]

『아이그머니앵무야 앵무-야! 어-앵무야………너는 그러케도 나를 동정햇구나 남의손으로갈것도업시 내압헤서 죽는것이올타고 생각햇구나 아-앵무야 내가너를안고 먼데로 먼데로 도망할터이니 앵무야 되사라나거라 아-앵무야!」하고소리치나 그러나 앵무는 영영죽엇습니다.[152]

인용문들은 공통적으로 선형적인 통사론으로 포섭되지 못하는 문장

150 잔물, 「눈물의 帽子갑」, 『어린이』, 1925.8, 2쪽.
151 이옥희, 「流浪의 小鳥」, 『어린이』, 1925.11, 54~55쪽.
152 이성환, 앞의 작품, 6~7쪽.

들을 보여준다. 기본적인 기술 방식은 어린 생명이 희생되는 참혹함의 효과를 성취하기 위해 감정을 과장되게 서술하는 것이다. 특히 감탄사, 대시(-) 기호, 말줄임표 등의 장치를 통해 비극적 정서가 극대화되는 효과가 나타난다.

그러나 1920년대 창작동화가 비극에 머물며 패배주의와 허무주의로 귀결되었던 것은 아니다. 1920년대 중반에 이르면 다시 구원의 문제가 중요하게 제기되며 조선의 독자적인 낭만주의적 세계관이 제시된다. 따라서 이러한 눈물이나 비극을 초월하고자 하는 이상주의적 경향에 주목할 필요가 있다. 작가들은 아동을 단순히 비극적 희생의 대상으로 제시했던 경향을 점차 탈피한다. 이전과 달리 작가의 주제의식은 아동 내면의 성장과 사회 현실에 대한 포괄적 관심을 반영하는 방향으로 발전해갔다. 대표적인 작품으로는 문인암의 「야구빵장사」(『어린이』, 1926.12) 방정환의 「눈물의 모자 값」(『어린이』, 1925.8) 「동무를 위하야」(『어린이』, 1927.2), 「만년샤쓰」(『어린이』, 1927.3), 권경완(권환)의 「아버지」(『신소년』, 1925.7~1925.9), 이주홍의 「눈물의 치마ㅅ감」(『신소년』, 1929.12) 등이 있다.

유럽은 물론 일본 등에서도 낭만주의 사조를 통해서 아동문학과 동화가 형성되었다. 한국 역시 이러한 보편성 위에서 근대 아동문학의 한 갈래로 동화가 형성되었다. 그러나 그 구체적인 양상은 사뭇 다르다. 서구의 경우 행복한 결말, 순수를 간직한 어린이를 통해 정화되는 어른 세계의 질서라는 모티프, 그리고 자연과 어린이를 통한 치유력의 신화가 중요한 특징으로 나타난다. 반면에 식민지 조선에서는 비극적 결말 구조와 순수를 간직한 어린이가 어른 세계의 질서에 의해 희생되는 플롯을 통해서 비극적인 숭고가 두드러지는 특성이 나타난다. 감정을 고양시키면서도 감각적인 만족은 대체로 배제하면서, 연민, 슬픔, 동정과 같은 '고결한 감정'에 한정시키려는 경향이 강하다. 아동 인물들은 가정이나 모성의 가치를 재확인하는 목가(牧歌)에 거의 통합되지 못하고 자신이 소속되어 있는 사회 구조의 모순을 드러낸다. 비극과 구원의 플롯 속에서 아동을 초월적인 것, 고양된 것, 무한한 것으로 표상하는 이상적 성격이 창출되었다. 당대 아동문학 작품들은 이러한 전략을 통해 숭고한 것의 현존을 형상화함으로써 현실의 구속을 넘어서고자 했다.

제4장

장르 규범과 아동 서사의 분화

1. 장르 규범의 변모와 내포 독자의 분화
2. 동양적 서사 규범의 인식과 역사 서술 장르의 분기
3. 모험 및 탐정 소설의 혼성과 장르 변이
4. 동화와 소설의 젠더적 분화와 서사 구조의 정형화

제4장

장르 규범과 아동 서사의 분화

1. 장르 규범의 변모와 내포독자의 분화

이 장에서는 아동문학이 가장 다양하게 분기해나갔던 1930년대를 대상으로 장르 분화를 결정짓는 전제 조건들이 무엇이었는지 살펴보고자 한다. 아동문학 장르는 외부적 조건에 크게 영향받으며 형성-전개-변형된다. 특히 '아동'을 둘러싼 제도와 담론 등은 아동문학의 내부에 작용하는 외적 조건으로서 장르적 체계를 구성하는 데에 중요한 기준으로 작용한다. 따라서 이 부분에서는 아동문학의 장르 분화를 지배하는 '규범적 시스템(norm systems)'[1]으로서 중요한 역할을 하는 민

1 문학시스템의 자율성과 다른 사회적 시스템의 관계를 통한 변화 양상을 논리화한 사람은 러시아 형식주의자인 티냐노프(Jurj Tynjanov)이다. 그는 문학의 외부에 토대를 두고서 문학 시스템을 설명하고자 하는 것에 대해서 비판적 이론을 생산했다. 러시아 형식주의자들의 관심은 그들의 후기 저작들에서 텍스트의 생산과 규범을 지배하는 구성적이고 주제론적인 규범에 대한 것으로 확장되었다. 이후 로트만(Jurij Lotman)과 그의 논의를 수용한 포케마(Douwe W. Fokkema)는 문학 텍스트의 조직을 규정하는 규범 시스템(norm systems)인 코드(code)에 대한 연구로 나아간다. 특히 포케마는 사회적 코드(sociocode)를 강조하면서 문학 텍스트를 조직하는 규범 시스템의 역사성을 강조하였다(Douwe W. Fokkema, *Literary History, Modernism and Postmodernism*, Amsterdam and Philadelphia: John Benjamins Publishing company, 1984, pp.1~15). 이 책은 이상의 논의를 바탕으로 문학 시스템의 자율성을 강조하

족, 제국, 젠더 등의 담론들에 주목하고자 한다. 구체적으로 각각의 개념적 담론들이 아동문학장 안에서 어떠한 장르 명칭을 통해서 어떠한 의미로 정의되고 유통되며 변형되었는가를 분석함으로써 근대 아동문학의 세부적 장르의 특성을 고찰해보고자 한다.

거대 서사의 변동과 역사 소설

민족주의는 과거의 옛이야기들을 '근대적인' 시스템 안에서 새롭게 재발견하는 주된 틀이었다. 앞서 살펴본 바와 같이 구비 문학과 기록 문학을 넘나드는 다양한 전통 문학은 아동문학장에서 활발하게 계승되었다. 그러나 이것은 최남선의 선구적 업적으로 대표되는 근대 형성기의 과도기적인 현상만은 아니었다. 방정환 역시 독일의 그림 형제와 일본에서 "口傳하는 童話를 모으려 하는 것"을 예를 들면서 "古來童話募集"은 "政府이니 文部省이니하고 미들곳도 가지지못한우리는" "우리의힘으로 이일에着手하지아니하면아니될 것"[2]이라고 강조했다. 실제 1922년 개벽사는 "朝鮮古來童話募集"을 내걸고 옛이야기를, 같은 해 『동아일보』 역시 "古談懸賞募集"을 통해서 "兒童의敎訓될滋味잇는歷史的傳說"을 공모했다.[3] 그런데 "고래동화"라는 표현은 각 민족을 드러내는 용어와도 친연성을 가지고 있었다. "고래동화"는 동화와 과거의 시간을 접속시키는 표현인 동시에 동화와 민족 고유의 시원을 연결짓는 용어였던 것이다."[4]

면서 다른 사회적 시스템과의 '관계' 양상을 강조하는 관점과 문학 텍스트의 조직을 규정하는 '규범 시스템'의 역사적 변동이라는 개념을 수용하고자 한다.

2 小波, 앞의 글, 23~24쪽.

3 「古談懸賞募集」, 『동아일보』, 1922.4.3.

4 조은숙, 「일제 강점기 아동문학 서사 장르의 용어와 개념 고찰: 아동 잡지에 나타난 '동화'와 '소설' 관련 용어를 중심으로」, 한국아동청소년문학학회 엮음, 『한국 아동청소년문학 장르론』, 청동거울, 2013, 30쪽.

이처럼 문자 시대 이전에 이미 생성되고 존재했던 텍스트들은 아동이라는 새로운 독자에게 적절한 기록 문학으로 전환되었다. 이 과정에서 동화는 흔히 신화, 전설, 민담 등을 통칭하는 설화와 태생적으로 깊은 관련을 맺으면서도, 동시에 전혀 다른 위상과 위치를 점하게 되었다. 동화는 설화와 자질을 공유하지만 동시에 이종 갈래이기도 하다. 전통 문학과의 관계 맺기와 단절하기는 설화가 근대적인 동화 장르로 자리매김되기 위한 전략이었다. 신화, 전설, 민담은 그에 합당한 이름을 부여받기 이전부터 존재했지만 분명 근대에 새롭게 인식된 이야기이다. 이들 이야기들은 최남선에 의해서 '문화적 원형'으로, 방정환에 의해서 '아동을 새로운 독자로 한 설화'로 자리 매김되었다.

그런데 각종 옛이야기들, 예컨대 신화나 전설뿐만 아니라 고담(古談), 사화(史話), 기담(奇談), 야담(野談) 등도 모두 동화의 재료로 사용될 수 있었다. 구체적인 설화와 동화 간의 교섭 양상 속에서 '전설동화', '녯어룬이약이', '전설', '사담', '지리', '우스운이약이', '조선동화', '조선위인', '역사동화', '지식' 등의 여러 가지 수식(修飾)이 활용되며 특정한 요소들이 표제 장르명으로 부연되는 경향이 나타난다. 표제 장르명은 특정 작품이 어떤 범주에 속하는 것을 결정하는 문화적 규범의 기능을 수행한다. 특정 작품이 어떤 장르에 속하는가는 당대 문화적 규범에 의해 장르가 어떻게 인지되고 그 분류 체계가 어떠한 방식으로 개별 작품에 배분되는가에 따라 상이하게 나타난다. 따라서 특정한 작가가 특정한 장르적 전통에 의해 영향을 받았다는 것을 강조하는 것만으로는 장르 규범이 지닌 사회적, 문화적 속성을 해명하는 데 충분하지 않다. 표제 장르는 당대 문학 제도와 대중의 기대 지평(horizon of expectations)을 반영하며 생산-유통된다. 이러한 표제 장르명에 의해서 각종 옛이야기들은 시간성 위에서 '과거'를 환기시키며, 동시에 전설부터 역사 서술에 이르기까지 고유한 문화적 원형의 성격을 함축하고 있는 동화로서 '현재'의 장르가 되었다.

그러나 '설화'나 '고래동화' 등의 총칭을 얻었을 뿐 그 하위 갈래의 보다 세분화된 문학적 형식들은 서구적인 문학 개념으로는 합당한 이름을 부여받을 수 없었다. 1930년대 후반 담론 지형의 변동 속에서 당대 문학장을 규정한 것은 서구적인 근대 문학에 대한 광범위한 회의였다. 임화, 김남천, 최재서 등 주요 비평가들은 시민 사회에 조응하는 근대 소설의 위기와 이에 따른 새로운 소설 장르의 모색이라는 문제의식을 공유했다.[5] 이 시기 근대 시민 사회의 문학 장르인 소설이 회의되면서, 사소설, 기록서사, 미담, 야담 등과 함께 동화 역시 중요한 장르로 대두되었다. 특히 조선 고전 서사 장르에 대한 탐구는 당시 제기된 전통 담론 속에서 활발하게 진행된다. 이태준, 이병기, 정지용 등 『문장』지를 중심으로 활동하던 문인들과 김태준을 비롯한 고전 문학 연구자들이 주로 이에 집중하는 양상을 보였다. 이병기, 이희승, 조윤제 등은 주로 조선 및 동양의 고전 문학에 대한 소개와 주해, 연구 작업을 진행하며 이를 통해 서구 근대 문학과는 다른 개념의 전통적인 문학 장르에 대한 재발견을 가능하게 만든다.[6] 아동문학장에서 전통의 현재화는 이와 같은 1930년대 후반기 문학 담론의 지형과 결합되면서, 특히 역사 서술의 하위 장르가 다양하게 분기되는 양상으로 구체화된다. 신화, 전설 등이 지니는 허구성과 역사, 지식 등이 지니는 사실성을 폭넓게 아우르는 전통 문학 양식의 수용은, 동양의 고유한 서사에 대한 인식의 전환을 매개로 '역사동화', '역사장편동화' 등의 세부 장르의 대두로 수렴된다. 이들 세부 장르들은 사실성과 허구성의 넓은 범주 속에서, 민족의 기원을 아동에게 가르치고자 하는 교훈적

5 임화, 「세태소설론」, 『동아일보』, 1938.4.16; 김남천, 「소설의 운명」, 『인문평론』, 1940.11.
6 장성규, 「1930년대 후반기 소설 장르 인식 연구」, 서울대학교 박사학위논문, 2012, 29쪽.

목적과 공동체의 정체성을 확립하려는 보다 큰 이상 속에서 구체화되었다.

혼성 장르로서의 모험소설 · 탐정소설

제국주의와 아동문학이 교차할 때 모험소설, 탐정소설 등의 하위 장르가 분기되었다. 모험소설은 아동문학의 탄생에 기여한 주요 장르 중 하나다.[7] 초기 아동문학은 성인문학에서 아동문학으로의 이행과 분리에 의해서 성립되었는데, 특히 다니엘 디포의 『로빈슨 크루소』와 같은 모험소설은 초기 아동문학의 형성에 중요한 영향을 미쳤다.[8] 소년탐정소설은 발생학적으로는 모험소설의 하위범주에 속하는데, 이 장르에서 모험의 요소가 두드러지게 나타나는 것은 아동문학의 발생 및 사적(史的) 전개에 따른 고유한 현상으로 설명할 수 있다.

모험소설, 소년탐정소설을 수록한 주요 매체는 개벽사의 『어린이』, 조선중앙일보사의 『소년중앙』, 조선일보사의 『소년』 등인데, '탐정모험소설' · '정탐모험소설' · '학생소설' · '소년소설' · '소녀소설' · '탐정소설' · '과학탐정' 등의 다양한 표제 장르명과 함께 잡지에 수록되었다. 이러한 표제 장르명이 상징적으로 보여주는 바와 같이 소년탐정소설은 단일한 장르가 아니라, 다양한 다른 장르와 교차하며 통합

---

7 아동문학의 발생 및 모험소설의 하위 갈래로서 소년탐정소설의 전개 양상에 대해서는 다음의 논의를 참고할 수 있다. M. O. Grenby, *Children's Literature*, Edinburgh: Edinburgh university press, 2008, pp.170~194.

8 다니엘 디포의 『로빈슨 크루소』와 같은 모험문학은 전 세계적으로 성인문학에서 아동문학으로 개작되었으며, 이 작품에서 영감을 받은 루소의 교육사상과 낭만주의적 아동 개념이 더해지면서 아동문학의 정착에 크게 기여했다. Rachel Falconer, *The Crossover Novel,* New York and London: Routledge, 2008, p.11; Seth Lerer, "Canoes and Cannibals-Robinson Crusoe and Its Legacies", *Children's Literature*, Chicago: The University of Chicago Press, 2008, pp.129~131.

되는 장르적 혼성성을 보여준다. 이처럼 당시 모험소설이나 소년탐정소설 장르의 경계는 유동적이고 역동적이었다.

피셔럽(D. Fishelov)은 장르 변이를 유기체에 비유하며 문학적 혼성물(literary hybrides)이 매우 풍부한 문학적 생산력을 지닌다는 것에 주목한 바 있다. 그에 따르면 다양한 장르의 혼성은 특정 장르의 성격을 바꿀 수 있다.[9] 파울러(A. Fowler) 역시 사회적 변화에 따라 장르에 대한 새로운 요구가 발생하면 기존의 장르에서 이에 적합한 요소들이 추출되고, 간과되어온 장르에서 필요한 요소들이 집결된다는 점을 강조한다. 이러한 장르적 혼합에 의해 장르 형식상의 변화가 일어나며 이는 곧 기존 장르가 지닌 '기능에 대한 변화'로 이어진다.[10] 따라서 식민지 시기 아동문학장에서 모험소설, 탐정소설이 '장르 텍스트(genre texts)'[11]로서 전형적인 장르적 규범을 혼성하는 현상은 상당히 주목된다. '장르 텍스트'는 특정한 하위 장르에 따른 텍스트의 코드와 문학적 전통을 장르적 규범으로 공유하는 것이다. 예컨대 모험소설 장르가 공유하는 남성적인 소년 주인공, 바다나 무인도라는 열린 시공간, 모험과 정복, 보물의 획득과 성숙한 남성으로서의 귀환 등의 코드가 이에 해당한다.

그런데 이러한 모험소설과 탐정소설의 장르적 규범들은 제국주의라는 이념과 긴밀하게 관계된다. 실제로 영국이나 일본의 경우 소년 중심의 모험소설이 제국주의의 팽창에 기여했다.[12] 반면에 1930년대 박태원, 김내성, 김영수 등이 전형적인 장르 텍스트의 규범을 변형하고 혼성함으로써 남성적이며, 제국주의적인 기존 장르가 지닌 기능을 새

9 David Fishelov, op.cit., p.20.

10 Alastair Fowler, *Kinds of Literature*, Harvard University Press, 1992, pp.44~45.

11 Christine Wikie-Stibbs, "Intertextuality and the child reader", edited by Peter Hunt, *Understanding Children's Literature*, USA & Canada: Routledge, 2005, p.170.

12 영국과 일본의 소년모험문학과 제국주의와의 상관성을 해명한 연구로는 다음을 참고할 수 있다. M. O. Grenby, op.cit.: Kaqahara Kazue, 앞의 책.

롭게 바꾸는 양상은 매우 흥미롭다.

젠더와 서사의 분기

젠더는 아동 독자의 연령이나 학제적 체계와 교차하면서 아동문학의 내포독자를 세분화하고 동화와 소설의 차이를 산출하는 중요한 조건이다. 아동의 지식 체계를 특정 연령에 따라 단계적으로 분절하려는 관습은 근대적인 교육 제도와 긴밀하게 연결된다. 인간의 성장과 연령에 따라 배워야 할 지식을 구분하는 관념은 전통적인 아동 교육서인 『소학』에서도 나타난다. 하지만 근대에 들어 인간의 발달 시기가 보다 세분화되고, 이에 따라 연령, 학제, 지식의 분절이 보다 긴밀하게 연계되었다. 20세기 초에 번역 및 소개된 교육학 이론서에는 인간의 발달을 영아기, 유아기, 아동기, 청년기, 성인기로 구분 짓고 발달 단계에 따라 유치원, 소학교, 중학교와 고등학교, 대학교 등의 학제를 연결했다. 그리고 단계별로 감각, 지각, 개념, 추론, 이상 등의 지식을 단계적으로 교육할 것을 제안했다.[13]

그러나 전근대적 성격이 온전히 탈각되지 않은 상황에서 형성된 한국 아동문학의 경우 연령에 따라 발달 단계, 학제, 지식의 분배가 촘촘하게 그물망을 형성한 서구의 근대적 기준이 '그대로' 작동했다고 보기는 어렵다. 아동문학의 장르적 체계를 구성하는 독자의 연령이나 학

---

13 20세기 초에 번역 소개된 교육학 이론서는 아동의 발달에 따른 연령, 학제와 지식의 분절을 다음과 같이 제시하였다. ① 영아기, 감각직각의 시대(1세): 감각 교육 ② 유아기, 지각 및 관념의 시대(2세~8세): 유치원에 있는 시기, 지각 교육 ③ 성동기(成童期), 개념 및 판정의 시대(9세~15세): 소학교에 있는 시기, 개념 교육 ④ 청년기, 추론의 시대(16세~18세): 중학교 혹은 고등학교에 있는 시기, 추론 교육 ⑤ 성인기, 새로운 이상발달의 시대(19세~24세): 대학교에 있는 시기, 이상 교육(柳瑾 譯述, 「教育學原理」(前續), 『대한자강회월보』, 1907.1, 23쪽).

제라는 기준은 아동문학에서 독특하게 나타나는 외적 기준이라고 할 수 있다. 그러나 식민지 근대성에 기반을 두었던 당대 아동문학의 경우 오늘날처럼 이러한 기준이 중요하게 작동했다고 보기 어렵다. '유년소설', '유치원소설' 등의 모순적인 장르 명칭이 보여주는 바와 같이 동화는 비교적 어린 연령층을, 소설은 좀 더 나이가 많은 연령층을 독자로 설정하는 등, 상당히 '느슨하게 작동하는 기준'이었다고 할 수 있다.

특히 1920년대 식민지 시기 한국 아동문학에서 아동 독자의 연령이나 학제적 체계와 젠더에 따른 장르 규범은 모순적으로 '혼성'되었다. 이 안에서 젠더적 규범은 아동 독자를 분할하고 장르적 규범을 산출하는 보다 중요한 기제로 기능했다. 1920년대에는 동화와 소설의 장르적 차이가 뚜렷하게 분절되어 나타나지 않았다. "어린少年과少女가自然의生命과함끠자라나純潔無垢한 사랑으로 젊은一生을희고맑게지내엿다는"[14] 소설에 대한 감상처럼, '자연', '천진', '순진무구'로 대표되는 유아기의 '무성(無性)'적인 특징이 아동문학의 장르적 특징으로 결합해 있었다. 『동아일보』에서는 1924년 처음으로 「소년문예현상」을 공모하는데, 대상으로 시(詩), 문(文), 소설(小說)의 하위 갈래를 제시했다. 이러한 아동문학의 현상 제도를 통해서 "少年의純眞한感想과 才藝를助長"하고 "새樂園을建設할아름다운꼿송이"인 소년소녀에게서 "光明이될生命의씨"[15]를 배양하고자 했다. 응모 연령은 20세 이하로 제한했으며, 이 안에 유년부와 소년부를 두었다.[16] 이처럼 20세 이하라는 꽤 긴 미성년의 기간은 '순진무구'라는 표상 속에서 성적(性的)인 요소를 은폐하거나 억압하였고, '소년문예'는 아동문학을 대표하는

14 노자영, 「千里의 夏路」(2), 『동아일보』, 1920.8.29.
15 「소년문예현상」, 『동아일보』, 1924.6.25.
16 이상화 · 최소정, 「選後에한마듸」, 『동아일보』, 1924.7.14.

일반 장르로 기능할 수 있었다.

> 그런데왜 少年소설 少年토론만내고 少女소설 少女토론은안내주십닛가 넘어도섭섭합니다(水原崔順愛). 少年이란말은 크게도쓰고 적게도씁니다. 적게쓸때는 少年, 少女이럿케少男이란말이지마는 크게해석할때는 어린男女가한데통터러少年이되는것입니다.(記者)[17]

남성이라는 어휘가 인간 전체라는 어휘와 동시에 쓰이는 것처럼, 인용문에서 '소년'이라는 용법은 '남성'이면서 '문학'과 결합될 때는 중성(中性)으로서 남성과 여성을 모두 대표하는 일반어로서 기능했다. 이는 '소년'의 비대화 된 용법 속에서 '소녀'의 개념이 어떻게 지워졌는지, 그리고 당대 아동문학에서 '소년소설'과 '소녀소설'이 어떻게 위계화되었는지를 상징적으로 보여준다.

'소년'이라는 실제 생물학적 남성을 지시하는 어휘와 '자연', '천진', '순진무구' 등의 어휘로 대표되는 유아기 '무성(無性)'적 특성을 지닌 '문예'의 결합 양상은 1930년대 아동문학장의 젠더화 양상에 따라 새로운 국면으로 접어든다. 1930년대는 젠더 규범에 따라 독자층에 대한 인식이 보다 세분화되었으며 이를 중심으로 장르 체계에 일관적인 틀을 구축하려는 시도가 이루어졌다. 이러한 시도로 인해 기존의 '소년=미성년 인간 전체'라는 총칭에서 유아와 소녀라는 독자가 분리되어 아동문학장에서 새롭게 인식되었다. 예컨대 『어린이』 잡지의 경우 1928년 7월호부터 '소녀란'이 신설되었으며, 처음으로 '소녀소설'이라는 표제 장르명과 함께 「옥점이의 마조막 하소연」(최의순)이라는 작품이 실린다. 한편, 『신소년』의 경우 1928년 4월호부터 '유년

17 편집부, 「독자담화실」, 『어린이』, 1927.2, 61쪽.

독물', '유년페이지'란 표제로 「어머니의 은혜」(편집실)라는 작품이 수록되었다. 그리고 『어린이』 1930년 8월호부터 '유치원동화'라는 표제로 「박쥐 이야기」(양재응)가, '그림동화'라는 표제로 「펠세우스의 신화」(율산인)이라는 작품이 동시에 연재되었다.

물론 유년동화나 소녀소설은 주류적인 소년소설 장르에 비해서 양적으로 충분히 발달하지는 못했다. 그러나 장르적 규범의 체계화라는 관점에서 유년동화와 소녀소설의 등장은 상당히 중요한 의미를 지닌다. 미성년의 단계가 아동문학장에서 연령에 따라 유년과 어린이로, 어린이는 다시 젠더에 따라 소년과 소녀로 분할됨으로써 각각에 동화와 소설의 장르가 대응하는 체계가 형성되었다.

특히 아동문학에서는 젠더 규범에 따라 동화와 소설의 경계가 구분되는 현상이 나타난다. 동화는 성(性) 정체성이 아직 발견되기 전인 사춘기 이전 단계, 순진무구한 단계의 인물이 중심이 된다. 따라서 동화의 인물은 성장도, 성숙도, 늙음도 없는 신화적 시간이나 무시간성 위에 존재한다. 반면에 소설의 인물은 성적 정체성의 발현 이후 직선적이며 측정 가능한 시간 위에 위치한다.[18] '무성(genderless)'의 '유아'로부터 소년이나 소녀로 성장하는 과정은, 각기 '동화'와 '소설', 소설의 경우 다시 '소년소설', '소녀소설'로 구획되는 표제 장르명과 구조적으로 연동된다는 점에서 각별히 주목된다. 일반적으로 성인 문학에서 젠더는 주류적이거나 우세한 장르적 규범이 아니지만, 아동문학에서는 젠더 규범에 따라 동화와 소설이 구획되며, 소설은 다시 '소년소설'과 '소녀소설'이라는 상이한 하위 장르로 분기해 나아갔다. 이때 젠더 규범은 하위 장르의 분화와 함께 서사의 주제, 플롯 등의 서사 구조와도 긴밀하게 연결된다는 점에서 주목된다.

---

18 Maria Nikolajeva, 앞의 책, 179쪽.

이처럼 1930년대 미성년 시기에 대한 세분화된 구분과 젠더 규범의 작동에 따라 동화, 소년소설, 소녀소설 등의 하위 장르가 안정적으로 정착되었다. 이러한 장르 개념을 토대로 아동문학에서 소설은 "소년 긔(少年期)에서 청년으로 넘어갈때" 제각기 "자긔의세계(世界)를 창조(創造)"하는 것[19]이라는 함의를 얻을 수 있었다. 특히 이구조는 「童話의 基礎工事: 어린이文學論議」(『동아일보』, 1940.5.26)라는 글에서 아동의 연령과 젠더 규범에 따른 장르 체계를 매우 명확하게 이론화했다. 그는 우선 연령에 따라 유년소설과 소년(소녀)소설로 이분하고, 미성년의 주기를 ① 메르헨시기, ② 순수수용시기, ③ 과도적반사시기로 구분했다. ①과 ②가 어린이의 "순수한 세계"라면 ③은 "성(性)의 심적분화이후"로서 현실사회로 진입하는 과도기에 해당된다. 그의 논의를 요약해서 도표화하면 [그림 13]과 같다.

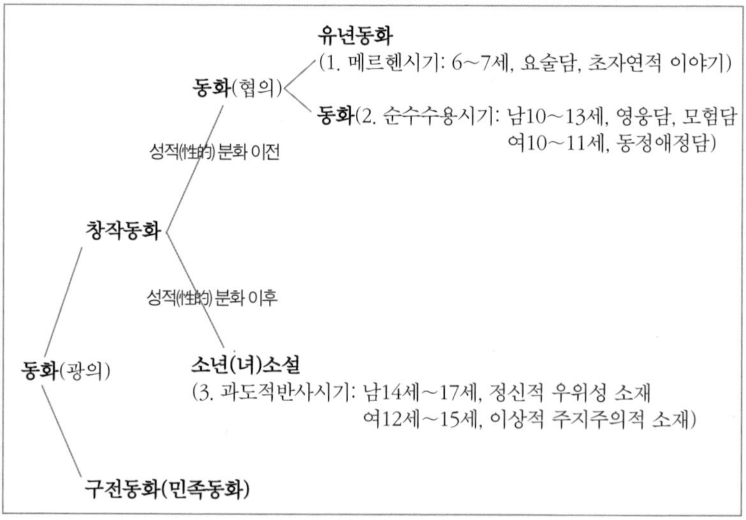

[그림 13] 이구조의 아동문학 장르체계[20]

19 김남주, 「小說잘쓰는方法」, 『어린이』, 1929.10, 부록 〈어린이세상〉.

이구조에 의해서 아동의 연령과 젠더 규범은 이론적으로 정교하게 아동문학의 장르 체계로 도입될 수 있었다. 나아가 그는 아동 독자의 연령과 발달 단계에 따라 적절하다고 생각되는 하위 장르들을 함께 명기했다. 동일한 순수수용시기에도 남아에게는 영웅담, 모험담이, 여아에게는 동정애정담이 적절한 서사라는 구분은 그 자체로 당대의 젠더 규범에 따른 텍스트의 차별적 분절화 양상을 보여준다. 한편 '소녀소설'이라는 하위 장르가 분화되었으나 그 명칭이 '소년'이라는 남성의 관계 속에서 파생되었듯이, 아동문학 장르 체계 속에서도 괄호 친 채 존재한다는 점 역시 주목된다. 소녀소설은 그 자체로 자율적인 하위 장르라기보다는 소년소설의 보조물이라는 상대적인 위치 속에서 자리매김한 셈이다.

이처럼 아동문학의 장르는 민족, 제국, 젠더 등의 담론에 의해 강력하게 규범화되며 그 구체적인 하위 장르가 산출되었다. 이상 제시한 세 가지 담론은 아동문학 텍스트를 생산하고 규율하는 주요한 기준으로, 서로 배타적인 것이 아니라 때로는 상호 교차하면서 작동했다. 그러나 이러한 담론과 문학의 관계는 단순한 일대일의 대응 관계나 종속적 관계가 아니라, 그 내부와 외부를 넘나드는 보다 역동적인 과정으로 파악되어야 한다. 문학은 사회적 담론이나 제도와 관계되면서도 동시에 언어를 매개로 자율적인 동력을 지닌 계열체이기 때문이다. 텍스트의 생산과 규범을 지배하는 정치적 의도 역시 언어로 구성된 문학 작품의 매개에 의해서만 실현될 수 있으며, 이는 고유한 문학 체계 내에서 재조정 되기 마련이다. 따라서 구체적인 텍스트 속에서 장르 규범이 작동하고 변용되는 양상을 살펴볼 필요가 있을 것이다.

---

20 [그림 13]은 이구조가 「童話의 基礎工事: 어린이文學論議」(『동아일보』, 1940.5.26)에서 제시한 아동발달론과 장르 체계 내용을 필자가 요약해서 재구성한 것이다.

2. 동양적 서사 규범의 인식과 역사 서술 장르의 분기

역사 서사의 다양성

이 부분에서는 전통에 대한 자각과 민족주의에 의해 규범화되었던 각종 옛 이야기들에 해당되는 사담(史談), 사화(史話), 일화(逸話), 소화(小話), 위인 전기, 소품(小品), 전설, 야담 등이 1930년대에 아동문학장에서 역사 서술 장르로 수렴되는 양상을 분석해보고자 한다. 사실 이들 장르는 아동문학의 형성기부터 아동문학장으로 꾸준히 수용되었다. 근대적인 학제가 도입된 1896년부터 교과서나 독본을 비롯해서 아동잡지 등에 꾸준히 연재되었으며, 1920년대에는 개벽사나 동아일보사 등의 매체들에 의해 전통적인 역사부터 민간의 전설까지 광범위하게 모집되었다. 이들 작품은 아동문학으로 명확히 편입되어 '실재'했으며, 당대 아동 독자들에게 적극적으로 향유되었다. 전통적인 서사는 아동문학장 속에서 새롭게 재현됨으로써 공동체의 집단적 기억을 계승하는 장치로서 기능했다. 그러나 오늘날까지 이들 작품의 가치는 아동문학사에서 공백 상태로 남아있는 것이 사실이다.

당대 매체들에서 이들 작품의 갈래를 표기하는 표제 장르명 역시 매우 다양했다. '역사', '전기', '사화', '사담', '기담', '전설', '역사동화', '일화', '소화' 등의 표제 장르명이 사용되었는데, '역사'나 '전기' 등 사실성을 강조하는 장르명부터 '전설'이나 '기담' 등 허구성을 강조하는 장르명, '일화'나 '소화' 등 서사의 분량을 지시하는 장르명에 이르기까지 다양한 장르명이 제시되었다. 그런데 이러한 다양한 서사는 서구적인 서사(narrative) 개념으로는 문학의 영역에서 배제되거나 혹은 정당하게 자리매김하기 어려운 것이었다.

본래 동양의 전통 서사 양식은 역사 서술로부터 시작되었다. 루 샤

오평은 중국의 서사 양식을 검토하면서 다음과 같이 언급했다.

> 중국 서사이론을 서양의 서사이론과 비교 연구할 때 첫 번째로 제기되는 문제는 서구 용어인 '서사(narrative)'와 같은 용어가 중국에는 없다는 것이다. 사실 서술하다, 말하다, 전달하다라는 의미를 가진 술(述), 서술(敍述), 서사(敍事)와 같은 용어가 비평이론 가운데 자주 등장하는 것은 확실하다. 그러나 장르 연구나 목록학에서 '서사'는 문학 범주로 인식되지 않고 있다. 서사적 글쓰기의 전체 범위를 포괄하는 말로는 사(史, 역사)라는 말만이 선택될 수 있었다. 서사시가 부재하고 극이 뒤늦게 등장하는 중국의 문학 체계에서 역사는 중심적인 위치를 차지했다. 다음의 분석에서도 드러나겠지만, 중국의 역사 개념은 '역사적 사실' 및 소설처럼 준(準)역사적인 글쓰기의 다양한 유형까지 모두 포괄하는 것으로 이해되었다.[21]

루 샤오펑의 논의에 따르면 중국의 전통 서사 양식은 역사 서술로부터 시작된다. 사실의 기술에서 시작한 중국의 서사 전통은 점차 역사 기록의 사실성과 소설의 허구성을 포함한 것으로 발전했다. 이와 같은 논의는 중국에만 적용되는 것이 아니다. 조선의 경우에도 전통적인 유교적 세계관에 입각한 사실성을 중시하는 서사가 존재했지만, 동시에 조선 후기 역사 서술의 규범으로부터 일탈하는 다양한 전(傳)의 전통 역시 존재했다. 특히 역사 서술 장르가 아동문학장에 수용될 때, 서사 속에서 자연적인 것과 초자연적인 것을 섞어놓는 것은 자연스러운 규범이었다.

21 Lu Hsiao-peng, 앞의 책, 75쪽.

사실적인 장르로서의 역사소설

1930년대 역사 서사의 계승은 새로운 난관에 부딪혔다. 전 세계적인 대공황은 일본의 천황제 파시즘의 대두로 귀결되었다. 1931년 일본의 중국 침략(만주사변)과 1937년 전면적인 중일전쟁의 발발 등은 이 시기의 특성을 단적으로 보여준다. 이러한 가운데 1930년대 후반 식민지 조선에 동양론이 대두했다. 이는 아동문학장에서 이중적인 성격으로 나타났는데, 한 편으로는 과거 전통 서사의 계승을 통해서 공동체의 기억을 환기하던 민족주의적 기능을 크게 약화시킨 반면, 다른 한 편으로는 장르의 기대 지평에 큰 변화를 일으키며 동양적인 서사 규범에 대한 재해석 속에서 역사 텍스트가 새롭게 분기하는 토대로 기능했다. 이러한 배경 속에서 생산된 역사 서술 텍스트들은 두 가지 주목할 만한 특징을 보여준다.

첫째, 신화, 전설 등의 전통적인 구비 문학의 계승 양상이 축소되면서, '전기', '사화' 등의 사실적인 하위 장르로 수렴되는 현상이 대두했다. 대표적인 작가로는 차상찬, 연성흠, 박달성, 고한승 등이 있다. 이들은 1920년대부터 활발하게 전통적인 신화, 전설, 민담 등의 구비 문학적 유산을 토대로 역사에 대한 아동문학 텍스트로의 다시 쓰기를 수행한 바 있다. 그런데 1930년대에 이르면 대체로 서사의 범위는 역사의 하위 장르로서 '사화'와 '전기'로 변화하며, 1920년대와는 달리 사실성에 입각한 서술을 통해 역사 서사로서의 통일성을 확립하려는 경향이 두드러진다. 이러한 움직임 속에서 박송의 「(역사동화) 평화」(『어린이』 1931.10), 최진순의 「(사화) 단군조선이야기」(『어린이』 1932,1)와 같은 것은 점차 배제되고, 손진태의 「명장 강감찬」(『어린이』, 1932.10), 차상찬의 「임경업의 어릴 때 이약이」(『어린이』, 1930.1), 「이괄 난 이약이」(『어린이』, 1930.2), 「김응하 장군」(『어린이』, 1930.4), 「최윤덕 장군」(『어린이』,

1930.11), 「천하명장 정기룡」(『어린이』, 1932.2), 「철혈 남아 남이장군」(『어린이』, 1933.3), 「천하명궁 이지란장군」(『어린이』, 1933.5) 등의 무인들의 어린 시절을 다룬 전기가 다수 창작된다. 이들 텍스트는 공통적으로 전통적인 구비 문학에서 두드러지는 환상적 요소를 배제하고, 사실적인 역사로부터 민족을 구원한 이상적 인간상으로 위인들을 강조하고자 했다. 이처럼 전기는 본질적으로 개인적 존재보다는 '사회적 지위의 초상화'가 된다.

그러나 1930년대 중반 이후, '전기'와 '사화'의 하위 갈래 속에서 현재화되는 위인들은 주로 중국과의 싸움에서 승리하는 인물로 변질된다. 차상찬의 「활잘쏘는장수」(『소년』, 1937.4~1937.5), 「독속의敵兵」(『소년』, 1937.5), 「외눈백이英雄」(『소년』, 1937.7), 「키작은곰보장수」(『소년』, 1937.8), 「혹부리장군」(『소년』, 1937.9) 등이 대표적이다.

〔표 12〕『소년』 소재 차상찬의 전기 인물의 특징

작품	입전인물/특징	작품 내의 강조점
「활잘쏘는장수」	임경업(林慶業)/조선 중기의 무신	병자호란 청나라의 침입과 조선의 전투
「독속의敵兵)	정충신(鄭忠信)/조선 중기의 무신	임진왜란 적군의 살상
「외눈백이英雄」	궁예(弓裔)/후고구려의 건국자	철원군에 태봉국 건국
「키작은곰보장수」	강감찬(姜邯贊)/고려시대 무신	만주와 몽고의 '키타이'와 전투
「혹부리장군」	정주분도장군(靜州分道將軍) 김경손(金慶孫)/고려시대의 무신	몽고의 침입과 고려의 귀주성 전투

이들 작품들은 공통적으로 역사적인 위인으로 무신을 강조한다. 이들 작품에서 두드러지는 특징은 다음과 같다.

첫째, 위인들의 어린 시절은 무신으로서의 자질이 강조되어 형상화된다. 「활잘쏘는장수」에서 임경업은 어린 시절 "일상 병정노름"만 하였으며, 항우와 대장부의 기백을 마음에 새겼다. 병서를 읽고 무과 시험에 합격한 이후 구렁이가 전해주는 신령스러운 좋은 칼을 얻는다. 이와 같이 임경업의 미성년기는 내내 군인이 되기 위한 철저한 준비 과정으로 서술된다. 이는 「독속의 敵兵」 속에서도 마찬가지이다. 이 작품에서 표면적으로 환기하는 전쟁은 일본이 적병이었던 임진왜란이다. 그러나 작품 속에서 정충신은 철저한 군인 정신을 내재화한 '소년병정'으로 묘사된다는 점에 주목해야 한다.

> 그가 바로 열일곱살때였습니다. 그때 우리 조선에는 임진란리(壬辰亂)라 하는 아주 무서운 큰 난리가 일어나서 조선팔도에는 적군이 아니온곳이 없고 임금께서는 평안북도 의주(義州) 땅으로 피란을 가셨습니다. (중략) 그러나 권대장은 그가 나이 아직 어린까닭에 위태해서 못간다고 막었더니 그는 억지로 자꾸 가보겠다고 하므로 권대장도 마지 못하야 그대로 보냈습니다. 그는 나이어리건마는 가장 용감스럽게 허리에다 칼을 차고 어깨에는 활을매고 여러병정들을 따라서 갔습니다.[22]

이처럼 차상찬은 조선의 역사에서 왜적을 물리친 장수를 '소년병정'이라는 표상으로 '현재화'한다. 정충신은 어린 나이에 작품의 제목처럼 '독속의 적병'을 정확히 사살하는 공적을 세우며, '소년병정'의 자질을 구현하는 인물로 형상화된다.

둘째, 과거 조선의 역사 속에서 중국과의 전투가 반복적으로 환기된다. 특히 「키작은곰보장수」와 「혹부리장군」은 거란이나 몽고 등 대륙으로부터의 침입과 이를 막아내는 역사 속의 무신들이 전투가 작품의 중심을 이룬다.

---

22 차상찬, 「독속의敵兵」, 『소년』, 1937.5, 77쪽.

「키타이」는 원래 심술이 고약하야 전날부터 까닭없이 우리 나라를 침범하고 무죄한 사람을함부로 죽였은즉 우리와는 불공대천의 원수올시다. 이제 적국이 십만대병을 거느리고 국토를 깊이 침입하야 들어온 대에 저들을 피하야 어디로 가신다하여도 도저히 그 화를 면하기 어려울것이옵고 땅을 베혀채울 수 없을뿐 아니오라 따라서 그 길로 나라가 망할터이오니 신이 비록 아모 재주도 없삽고 힘도 없사오나 대장을 맡겨 주신다면 죽도록 싸워서 나라의 은혜를 갚겠습니다.[23]

마침 저! 몽고나라(蒙古國)에서 큰 난리를 꾸며가지고 우리 고려를 처들어오게 되었습니다. 적군이 먼저 압록강(鴨綠江)을 건너서 철주를 함락시키고 또 그 고을과 가까운 여러 고을도 모두 점령하야 무인지경과 같이 그가 지키고 있는 정주(靜州)에까지 닥처오니 장군은 부하에있는 열두장군(十二壯士)를 다리고 성밖으로 나아가서 맞어 싸웠습니다.[24]

인용문에서 차상찬은 과거 대륙과 한반도의 전투를 반복적으로 재현한다. 이때 강조되는 전선은 당대 만주사변(1931)에서 중일전쟁(1937)으로 이어지는 당대의 맥락을 환기시킨다. 이러한 서사의 특징들은 조선 소년들을 제국에 헌신하는 자질을 지닌 병사로 훈육하는 기능을 한다는 점에서 비판될 수 있다.

이처럼 전기나 사화라는 하위 장르의 '사실성'이 강조될 때 통치를 정당화하고 영속화하는 이데올로기적 기능이 강화된다. 전기에 등장하는 인물은 실재했던 역사적 인물이지만, 전기의 내용은 담론 구조 속에서 고도로 허구화된 것이다. 전기 작가는 역사적 인물의 성격을

23 차상찬, 「키작은곰보장수」, 『소년』, 1937.8, 64~65쪽.
24 차상찬, 「혹부리장군」, 『소년』, 1937.9, 75쪽.

행위와 진술을 통해 구체적으로 설명한다. 그것이 민족주의와 교차했을 경우에 역사적 위인의 이야기는 식민지 조선이라는 공동체의 전체 역사와 의미 있게 연관되는 반면, 1930년대 후반처럼 일본 제국주의의 확장이라는 구조로 문맥이 옮아갈 때 동일한 역사적 위인이라도 천황제 파시즘의 지배를 정당화하는 전혀 다른 기능을 하게 된다.

근대적 구술 문학과 소년야담

한편 '야담(野譚)'의 수용을 통한 새로운 구술 문학으로서의 역사 서술 장르의 창안에 주목할 수 있다. 대표적인 작가로 윤백남과 『동아일보』에 '소년야담'을 연재한 '아저씨'라는 필명의 저자가 있다. 임형택에 따르면 "야담은 17~19세기에 구연(口演) 과정을 거쳐서 형성된 한국 특유의 서사양식"[25]이다. 야담은 '사소한 이야기', '부차적인 이야기', '비정통'이라는 의미를 지니며, 야담 속에는 이상한 것, 초자연적인 것, 기이한 것 등이 풍부하게 존재한다. 1930년대 후반기 문학에서 중요한 현상 중 하나는 대중적인 야담의 생산과 유통이다. 윤백남, 김동인 등에 의해 전문적인 야담 매체가 발간되었으며 그 대중적 영향력은 매우 컸다.[26] 아동문학장에서 야담이 수용되면서 '소년야담'이라는 표제 장르명은 1933년 윤백남의 「아홉살 먹은 명포교: 이홍장의 일화」(『어린이』, 1933.12)에서 처음 사용되었다. 그리고 1930년대 후반 『동아일보』에 '아저씨'라는 필명으로 총 43편의 '소년야담'이 연재되었다.

1930년대 후반 '소년야담' 장르에 대한 평가는 선행 연구에서 검토

25 임형택, 「동아시아 서사학 시론: 『구운몽』과 『홍루몽』을 중심으로」, 진재교 외, 『동아시아 서사학의 전통과 근대』, 성균관대학교 출판부, 2005, 16쪽.
26 장성규, 앞의 논문, 81쪽.

된 바 없다. 대체로 성인 문학장에서도 '야담' 장르는 근대의 문학적 성과로부터의 후퇴한 장르라는 인식으로 인해 부정적인 평가를 받아왔다. 그러나 적어도 아동문학적 관점에서 1930년대 '소년야담'은 각별히 주목할 필요가 있다.

'소년야담'은 '구연' 문화의 연속과 단절이라는 이중 전략 속에서 1930년대 새롭게 분화된 하위 장르이다. '소년야담'은 '구연'의 전통 속에 형성된 한국의 고유한 서사를 계승하면서, 동시에 '라디오 드라마'[27]라는 근대적인 청각 미디어에 맞도록 재맥락화 된 새로운 '구연' 방식 속에서 창출되었다. '소년야담'은 라디오 드라마의 주요 레퍼토리 가운데 하나였다. 따라서 아동문학사적 계보에서는 1920년대 소년회 중심의 '구연'과는 다른 새로운 양상을 보여주는 것으로 평가할 수 있다. 이 시기 '소년야담'은 방정환으로 대표되는 감정의 과잉을 강조한 멜로드라마적인 구연 방식과 달리, 라디오 드라마라는 새로운 청각 예술에 따른 구연 전략을 보여준다. 최미진에 따르면 라디오는 "본질적으로 '보이지 않는 매체(a blind medium)', 즉 청각에만 의존하는 매체"이다. 들려지는 순간 동시적으로 마음 속에 그림이 그려지는 '현재형'의 청각 매체인 까닭에, 라디오에 의한 구연은 시각에 의존하는 서사보다 더 현장성을 지닌다.[28]

더불어 소년야담은 아동이라는 내포독자를 고려한 다양한 구연 전략을 구사한다. 아동 독자에게 라디오 드라마에 몰입하도록 안내하는 도입부, 정서적 흥미와 교육적 목적의 조화, 어려운 어휘에 대한 부연 설명 등이 이에 해당한다.

---

27 최미진에 따르면 한국의 "라디오서사"는 1927년 2월 16일 경성방송국에서 라디오 방송을 시작한 이래 발전해왔다. 특히 구술적 서사 장르에 속하는 야담과 민담은 (목)소리를 통해 소통되는 라디오 매체의 특성과 손쉽게 결합하여 경성방송국 초기부터 존속하였다. 최미진, 「한국 라디오서사의 갈래 연구」, 『한국문학이론과 비평』, 2008, 169~177쪽.

28 위의 논문, 172~173쪽.

① 오늘은 열세살된 어린이가 감옥에가친 아버지를 구해낸얘기를하리다. 十三세면 보통학교 六학년때니 여러족하님들도 능히이런일을할 수가 잇을는지?

이야기도 아주 옛날얘깁니다. 四백五十년전 일이니 꽤오래전일이라고 할 수잇지 안소?

이조(李朝)에 성종(成宗)이란임금님이 게시엇엇는데 어느햇여름인가몹시 가물(旱)엇더랍니다그래서 六월이지나 七월을 바라봐도 三千리강산에는 비 한방울오시지안허 우으로는 임금님을 비롯하야 그밑에 대신(大臣)들이며만 백성들이 "비가좀 오섯으면 비가좀 내렷으면"하고 하늘을 치어나보고 바라고애를 썻더랍니다.

② 여러분은 이과(理科)에서 배운것과같이 비는 지구(地球)우에서공중으로 올라간 수증기(水蒸氣)가 구름으로되어 떠다니다가 그것이 팽창하는 바람에 온도가나려가며 나종에는 비가되는것으로알지만 그때만해도옛날이니까 비는 그저 하느님이맘대로 주시는준만 알엇든것입니다.

③ 그리하야 임금님 성종대왕(成宗大王)께서도 비를 빌으시려고친히 경회루(慶會樓)(여러분 서울잇는 경복궁안의 경회루를아시지요)에납시어 비를 비는 기우제(祈雨祭))를 지내고 게시엇드랍니다.[29]

인용문은 아동 독자를 고려한 구연 전략을 잘 보여준다. ①은 도입부에 해당된다. 전체 내용의 요약적 소개, 독자의 주의 환기 등을 통해

29 아저씨, 「金蚓의 上疏」(2), 『동아일보』, 1937.11.21.

아동이 서사에 몰입하도록 안내하는 기능을 한다. ②는 근대적인 과학적 원리에 대한 설명을 교차시킴으로써 서사의 정서적 흥미의 기능뿐만 아니라 교육적 효과를 더한다. ③은 어휘에 대한 부연 설명을 통해서 아동의 이해를 돕는 부분이다. 이와 같은 아동 독자를 고려한 구연 전략을 통해 소년야담은 아동문학으로서의 구조적 특성을 확보한다.

이러한 '소년야담'은 역사 서술의 하위 장르로서 환상적 역사소설의 계보를 잇는다. 앞서 언급한 것처럼, 야담은 '사소한 이야기', '부차적인 이야기', '비정통'이라는 의미를 지닌다. 이 야담 속에는 이상한 것, 초자연적인 것, 기이한 것 등이 풍부하게 존재한다. 아기장수가 산돼지를 잡고(「兒將李澄玉」(10), 『동아일보』, 1938.1.16.), 충신은 죽어서도 임금님께 바람 소리로 간언하며(「忠臣 金后稷」, 『동아일보』, 1938.4.17), 어미소는 팔려간 아기소를 찾아가 젖을 먹인다(「마천령전설」, 『동아일보』, 1938.5.15). 대체로 이 작품들은 아동 독자를 고려해서 교훈적인 측면을 강조하는 특성을 보인다. 하지만 그 속에서도 본래 야담 장르가 지닌 기이하고 환상적인 성격을 통해서 공식적인 역사 서술 이면에 놓인 보편적인 어떤 것을 전달하고 있다. 야담의 '삽화적 구성' 형식 역시 선조적인 방식의 단일한 역사 서술을 방해한다. 루 샤오펑에 따르면 역사 전기(傳記)와 달리, 전기(傳奇)는 지배적인 역사적 관점에 의문을 제기하며 이로부터 벗어나는 특성을 지닌다. 독자는 인물을 따라 사상적 모호함과 문화적 이질감을 경험하며 역사적 담론에 내포된 기표와 기의 사이의 모순을 인식한다. 이러한 의미화 과정은 기호의 고정성과 역사적 담론의 공고성을 해체한다. 그리고 해석의 단계에서는 텍스트를 해석하는 지배적인 틀인 유교적 역사 양식에 근거한 기존의 기대 지평과, 허구적 양식의 등장으로 열린 새로운 기대 지평 사이에 부조화가 생긴다.[30] 이러한 장르적 특징에 의해, 소년야담 장르는 서사에 틈입하는 제국주의의 논리에 완전히 지배당하지 않는, 역사 서술을 기반으로 한 아동문학의 하위 갈래로서 자리매김할 수 있었다.

3. 모험 및 탐정소설의 혼성과 장르 변이

조선의 소년탐정소설

이 부분에서는 본래 제국주의 담론에 의해 강력하게 규범화되었던 모험소설, 탐정소설이라는 하위 장르가 식민지의 고유한 문학 체계 내에서 재편되는 양상을 분석해보고자 한다. 식민지 시대 아동문학에서 소년탐정소설은 1930년대 가장 활발하게 창작되었다. 1920년대 소년탐정소설을 정초한 방정환의 독보적인 성과가 1930년대 박태원 · 채만식 · 김내성 · 김영수 등의 작가들을 중심으로 이어지며 소년탐정소설 장르의 계보가 형성된다. 구체적인 작품으로는 방정환의 「동생을 차즈려」(『어린이』, 1925.2~1925.10), 「(探偵) 七七團의秘密」(『어린이』, 1926.4~1927.12), 「(探偵小說) 少年三台星」(『어린이』 1929.1~연재중단), 「소년 사천왕」(1929.9~1930.12)과 마해송 외, 「(連作小說) 吾人동무」(『어린이』, 1927.3~연재중단), 권경완(권환)의 「아버지」(『신소년』, 1925.7~1925.9), 이병화의 「(모험소설) 炭坑의 爆發」(『신소년』, 1928.8), 맹주천의 「(모험소설) 숫다운 少女의 맘」(『신소년』, 1926.3), 최병화의 「철동소년」(『별나라』 1930.6~1930.8), 박세영의 「(과학소설) 아하마의 手記」(『별나라』 1931.3), 박태원의 「(모험소설) 特進生」(『소년중앙』, 1935.2~1935.6), 『(탐정소설) 소년탐정단』(『소년』, 1938.6~1938.12), 주요섭의 「(장편동화) 웅철이의 모험」(『신소년』, 1937.5~1938.3), 김내성의 「(탐정모험 장편소설) 白假面」(『소년』,

30 Lu Hsiao-peng, 앞의 책, 23쪽.

1937.6-1938.5), 계영철의 「(연재장편모험소설) 백두산의 보굴」(『소년』, 1940.1~1940.4), 박계주의 「(실화소설, 모험소설) 마적굴의 조선소년」(『소년』, 1940.3~1940.12) 등이 있다.

역사적으로 한국에서 소년탐정소설은 서구에서의 일반적인 탐정소설과는 매우 상이한 배경 속에서 발생했다. 일반적으로 탐정소설 · 추리소설 장르의 발생은 자본주의의 도시화로 인한 인구의 밀집, 익명성과 사생활의 확대, 그리고 그로 인한 범죄의 증가를 토대로 한다. 또한 탐정소설의 번성은 과학과 이성에 대한 믿음에 기초한 근대적인 철학을 기반으로 한다.[31] 하지만 상이한 역사적 · 문화적 · 정치적 배경을 지닌 식민지 조선의 탐정문학에 서구 탐정문학의 기준을 그대로 적용하는 것은 다소 무리가 있다.

소년탐정소설은 1920년대 발생하여 특히 1930년대 일본의 통제정책과 전시동원 정책이 가속화된 '15년 전쟁기'[32]에 번성한 장르이다. 즉, 만주사변(1931), 만주국의 건설(1932), 중일전쟁(1937)과 태평양전쟁(1941)으로 이어지는 일본 전시체제의 가속화라는 조선의 특수한 정치적 · 사회적 문맥 아래 소년탐정소설이 활발하게 창작되었던 것이다. 이에 따라 1930년대 소년탐정소설은 전 시기 '학교'나 '가정'을 주된 배경으로 하던 소년소설이나 학생소설과 달리, 조선은 물론 일본 · 중국 · 만주 등으로 배경이 확대되는 경향을 보인다.

하지만 전시체제의 가속화라는 역사적 발생 배경으로 인해 조선의 소년탐정소설은 제국의 사상을 선전하고 조선의 아동을 병사로 동원하기 위한 문학 장르로 기능했다는 환원론적 해석은 재고의 여지가

31 Yves Reuter, 김경현 옮김, 『추리소설』, 문학과지성사, 2000, 115쪽; 정규웅, 『추리소설의 세계』, 살림, 2003, 29쪽; 박유희, 「한국 추리서사와 탐정의 존재론」, 『대중서사장르의 모든 것: 3. 추리물』, 이론과 실천, 2011, 31~32쪽.

32 15년 전쟁기는 1931년 9월 18일 발발한 만주사변에서 1945년 8월 15일 일본이 패전에 이르는 시기를 지칭한다.

있다. 물론 영국의 경우 18세기부터 19세기에 걸쳐 이국 취미의 모험담은 제국주의를 아동들에게 내면화하는 문학 장르로 기능했으며[33], 1939년 발발한 2차 세계대전 이후 소년탐정소설은 은유적으로 소년들이 전쟁에 복무하도록 선동하는 문학으로 기능했다.[34] 그러나 "개인의 야심추구와 국가의 융성이 서로 행복하게 조화"[35]를 이루는 것을 형상화하려 한 제국의 경우를 곧바로 '식민지' 조선의 문학에 기계적으로 대입할 수는 없다.

특히 식민지 시대 소년탐정소설을 정초한 방정환의 사례는 이 장르의 복합적인 성격을 분명하게 보여준다. 방정환은 1920년대 『어린이』에 동화 · 독본 · 소년소설 · 소년탐정소설 등 다양한 장르의 문학 작품을 연재했는데, 그 중에서 가장 많은 정치적 검열의 대상이 되었던 것이 바로 소년탐정소설이다. 이러한 점을 고려한다면 소년탐정소설을 "'소년'으로 지칭되는 식민지 조선의 어린이들을 하나의 이념적 집단으로서 '호출'하고 전유하기 위한 방법론으로서 '소년탐정물'이라는 새로운 문학 장르가 제시되고 있었던 것"[36]으로 평가하는 것은 보다 섬세한 접근을 요한다. 과연 선행 연구의 관점과 같이 소년탐정소설은 민족주의나 제국주의 등의 이데올로기를 통속 문학이라는 당의정에 둘러싸서 당대 아동에게 전달하는 매개로 기능했는가? 그간 아동문학의 정치성을 평가하는 태도 안에는 아동문학을 "이데올로기적 수용기(受容器)"[37]로 간주하는 관점이 내재되어 있었다. 이러한 관점은 김내성을 중심 작가로 내세우면서[38] 1930년대 소년탐정문학을 규

---

33 Sinan Akilli, "Spinng Yarns of imperial (Ad)venture: G.A. Henty's Promotion of British Imperial Ideology in African Adventure Novels", *Interactions*, Spring 2007, p.16.

34 M. O. Grenby, op. cit., pp.175~182.

35 Kaqahara Kazue, 앞의 책, 114쪽.

36 정혜영, 「소년 탐정소설의 두 가지 존재양상」, 『한국현대문학연구』, 2009, 85~86쪽.

37 Monda Masuko, 구수진 옮김, 『20세기는 어린이를 어떻게 보았는가』, 한림토이북, 2002, 97쪽.

정하는 지배적인 연구 경향이다. 하지만 1930년대 소년탐정소설의 지형도는 선행 연구에서 지적된 제국문학으로서의 김내성적 경향뿐만 아니라, 1920년대 아동문학의 전통을 이어 받으면서 또 새롭게 재구성하고 있는 방정환의 후예들, 즉 박태원 · 김영수 등의 경향이 함께 포함될 때 보다 정밀하게 그려질 수 있다.

식민지 규율권력에 대한 저항

박태원은 「(모험소설) 特進生」(『소년중앙』, 1935.2~1935.6), 「(탐정소설) 소년탐정단」(『소년』, 1938.6~1938.12) 등의 소년탐정소설을 발표했다. 이 부분에서는 선행 연구에서 거의 논의되지 못했던 「특진생」[39]을 중심으로 소년탐정소설이 내포한 문제성을 살펴보고자 한다. 이 작품은 주인공 봉구가 같은 반 학우의 시계 도난 사건의 범인으로 의심받는 난관에 처하자, 스스로 진범을 찾아 헤쳐나가는 것이 주된 내용이다. 이 작품에 나타나는 시계 도난 사건과 누명이라는 모티프는 일찍이 1920년대 방정환에 의해 제시된 바 있다. 박태원의 작품은 몽견초(夢見草)라는 필명으로 연재된 방정환의 소년소설 「(소년사진소설) 금시계」(『어린이』 1929.1~1929.2)와 대비된다. 방정환의 작품은 야학을 통해 학업을 지속하던 효남이가 자신보다 더 어려운 친구를 대신해서 도둑 누명을 쓰고 낙향하지만, 결국 선생님과 반 친구들의 도움을 받아 학업을 계

38 김내성의 소년탐정소설과 사회의 지배적인 정치 사회적 담론과의 상관성을 분석한 연구로는 다음의 논의가 대표적이다. 김종수, 「김내성 소년탐정소설의 '바다' 표상」, 『대중서사연구』, 2009.

39 방정환의 창작 소년탐정소설의 계보를 잇는 박태원 탐정소설의 문학사적 위상에도 불구하고 연구가 활발히 이루어지지 못한 사정에는 자료의 한계가 중요한 원인으로 작용했다. 필자 역시 「특진생」의 경우 마지막 2회분의 분량을 확인하지 못했다. 이러한 자료의 한계는 곧 이 책의 「특진생」에 대한 논의의 한계를 의미한다.

속한다는 이야기이다. 1920년대 학교를 중심으로 한 소년소설에서는 어려운 집안 사정으로 상징되는 조선의 현실 자체가 소년들이 뛰어넘어야 할 난제였으며, '기능적 고아'들이 이러한 현실을 뛰어넘을 수 있는 유일한 수단은 학업을 지속하는 것으로 제시된다. 방정환의 「금시계」의 고학담은 이러한 민족 교육에 대한 기대와 전망[40] 위에 성립한 서사였다.

그런데 동일한 모티프가 반복됨에도 불구하고 박태원의 작품에서 '학교'는 더 이상 민족의 미래를 담지할 수 있는 공간이 아니며, '선생' 역시 소년의 성장을 돕는 조력자가 아니다. 이 작품은 1930년대 후반 개인을 통제하는 장치로서 일상적인 감시망의 중심에 학교가 있다는 사실과, 학교라는 제도를 통해 생활 양식이나 일상적 규범에 투영된 식민지 규율권력의 문제를 강력하게 환기시킨다는 점에서 이전 시기 방정환의 작품과 큰 차이를 지닌다.

주인공 봉구는 모자를 빼앗은 친구의 장난으로 인해 학교의 빈 교실에 들렸다가 같은 반 학우의 금시계를 훔쳤다는 의심을 받게 된다. 그런데 봉구가 억울하게 범인으로 지목되는 과정에서 당대 일상의 층위까지 확대된 식민지 규율권력의 폭력성이 적나라하게 드러난다는 점에서 이 작품은 문제적이다.

조회체조(朝會體操)가 끝난뒤에, 각 교실에서는, 일제히 학동(學童)들의 신체검사가 잇섯습니다. 이제까지도, 때때로, 학동들의 『소지품』(所持品)을 조사하기 위하야, 그러한일이 잇섯스므로, 아모도 그것을 특히 이상하게 생

---

40 신주백에 따르면 "1910년대는 동화를 부정했던 흐름이 민족교육의 대세였다면, 1920년대는 문명화의 필요성을 인정하고 참여하는 가운데 동화를 부정하는 민족교육이 대세였다." 신주백, 「일본의 '동화' 정책과 지배전략—통치기구 및 학교교육과의 관계를 중심으로」, 강만길 외, 『일본과 서구의 식민통치 비교』, 선인, 2004, 271쪽.

각하지는 안어야만 올핫슬것입니다.[41]

오늘은 봉구가 돈이 생기자 이러케 기환이를 불러가지고, 활동사진구경을 간것입니다.

자미잇게 구경을 하고 과자를 사먹고, 또 파해 나와서는 둘이서『국화만주』를 사먹고, 늦엿스니 차를타자고 하야 전차를 타고 둘이서는 집에돌아왓든것인데 그것을 처음부터 끝까지 본사람이 있습니다. 그이는 봉구 학교 체조선생인『다까하시센세이』엿습니다.

원래, 학생이나 생도들의 극장이나 음식점 출입같은 것은 금(禁)하여 왓든것이지만, 근래 보도연맹(保導聯盟)이라는것이 생긴뒤부터는 일칭 엄하여진 것입니다.

각학교마다 보도연맹주임(主任)이라는것이 잇서, 일일이 그러한것을 조사하는데, 봉구 학교의『보도연맹주임』은 바로, 이『다까하시센세이』엿든것입니다.[42] (윗점은 원문)

봉구가 범인으로 의심되면서 학교에서는 신체 검사가 행해지고, 친구들과 "활동사진구경"을 가거나 "국화만주"를 사먹는 일상 자체가 제국의 감시 대상이 된다. 친구들에게 숙제를 떠맡기고 호떡 값이 부족하자 빈대를 잡아넣는 말썽꾼 봉구의 인물상은 단지 아동의 명랑성을 형상화한 것일 뿐이다. 그런데 이를 통제하는 "보도연맹"은 쾌활한 아동의 일상 생활마저도 감시체제 아래 두려는 식민지 규율 권력의 폭력적 메커니즘을 표상한다.

이러한 맥락에서 쾌활한 봉구의 일상을 감시하고 그를 범인으로 의심하면서 봉구와 대립하는 인물이 '체조' 선생인 것은 우연이 아니다.

41 박태원, 「특진생」(2), 『소년중앙』, 1935.3, 26쪽.
42 위의 작품, 28쪽.

1930년대 학교는 신체 능력의 육성과 규율화의 핵심 통로였으며, 그 중심에 체육 교과가 있었다. "그것은 한편으로는 각종 학교의례, 다른 한편으로는 무도(武道), 체조, 교련 등의 교과를 통해 이루어졌다. 1930년대의 학교체육에서는 '수입된 체육'과 '일본체육'으로 나누는 이분법이 강조되면서 신체의 수련과 인격의 도야를 통한 '일본정신'의 함양과 '국민'의 육성을 목표로 삼았다."[43]

이와 같이 식민지 규율 권력은 왜 조회 체조나, 신체 검사 등을 통해 소년들의 신체를 훈육하고자 했는가? 정근식은 이를 '신체의 식민지적 동원'으로 개념화한다. "신체의 식민지적 동원을 위해서는 우선 근대 국가 일반에서와 마찬가지로 식민지 민중들의 신체가 검사되고, 훈육, 연성되어야 했으며, 신체의 사용이 식민지체제에 저항하는 방향으로 사용되지 않도록 정신적으로 순치되어야만 했다."[44] 이러한 '신체의 식민지적 동원'과 '정신적 순치'는 궁극적으로 조선 소년들을 제국의 군인으로 동원하고자 한 예비적 단계라 할 수 있다. 이를 고려할 때 박태원의 작품은 식민지 소년들의 일상과 신체에 대한 제국의 감시와 지배의 폭력성을 예리하게 형상화하고 있는 것으로 평가할 수 있다.

이와 같은 맥락에서 성적 판정에서 "우등(優等) 급제(及第) 낙제(落第), 그리고 그아레가 특진(特進)"[45]인데 '특진생'인 봉구의 성적표는 매우 상징적인 장치로 독해될 수 있다. 봉구의 성적표는 거의 잡지의 한 면을 차지하도록 강조되어 삽입되어 있다. 이는 상당히 의도적인 것으로 성적표에는 국어, 일본 역사, 체조 등 식민지 체제를 공고화하기 위한

43 정근식, 「식민지지배, 신체규율, '건강'」, Mizuno Naoki 외, 『생활 속의 식민지주의』, 산처럼, 2002, 95~96쪽.
44 위의 글, 94쪽.
45 박태원, 「특진생」(3), 『소년중앙』, 1935.4, 50쪽.

과목들이 그대로 노출되고 있으며, 봉구는 특히 위의 과목에서 '당당히' 낙제보다도 낮은 '특진'의 점수를 받고 있다.

결국 1920년대 소년탐정소설이 주로 펼친 고학담의 서사에 조력자에 의한 학업의 지속이라는 소망 성취의 판타지가 결합되면서 민족교육에 대한 열망과 식민 제도의 모순이라는 균열의 문제를 봉합했다면, 1930년대 박태원의 소년탐정소설에 이르면 식민지배 제도와 체제의 압력이 전면화되면서 서사 안에서 변화된 학교의 위상과 소년들의 신체에 대한 '식민지적 동원'에 대한 비판으로 나아가게 되는 셈이다.

제국주의와 소년탐정소설

김내성의 「(탐정모험소설) 백가면」(『소년』, 1937.6~1938.5)은 연구자들에게 상대적으로 널리 알려진 소년탐정소설로 당대 소년들로부터 상당한 호응을 얻은 작품이다. 선행 연구에서 이 작품은 '제국주의 문학으로서의 소년탐정소설'의 전형을 보여주는 것으로 평가받았다. 주로 경성 한복판에서 일어나는 '스파이 담론'이 대국민적 방첩사상과 연결되어 제국의 수호와 확장에 헌신하거나, 트릭과 변장, 지적 게임 등의 소년탐정소설의 장르적 강점이 소년의 모험심과 이상주의를 자극하여 제국을 수호하는 전쟁에 헌신하도록 적절히 내면화하는 데 기여했다는 것이다.[46]

이 부분에서는 이러한 선행 연구의 성과를 이어받으면서, 이 작품에 나타난 젠더상을 중점적으로 분석함으로써 제국주의와 소년탐정소설 간의 관계를 보다 섬세하게 규명하고자 한다. 이 작품의 전반부는 백

46 송수연, 「식민지시기 소년탐정 소설과 '모험'의 상관관계: 방정환, 김내성, 박태원의 소년탐정소설을 중심으로」, 『아동청소년문학연구』, 2011, 107~108쪽.

가면의 활약상으로 요약된다. 납치된 아버지를 구하기 위해 두 소년이 유불란 탐정 및 경관과 힘을 합치지만 '귀신같은' 백가면의 재주에 속수무책이다. 특히 협박장, 가면, 트릭, 변장술, 추격전 등의 백가면의 재주를 통해 일반적으로 소년탐정소설이 가지고 있는 남성성이 훨씬 강화되고 비대화된다는 점이 주목된다.

변장술에 능한 백가면은 여러 인물로 변신하면서 강력한 남성성의 퍼포먼스를 보여준다. 그가 유불란으로 변장하는 장면에서는 수많은 경관은 물론 탐정 역할을 맡은 수길과 대준 역시 감쪽같이 속아 넘어간다. 이와 같은 백가면의 변장술로 구현되는 인물의 외모의 전형성은 아동문학에서 인물화의 '외재적 표현(external representation)'의 중요한 요소로, 아동이라는 내포독자의 인지적 수준에 맞춘 전형적인 인물화의 수단이다.[47]

백가면은 작품에서 크게 네 가지 형태로 변장한다. 먼저 백가면은 비밀 수첩을 차지하기 위해 탐정 유불란으로 변장할 때는 "검은 안경을 끼고 자개수염을 곱게 길으는"[48] 신사로 이미지화된다. 이성을 바탕으로 한 추론의 귀재인 유불란의 형상을 차용하는 것이다.

두 번째로 백가면은 '경관'으로 변장한다. 추격전에 의해 위기해 처하자 그는 경관으로 위장하여 유유히 빠져나가는데, '경관복장'을 입은 백가면은 중국인 · 영국인 · 러시아인으로 구성된 스파이들과의 대적하는 강인한 남성으로 형상화된다. 포위된 상황에서도 "「너희들이들은 피스톨의탄환이 지금 방금 이 백가면의 가슴을 뚫은다할지라도 그것을 너희들 앞에 자백할 난줄 아느냐?」 하는 수 없이 두 손은 비록 번쩍 들었으나 총알처럼 쏟아져 나오는 백가면의 말소리"[49]는 당당하

47 Maria Nikolajeva, 앞의 책, 207쪽.
48 김내성, 「백가면」(4), 『소년』, 1937.9, 61쪽.
49 김내성, 「백가면」(9), 『소년』, 1938.2, 71쪽.

[그림 14] 김래성의 「백가면」

■ 삽화로 형상화된 백가면의 외양 역시 작품의 해석에서 중요한 의미를 지닌다. 특히 그로테스크하게 묘사된 백가면의 재현 양상에 주목해 볼 수 있다.

기만 하다.

세 번째로 가면을 쓴 백가면이 등장한다. 머리에는 중절모를 쓰고 얼굴은 해골 모양의 백가면을 쓰고 있으며 하얀 망토에 신사 정장을 입은 백가면의 손에는 권총이 쥐어져 있다. 그로테스크한 외양을 한 백가면은 "전 세계를 비웃으며 자긔의 목적한 바를 유유히 실행하고 있던 세계의 제왕(帝王)"이며, "첩첩히 쌓인 수많은 경관의 담"을 뚫고 어떠한 난관도 헤쳐나가는 '초인적 인간상'이다. 백가면의 외양을 한 그의 능력은 "신긔하기 짝이없고 능란함이 비할데 없는 백가면의 재주", "귀신과도 같은 백가면의 요술"[50]에 가까운 것이다.

마지막으로 가면을 벗은 백가면인 박지용은 '조선 소년의 아버지'로 화한다. 강도에 불과한 줄 알았던 백가면은 사실 적국 스파이들로부터 납치위기에 있던 강박사를 구한 보호자이자 소년 박대준이 잃어

50 김내성, 「백가면」(5), 『소년』, 1937.10, 54쪽.

버린 아버지이다. '조선 소년의 아버지'가 바로 맨 얼굴의 백가면의 정체이다.

이러한 백가면의 능수능란한 변장술이 보여주는 것은 정확한 판단력, 육체적 강인함, 초인적 인간상으로 구성된 강력한 남성성이다. 백가면은 이 모든 남성성을 한 몸에 지니고 있는 '기괴한 신체'에 다름 아니다. 모자와 양복으로 상징되는 신사의 절제와 이성, 권총으로 상징되는 강인함, 그리고 해골 가면과 망토로 상징되는 초인적 인간상이 그것의 구체적인 실체이다. 조선인 소년들이 내면화해야 할 남성성은 이처럼 단일하게 고정된 것이 아니라, 이성과 초월을 넘나들면서 수없이 얼굴을 바꿔야 하는 불안하고 그로테스크한 형상이었다. 또한 이러한 남성성은 제국의 군사로서 필요한 자질로 강조된 것이기도 하다. 이 작품이 연재된 후 한 달 뒤인 1937년 7월 중일전쟁이 발발했으며, 연재가 끝나기 한 달 전인 1938년 4월 지원병제도가 실시됐다. 전시체제의 확장 속에서 나타난 비대화된 남성성, 초월적인 남성성에 대한 강박은 불안해진 제국의 위상을 보여주는 것이기도 하다.

이 작품의 후반부는 두 소년의 '잃어버린 아버지 구하기'로 요약된다. 조선의 소년탐정소설의 전통에서 일반적인 모험의 퀘스트는 '누이 구하기'의 양상으로 나타난다. 1920년대 방정환의 소년탐정소설 「동생을 차즈려」, 「소년 삼태성」, 「소년 사천왕」 등의 작품에서 모험의 목적은 모두 소년들의 '누이 구하기'라고 할 수 있다. 소년들은 희생된 어린 여성을 구함으로써 성숙된 남성성을 획득하게 된다. 그런데 이 작품의 핵심 플롯이자 소년들의 모험의 최종 목적은 '잃어버린 아버지 구하기'라는 점에서 이전 소년탐정소설과 균열을 보인다.

「그러면 대준군, 수길군! 군들이 잃어버렸던 아버지를 찾으러가자. 대준군은 박지용씨를, 수길군은 강박사를」

「정말입니까? 선생님?」

두 소년은 일시에 부르짖었습니다.

「나는 아직까지 거짓말을 못해본 사람이다 두분의 신변에는 지금 무시무시한 위험이 절박하고 있다.」

「무시무시한 위험?」

「그렇다!」

「그러면 선생님, 우리들은 지금부터 어디로 가야합니까?」

「황햇가 강박사의 연구소로!」[51]

소년들이 구현해야 할 남성성 자체는 기실 현실에는 '부재'한 것이다. 그것은 위험한 모험을 통해 소년들이 아버지를 구출함으로써 획득해야 할 자질들이다. 박지용의 백가면으로 상징되는 초월적인 남성성과 강박사로 상징되는 지혜의 남성성을 동시에 구현해내야 하는 소년들의 어깨는 무겁다. 새롭게 구성되어야 할, 아버지로 대표되는 남성성은 소년들이 수많은 난제를 헤쳐야 비로소 획득할 수 있다. 일반적으로 아버지의 부재는 조국을 상실한 식민지 문학의 특징으로 이해되어 왔으며, 반면에 제국의 우월한 남성적 지위는 확고한 것으로 간주되어 왔다. 그런데 전시체제의 확산 속에서 제국은 스스로의 불안을 고백하지 않을 수 없었으며, 이는 역설적으로 제국이 식민지 조선 소년들에 의해 구해져야하는 불안정한 위치에 놓여 있었음을 징후적으로 드러냈다.

식민지 소년을 제국의 병사로 호명하는 것은 간단한 문제가 아니다. 그 총부리가 제국을 향할 수 있는 위험을 내포한 것이기 때문이다. 따라서 이는 철저한 이데올로기의 내면화를 동반해야 하는 것이었다. 김

51 김내성, 「백가면」(9), 『소년』, 1938.2, 75쪽.

내성의 작품을 젠더상을 중심으로 독해할 경우 이러한 조선의 소년들에 대한 제국 이데올로기의 내면화는 매우 복잡한 양상으로 나타난다. 아버지 구하기의 퀘스트와 백가면으로 상징되는 그로테스크한 남성상은 불안해진 제국의 위상을 보전하기 위한 이데올로기적 담론의 결과이며, 새롭게 구성되어야 할 남성성은 매우 불안정한 모습으로 나타난다. 게다가 조선의 소년이 제국에 헌신할 수 있는 길이란 백가면처럼 '귀신같은' 초월적 남성성을 획득해야하는 극히 '좁은 문'에 다름 아니었다.

김영수의 「(장편소녀소설) 네거리의 순이」(『소년』, 1939.8~1940.7)는 일제 말기 소년탐정소설 양식의 변용과 반체제적 성격의 내용이 드러나는 작품이다. 이 작품은 '소녀소설'을 표제 장르명으로 하여 연재되었는데, 그에 걸맞게 소녀소설이 소년탐정소설 양식과 결합되는 독특한 양상을 보여준다.

'소녀소설'은 '소년소설'과 대타적인 관계를 맺으면서 1920년대 등장했다. 관습적으로 소녀소설은 내재적 초점화, 닫힌 공간, 분산된 플롯, 순환적 시간, 파편적 언어가 특징적이며, 주로 '방'이라는 좁은 공간 안에서 불쌍한 처지로 죽음을 맞이하는 서사 패턴이 지배적이었다. 이러한 성격은 '소녀소설'이 빈번히 '애화(哀話)'라는 표제 장르와 결합되어 연재되었다는 점에서도 단적으로 드러난다. 그런데 이와 같은 '소녀소설'이 어떻게 남성적 성격이 강한 소년탐정소설이라는 양식과 결합될 수 있었던 것일까? 김영수의 작품은 범죄 사건을 해결하는 일반적인 추리소설의 문법이나 보물을 찾는 모험소설의 문법과 다른 특이한 양상을 보인다. 순이라는 어린 여성에 대한 아동납치, 인신매매, 매음굴로부터의 구원 정도가 소년탐정소설의 전형성을 유지하고 있으며, 이외에는 기존 소년탐정소설의 장르적 규범을 위반하는 양상이 두드러진다.

「네거리의 순이」의 주인공은 종로 네거리를 떠도는 비루한 군상들이다. 악기를 연주하는 할아버지, 소매치기 소년 거북이, 거리에서 꽃을 파는 고아 소녀 순이 등은 가족을 이루어서 뒷골목을 떠돌며 하루하루를 살아간다. 이 작품은 거북이로 인해 억울하게 도둑 누명을 쓴 순이가 순사에게 취조당하는 장면에서 시작된다. 고향, 부모의 이름, 주소 등을 묻는 순사의 물음에 순이는 단 한마디도 대답할 수 없다.

① 아버지도 어머니도 순이는 모릅니다. 고향이 수원 어디어디란것도 순이는 잘 모릅니다.

순이가 여섯 살 되던 해 봄-. 어머니 등에 업히어 암만 가도 끝이 없는 신작로를 하루종일 걸어나와, 수원 정거장에서 서울가는 차를 타던 생각은 나나, 그 후에 어찌어찌 되어서 지금 이렇게 꽃을 팔러다니게 되었는지, 순이는 잘 몰랐습니다.

서울로 올라와 행랑살이를 하다가, 바루 올라오던 그해 겨울에, 아버지도 어머니도 무서운 병에 걸리어 돌아가신것도 순이는 똑똑히는 몰랐습니다.[52]

② 눈바람 찬 불쌍한 도시 종로 복판에 순이야!
너와 나는 지나간 꽃피는 봄에 사랑하는 한 어머니를
눈물나는 가난 속에서 여의었지!
그리하여 이 믿지 못할 얼굴 하얀 오빠를 염려하고,
오빠는 가냘픈 너를 근심하는,
서글프고 가난한 그날 속에서도,
순이야, 너는 마음을 맡길 믿음성있는 이곳 청년을 가졌었고,
내 사랑하는 동무는……

52 김영수, 「네거리의 순이」(1), 『소년』, 1939.8, 12쪽.

청년의 연인 근로하는 여자 너를 가졌었다.[53]

이 작품의 제목과 배경 그리고 순이의 내력은 임화의 「네거리의 순이」를 강력하게 연상시킨다. 하지만 가난한 삶 속에 순이를 근심해주는 '얼굴 하얀 오빠'인 지식인 청년은 더 이상 없다. 비루한 삶 속에서 그들 삶의 건강성을 확인시켜주던 '노동'도 없다. 임화의 단편서사시와 10년의 격차를 둔 김영수의 소년탐정소설의 인물들은 종로 네거리를 떠도는 제도 '밖'의 비루한 군상들일 뿐이다. 종로 '뒷골목'이라는 배경 역시 제도 '밖' 존재로서의 인물화에 기여하며 이들의 낮은 사회적 지위를 환기할 뿐이다.

이 작품은 순이의 실종으로 본격적인 사건이 시작되는데, 이때 탐정의 역할을 맡는 것은 제도 '밖'의 비루한 군상인, 할아버지, 소매치기 소년 그리고 순이와 함께 뚜쟁이 집에 잡혀있다 탈출한 영옥이다. 특히 주도적인 탐정의 역할은 가장 힘없는 존재인 영옥이 맡는다. 영옥은 고아에 여성이면서 동시에 아동이라는 점에서 현실의 권력관계에서는 가장 취약한 존재이다. 전형적인 소년탐정소설에서 이러한 소녀는 남성들에 의해서 구해져야 하는 목표로만 제시될 뿐이다. 반면에 이 작품에서는 기존의 구원의 대상이 주체적인 탐정의 역할을 맡는 것으로 역할이 전도되어 있다. 초반에 순이의 행적을 쫓는 거북이의 정탐이나 표식을 남기는 행위는 모두 실패하고, 오히려 거북이는 결국 순이와 같이 잡히는 신세가 된다. 이러한 난제를 모두 해결하는 것은 다름 아닌 영옥이다.

그러자 하라버지의 앞으로 영옥이가 썩 나서며 입을 열었습니다.

---

53 임화, 「네거리의 순이」, 『조선지광』, 1929.1.

「하라버지!」

「응?」

「저 인력거를 타고 가지요 네.」

「인력거? 인력거 탈 돈이 있니? 어디-」

하라버지는 짜장 돈이 없었습니다. 돈만 있다면 하라버지 생각에도 인력거를 타고 가는 것이 좋을것같았습니다. 그러나 딱하게도 하라버지에게는 그만한 돈이 없었습니다.

「하라버지 아무 염려 마세요 돈은 저헌테 있에요. 제가 가지고 나왔에요.」[54]

인용문은 영옥이가 할아버지에게 순이와 거북이가 잡혀있는 장소를 알려준 직후의 장면이다. 일반적인 소년탐정소설에서는 성인 조력자의 도움으로 긴박한 추격전에 벌어지나, 이 작품에 묘사된 할아버지의 처지는 딱하기 그지없다.

「어떻거나-?」

「어떻거면 순이를 구해내나-?」

「어디로 어떻게 들어가나-?」

(중략)

「그럼 우리 이렇거자!」

하며 영옥이가 무슨 자신있는 생각이나 해낸듯 주먹을 탁 치며 거북이의 손목을 잡고 얼굴을 쳐다보았습니다.

「어떻게말야?」

「난 이집 안을 다 아니까말야. 그러니까 내가 어떻거든지 들어가기만하면 되거든-」

54 김영수, 「네거리의 순이」(7), 『소년』, 1940.3, 26쪽.

영옥이의 눈은 어둠 속에서도 또렸또렸 빛이 났습니다. (중략)

거북이는 그대로 영옥이가 이끄는대로 가는수밖에 없었습니다. 하라버지도 어쩔수없이 멍-하니 바라만 계시고 있었습니다.[55]

이때 사건의 해결 방법을 제시하는 것이 영옥이다. 소년탐정소설의 문법이 전도됨으로써, 현실에서는 가장 힘없고 약한 존재가 현실적 제약을 뛰어넘는 지혜롭고 용감한 인물로 형상화된다. 일반적인 소년탐정소설은 현실에서는 권력이 없거나 평범한 주인공에게 모험을 통해서 중요한 위치를 회복시켜주는 일종의 '소원성취 판타지'를 제공한다.[56] 비루한 군상들이 현실의 제약을 뛰어넘는 낭만적 서사를 가능하게 만드는 셈이다. 그러나 이때의 탐정은 어디까지나 남성인 소년으로 국한된다. 반면 김영수의 작품은 이와 같은 젠더적 위계를 전복하고 있다는 점에서 주목된다.

작품에서 영옥의 활약으로 순이를 구한 이들은 다시 거리에서 생활하는 일상으로 돌아온다. 고아인 영옥이 새로운 가족으로 늘었을 뿐 종로 네거리를 떠도는 그들의 삶은 계속된다. 안락한 '집'은 부재하며, 스토리는 결국 거리 → 모험 → 거리로 회귀하는 구조로 마무리된다. 그렇다면 모험을 통해 달라진 것은 무엇인가? 거북이는 자신의 소매치기 행위를 반성하면서 윤리적인 건강성을 회복하며, 거울상처럼 닮아 있는 순이와 영옥은 모험을 통해 스스로를 구원하는 강한 주체로서 거듭난다.

이 작품의 성과는 동일한 시기에 함께 연재되었던 계영철의 「(장편모험연재소설) 白頭山의 寶窟」(『소년』, 1940.1~1940.7)과 비교할 때 더 뚜렷하게 나타난다. 사라진 누이를 찾아 백두산으로 떠난 소년 일행의

55 김영수, 「네거리의 순이」(9), 『소년』, 1940.6, 58~59쪽.
56 M. O. Grenby, op. cit., p.173.

모험담을 그린 이 소설에서도 소년탐정소설의 일반적인 문법은 해체되며, 사라진 누이 찾기라는 최소한의 퀘스트만 남겨진다. 누이를 찾아간 백두산의 거대한 자연이 곧 소년들의 교육 장소이다. 원시적 이교도와 야만인으로 형상화된 백두산의 왕국은 이국적인 모험과 정복의 대상이다. 이 작품은 전형적인 인종주의, 남성주의, 제국주의 담론을 형상화하는 것으로 귀결된다. 결국 소년들은 백두산의 모험을 통해 지혜를 얻고 물리적 힘과 용기를 획득한다. 이러한 특징은 제국의 군사에게 필요한 자질에 다름 아니다.

1940년대에 이르면서 전형적인 소년탐정소설의 장르적 규범들은 적극적으로 변용되거나 해체되는데, 이 빈자리를 김영수의 작품은 제도 '밖' 군상들의 모험을 통해 채운다. 특히 이 과정에서 억압된 소녀들을 강한 주체성을 지닌 존재로 성장시키는 낭만적 서사가 두드러진다. 이는 남성주의나 영웅주의에 기반을 두고 제국에 복무하는 용사를 길러내고 이러한 담론을 내면화하고자 했던 제국주의적인 문학의 기획과는 차별화되는 성과로 평가할 수 있을 것이다.

4. 동화와 소설의 젠더적 분화와 서사 구조의 정형화

젠더와 서사의 분화

이 부분에서는 젠더라는 사회문화적인 제도가 아동문학 서사의 분화와 서사적 규범의 물적 토대로 기능하는 양상을 분석하고자 한다. 아동문학 성립의 전제 조건은 당연히 아동의 존재이다. 그런데 아동문학과 관련하여 젠더 규범이 문제적인 것은, 이것이 광의로서의 아동문학의 성격을 동질화하거나 반대로 이질적인 세부 장르의 경계를 산출하기 때문이다. '무성에서 유성으로의 이행'이나 남성(소년)과 여성(소녀)이라는 '성의 구분'은 단순한 생물학적 표지에 머물지 않는다. 오히려 사회문화적으로 만들어진 젠더 규범의 차이는 동화와 소설을 경계짓고 소년소설과 소녀소설의 하위 장르의 분화와 서사 구조의 규범을 산출하는 바탕이 된다는 사실에 주목할 필요가 있다.

한국 근대 아동문학은 형성과 전개 과정에서 민족주의, 혹은 사실주의적 계몽의식에 기반을 둔 텍스트 생산-유통이 주류적인 흐름을 이루었으며, 장르적 특성 역시 이러한 문제의식과의 강력한 상관관계 속에서 발현되었다. 널리 알려진 것처럼 최남선이 주재한 잡지 『소년』은 민족 국가 건설의 주체로서 소년에 주목했으며, 방정환이 주재한 잡지 『어린이』는 민족 운동, 사회 운동의 하나인 소년 운동의 실천적 주체로서의 소년에 주목했다. 『별나라』와 『신소년』은 1930년을 전후로 대두한 강력한 사회주의 운동의 수단으로서의 아동문학에 주목했다. 이러한 한국 아동문학의 독특한 정치적, 문화적 맥락에 의해 아동문학 중에서도 특히 '소년소설'은 주류적인 하위 장르로 자리매김하였다.

소년소설

민족주의와 사회주의 등의 계몽적 담론에 의해 강화된 남성적인 규범은 한국 아동문학에서 주류적인 위치를 점하는 '소년소설'의 장르적 규범으로 수렴된다. 송남헌은 1920년대에서 1930년대 아동문학의 전환 속에서 "寫實의 描寫로 變化"했으며, "身邊生活에서取材를하여 그것이 少年小說인지童話인지 分別키 어려운 作品까지 나오게 되엇다."[57]라고 설명한다. 이와 같이 선행 연구에서는 '소년소설'을 동화의

57 송남헌, 「創作童話의 傾向과 그 作法에 對하야」(1), 『동아일보』, 1939.6.30.

소설화에 지나지 않는다고 비판하는 경향이 크다. 하지만 관점을 달리하면 아동문학이 현실에 대한 직접적인 반영물이라는 미메시스적 관점에 의해서 '소년소설'의 미학이 확립된 것이라고 볼 수 있다. 특히 사실주의적 경향 속에서 일상의 리얼리티에 기반을 둔 갈등의 형식이나 쟁점을 포함하는 서사가 발전되었다. 이 부분에서는 소년소설 장르가 정착되는 과정에서, 현실에서의 젠더 규범이 구체적인 인물, 배경, 플롯 등의 서사에서 어떻게 반영되었는지 살펴보고자 한다.

남성적 표제 장르가 드러나는 하위 장르로는 '소년소설', '소년미담', '학생소설', '학교소설' 등을 들 수 있다. 이에 해당하는 대표적인 작품으로는 최병화의 「진달래꽃필때」(『신소년』, 1930.4), 이주홍의 「아버지와 어머니」(『신소년』, 1930.1), 「청어뼉다귀」(『신소년』, 1930.4), 「잉어와 윤첨지」(『신소년』, 1930.6), 「돼지코꾸멍」(『신소년』, 1930.8), 연성흠의 「希望의 꿋」(『신소년』, 1930.4), 오경호의 「어린피눈물」(『신소년』, 1930.4), 이명식의 「봄! 봄! 봄!」(『어린이』, 1930.4), 「무지개」(『별나라』, 1930.6), 「片舟를저어서」(『별나라』, 1930.7), 최병화의 「참된友情」(『어린이』, 1930.4), 한동욱의 「칼ㅅ테피는꿋송이」(『새벗』, 1930.5), 안평원의 「림간학교」(『별나라』, 1930.6), 최병화의 「누님의얼골」(『어린이』, 1930.7), 노양근의 「億龍의 父子」(『신소년』, 1931.1), 채만식의 「어머니를찾어서」(『신소년』, 1937.4~1937.8), 현덕의 「하늘은 맑건만」(『소년』, 1938.8), 「권구시합」(『소년』, 1938.10), 「고구마」(『소년』, 1938.11), 「군밤장수」(『소년』, 1939.1), 「월사금과 스케이트」(『소년』, 1940.2) 등을 들 수 있다.

먼저 이들 소년소설에 나타나는 인물화의 특징을 살펴보자. 주인공은 생물학적으로는 아이이지만, 그 속성은 어른에 가까운 인물형으로 요약된다. 그들은 강하고 용감하며, 친절하거나 아름답고, 정의롭고 충성스러우며, 대의를 위해 헌신한다. 그들의 가치나 행동을 규율하는 것은 성인 남성이다. 소년소설의 주요 배경으로는 학교, 공장, 농촌,

거리 등 다양한 공간이 제시된다. 소년소설은 외재적 초점화, 목적 지향의 플롯, 선형적 시간 구성 등의 미학적 전형성을 보여준다. 그리고 목적 지향의 플롯 속에서 여성 인물은 대부분의 서사에서 부수적인 역할을 하는 것으로 축소된다.

오경호의 「어린피눈물」은 가난에 의해 죽어가는 어머니로 인한 갈등과 이에 대응하는 소년과 소녀의 차이를 극명하게 보여준다. 병든 어머니가 있는 방 안에서 적극적으로 병을 구완하는 오빠와 달리 여동생은 무서움에 떨 뿐이다. 소년과 소녀 모두 '기능적 고아'에 해당되나 핵심 사건에 대한 행동은 상반된 방식으로 나타난다.

『이러고만 이섯서는 아니되겟다.』훌석이러서는 옵바의 바지쌜다귀를 누의동생은 벌컥이러나 부여잡으며

『옵바 어듸가서요. 난무서워 혼자 못잇게서요.』

『야—어머니 도라가시면 엇ㅈ서겟니 내얼는가서 의사를 다리고오마…….』

『비렁방이 우리집엘 어늬의사가 오나요.』

『하기는 그러타 저번도 약을사러가니가 돈업는놈이란 의미의말로 약을 아니주드라 그러나 우리어머니가 지금 저러케 도라가실것갓흔데 어듸 안저서 보고 이슬수잇니! 의사가안오면 써러라도와야 하겠다.』그러나 이 말을 아러들을만한 누의동생이 못되엿습니다.

옵바는 바지 불싸귀를잡은 누의동생의 손을 차버리고 문을 날새게 나가버렷습니다. 누의동생은 앗하고 짜러나가며 문을 여럿스나 옵바자최는 벌서 사라젓슴으로 할 일업시 다시 방바닥에 업듸렷노라니 크다란눈이 싯썰거케 뒤집힌 무서운사람이 저를 흘겨보고 크다란입에 씨렛살갓흔 이를 앙그려물고 크다란손을 갈쿠릿살갓치 웅그러틔리고 저를 잡아먹을듯이 대여드는…….
무서운것들이 뒤를이여 눈압헤 나타나는데 더욱히나 고요한 빈방안에 점점 듬으러가는 어머니의 숨소리는 앗가 옵바이슬째부터도 두려움을 늣기든 그

는 참으로 무서웟습니다.[58]

인용문에 나타나는 것처럼 상반된 행동 양상을 통해 오빠와 여동생은 각기 성숙/미성숙, 이성/감성으로 나뉘어져 대칭되는 성격을 지닌 것으로 형상화된다. 오빠가 어머니의 병환 문제를 해결하기 위해 거리로 나간 동안에도, 여동생은 방 안에 머물며 환영과 공포 속에서 떨고 있을 따름이다. 반면에 의사를 찾아갔다 결국 유치장에 갇히게 된 오빠는 가난한 현실에 분노하고 좌절하는 이성의 공간에 존재한다. 이성과 감성, 현실과 환상이라는 이분법적인 논리는, 이처럼 오빠와 여동생에게 분배된 성별화된 차이로 구조화되며 이는 작품의 마지막까지 화해되지 않는다.

노양근의 「億龍의 父子」의 주인공 억룡이는 월사금 때문에 학교를 그만두고 농사일을 하기로 결심한 소년 농군이다. 작품의 전반부가 농사일을 결심하게 된 억룡이에게 초점화된다면, 후반부는 수세(水稅)를 내지 못해 핍박받는 아버지에게 초점화된다. 이러한 사건의 전개 속에서 "인제 열네살박게 안된 가련한 억룡이는 말할수업는 그무엇"을 느낀다. 이러한 '각성'은 '소년'을 현실 모순을 타개할 수 있는 능동적 주체로 호명하기 위한 서사적 장치이다.

이와 같이 '소년소설'의 장르적 규범은 '소년'을 당대 역사와 현실의 문제를 인식하고, 이를 극복하기 위한 주체로 호명한다. 이러한 장르 규범의 배경에는 강력한 계몽주의적 욕망이 자리잡고 있었다.

---

58 오경호, 「어린피눈물」, 『신소년』, 1930.4, 32~33쪽.

소녀소설

반면 여성적 표제 장르명이 드러나는 하위 장르로는 '소녀소설', '소녀애화', '소녀미담' 등을 들 수 있다. 宋根雨의 「(哀話) 이천냥빗으로대신가는언년이」(『어린이』, 1926.4), 崔義順의 「(少女小說) 옥점이의마조막하소연」(『어린이』, 1928.7), 崔京化의 「(少女哀話) 동무와잡지와썩」(『어린이』, 1928.9), 白시라의 「(少女小說) 曲馬團의두少女」(『어린이』 6-7, 1928.12), 이주홍의 「(少女小說) 눈물의 치맛감」(『신소년』, 1929.12), 오경호의 「불상한少女」(『신소년』, 1930.5), 민봉호의 「순이의 설음」(『어린이』, 1930.8), 연성흠의 「은희의 노래」(『어린이』, 1930.9), 「참된희생」(『어린이』, 1931.6), 김영수의 「慶喜의 마즈막」(『어린이』, 1931.2), 김자혜, 「댕기」(『어린이』 12-1, 1934.1), 김복진의 「봉뚝섬」(『소년』, 1937.8~1937.12), 박흥민의 「월사금」(『동아일보』, 1938.11.9~11.15) 등이 대표적이다

'소녀소설'은 빈번하게 '애화(哀話)'라는 표제 장르명과 결합된다. '소녀소설'에서 주인공은 착하고 순종적이다. 미학적 측면에서는 내재적 초점화, 닫힌 공간, 분산된 플롯, 순환적 시간, 파편적 언어 등의 특징이 두드러진다. '소녀소설'은 이러한 미학적 특징을 통해 '소녀'를 현실에 의해 억압된 순수성, 돌이킬 수 없는 순수성에 대한 완벽한 이미지의 '타자'로 형상화한다.

민봉호의 「순이의 설움」에서 주인공 순이는 외부의 억압에 의해 수난당하는 소녀로 등장한다. 이 작품에서는 소년소설의 문법에서는 잘 쓰이지 않는 회상 형식이 사용된다.

열다섯살이라는 어린몸이 남의집 동자순(부억덕이)으로 궁그러단이면서 할 일 못할일할것업시 다덥처하는 고닯고 가엽슨신세를 생각하여보니 생각하면 생각할수록 눈물저즌 지나간날의 애닯은추억이 쏘장쏘장 머리ㅅ속에

사러나서 그는 다시금 늣기여 울기시작하엿다

그의 눈에서 흐르는 뜨거운눈물은 그의뺨을슷처 때무든 적삼우에 방울방울이아롱젓다

지금으로부터 삼년전—[59]

서사의 핵심 사건 중 하나인 동생의 죽음은 어머니의 회상에 의해서 제시된다. 이로 인해 서사는 동생의 죽음이라는 비교적 가까운 과거에서 이러한 죽음을 이끌게 된 먼 과거의 정황에 대해 말하는 시간 구조, 즉 역순행적 사건 배열의 구성을 취하게 된다. 그리고 현재, 순이는 주인 할머니에게 매 맞을 생각에 와락 겁을 낸다. 이와 같이 시간은 현재–과거–현재로 이어지는 회고적 구성을 보여준다. 그러나 과거에 대한 회상을 거쳤음에도, 순이는 어머니의 희생에 대한 사유나 현실의 모순에 대한 인식 등의 어떠한 성장도 보여주지 않는다.

『어머니 왜우서요?…』

하고 한마대를 겨우하고는 영문도 모르고 입을 비죽비죽하면서 따러울기시작하엿다. 얼마를 영문도모르고 어머니의울음을 따러울면서 집까지 드러온 순이는 어머니가 안고드러온 금년 다섯 살된 동생을 퇴방에 내려놋는것을 보고서는 다시금깜작놀나며 동생에게달려들면서 울기시작하엿다.[60]

인용 부분의 "『어머니 왜우서요?…』"는 이 작품 전체에서 주인공인 순이의 유일한 직접 발화이다. 사건에 대해 "영문도 모르는" 순이는

59 민봉호, 「순이의 설움」, 『어린이』, 1930.8, 43쪽.
60 위의 작품, 같은 쪽.

몸으로 우는 것만이 유일한 언어이다. 회고를 거쳐 다시 돌아온 현재에도 순이는 울고 있을 뿐이다. 과거 사건에 대한 재인식을 통해 성장하고 이를 통해 현실과의 대결을 추구하는 소년들에 비해 순이는 성장하지 않는, 성장할 수 없는 위치에 있다. 이러한 소녀의 상은 역사와 정치의 질서 밖에 존재하는 자연을 환기시킨다. 역사와 문화, 정치는 인간의 힘으로 변화하고 발전하는 역동하는 것이지만 자연은 그렇지 않다. 자연처럼 순이는 현실의 문제를 단지 자신의 운명으로 간주할 뿐이다.

전우한의 「무지개나라로」는 가난 때문에 부자집에 팔려가는 순옥이가 주인공이다. 현실에서의 계급 모순은 서사 내에서는 주로 어린 소녀가 팔려갈 것이냐 말 것이냐는 갈등의 양상으로 나타난다. 주인공인 순옥은 다음과 같이 순종적으로 묘사된다. "순옥(順玉)이는 참으로 착한아희엿습니다. 부모님의 말삼을 공손하게 순죵하며 바둑이라는 개와 방울이라는 고양이를 매우 사랑하고 잇섯습니다." 순옥이는 부모님에 대한 '공손한 순종'과 동물을 매우 사랑하는 '깨끗한' 마음을 지녔다. 따라서 순옥이의 부모가 순옥을 가난한 자기 집에서 키우는 것보다 부자집에 보내는 편이 낫다고 판단하자, 순옥이는 다음과 같은 전통적인 가치관에 의해 이를 거부한다.

『아버지와 어머니께서는 진지를넉넉히 잡숫지못하는데 저혼자 맛잇는 음식을 먹기는 죽기보다도 실습니다. 아름다운옷을 닙기도실혀요 닙어도 그런것으로는 조금도 깃브지안습니다. 저는 부자ㅅ집 마나님의게 가기실혀요. 부듸부듸 거절해주세요. 무엇이라고 저를다리려 왓슬가요 자 어서 거절하십시오 저는 실습니다. 실여요.』[61]

61 전우한, 「무지개나라로」, 『신소년』, 1930.2, 37~38쪽.

인용문에서 부자집에 팔리길 거부하는 순옥이의 논리는 부모를 봉양하는 전통적인 효(孝)의 관념에 가깝다. 결국 영양부족으로 병든 순옥이는 아버지에게 계급주의적인 이상을 직접 피력한다.

『아버지 노동자가 가난하지 안은 나라가 어데잇슬가요 노동자의 아히들이 배부르게 밥먹으며 아름다운 옷을 입고 비가 새지안는 겨을이되면 찬바람이 들어오지 안는 방안에서 살수잇는나라가 어느곳에 잇슬가요.』 순옥이는 아버님의게 이러케 물엇습니다.[62]

이 작품의 주인공은 순옥으로 아버지는 거의 재현되지 않는다. 이로 인해 주인공의 역할 모델을 하는 성인 남성 역시 거의 등장하지 않는다. 오히려 순옥이 가부장적인 효 이데올로기를 강조하고 계급주의적인 이상을 환기하는 기능을 한다. 이러한 맥락에서 설령 표면적으로는 그것이 여성인 순옥 자신의 시선인 것처럼 보일지라도 그 안에는 내면화된 남성적 기준이 분명하게 작동한다고 볼 수 있다.

김영수의 「경희의 마즈막」은 학교에 다니지 못하는 경희의 죽음을 다룬 것이다. 이 작품은 "이짧고도외로운애화(哀話)는 억지로 내가 만들어논것은아닙니다. 이이야기는 작년녀름에사실노 내가 보고들은 것을 다만 붓긋으로 대강대강써만추려서 그리어논것입니다."라는 서술자의 직접적인 발화로 시작된다. 이야기의 '사실성'을 강조하는 서술자의 언급은 '애화'로서 지니는 슬픔의 감정을 강화하는 기능을 한다. 서사의 시간 배열은 역순행적 구성을 통한 회상의 구성을 취한다. 스토리의 '현재'는 병들어서 학교에 가지 못하는 경희를, 스토리의 '과거'는 건강하게 학교를 다니던 경희를 재현한다. '과거'에 "학교안에

62 위의 작품, 39쪽.

서 경희만치 고웁게 또는 아름답게 노래하는아희"는 없었다.

> 참으로 그는 노래를잘부르는소녀이엇습니다 그의목소래는 봄바람에 하늘하늘 나붓기는연못가 실버들 가지우에서 지저귀는 제비의소리와도가텃습니다. 개나리 욱어진속에서 노래부르는 노랑ㅅ빗 꾀꼴새의 소리와도 가텃습니다.
>
> 그러나 그러나 알어누어잇는 지금의경희에게는 모도가 아모소용이업섯습니다.
>
> 한시라도 어서밧비 학교로 뛰어가고십헛지만은—하로라도 다만하로라도 주일학교에서 뛰여가고십헛지만도 웬일인지 그는 조곰도 이러날 기운이 업섯습니다.[63]

인용문에서 과거에 자유롭게 노래하던 새라는 비유는 현재에 병들어 새장에 갇힌 새라는 비유와 대조를 이룬다. 그리고 이때 '새'가 곧 경희의 은유임은 분명하다. 근대적인 학교 제도 '밖'의 아동은 소년소설에서도 자주 다루는 주제이다. 앞서 언급한 것처럼 소년소설, 소녀소설의 주인공들은 공통적으로 대개 고아이거나 가난한 처지에 놓여 있는 '기능적 고아'로 등장한다. 서구나 일본의 아동소설과는 달리, 이들은 학생 신분보다는 점원, 날품팔이, 소작농의 자식, 공장 노동자, 소매치기 등인 소년이거나 아이보기, 부엌데기, 꽃팔이, 안내원, 곡마단 묘기꾼 등인 소녀로 설정된다. 따라서 서구나 일본의 아동소설의 주된 배경인 중산층 가족과 공적 교육 기제로서의 학교와는 달리, 한국의 아동소설에서는 소년소설과 소녀소설 모두 가족과 학제의 '밖'의 인물들을 중심으로 서사가 구성되는 경향이 강하다. 하지만 현덕의

63 김영수, 「慶喜의 마즈막」, 『어린이』, 1931.2, 64쪽.

「군밤장수」나 「월사금과 스케이트」와 같은 소년소설에서 주인공은 학교 제도 '밖'으로 이탈한 친구를 찾아서 적극적으로 '거리'로 나가 현실의 모순을 넘어서기 위해 구체적인 행동을 한다. 반면에 김영수의 작품에서 경희는 '방'이라는 장소에 고정되어 병 든 채로 죽음을 맞이한다.

1930년대 아동문학에 나타나는 소년과 소녀는 고통과 비극의 성별적인 두 주체이다. 소년은 역사 속의 치열한 주체로서 인간의 신념과 의지를 상징한다. 반면에 소녀는 역사의 피해자로서 구원받아야 할 존재로 나타난다. 이와 같은 순진무구한 소녀의 훼손이라는 소녀의 수난 이야기에는 성인 남성 중심의 환상적 구조가 내포되어 있다.

결국 당대 내포독자에게 보편화된 사회문화적인 젠더 규범은 아동문학의 영역에서 '소년소설', '소녀소설' 등의 상이한 소설 유형으로 분기했으며, 미학적 측면에서도 인물화, 플롯, 배경 등을 비롯한 소설 문법의 전형화를 이루는 핵심적 요인으로 작동했던 것이다.

유년동화

한편 유년동화는 1935년 이후에 안정적으로 분화되어 정착된다. 1930년대 사실주의 미학에 기반을 둔 아동소설 미학의 확립은, 곧 성인 문학과 변별되는 동화의 미학은 무엇인가에 대한 탐색으로 심화된다. 송남헌은 동화가 성인 문학과 구별되는 독특한 특색으로 '공상성'에 주목한다. 그는 낭만주의와 사실주의 이후 전개되는 동화에는 공상성이 필요하며 그 문학적 형식으로는 첫째, 동화적 운율성과 둘째, 아동의 자유분방한 공상성과 특수한 상상의 형식을 갖추어야 한다고 주장한다.[64]

아동문학과 성인 문학의 변별성에 대한 논의는 1930년대 중반 이후 아동문학장에서 '공상성'에 대한 논의로 확장된다. 아동문학의 공상성과 구체적인 형식에 대한 자각은 특히 유년동화에 새로운 서사 규범의 하나로 자리 잡는다. 그런데 새롭게 제기된 공상성 개념은, 이미 아동에게 원시적인 자연의 형태로 내재되어 있는 것으로 인식된다. "兒童은 本能的으로 그時代를 空想의 世界에서 生活한다. 로맨티시즘의 리듬은 그들의 脈搏이고甘美한 幻想은 그들身體를 싸고도는 雰圍氣일것이다."[65]라는 진술이 이를 잘 보여준다.

그러나 여기에서 유의해야 할 것은, 유년동화의 중요한 요소로 등장한 '공상성' 개념이 이전 시기 낭만주의나 사실주의의 시효가 만료되었음을 뜻하는 것은 아니라는 점이다. 유년동화에서 '공상성'은 기존의 서사적 전통에 '부가'되어 새로운 문법을 형성한 것이지, 그것만으로 이전 시기의 문법을 대체한 것은 아니었다. 오히려 공상성 개념은 유년동화의 서사적 문법을 보완하는 측면이 있었다고 보는 편이 옳을 것이다. 이 부분에서는 구체적인 작품 분석을 통해서 아동문학장에서 제기된 1920년대의 낭만주의 미학, 1930년대의 사실주의 미학, 그리고 1930년대 중반 이후 부가된 공상성이 혼성되면서 새롭게 유년동화의 장르적 규범이 형성되는 양상을 살펴보고자 한다.

임원호의 「늑대」[66]에서 가장 두드러진 배경적 특징은 정지(stasis)이다. 이 작품에서는 자연과 인간의 세계가 일치되어 있으며 선형적인 시간은 멈춰져 있다. 주인공은 영원히 늙지 않으며, 이곳은 현실적인 원리로부터 격리된 자율적 세계로 표현된다. 유아기는 자연적이며 순진무구한 시기라는 낭만주의적 전제에 의해 주인공은 늑대의 언어를 자연스럽게 이야기하고, 천연덕스럽게 늑대에게 뜨거운 감자를 건네

64 송남헌, 「藝術童話의 本質과 그 精神: 兒童作家에의 提言(2)」, 『동아일보』, 1939.12.03.
65 위의 글.
66 임원호, 「늑대」, 『동아일보』, 1935.12.22.

서 위기를 스스로 이겨낸다. 즉, 이곳은 완벽한 이미지의 '유아기의 낙원'인 셈이다. [그림 15]에서와 같이 아이는 늑대에게 천연덕스럽게 뜨거운 감자를 건네는 등 위기의 순간에도 낙천적인 특징이 두드러진다.

[그림 15] 임원호, 「늑대」 삽화

정순철의 「나무열매」[67]에서도 의인화된 자연과 아동은 하나로 소통하는 세계 안에 있다. 봄날 새싹을 보고 서리 영감님이 "요걸 시들려 볼까" 한다. 그러나 이를 말리는 감나무 밑둥의 부탁에 차가운 손을 거둔다. 이러한 서사 구조는 여름날 장난꾸러기 바람님이 꽃을 떨어뜨리려다가 여린 나뭇잎의 부탁을 받고 그만두는 것으로 반복된다. 가을날 탐스러운 열매를 보고 애들이 따먹어 볼까하고 고사리 같은 손을 내민다. 그러자 이번엔 나무가 "따먹으세요. 따먹으세요. 착한당신네들 드리려고 익은것이니 따먹으십시요"하고, 열매가 주렁주렁 달린 가지(枝)를 드리운다. 이 작품에서 의인화된 자연과 인물 모두 성 정체성이 아직 발현되기 전인 사춘기 이전 단계, 순진무구한 단계에 속하는 것으로 묘사된다. 생명을 관장하는 성스러운 자연의 힘들과 그 자연이 키워낸 열매를 따먹는 아이들의 시간은 직선적인 시간의 흐름이 없으며, 공간 역시 자연과 하나가 된 행복한 장소로 형상화된다. 그런데 이 작품에서 특히 흥미로운 것은 이러한 글로 재현된 시공간과 그림에서 묘사되는 시공간의 차이이다. 글의 경우 자연과 인간이 하나가

67 정순철, 「나무열매」, 『동아일보』, 1937.7.2.

[그림 16] 정순철, 「나무열매」 삽화

된 '낙원적인 시공간'이 나타난다면, 그림의 경우 [그림 16]과 같이 당대 아이들의 '일상적인 현실의 시공간'이 제시된다. 즉, 상이한 시공간이 병치되는 글과 그림의 상호작용을 통해서, 아동의 세계에서는 비현실과 현실의 세계가 모순 없이 넘나들 수 있다는 새로운 의미가 형성되는 셈이다.

김광호의 「달팽이춤」(『동아일보』, 1937.10.10) 역시 의인화된 달팽이 양주와 매미의 음악회를 희극적으로 그려낸다. 너무나 흥이 난 나머지 그만 달팽이가 나뭇잎에서 미끄러져서 동네 아이에게 잡히는 결말 역시 낙원적인 시공간과 아이들의 일상적인 시공간이 함께 교차하는 것으로 그려진다.

리얼리티에 기반을 둔 일상적 세계에서도 어린 아동 인물은 현실 법칙으로부터 벗어난 "천연(天然)의 욕구(欲求)"를 지닌 존재로 묘사된다. 정우해의 「꽃쟁이」(『동아일보』, 1936.06.07~06.09)의 주인공 돌이는 꽃을 좋아한다. 유아기를 자연에 대응시키는 상상력은 현실 법칙 안에서 자연을 사랑하는 아동 천연의 심성으로 전환된다.

돌이는 꽃을 퍽 조와합니다. 접때, 벌판으로 나물 뜯으러갓든누구가 쑥덤이에 할미꽃을 몇인가 섞여왓을적에 제일 기뻐 뛴애가 돌이엿습니다.

"누나 내일도 꺾어다 주"

"그러마—"

"모레두 응"

"그래!"

"날마두 꺽어다 주 응"

"그러마!"[68]

정우해는 유년의 독자에게 적절한 단순한 문장을 점층적으로 반복하면서 꽃을 사랑하는 주인공의 마음을 강조한다. 비가 내리자 돌이는 꽃을 걱정한다.

"참 비 나뿐놈이유"

하고 엉뚱한 대답을 합니다.

"왜?"

"글세 들판에 꽃이 다 젖으면 어떠커우 나뿐놈의비 그만저만 개잔쿠—"

언니는 돌이의 말에 빙그레 웃기만하엿습니다.[69]

하지만 돌이의 논리는 현실 법칙을 초월해 있다. 꽃을 좋아하는 돌이는 꽃을 꺾는 행위에서 꽃을 심는 행위로 발전하면서 진정한 성숙에 이르게 된다. 생명을 사랑하는 돌이의 깨끗한 천연의 심성은 성인 세계와 경계선을 형성한다. 이 내면의 경계선 '안'에서 돌이는 자연과 함께 완전히 균형적이고 조화로우며 즐겁고 쾌활하다. 최석숭의 「몰래피는 꽃」(『동아일보』, 1937.7.25) 역시 꽃으로 대표되는 생명을 사랑하는 아동을 그린 작품이다.

정우해가 아동의 본성으로서 생명에 대한 사랑을 강조했다면, 정순철은 「그림장난」(『동아일보』, 1937.7.1)에서 유희성을 강조한다. 남이와 찬

68 정우해, 「꽃쟁이」(1), 『동아일보』, 1936.6.7.

69 위의 작품.

이는 아저씨가 기거하는 건너방에 갔다가 우연히 책상 위에 놓인 벼루를 발견한다.

“남이야 너 먹글씨 쓸줄아니?”

하고 물엇습니다.

“그걸 못써 접때두 한번 써 봤는데—”

“저 그림두 그릴줄 알구?”

“그까짓것 하면 되지 뭘—”

“그럼 한번 그려보려므나”

남이는 서슴지안코 벼루에 먹을풀고 붓을 들엇습니다.

그런데 그릴 종이가 없엇습니다. 책상이나 방자리는자미적구, 책은 아저씨가 끔직하게 아끼시어 함부로 손을 못대게 하시구그래 궁리궁리 끝에 새로 도배해논 벽에다 뒷집 할아버지의 얼골을 그리기로 하엿습니다. 입, 코눈, 귀, 돗보기안경까지 그리엇습니다.[70]

아이들은 어디서든지 재미있는 놀이를 생각해 낸다. 그 놀이는 가볍게 현실의 제한을 뛰어넘는다. 새로 도배한 벽지는 남이와 찬이의 좋은 놀이터가 된다. 되돌아온 아저씨는 남이와 찬이를 꾸짖는 대신에 좋은 그림이라고 칭찬하고, 대신에 얼마든지 종이를 내어줄테니 다시는 벽지에 그리지 말라고 타이른다. 이에 “남이와찬이는 이 뒤로는 바람벽에나 대문같은곳에 붓작날을안하리라구 굳게굳게 결심”한다. 이처럼 서사는 현실의 관습적인 윤리를 강조하는 결론으로 끝난다. 그러나 그림은 정반대의 내용을 강조한다. 아동문학 텍스트에서 그림은 단순히 텍스트의 ‘보조적’인 기능으로 한정되지 않으며, 글과 그림의 상

70 정순철, 「그림장난」, 『동아일보』, 1937.7.1.

호작용으로 형성되는 의미가 텍스트의 활자적 의미보다 중요한 위상을 지닌다. 특히 '유년동화'라는 하위 장르에서 그림 텍스트는 더 주목할 필요가 있다. 그림에서 기호는 기의를 직접 표상한다는 점에서 문자를 해독하지 못하는 아동 독자에게 의미 전달 과정에서 보다 중요한 기능을 하기 때문이다. 「그림장난」에 삽입된 그림 텍스트는 성인 화자의 계몽적인 글과 달리, 낙서하는 아동들에게 초점화되면서 활자를 통해 말해지는 것과 그림을 통해 보여지는 것 사이의 의미 있는 긴장을 유발한다. 이 긴장을 통해서 일상적인 윤리로만 수렴되지 않는 아동의 유희성이라는 주제가 보다 강조된다.

[그림 17] 정순철, 「그림장난」 삽화

이구조의 「소꼽작난」(『동아일보』, 1938.9.16) 역시 아이들의 일상 속에서의 유희성이 강조되는 작품이다. 이 작품에서는 특히 아이들의 천진한 놀이가 리듬감 있게 제시된다.

> "아범! 밥먹어—"
> "네"
> 밥은 이마에다 떠다대고 냠 냠 냠
> 국은 코 잔등에 올려대고 훌적 훌적
> 마나님도 냠 냠냠
> 행낭아범도 냠 냠냠

갓난이도 훌적 훌적 창순이도 훌적 훌적 행낭아범도 냠 냠냠 도련님도 냠냠냠—[71]

소꿉놀이 속에서는 아범, 마나님, 행낭아범, 갓난이, 창순이, 도련님 모두가 자족적인 시공간 안에서 하나가 된다. 아동의 놀이 안에서는 현실의 다양한 계층적 차이도 쉽게 해소된다. 현덕의 노마 연작의 동화 역시 현실의 빈부 갈등이 재현되지만, 1930년대 초반 사실주의 계열의 동화와는 달리 이 갈등 세계가 아이들의 천진한 놀이 세계를 넘어서지는 못한다.

이처럼 유년동화는 한국 근대 아동문학의 형성과 전개에서 제기된 다양한 미학적 문법들을 수용하며 정착되었다. 이 과정을 통해 유년동화는 현실과 비현실의 경계를 해체하고 현실 법칙의 제한 없이 전개되는 새로운 서사 장르로 자리매김하였다. 그런데 유년동화 장르에서 강조된 공상성 역시 현실성과 조화되어야 하는 것이었다. 송남헌의 다음과 같은 지적은 유년동화에서 새롭게 부가된 공상성의 성격을 잘 보여준다.

童話가 아모리 空想性을 띤다하여도 時代性은 가진다. 이런意味에서 奔放한 公相도 豊饒한 現實을 溫床으로 하지안흐면 안된다. 現實에서發生치 안흔童話는 벌서生氣를 일어버린것이다. 토기가방아를 찟는다는時代의 兒童의智識은 그生活相態와 調和하고 잇섯기땜에 下等不自然함을 늣길수없엇지만은 지금의 兒童의 智識은 이러한 現實的 根據가 없는 空想을 拒否한다. 그들은 놀때나 언제나 智識과의 調和를 求하게된다. 空想이 아모리自由스럽다고하지만은 現實에立脚해야 될것이다.[72]

71 이구조, 「소꿉작난」, 『동아일보』, 1938.9.16.
72 송남헌, 「藝術童話의 本質과 그 精神: 童話作家에의 提言)」(3), 『동아일보』, 1939.12.5.

1930년대 아동문학에서 중요한 위상을 지닌 사실주의 미학은 1920년대의 낭만주의 미학이 강조한 감성으로부터 계급적인 이성으로의 이행을 강조했다. 이때 아동은 자연의 상태에서 사회와 문화의 세계로 이행해나가는 존재라는 점에서 '소년소설'이 아동문학의 주류적인 하위 장르로 기능할 수 있었다. 특히 아동문학에서 소년과 소녀는 고통과 비극의 성별화된 두 주체로 나타났다. 소년은 역사 속의 치열한 주체이자 인간의 신념과 의지를 대변하는 존재로, 반면에 소녀는 역사의 피해자이자 기구한 수난사적 존재로 표상되었다. 이러한 주체와 타자, 이성과 감성의 근대적 이분법의 성별화된 이미지에 따라, 아동소설은 '소년소설'과 '소녀소설'이라는 상이한 하위 장르로 분기했다. 이들 하위 장르에서 젠더 구분은 단지 표제 장르명의 층위에서만 작동한 것이 아니라. 인물화, 플롯, 배경 등을 비롯한 아동소설의 미학적 문법의 전형화를 이루는 핵심적 요인으로 작동했다.

1930년대 사실주의 미학에 기반을 둔 아동소설 미학의 확립은, 1930년대 중반 이후 아동소설로부터 분화된 동화 장르에 대한 탐색으로 연결된다. 이때 분기된 유년동화 장르는 '유년'이 지니는 '소년'과의 차이의 관계에 의해 규정되었다. 유년동화는 성적 정체성이 발현되기 이전 시기의 유아가 지니는 특성에 부합하여, 자연성, 공상성, 유희성 등의 서사적 규범을 형성하였다. 그러나 이때의 '공상성'은 1930년대의 강력한 사실주의 아동문학의 전통 위에 '부가'된 것으로, 그 결과 당대 유년동화에서 두드러지는 공상성은 현실과의 조화라는 특성을 지니게 되었다.

제5장

미디어의 발달과 아동문학 장르의 진화

1. 복합 감각 재현의 매개로서의 미디어
2. 시청각문화의 결합과 그림동요
3. 이미지의 낭만적 수용과 사진소설 · 영화소설
4. 구술 · 활자 · 공연예술의 상호교류와 소년야담
5. 영화의 몽타주 기법과 아동만화

제5장

미디어의 발달과 아동문학 장르의 진화

1. 복합 감각 재현의 매개로서의 미디어

예술과 기술의 상호작용

아동문학과 과학 기술 간의 상호작용은 오랜 기간 동안 연구자들의 관심밖에 있었으나 비교적 최근에 새롭게 주목받기 시작했다. 일반적으로 다양한 매체의 혼성적 글쓰기는 기술적 관점에서는 컴퓨터, 이동통신기기 등의 전기 · 전파 기술 발달로 인한 현상으로, 미학적 관점에서는 근대성을 넘어선 포스트 모더니즘적 특징으로 이해된다. 오늘날 인문학 전반은 근대의 문자가 지닌 시각 중심성을 넘어선 청각, 촉각, 미각 등의 복합 감각에 주목하고 있다.

그런데 아동문학의 경우 그 출발부터 문자 매체를 중심으로 그 미학적 특성을 온전히 설명하기 어렵다. 그 성격상 아동문학의 형성과 전개에서는 지속적으로 다양한 매체를 통해 고안된 기법들을 혼성하는 경향이 두드러진다. 이는 일반 성인문학의 전개와 확연히 다른 양상이다. 예컨대 한국 근대 아동문학이 형성되는 시기부터 문자 언어와 삽화, 사진 등의 혼합 양상이 두드러진다. 근대 학제의 도입을 위해 간행된 교과서 『신정심상소학(전 3권)』(1896)과 『소학독본』(1895), 『고등소학독본(전 2권)』(1906~1907) 등에는 아동을 위한 서사와 삽화가 함께 수록되었으며 유길준의 『노동야학독본』(1908)은 만화 삽화 형식으로 구성되었다. 아동의 기독교적 교화를 목적으로 번역된 『이솝우언』(1921)은 그림책으로 간행되었고, 최남선이 주재하여 신문관에서 간행한 『붉은져고리』(1912.8~1913.6), 『아이들보이』(1913.9~1914.8), 『새별』(1913.9~1915.1) 등의 아동 잡지 역시 문자 언어와 이미지 언어의 합성이라는 관점에서 주목할 수 있다.

1920년대의 복합적 매체 환경

특히 1920년대 이후 복합적인 매체 환경이 대두하며 매체 간의 혼성 양상이 본격적으로 전개된다. 이전 시기부터 나타난 문자 언어와 삽화의 혼성뿐만 아니라 새롭게 사진, 영화 등의 매체와 혼합되는 경향이 두드러진다. '그림동요', '동화시', '사진소설', '사진동화', '영화소설' 등의 표제 장르명은 문자 언어와 영상, 음향 간의 융합과 전이 현상을 단적으로 보여준다.

이 부분에서는 아동문학과 기술의 상호작용 속에서 나타나는 복합감각의 재현 양상을 살펴보고자 한다. 인쇄 문화와 독서의 열기 속에서도 소리, 삽화, 회화, 사진, 영화 등의 매체 발전에 따라 인간이 다양한 감각을 통해 세계와 관계 맺는 능력은 계속 확장되었다. 특히, 방정환이 동화와 소설의 차이점을 논하면서 '감각의 문제'를 거론했던 것은 우연이 아니다.

어린이社에 드러오는 것을 보면 동화를 小說쓰듯 하노라고 공연한 노력을 만히 한 것이 만슴니다. 그러한 것은 童話에 잇서서는 아모 效果가 업슬뿐 아니라 도로혀 兒童의 머리를 현란케하는 폐가 잇기 쉬웁슴니다 알기 쉽게 말하면 녀름 日記의 더운 것을 말할 때에 온도 몃십도나 되게 더웁다고 하면 모릅니다. 더웁다 더웁다 못하야 옷을 벗고 물로 뛰여드러가도 그래도 더웁다고 하면 兒童은 더위를 짐작합니다. 義州에서 釜山까지 二千里나 되닛가 굉장히 멀다하면 兒童은 그 먼 것을 짐작못함니다 거름 잘 것는 사람이 새벽부터 밤중까지 쉬지안코 거러서 스므밤 스므날을 가도 다 가지 못한다하여야 그 굉장히 먼 것을 짐작합니다.[1]

주지하는 것처럼, 문자의 발명을 통해 인간은 광범위한 지식을 축적할 수 있게 되었다. 하지만 문해력이 부족하거나 문자를 배우는 과정에 있는 아동 독자를 고려할 때, 지식과 정보 나아가 예술 형식 역시 '감각'할 수 있는 형식으로 전환되어야 했다. 아동은 문자와 함께 듣고, 먹고, 보고, 만지면서 서사를 이해하고, 나아가 더 고차원적인 예술을 배울 수 있다. 이는 비단 유아기에 한정된 것이 아니다. 물론 정도의 차이는 있으나 문해력이 낮거나 습득해 나가는 과정 중에 있는 '아동 독자의 고유한 특징'으로 이해할 수 있다. 시각이나 청각을 통해서 직접적으로 지각되는 이미지나 음향은 문자 언어의 한계인 지식의 폐쇄성을 넘어서 인간의 감성에 두루 호소할 수 있는 보다 보편적인 언어에 해당된다. 아동을 독자로 한 문학에서 문자, 이미지, 소리 등의 동시다발적인 전달 방식은, 아동문학의 생산–전달–수용 구조의 기본적인 전제가 아닌지 생각해 볼 필요가 있다. 이러한 맥락에서 여러 매체를 통한 복합 감각의 재현은 근대 형성기의 '과도기적 현상'으로만 평가될 수 없다. 오히려 복합 감각의 재현은 아동문학의 보다

1 소파생, 「童話作法: 童話 짓는 이에게」, 『동아일보』, 1925.1.1.

'본질적인 미학적 특징' 중 하나로 이해될 필요가 있다. 다음의 글은 아동의 읽기가 청각, 시각 등을 모두 아우르는 폭넓은 복합 감각에 의한 것임을 잘 보여준다.

> 結局 우리가 文字를 아는 것만으로 讀書의 趣味를 가진다는 習性을 엇지 못하는 것은 事實이올시다. (…) 讀書의 趣味習慣이라는 것도 六七歲의 少時로부터 要求할 必要가 잇는 줄 늣기는 여러 분이여 惑 읽지 못하는 兒孩에게는 이야기를 들려주며 아주적은 아해들에게는 그림을 그려 實際生活의 事情을 보여주며 或은 形容을 하여 가르쳐 주시고 學校나 或은 兒童圖書館에서는 童話會라든지 繪畵展覽會를 열며 雜誌 等 書册에는 반듯이 揷畵를 너허 그들의 知識의 境域을 널펴주소서[2]

미디어의 혼성을 통한 감각의 복원

마셜 맥루언(Marshall McLuhan)은 문자의 발명과 인쇄 매체의 발달에 따라 인류 문화는 다양한 감각을 상실하고 시각을 중심으로 재편되었다고 서술한 바 있다.[3] 하지만 아동문학의 경우에는 이와 사정이 다소 다르다. 문자를 중심으로 한 인쇄 매체가 우위를 점한 상황에서도 청각이나 시각을 재현하는 다양한 매체들을 다양하게 차용했기 때문이다. 아동문학을 활자는 물론, 회화, 사진, 영화 등의 매체 기술의 발달과 함께 살펴보아야 하는 이유가 여기에 있다.

특히 1920년대는 신문, 잡지, 회화, 사진, 영화 등의 다양한 매체가 공존하는 장이었다. 1920년대 들어 다양한 신문, 잡지들이 폭발적으

2 김영근, 「兒孩와 圖書館(3)」, 『동아일보』, 1926.7.25.

3 Marshall McLuhan, 김성기 · 이한우 옮김, 『미디어의 이해: 인간의 확장』, 민음사, 2007, 133~142쪽.

로 증가했다. 각종 신문사들이 주최하는 전람회와 미술 전시회 그리고 학교 교육을 통해 회화가 대중화되는 시기도 이때이다. 영화의 탄생 이후 1920년대 중반까지 무성 영화는 장면의 드라마적 진행을 위한 적절한 어법을 갖고 있지 못했으나, 1920년대 중반 러시아에서 몽타주 이론의 발전과 영화에의 적용을 통해 영화적 서술 방식은 비약적으로 발전하게 되었다.[4] 이처럼 1920년대에 이르러 형성된 다매체적 환경 속에서 아동문학의 미학이 발전해 나간 셈이다.

이 장에서는 1920년대의 다매체적 환경 속에서 문자 언어의 특성뿐 아니라 회화, 사진, 영화 등의 비언어적 매체의 특수한 지각 방식도 아동문학 속으로 흡수된다는 사실에 주목하고자 한다. 근대의 아동문학은 구술성, 문자성 그리고 기술 매체의 지각 방식이 서로 교차되는 장(場)으로 재해석될 필요가 있다. 예술과 기술의 상호작용이라는 관점에서 매체 간의 혼성 양상이 두드러지는 대표적인 텍스트로는 1920년대 최남선이 주재한 『동명』(1922.9~1923.6), 방정환이 주재한 『어린이』(1923.3~1935.3), 『신소년』(1923~1933) 등에 수록된 것들을 꼽을 수 있다.

『동명』의 경우 이에 수록된 시사만평을 분석한 연구[5]나 민족의식이라는 거대 담론을 분석한 연구[6]가 존재하지만, 아동문학적 관점에서 접근한 연구는 전무하다. 반면 『어린이』나 『신소년』에 대한 연구는 상당히 많이 축적되어 있지만 매체론적 관점의 연구는 그리 많지 않다. 특히, 이 책에서 주목하는 그림 동요에 대한 연구는 그림책의 역사를

---

4 임정택, 「디지털 문화의 지형도를 위한 파노라마(1): 텍스트와 새로운 이야기 방식」, 연세대학교 HUNO 프로젝트 연구단 엮음, 『기술매체 시대의 텍스트와 미학』, 연세대학교 출판부, 2005, 24~25쪽.

5 서은영, 「1920년대 매체의 대중화와 만화: 1920년대 초, 『동아일보』와 『동명』의 만화를 중심으로」, 『대중서사연구』, 2012.

6 이경돈, 「1920년대 초 민족의식의 전환과 미디어의 역할: 『개벽』과 『동명』을 중심으로」, 『史林』, 2005.

구성하는 전사(前史)로 평가되어왔을 따름이다.[7]

이 부분에서는 이러한 선행 연구의 성과를 계승하며 문자 언어와 삽화, 사진, 영상 이미지 등 간의 혼합과 그 감각적 효과를 새롭게 분석해 보고자 한다. 이를 통해서 매체들 상호 간의 혼성 양상이 아동문학 텍스트 안에서 복합 감각을 복원하고 있는 구체적인 사례들을 확인할 수 있을 것으로 기대된다.

2. 시청각 문화의 결합과 그림 동요

종이 위로 옮겨진 인간의 감각기관

아동문학의 동요가 노래와 친연성이 큰 장르라는 것은 잘 알려져 있다. 그런데 전통적인 구비 문학이 활자로 인쇄된 근대 문학으로 전환되면서 그 '목소리'는 내면화되었다. 인쇄 매체의 특성으로 인해 직접 사람이 발화하는 목소리는 삭제되며, 인간 육체의 감각기관으로서 입과 귀는 종이라는 물질성 속에서 사라지는 것이다.

7 정선혜, 「2004년도 우리 그림책: 우뚝 선 새로운 장르, 그림책」, 『한국아동평론』, 2005; 김상욱, 「그림책을 활용한 문학교육의 방법」, 『한국초등국어교육학회지』, 2006; 조은숙, 「한국의 그림책 발전」, 『어린이 문학교육 연구』, 2006; 정병규, 「삽화의 시대에서 옛이야기 그림책 탄생까지」, 『창비어린이』, 2007; 조성순, 「해방 전 그림책과 관련한 논의와 그림책의 과도기적 양상」, 『아동청소년문학연구』, 2015: 정진헌, 「일제 강점기 한국 그림동요 연구」, 『한국아동문학연구』, 2013 등이 대표적인 연구이다.

〔표 13〕 베르그손의 청각의 운동적 도식[8]

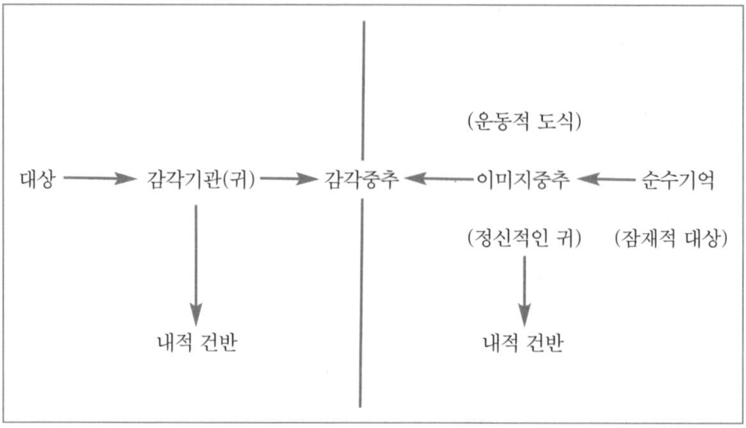

하지만 아동문학, 특히 운문 장르에서는 인쇄 매체를 통해 소리를 '시각적'으로 기록하고 환기하려는 실험이 활발하게 나타난다. 베르그손의 도식에 따르면 인쇄 매체 속에서 육체의 감각기관은 사라지지만, 이미지 중추인 '정신적인 귀'를 자극하는 음악, 회화 등이 문자와 결합되어 운동한다.

예컨대 한정동의 「두룸이」에는 '소녀의 동요 합창'이라는 발화가 문자로 제시된다. 박수와 대갈채 등의 음향 효과 역시 문자로 기록된다. 본문의 활자 배치 역시 기하학적으로 반복됨으로써 운율의 시각적 이미지를 만들어 낸다. 인용문에서 발화자의 목소리는 직접 귀로 듣는 것이 아니라, 문자를 눈으로 보면서 '정신적인 귀'를 자극한다. 이와 같이 인쇄 매체에서 소리는 완전히 사라지는 것이 아니라 보는 것으로 대체되는 것이다.

8 황수영, 『물질과 기억, 시간의 지층을 탐험하는 이미지와 기억의 미학』, 그린비, 2014, 185쪽.

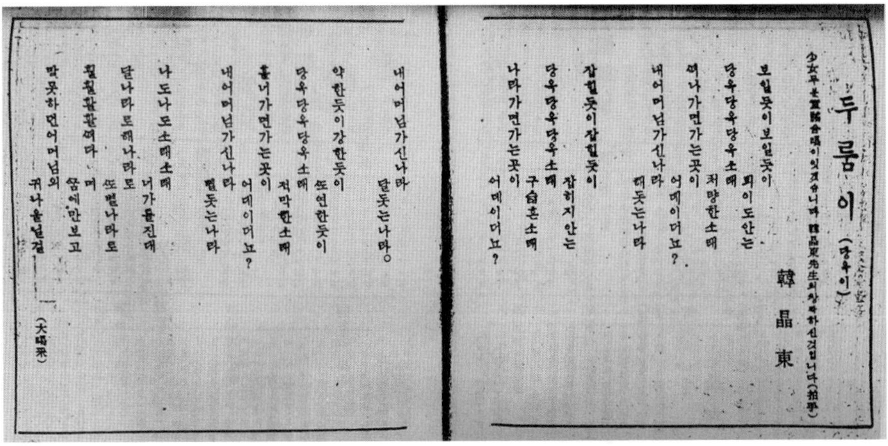

두룸이 (당우이)

韓晶東

보일듯이 보일듯이 뵈이도안는
당우당우 당우소ᄅᆡ 처량한소ᄅᆡ
떠나가면 가는곳이 어데이더뇨?
내어머님 가신나라 해돗는나라

잡힐듯이 잡힐듯이 잡히지안는
당우당우 당우소ᄅᆡ 구슯흔소ᄅᆡ
나라가면 가는곳이 어데이더뇨?
내어머님 가신나라 달돗는나라。

약한듯이 강한듯이 또연한듯이
당우당우 당우소ᄅᆡ 적막한소ᄅᆡ
흘너가면 가는곳이 어데이더뇨?
내어머님 가신나라 별돗는나라

나도나도 소ᄅᆡ소ᄅᆡ 너가튼진대
달나라로 해나라로 또별나라로
훨훨활활 떠다니며 꿈에만보고
말못하던어머님의 귀나울닐걸

[그림 18] 한정동, 「두룸이」[9]

음악과 동요

발화, 음악 등 인간이 내는 소리를 시각적으로 재현하는 대표적인 아동문학 장르는 악보와 함께 제시되는 동요이다. 음악을 볼 수 있는 것으로 재현하려면 소리를 정량화해야 하는데, 이때 악보는 매우 효율적인 방법으로 통용된다. 『어린이』 잡지에서 많은 동요가 단지 문자뿐만이 아니라 악보와 함께 제시된다는 점이 주목되는 것은 이 때문이다.

원래 음악에서 소리는 필연적으로 시간에 따라 진행되고 소멸한다. 하지만 악보로 종이에 기록되는 순간 소리는 시각적으로 보존된다. 게다가 잡지와 같은 대량 인쇄 매체와 결합되면서 음악은 보다 많은 사람들에 의해 반복 재생될 수 있다. 이처럼 근대적 동요는 표현과 전달 과정에서 청각뿐만 아니라 시각적 지각과도 함께 연관되면서 우리의 감각 체계를 구성한다.

9 한정동, 「두룸이」, 『어린이』, 1925.5, 20~21쪽.

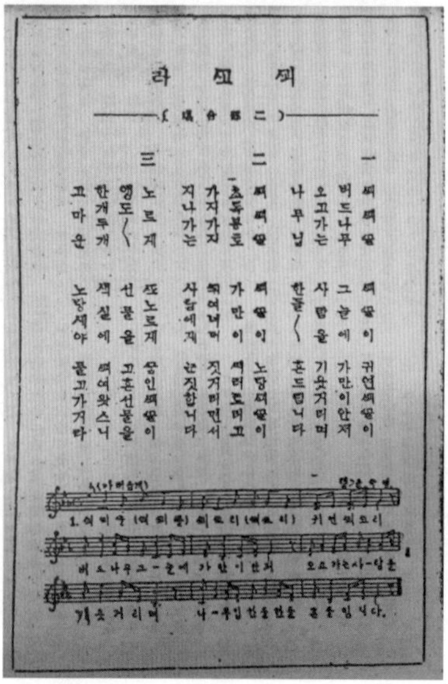

[그림 19] 윤극영, 「쇠소리」[10]

■ 아동문학에서 동요는 노래하는 것이었다. 아동 잡지에서 동요가 악보와 함께 제시되는 것은 매우 빈번한 일이었다. 이처럼 일반 성인 문학과 달리 '동시'가 아니라 '동요'가 근대 아동문학의 서정 장르를 대표하는 하위 갈래였다.

월터 옹(Walter J. Ong)의 논의에 따르면, 글과 인쇄술이 말을 시각적으로 공간(지면)에 고정시키면서 눈으로 보는 것과 언어 표현의 상관관계가 밀접해진다. 이러한 시각적 고정으로 인해 말이 발화가 이루어지는 맥락에서 분리되고, 실제 시공간에 존재했던 청자는 저자의 머릿속에서 그려지는 "허구화된 독자"가 되었다. 말을 시각적 공간에 위치시키고 '가둬놓음'으로써, 저자와 독자, 메시지와 메시지를 전달하는 행위, 날말과 소리, 말과 맥락, 글과 해석 등이 분리된 것이다.[11] 하지만 매체 간 혼성이 수행된 아동문학 텍스트에서는 언제든지 현재의 시공간에서 문자, 소리, 음악 등이 함께 재현될 수 있다. 1920년대 동요는 이러한

10 윤극영, 「쇠소리」, 『어린이』, 1925.7, 1쪽.

11 W. Ong, *Interfaces of the word: Studies in the evolution of consciousness and culture*, Ithaca, NY: Cornell University, Press, 1977; 이기우 · 임명진 옮김, 『구술문화와 문자 문화』, 문예출판사, 1996; 이동후, 「제3의 구술성: '뉴 뉴미디어' 시대 말의 현존 및 이용 양식」, 『언론정보연구』, 2010, 47쪽에서 재인용.

맥락에서 복합 감각이 구현된 매우 중요한 장르로 평가할 수 있다.

회화와 그림 동요

음악 뿐 아니라 회화 역시 동요와 함께 뒤섞이면서 '그림 동요'라는 독특한 하위 장르를 형성한다. 특히 이 책에서는 기존 연구에서 확인되지 못했던 『신소년』에 수록된 11편의 그림 동화 목록을 새롭게 확인하여 추가한다. 새롭게 확인한 '그림 동요'들은 구체적으로 정열모 글, K 그림(김양진으로 추정)의 「달마중」, 정열모 글, 손일봉(孫一峯) 그림의 「버들눈」, 「개나리」, 「자라는 나라」, 「백일홍」, 「다람쥐」, 「단풍」 등과 정열모 글, S. KIM 그림의 「날대가리무첨지」, 「칠석」, 정지용 글, S 그림(신배균 그림으로 추정)의 「종달새」, 「산남어저쪽」, 김남주 글, S 그림의 「제비」 등이다.

『신소년』의 경우 표지 석판(表紙石版)을 담당했던 손일봉, 이병규 등의 화가와 삽화 동판(揷畵銅版)을 담당하는 신배균 등의 전문적인 삽화가를 두었다. 특히 손일봉은 경성사범학교 재학 시절부터 미전에 입상한 바 있으며, 1928년 조선 미술전에 수채화로 상을 받은 당대 대표적인 수채화 화가이다. 최은하에 따르면 조선의 수채화는 서양화와 동양화의 특성을 모두 넘나드는 회화였다. 영국에서 기원한 수채화는 한편으로는 서양화의 보급 및 확산에 기여했으며, 다른 한 편으로는 물과 종이의 특성을 이용하는 표현법이 전통 회화와 비슷하여 대중들에게 많은 호응을 얻었다. 조선에서 수채화는 1920년대부터 초 · 중등학교 도화 시간에 시작한 수채화 교육과 더불어 조선미술전람회를 통해 독립된 회화 장르로 자리매김했다.[12]

12 최은하, 「일제시대의 한국 수채화 연구」, 홍익대학교 석사학위논문, 2001, 1~2쪽.

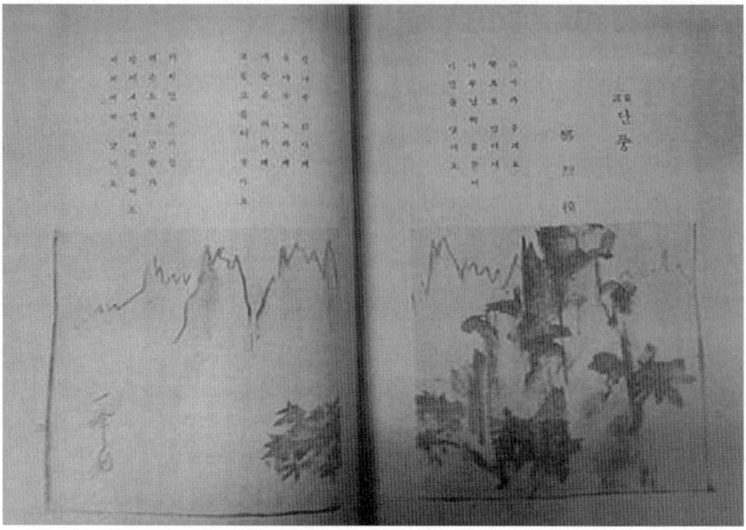

[그림 20] 그림 동요 「단풍」[13]

화가 손일봉은 정열모, 정지용 등의 시인들과 함께 그림 동요를 활발하게 창작했다. 작품을 보면 「단풍」의 경우 정열모는 '밝아케', '노라케', '파라케' 곱게 물든 산의 이미지를 문자 언어를 통해 형상화하였고, 여기에 손일봉은 여백미를 충분히 살려서 투명 수채화 화법으로 동양적인 자연 풍경을 그렸다.

「산넘어저쪽」의 경우 정지용은 '산넘어 저쪽에는 누가 사나?'를 반복하면서 동적으로 움직이는 소리를 통해 '뻡국이', '철나무' 등의 자연의 정경에서 시적 화자의 내면으로 이어지는 이른바 '선경후정(先景後情)'의 시상 전개를 보여주며 목가적이면서 낭만적인 자연의 이미지를 강조한다. 반면 신배균은 유화적 기법과 원근감을 차용하여 서구적

13 정열모 글, 손봉일 그림, 「단풍」, 『신소년』, 1926.10, 2~3쪽.

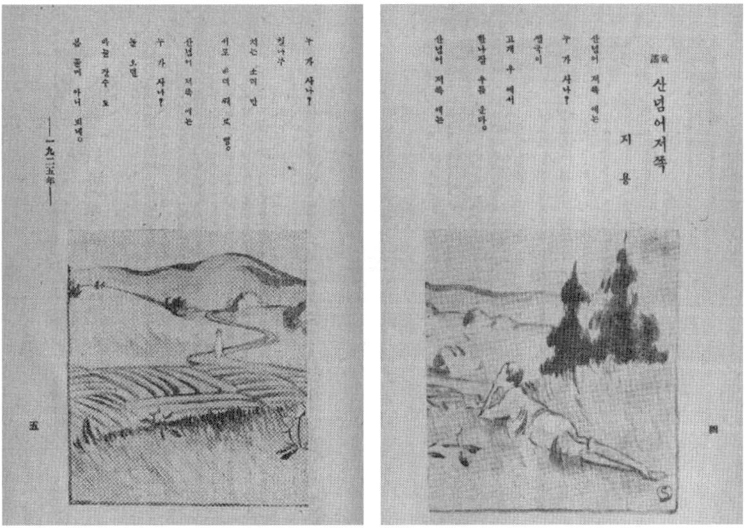

[그림 21] 그림 동요 「산넘어저쪽」[14]

인 자연의 이미지를 더한 수채화 기법을 보여주며, 풀, 나무, 길 등의 사물들을 동적 리듬을 지닌 곡선들로 표현한다.

두 작품에서 회화의 이미지는 동서양을 넘나드는 차이를 보이지만, 공통적으로 회화라는 예술이 인쇄 매체를 통해서 대중적으로 확산되는 양상을 보여준다. 특히, 감성적이면서 직관적인 이미지를 더함으로써 텍스트의 감각적 이미지를 강화한다.

이처럼 동요 장르는 음악이나 회화 등의 이질적인 매체와 결합하여 복합 감각을 생성했다. 이를 통해서 인쇄 매체가 지닌 문자성의 한계를 극복하고 공감각적인 복합 이미지를 효과적으로 재현하고 있다. 다양한 매체 간의 결합은 수용자로 하여금 자유로운 조합에 따른 확장된 복합 감각의 경험 기회를 제공하고 있다.

---

14 김남주 글, S 그림, 「산넘어저쪽」, 『신소년』, 1927.5, 4~5쪽.

3. 이미지의 낭만적 수용과 사진소설 · 영화소설

사진 기술과 아동 서사의 상호작용

이 부분에서는 사진 기술이 아동 서사와 상호작용하는 양상을 살펴보고자 한다. 사진은 자연과학에서의 광학이론으로부터 만들어진 매체이다. 사진은 '기계의 눈'으로 포착된 세계의 이미지이다. 때문에 사진의 이미지는 대중들에게 현실을 그대로 재현하는 것으로 받아들여졌다. 그래서 서구의 경우, 사진의 지각 방식과 리얼리즘 소설의 서사 구조는 밀접한 연관 관계를 지니는 것으로 평가되기도 한다.[15]

당대 조선에서 사진 이미지는 신문과 잡지 등의 인쇄 매체를 통해 대중적으로 확산되었다. 그런데 사진 이미지가 아동과 결합될 때에는 현실의 아동을 '있는 그대로' 재현하기보다는 아동을 낭만주의적으로 재해석한 경우가 많았다.

[그림 22]의 표지에서 나타나는 공통적인 특징은 아동들을 사진에 담을 때 현실의 기계적인 복제가 아니라, 매우 미적인 대상으로 재현했다는 점이다. 표지 1, 2의 경우 모두 소녀들의 아름다운 동작을 사진으로 이미지화함으로써, 미적인 순간을 포착하여 지속적으로 재현하고자 하는 연출자의 의도가 강하게 나타난다. 표지 3의 경우, 야구를 하는 소년들을 역할을 강조하기 위해, 특정한 포지션을 강조한 인위적인 동작을 취하고 있다.

이들 세 표지 사진 모두 아동의 놀이에 담긴 아름다움을 강조하고 있다는 점에서 공통적이다. 조선의 실제 아동을 모델로 하여, 낭만주

15 배정희, 「사진과 문학: 19세기 독일 리얼리즘문학의 현재적 의미에 대하여」, 연세대학교 HUNO 프로젝트 연구단 엮음, 앞의 책, 91~111쪽.

[그림 22] 『어린이』 표지 1[16]

『어린이』 표지 2[17]

『어린이』 표지 3[18]

의적 이상을 담아 재현하는 셈이다. 이는 사진 이미지가 단순히 현실을 표피적으로 묘사하거나 복제하는 것이 아니라, 적극적으로 현실에 개입하여 이를 재해석할 수 있음을 보여준다.

사진소설 · 영화소설

'말하는 사진', '활동사진' 등으로 불렸던 영화 역시 『어린이』 등의 인쇄 매체로 수용될 때는 스틸 컷의 사진 이미지로 수록되었다. 이는 작품이 수록된 인쇄 매체의 물질적 한계 때문이기도 하다. 이렇게 재현된 영화의 사진적 지각 방식은 아동문학의 문자성과 어떻게 서로 경쟁하고 융합되는지 살펴보자.

이정호가 쓰고, 개벽사의 사진반이 촬영한 「정의의 승리」는 '사진

16 「표지」, 『어린이』, 1927.5.
17 「표지」, 『어린이』, 1931.3.
18 「표지」, 『어린이』, 1931.10.

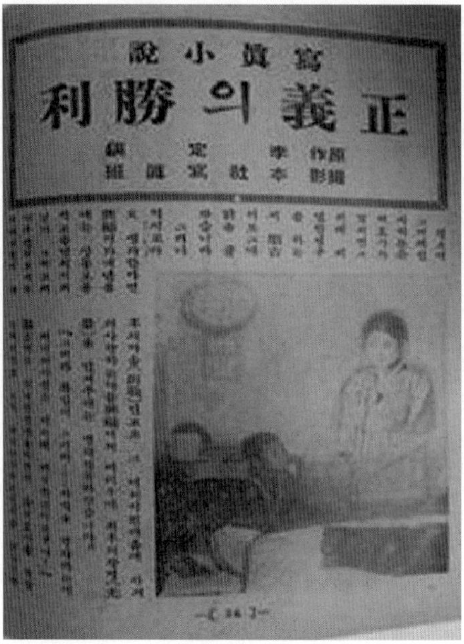
寫眞小說

正義의 勝利

原作 李定鎬

撮影 本社寫眞班

[그림 23] 이정호, 「정의의 승리」[19]

소설'이라는 표제 장르로 『어린이』에 연재되었다. 1932년 발표된 이 작품은, 시간적 격차가 있는 만큼 이전의 1919년에 『신청년』에 발표된 방정환의 「금시계」보다 훨씬 정교한 사진 기술과 서사 간의 결합 양상을 보여준다. 주인공 순길이는 자신의 후원자인 김 변호사로부터 야구 결승전에서 승부를 조작해 달라는 부당한 요구를 받는다. 이에 순길이가 겪게 되는 심리적 갈등이 중심 서사로 전개된다.

그런데 문자 언어로 표현된 내면의 갈등 묘사를 통해 올바른 윤리란 무엇인가에 대해 질문하는 이 작품의 주제는 다소 추상적이다. 사진 이미지는 이러한 문자 언어의 추상성을 보완하는 역할을 한다. [그림 23]에 제시된 부분은 수길이가 부당한 요구를 받고, 내면 갈등이 가장 고조된 장면이다. 여기에 사진 이미지를 통해 돌아가신 어머니를 시각적으로 재현한다. 머릿속에서 전개되는 추상적인 갈등과 생각의 단편들이 가시적인 형태로 전환된 것이다. 순길이는 결국 부당한 요구를 거부하고 결승전에서 정정당당하게 경기에 임해 승리를 쟁취한다. 올

19 이정호 원작, 본사 사진반 촬영, 「정의의 승리」, 『어린이』, 1932.11, 14쪽.

바른 윤리의 승리라는 추상적 가치가, 문자적 선조성을 통한 서사 구성이 사진 이미지의 감각적 재현과 결합되어 구체적으로 형상화된 것이다.

4. 구술 · 활자 · 공연예술의 상호교류와 소년야담

근대적 공연예술과 야담대회

야담(野談)은 크게 설화의 범주에 속하며 그 중에서도 전설에 속한다. 일반적으로 발생 목적에 의한 구분으로 볼 때 역사적 전설에서 파생된 구비 문학의 하위 장르로 분류된다.[20] 그러나 야담은 단일한 장르라기보다는 다양한 장르들을 포괄하면서 '역사적'으로 그 내포와 외연이 변해 온 장르로 볼 수 있다.[21] 야담은 한편 문자로 고정되지 않은 구비 문학으로, 다른 한편 여러 양식의 공연물과 읽을 거리 등으로 전승되어 왔다. 그렇다면 근대적인 야담 장르로서 소년야담의 성립 기반은 무엇이었을까?

먼저 식민지 시기 『동아일보』에 실린 야담 관련 기사 건수를 살펴볼 때, 야담은 1930년대를 중심으로 향유된 장르라는 점을 확인할 수 있다. 구체적인 추이는 차이가 있으나 야담대회, 라디오야담, 소년야담 등의 표제 장르가 모두 1920년대 후반에 등장해서 1930년대에 정점을 찍다가 1940년 이후 소멸한다는 공통점이 있다. 물론 『동아일보』 기사에 한정한 것이지만, 야담이 1930년대를 중심으로 번성한 것이라

---

20 장덕순 · 조동일 · 서대석 · 조희웅, 『구비문학개설』, 일조각, 2006, 69~71쪽.
21 박희병, 「야담과 한문단편 장르 규정의 몇 가지 문제에 대하여」, 『한국한문학연구』, 1985, 323쪽; 조희웅, 「야담」, 『야담문학연구의 현단계(1)』, 정명기 편, 보고사, 2001, 11~17쪽.

는 사실은 충분히 확인할 수 있다. 세부적으로 공연예술로서의 '야담대회'는 1928년을 기점으로 등장해서 1930년대 중반 정점을 이루며, 라디오를 통해 유통된 '라디오야담'은 1929년 등장해서 1940년까지 지속되었다. '청(聽)문예'로서의 '소년야담'은 1930년대 후반 폭발적으로 증가했다가 급격히 위세가 약해진다. 다음의 표는 식민지 시기 『동아일보』 야담 관련 기사 건수를 그래프로 표시한 것이다.

〔표 14〕『동아일보』 야담 관련 기사 건수

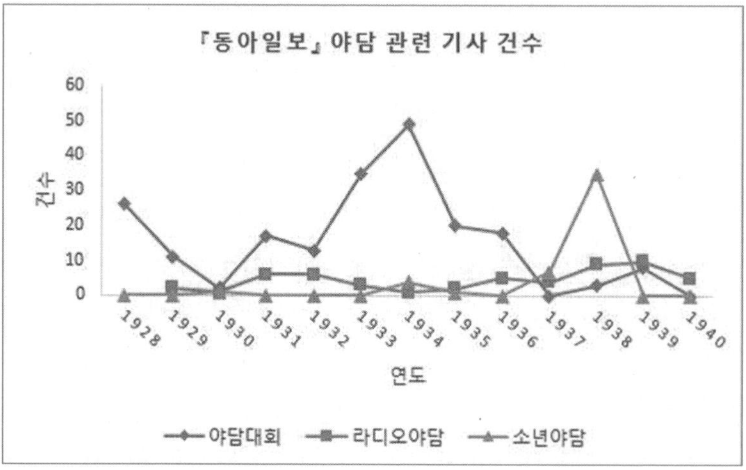

'야담대회' 관련 첫 번째 기사는 1928년 1월 29일 조선야담사 조직 구성에 관한 것이다. 이후 1928년 조선야담사 설립과 함께 야담대회 관련 기사는 28건으로 급증한다. 1930년대 중반에는 『동아일보』의 지국들을 중심으로 다양한 야담대회가 개최된다. 1933년 35건, 1934년 49건으로 최대치를 기록한다. 특히 윤백남은 단연 특출한 야담대회의 연사로서 그 중심에 서게 된다. 하지만 아동을 위한 야담대회 관련 기사는 많지 않다. 야담과 동화가 함께 공연의 레퍼토리로 처음 등장한

것은 1934년 2월 7일 열린 야담동화대회이다.[22] 구체적인 공연의 콘텐츠로 확인되는 것은 영미천도교당(嶺美天道教堂)과 동아일보사에서 공동 개최한 신춘야담대회로, 조기주의 야담과 이춘성의 동화가 주요 레퍼토리였다.[23] 어린이날 행사에서도 야담대회가 개최되었으며[24], 1935년에는 '동아(東亞)소년총본부'에서 신정언의 야담회가 개최된다.[25] 이와 같이 야담대회가 가장 정점을 맞이한 시기에 아동을 위해 야담대회가 분화되어 개최되었음을 확인할 수 있다.

'라디오야담'과 관련된 첫 번째 기사는 1929년 10월 9일 윤백남의 라디오야담 전등신화(剪燈新話) 프로그램 소개에 관한 것이다.[26] 라디오야담 관련 기사는 1930년대부터 연간 3~5건으로 소폭으로 증가하다가 1930년대 후반 10건 정도로 증가하는 추세를 보인다. 아동극이나 교육 프로그램 이후 야담 프로그램이 배치되는 경향이 나타난다. 한편 역사동화를 활발하게 창작했던 차상찬이 야담가로 활동한 것도 주목된다.

'소년야담' 관련 기사는 주로 『동아일보』에 수록된 연재 작품이 중심을 이룬다. 특히 1937년에 7건에서 1938년에 35건으로 짧은 기간에 높은 상승도를 기록한 점이 주목된다.

이러한 양적 변화 추이를 고려하면서, 질적 변화의 내용을 함께 살펴보도록 하자. 근대적 공연 예술 양식에 해당하는 야담대회의 개최는 역사 서사를 향유하는 새로운 방식의 하나로 '야담'을 재인식하는 중요한 분절점이 되었다. 그 출발점이 '조선야담사'의 창립이다. 조선야담사는 1927년 11월 23일 계동 김진구의 자택에서 창립총회를 열고 발족되었다.[27] 이후 간사회를 개최하고 조직 구성이 이루어지는데, 연

22 「嶺美野談大會」, 『동아일보』, 1934.2.7.
23 「新春野談大會」, 『동아일보』, 1934.2.9.
24 「祝福의 어린이날 各處에서 盛大한 旗行列」, 『동아일보』, 1934.5.10.
25 「少年軍野談」, 『동아일보』, 1935.3.22.
26 「라디오」, 『동아일보』, 1929.10.9.

구부 간사로 김진구, 신현중, 서무부 간사로 민효식, 송철호, 출판부 간사로 김익환, 선전부 간사로 이종원이 임명되고, 고문으로 최남선, 이윤재, 양건식, 방정환, 민태원, 차상찬, 김동환 등이 임명되었다.[28] 이처럼 조선야담사의 창립에서부터 아동문학사에서 중요한 인물들인 최남선, 방정환, 차상찬 등이 결합하고 있었다. 조선야담사 구성에 주도적인 역할을 했던 김진구는 단체 설립을 전후로 『어린이』 잡지의 필진으로 활동하면서 윤백남과 함께 초기 야담을 아동문학으로 수용하는데 기여한 바 있으며, 김진구는 「도량 · 재조 · 담력!자랑(1~2)」(『어린이』, 1927.7~8), 「납평새와 세배똥」(『어린이』, 1928.1) 등의 필자로 활동했다.

아동문학에서 '야담'이라는 표제 장르명은 1929년 1월에 발표된 김진구의 작품 「오성과 한음이약이」(『어린이』, 1929.1)에서 처음 나타난다. 이후 윤백남으로 이어져서 '소년야담'이라는 표제로 「아홉살 먹은 명포교」(『어린이』, 1933.12)와 『소년 서유기(1~6)』(『어린이』, 1934.1~1934.6)[29] 등의 작품이 연재된다. 이처럼 김진구, 윤백남과 같은 전문 야담가들을 중심으로 '소년야담', '야담' 등의 표제 장르명이 부기된 작품들이 새롭게 등장한다. 이후 『동아일보』를 중심으로 아저씨[30]라는 필명으로

---

27 「有志의 發起로 野談社 創立, 조선의 첫 시험」, 『중외일보』, 1927.11.25.

28 「野談社 幹事會 부서를작뎡」, 『중외일보』, 1927.12.7.

29 윤백남의 작품들은 2015년 소명출판에서 간행된 미공개 『어린이』 잡지에서 새롭게 확인한 것이다. 윤백남의 「소년 서유기」(『어린이』, 1934.1~1934.6)의 경우 필자는 6회까지만 확인할 수 있었다. 6회 말미에는 "(게속) 자미잇는 자미잇는 尹白南선생님의 『少年 西遊記』도 거진거진 끝을매져갑니다."라는 편집자의 언급이 있다. 그러나 1930년대 개벽사의 복잡한 사정으로 『어린이』 잡지가 발행 중단되면서 미완으로 남게 되었다.

30 '아저씨'라는 필명의 작가가 누구인지 해명하는 것이 남겨진 과제이다. 발표 시기는 주로 1937년과 38년에 집중되어 있다. 이 시기에는 김진구, 윤백남 등의 대표적인 1세대 전문 야담가들이 활동을 하지 않았다. '아저씨'라는 필명으로 발표된 작품들은 주로 조선의 역사적 사실에 기초해서 완결된 서사구조를 지닌 일화라는 특징이 있다. 지속적으로 조선의 역사를 야담으로 연행했던 작가로는 차상찬(車相瓚), 신정언(申鼎言)과 함께 『동아일보』의 문예면을 담당하면서 극예술연구회에서 활동했던 서항석(徐恒錫) 등으로 좁혀서 추정해볼 수 있다. 이러한 추정을 토대로 해당 작가들의 연행 문체와 야담 작품의 특징을 분석함으로써 논의를 전진시킬 필요가 있다. 이는 차후의 과제로 남겨둔다.

35편의 소년야담이 안정적으로 연재되었다. 그런데 왜 유독 『동아일보』에 중점적으로 소년야담이 수록되었을까? 이는 언론사에 따라 야담을 다르게 활용했던 전략 때문이다. 초기에는 『중외일보』, 『조선일보』, 『동아일보』 등의 언론사에서 야담대회를 적극 후원했는데,[31] 특히 『동아일보』가 1940년대까지 지속적으로 야담대회를 후원한 대표적인 언론사였다. 『동아일보』가 김진구, 윤백남을 중심으로 '야담' 대회를 적극적으로 주최했다면, 『조선일보』는 신불출을 중심으로 '만담' 대회를 적극적으로 주최하는 상이한 전략을 보여주었다. 이 때문에 『동아일보』가 『어린이』 잡지에 이어서 소년야담을 수록하는 주된 매체가 될 수 있었다.

그렇다면 조선야담사의 창립과 함께 새롭게 제기된 야담이 이전 시기의 야담과 변별되는 핵심적인 특성은 무엇이었을까? 김진구는 "야담!야담!야담이라는 술어는 조선에서 최근에 새로난 신술어(新術語)"라고 명명했다.[32] 물론 야담은 재래부터 존재하던 용어이다. 하지만 그는 '새로난' 것이란 것을 강조하면서 당대 야담을 전대의 야담과 차별화하고자 했다. 김진구가 재래에 존재했던 『청구야담(靑邱野談)』이나 『어우야담(於于野談)』을 "어대 별로 근거도 업는 것을 엉터리로 적어노흔 서책(書冊)"으로 상대화할 수 있었던 것은, 이 시기 야담이 근대적인 공연예술과 결합되어 새로운 형식으로 재편되었기 때문이다. '현대적'인 야담은 "고담사(古談師)라고 재담잘하는 사람이뒤에는 북장구를 둥당거리며엽헤술ㅅ병노코 너른마당으로 하나갓득한 여러사람을 상대로가진재담을석거 가면서녯날 이야기를하든 디방도잇섯다 불완전하고념우나 허무맹낭한 소리를하며 흔이미신(迷信)에기우러진진부(陳

31 김준형, 「19세기 말~20세기 초 야담의 전개 양상」, 『구비문학연구』, 2005, 158쪽.
32 「民衆의 娛樂으로 새로나온 野談」, 『동아일보』, 1928.1.31.

腐)그것"과는 판연히 다른 것이었다. 이들의 주된 활동은 근대적인 공연장에서 역사를 구연하는 것이었다.[33] 이는 이전의 강연과는 구별되는 것으로, "野談이란 講演, 講座, 說教, 演說 가튼 것 보담은 훨신 보드라운 말이 되어서 누구나 다 알어들을 수는 잇는 大衆的인 것"[34]으로 제시되었다.

근대적 공연예술로서의 야담은 아동문학장에서 활발하게 인쇄 매체로 전환되었다. 야담이 아동문학 체계로 들어올 때, 『어린이』 잡지의 기획은 입체적인 미디어 환경을 통한 복합 감각의 재현이라는 문제의식을 두드러지게 보여준다. 1929년 『어린이』 잡지 편집진들은 신년을 맞아 「어린이紙上新年大會」라는 특집을 기획했다. 다음은 잡지 내에 특집의 순서가 한 면 전체에 수록된 것이다. 구체적인 프로그램 내용은 다음과 같다.

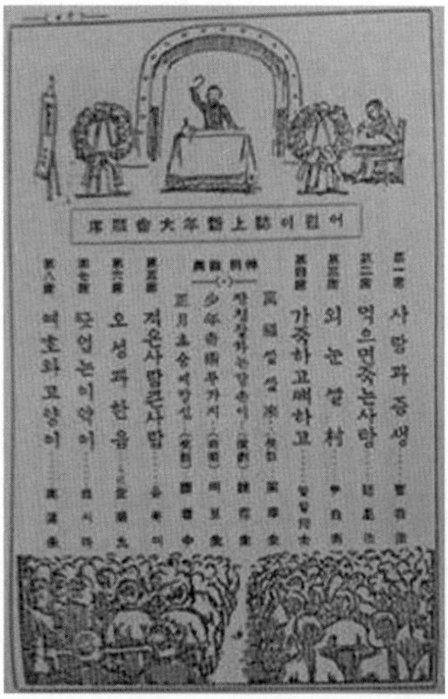
어린이紙上新年大會順序

제1석 (훈화) 「사람과 즘생」, 조재호
제2석 (동화) 「먹으면 죽는 사탕」, 연성흠
제3석 (기담) 「외눈깔村」, 윤백남
제4석 (소화) 「가죽하고쌔하고」, 깔깔박사
특별여흥 (소년대화) 「싼청잘하는당손이」, 경화생
특별여흥 (기술) 「少年奇術 두 가지」, 쇠보생
특별여흥 (소화) 「正月초승에망신」, 독자중
제5석 (재담) 적은 사람 큰 사람, 옷득이
제6석 (야담) 오성과 한음, 김진구
제7석 (동화) 슷업는 이약이, 백시라
제8석 (萬話) 여호와고양이, 고한승

[그림 24] 「어린이紙上新年大會順序」(『어린이』, 1929.1)

33 근대적 공연예술로서의 야담의 성격에 대해서는 배선애, 「근대적 공연예술로서의 야담과 야담대회」, 『한국극예술연구』, 2013. 참조.

34 김진구, 「야담 남국행」(5), 『동아일보』, 1929.12.8.

이 특집은 다양한 서사를 공연의 레퍼토리로 제시하고 있다. 삽화는 단상 위의 연행자와 대규모 청중으로 구성된 당대의 단순화된 대표적인 공연 장면을 그대로 재현했다. 제1석, 제2석과 같은 용어 역시 공연의 순서이자 짜임이 있는 공연의 레퍼토리를 의미한다. 세부 프로그램을 살펴보면 교훈적인 훈화로 시작해서 동화나 대화로만 구성된 연극, 야담 등을 구연하고, 소화나 재담 등의 단형 서사가 막간극(幕間劇)처럼 휴지와 전환의 기능을 지니는 것으로 배치되었다. 이와 같이 『어린이』 지는 제시된 레퍼토리 순서대로 매체에 작품을 수록함으로써, 공연 대본이 잡지 지면에 수록된 효과를 극대화하고자 했다.

[그림 24]에 재현된 『어린이』 잡지의 삽화는 근대적 공연장을 전형적으로 재현한 것이었다. 1930년대 야담대회 사진을 보면 양복을 입은 구연자가 연단에 올라 있는 모습을 볼 수 있다. [그림 25]는 천도교기념관에서 열린 야담대회 사진이다. 이 야담대회는 "현대청년 학생의 피를 끄리고 살덩이를 춤추게 할 것"으로 기대되었다.[35]

[그림 25] 야담사 창립 4주년 기념 야담대회 사진(『동아일보』 1931.12.1.)

35 조금씩 차이가 있지만 대체로 소년야담의 청중들은 10~15전의 비용을 냈다. 이는 성인이나 청장년층을 청중으로 한 일반적인 야담대회보다 비교적 저렴한 것이었다. 이동월에 따르면 일반적인 야담대회의 비용은 다음과 같다. "야담대회 초기에는 장내 정리 비용 명목으로

[그림 26] 윤백남의 야담대회 사진(『동아일보』, 1932.10.5)

1932년 10월, 동광사 평양지사(東光社 平壤支社) 주최 동아일보지국 후원으로 백선행기념관에서 윤백남의 야담대회가 성황리에 개최되었다. [그림 26]에 나타난 것처럼 구연이 이루어지는 연단과 이를 듣는 청중석의 분할이 특징적이다. 이러한 무대와 객석의 분할은 화자와 청자의 물리적 거리를 확보하는 근대적인 공연장의 구조를 보여준다.

라디오와 야담

축음기, 라디오 등이 정착되면서 근대적 청각 예술의 토대가 되었다. 특히 라디오는 미디어 지형에 큰 변화를 가져왔다.[36] 이전 시기가 활자 매체인 신문의 시대였다면, 라디오가 등장하면서 방송을 통한 대

10~20전, 1930년대 중후반에는 30~40전, 야담 · 만담대회는 50~60전 정도였다."(이동월, 「근대 '야담가'의 존재와 구연 활동」, 『구비문학연구』, 2012, 12쪽).

36 야담은 지속적인 야담대회와 함께 라디오로도 향유되었다. '라다오야담'은 1929년 6월 10일부터 방송된 〈한국고담〉에서 다루어진 것이 처음이다. 〈한국고담〉은 한국어방송인 제2방송이 시작된 1933년 4월 26일 〈고담〉으로 프로그램명을 바꾸어 지속될 만큼 라디오야담에 대한 청취자들의 관심은 높았다. 라디오야담은 1970년대 초반까지 지속되었다.(최미진, 앞의 논문, 177쪽).

중 문화의 확장이 기대되었다. 이향의 글은 시공간을 초월한 문화적 결속력에 대한 기대와 불안을 함께 보여준다.

> 근세의문예가 민중화운동과함께 인쇄술의발달을 기다려 제인의사상과감정의 단적결합이 가능하얏다 문예의민중화운동이 윤전기와함께 성립하얏스나 그윤전기가 시대뒤진 골동품이될때에 문예또한 골동품이되엇다 민중과 그사상과 감정을 단적으로 결합시키는중심세력은 여론의 중심이 윤전기로부터 "라디오"로 옴기어가드키문예로부터 "라디오"예술-이러한용어가 허한다면-로이전될 것이다.
>
> 문예는 원래문학과함께존재한다 문자는상형에서 표음으로 진화하얏다 표음이란것은음의부호이다 우리의생활에는기록이필요하겟다 그러나 일상생활의 중요성은 언어의전달이다 언어의전달은 음으로도가능하다 전대와가티 음의부호가필요치안타 여기에또한문예성립의기본요소인 문자의운명이잇다
>
> 윤전기는 문학에의하여 사상감정을 전달하는기관이엇다그러나 시대아인 "라디오"는 언어로 사상과감정을 전달한다문자의무용시대가 머지안흘 것이다 (중략) "라디오"와함께산문이 음악적효과를 엇게되었다조선에잇서서도 극곡의낭독이, 야담방송이 갈채를밧고잇다 이를 기계문명에의한예술의진화라고할것인가[37]

이향은 라디오라는 새로운 미디어가 민중의 사상과 감정을 결합하는 중심 세력이 될 것으로 전망했다. 그는 특히 "라디오"를 통한 새로운 예술에 큰 기대를 표시한다. 인쇄 기술에 힘입은 문자 중심의 문학이 아니라 전자적 기호로 전환될 수 있는 음성언어 중심의 새로운 예술의 진화 가능성에 주목한 것이다.

---

37 이향, 「인생과 기계, 기계와 문예」(8), 『동아일보』, 1929.11.5.

그러나 그의 음향 기술에 대한 기대는 식민지 조선에서 쉽게 실현될 수 없었다. 이항의 주장은 초기 라디오 기술에 대한 '문화적 이상' 그 자체였다. 첨단 문명의 상징인 라디오는 식민지 조선에서 모든 사회적 계층에게 평등한 매체가 아니었다. 언어적 측면에서 1927년 경성방송국이 개국한 당시부터 일본어 방송이 그 중심이었으며, 경제적 측면에서 라디오는 매우 고가의 최첨단 미디어였다. 1933년 4월부터 1943년 6월까지 조선어 전용방송이 제2방송으로 독립되어 운영되었지만, 당시 라디오는 일본어 청해가 가능한 일부 지식층과 경제적 상류층들만이 소유할 수 있었다.[38] 이는 라디오가 가정 공간을 중심으로 한 거대한 중산층 문화의 일부로 기능했던 서구와는 다른 현상이었다.[39] 윤백남의 "전통적으로 하우스는 있으나 홈은 없는 조선의 가정에 라디오라는 매체를 통해 온 가족이 단란하게 하루 밤을 유효하고 재미있게 보낼 수 있도록 해야 한다."[40]는 주장은 이러한 맥락에서 다소 비현실적인 것이었다. 당시 라디오는 세계사적으로 "현대과학과 문명의 극치"였지만, 조선의 경우는 사정이 달랐다. "돈없는 동무여!…낮에는 신문이고 밤에는 유성기인 라디오…우리는 생활과는 아직도 멀다…

---

38 김영희에 따르면, 식민지 시기 라디오 채널은 이중언어에 기반을 두었다. 그러나 1933년 일본어 해독자는 7.81%에 불과했다. 1930년대 후반에 들어서면서 일본어 상용의 강요가 효과를 보아 개국한 지 10주년이 되었던 1937년에는 전체 한국인의 11.06%가 일본어 해독이 가능했다. 또 1930년대 보급형 수신기가 50원 정도였는데 이는 당대 쌀 10가마니 정도의 것이었다. 라디오의 가구당 보급률을 보면 일본어 방송을 중계하던 이전에는 거의 늘지 않다가, 1933년 한국어 전용방송이 제2방송으로 독립된 이후에야 한국인의 가구당 라디오 수신기 보급률이 1000가구에 1대를 넘어서게 되었다. 1937년 4월 제2방송의 출력이 증강되어 전국적으로 방송 청취가 가능해지면서 비로소 100가구에 1대 이상이 보급되었다. 라디오 소유자는 경성에 집중되어 있었으며, 주로 공무원, 은행원, 회사원, 상공업 종사자들에 의해 향유되었다. 김영희는 이러한 분석을 바탕으로 식민지 시기 라디오는 상류층 문화생활을 위한 것으로 보았다. 이에 대해서는 김영희, 「일제시기 라디오의 출현과 청취자」, 『한국언론학보』, 2002, 참조.

39 Jonathan Sterne, 앞의 책, 281~287쪽.

40 윤백남, 「2중방송과 조선의 문화」, 『조선일보』, 1933.1.15.

문명이 운다. 설어워한다. 라듸오가 운다. 조선의 라듸오! 그것은 우리의 것이 아니다. 조선의 라디오-문명-그것은 정복자의 전유물이다. …잇는 사람의 작난거리가 되고 말아버린 문명의 산물"[41]이 라디오였던 것이다.

입체적 미디어 환경과 문화기획

그럼에도 이러한 한계를 극복하고자 기획된 복합적인 문화적 실행에 주목할 필요가 있다. 당대 사람들이 음향 재생 기술로서 라디오에 투사했던 문화적 소망은, 미디어를 사용하고 혁신하는 데 기본적인 밑그림을 제공했다. 당대 활자, 공연, 라디오와 같은 미디어는 서로 경쟁하기보다는 오히려 협력적인 관계였다. 이는 다음과 같은 '소년야담'의 문화적 기획과도 연결된다.

소년야담은 문해력이 없거나 낮은 아동, 학생, 대중 등의 광범위한 하위계층들을 위한 문화기획의 산물이었다. 신문, 잡지 등 활자 매체뿐만 아니라 공연과 라디오로 확대되는 당대 첨단 미디어들 간의 긴밀한 네트워크는 이러한 문화기획의 물적 토대로 기능했다. 야담은 야담대회라는 공연 예술의 형식으로, 신문, 잡지 등의 활자 매체로, 라디오라는 근대적인 청각 예술로 범주를 확대하며 '동시적'으로 향유되었다. "우리 民衆의 要求에 依하야 壇上으로 紙上으로 或은 라듸오로 數次 民衆 압헤 내노왓"[42]다. 그러나 이처럼 야담이 다른 미디어와 긴밀하게 관련되면서 향유되던 양상은 단순한 '상업적 기획'이나 '여흥'만을 위한 것이 아니었다. 이와 관련하여 야담의 계몽성에 대한 윤

41 승일, 「라디오 · 스폿트 · 키네마」, 『별건곤』, 1926.11, 105쪽.
42 김진구, 「야담의 발전과 조선」, 『중외일보』, 1928.4.7.

백남의 다음과 같은 글은 세밀하게 독해될 필요가 있다.

> 書籍이나 新聞雜紙 그 中에도 新聞은 報道機關에 不過한 現像이 되고, 雜紙는 興味中心의 쩌-너리쯤밧게 아모 것도 거긔에서 求할 수 업는 現狀에 이서서는 더구나 그것이나마 一部의 有産階級 또는 인테리 階級 外에는 읽는 期會도 업디마는 野談은 一夜에 數百數千의 사람에게 直接 感興과 知識과 興奮을 줄 수 잇는 것이라고 본다. (중략) 聽衆職業上, 學文上, 環境上, 性上의 各樣 各色의 聽衆을 깃브게 하고 首肯케하고 歎服케 하는 포퓰라-性을 지녀야 한다.[43]

이 글에서 윤백남은 신문과 잡지라는 활자 매체의 한계를 명확하게 지적한다. 문자 중심의 매체는 "유산계급 또는 인테리 계급 외에는 읽을 기회도 업"는 것이 당대 조선의 현실이었다. 이와 반대로 전대의 들려주는 예술을 계승하면서 '말'이라는 음성이 중심이 되는 야담은 수천의 청중에게 전달될 수 있다는 것이 그의 주장이다. 이처럼 야담의 계몽성의 문제의식은 바로 문해력이 없거나 낮은 아동, 학생, 대중 등의 광범위한 하위 계층들을 위한 문화기획으로 수렴된다. 이와 같은 인식은 김진구의 야담대회 회고에서도 나타난다. 그는 공연의 대성황에도 불구하고 학생과 부인이 적었던 점을 아쉬워한다. 그 이유는 "野談出生의 대상이 대부분 학생"이기 때문이다.[44] 야담이 당대 문자로 기록될 수 있는 신문, 잡지들의 매체가 있었음에도 불구하고,[45] 야담대회와 같은 '말의 예술'이 바탕이 된 대규모 공연을 통해 유통되었던

43 윤백남, 「野談과 啓蒙」, 『계명』, 1932(백두산, 「윤백남 희곡 연구: 문예운동과의 관련양상을 중심으로」, 서울대학교 석사학위논문, 2008, 101~102쪽에서 재인용).
44 김진구, 「야담 남국행」(5), 『동아일보』, 1929.12.8.
45 야담의 대중적 확대에 힘입어 윤백남이 1934년 10월 『월간야담(月刊野談)』을, 김동인이 1935년 11월 『야담(野談)』을 창간하였다.

것은 문자 중심적인 매체의 한계를 보완하려는 이유에서였다. 이는 일찍이 1920년대부터 동화회, 동화대회가 활성화되었던 이유이기도 하며[46], 라디오 방송 역시 청취대회와 같은 각종 공연물로 함께 향유되었던 이유이기도 하다.

야담은 공연, 신문과 잡지, 그리고 라디오라는 입체적인 미디어 환경에서 향유되었다. 이는 당대 동화의 향유 방식이기도 했다. 동화가 문자로서 잡지에 수록되기도 하고 문화 행사의 레퍼토리로도 활용되기도 하는 양상은 활자 미디어가 지니는 한계를 넘어서기 위한 것이었다.

이처럼 당대 첨단 미디어가 아동문학과 교섭될 때, 이는 하위 계층을 위한 문화적 기획이라는 성격이 강했다. 이러한 매체 간 네트워크를 통한 복합 감각의 기획은 "우리들민중의 문화수준이낮은데서읽고쓰는 것이 도저히 다른땅사람들에미치지못하는 사정과 다른방면에잇어서 문화의 발달, 라디오, 레코드, 토키 등의 보급화에서 우리들의 문화의 새로운잔루, 눈보담 귀에, 더욱호소하는 예술적분야"[47]가 개척될 수 있는 토대가 되었다고 평가할 수 있다.

소년야담의 특징

위에서 다룬 매체 간 네트워크를 통한 복합적 예술 양식의 실험에 대한 논의에 기반을 두고, 이제 당대 아동문학장에서 중요한 장르로 대두한 '소년야담'의 특성을 보다 구체적으로 살펴보자.

우선 전문적인 야담가들에 의해 다양한 화술이 아동문학에 도입되

46 식민지 시기 동화회에 대한 분석은 다음의 논의가 대표적이다. 조은숙, 「식민지 시기 '동화구연회(童話會)'의 공간」, 앞의 책, 2009.

47 한식, 「문학의 형상화와 언어의 확립(3)」, 『동아일보』, 1937.7.23.

었다는 점이 주목된다. 다음의 기록은 야담가마다 각기 개성적인 화술을 바탕으로 연행하던 정황을 보여준다. "야담에는 신정언(申鼎言) 윤백남(尹白南) 새로히 창(唱)을 넣어 말하자면 오페랫타 야담을 창조한 현철(玄哲) 제씨다. 신정언은 음성이 좋고 말이 느르지않고 어룬이나 어린애 나 다-들을 수 있는 것을 방송하며 윤백남씨는 드라마틱한게 특장이요 현철씨는 노래를 멋들어지게 하다가 야담을 석는 독역(獨役) 오페라를 하는 것으로 새인기를 얻었다."[48] 이처럼 이야기꾼이 청중을 대상으로 이야기를 구연하는 방식은 구술자의 수 만큼이나 다양했다. 야담이 구연되는 대중 문화적 공간은 끝없이 말놀이가 행해지고 신조어가 탄생하며 새로운 음성문법과 통사법이 출현하는 공간이기 때문이다.[49]

야담의 수용은 아동문학에서 역사 서사의 예술성을 강화하는 것으로 작용했다. 야담에서 강조되는 다양한 화술은 소년야담에서는 언어의 다양한 재현을 통해서 실현된다. 그 결과 일방적인 지식의 전달을 강조했던 전대의 강연이나 사실'만'을 전달하는 역사 서사와는 차별화된 소년야담만의 고유한 미학이 확립될 수 있었다.

대체로 일반적인 야담 공연 기록은 기사로 많이 확인할 수 있으나 저본인 텍스트를 확인하는 것은 매우 어려우며, 이를 확인하더라도 구체적인 구연의 과정에서 나타나는 다양한 화술의 실체를 복원하는 것은 거의 불가능에 가깝다. 반면 아동문학의 경우 야담가들의 구연이 활자 매체로 활발하게 수용되었으며, 이를 통해 그 실체를 일부 복원하는 것이 가능하다.

구체적으로 『어린이』지에 수록된 윤백남과 김진구의 작품은 활자화

---

48 안테나생, 「라디오는 누가 第一 잘하나」, 『조광』, 1936.1.

49 천정환, 「식민지 조선인의 웃음: 『삼천리』 소재 소화와 신불출 만담의 경우」, 『역사와 문화』, 2009, 10쪽.

된 아동문학 작품으로 야담이 도입되는 실험적 양상을 보여준다. 다음은 윤백남의 「외눈깔村」의 일부이다.

> ① 세상에 욕심(慾心)가티 사람의량심(良心)을 흐리게하는것이업슴니다 째문에 욕심만내지안엇스면 아모랄이업시 지낼놈도 공연히 욕심을부리다가 제몸까지버리게 되는일이 만슴니다.
>
> ② 이것은 짤막한이약이올시다만은 욕심부리다가 혼뜬이약이로는 드러봄즉한 우슨이약이기로는 드러봄즉한 우슨이약이기로 어대 새해를마지하는 여러분에게 선물겸 한자루씨부려보겟슴니다 그러나 이약이가우습다고 너머우스시다가 행여 감긔는들지안토록 조심하는 것이 상책일뜻십슴니다.
>
> 사직골막바지에사는 오선달(吳先達)이라고부르는량반 이분은 (중략)
>
> ③ 오선달은 구경ㅅ거리를 어드러갓다가 도리혀 구경ㅅ거리가 되엿다는 이약이 행여 욕심을 내지말라는 우화(寓話)올시다.(大拍手)[50]

①은 도입부로 전체 이야기의 주제를 환기시키는 기능을 수행한다. 이후 ②처럼 청자의 주의를 집중시킨 다음 주요 스토리가 제시된다. 마지막에는 ③과 같이 한 문장 정도로 핵심을 요약하고 이야기의 교훈을 전달한다. 이와 같은 정형화된 서사 구조는 아동들에게 역사를 쉽게 전달할 수 있는 효율적인 방법이었다. 하지만 이러한 형식적 완결성에도 불구하고, 윤백남의 야담은 주로 중국의 문헌이나 위인들을 대상으로 하여 당대 조선과는 일정한 거리를 지닌다는 점에서 한계를 지닌다.

반면에 김진구의 경우 조선의 인물과 역사에 중점을 두었다. 그의 작품은 절제된 형식을 보여주는 윤백남의 작품과는 달리 다소 수다스

---

50 윤백남, 「외눈깔村」, 『어린이』, 1929.1, 52~53쪽.

럽고 장황한 사설을 보여준다.

오성이라면 조선사람은누구나다호매하고쾌활한작란ㅅ군으로암니다. 오성과그의동무한음(漢陰)의일화(逸話)는 께가쏘다지도록자미스럽고 뱃살이솟곳하고굽은허리가 펴지리만치 우스운 이약이가대단히만습니다. (중략) 그어룬들은 어려서공부할때부터 나라에벼살을할때까지 쪽가티자별하게 가장남다른정분으로지냇다는대 이두분의개구쟁이작란이며 사람이짤을수업는 위험한짓구진짓을햇다는 것은 여긔서한시간이나두시간에는 다이약이할수업기때문에 오늘은다만두분이공부할때의 하든일한구절을 집어내서한마듸하겟습니다.[51]

김진구의 작품은 사설이 많다는 특징을 지닌다. 이로 인해 문장이 매우 길고 장황하지만 특유의 운율감이 구현됨으로써 청자 입장에서는 자연스럽게 연결되어 수용된다. 반면에 백시라의 작품은 대화 위주로 구성된 특징이 강하게 나타난다.

『옴겨심은 것이 점점 잘자랏습니다.』
『차차열배가 열기 시작하엿습니다』
『가을이되닛가 누-럿케닉엇습니다』
『낫으로베여서햇볏에말렷습니다.』
『다-말른것을두들겨떠럿습니다.』
『방아를찌여서 흰쌀을맨드럿습니다.』[52]

51 김진구, 「鰲城과 漢陰이약이(野談): 불알도적놈」, 『어린이』, 1929.1, 56~57쪽.
52 백시라, 「긋업는이야기」, 『어린이』, 1929.1, 59쪽.

위의 인용문에 나타나는 것처럼 그의 작품에서는 반복적이고 연속적인 대화가 두드러진다. 이로 인해 서술자의 직접적 개입이 최소화되고, 대신 실제 공연과 같이 배우(구술자/성우)의 대사로만 서사가 재현된다.

이처럼 소년야담은 야담에서 활용되는 다양한 화술을 수용함으로써 아동에게 적합한 형식으로 쉽고 재미있는 역사 서사를 구성할 수 있었다. 이를 통해서 소년야담은 특정한 역사적 사실을 전달하기보다는, 짧지만 완결된 서사나 새로운 화술에 의해 흥미롭게 재구성된 '이야기'로서의 성격을 보다 강하게 지닐 수 있게 되었다.

소년야담에서는 화자의 존재가 확연히 드러나고 청자와의 소통과 현장성이 두드러진다. 이러한 특징은 야담의 청각 예술로서의 전통과 관련된 것이다. 그러나 근대적 야담은 화자와 청자가 동일한 공간에서 상호작용하던 전통적인 야담의 실연 양상과 완전히 다른 방식으로 향유되었다. 근대적인 극장 공간은 화자와 청자의 물리적 거리를 만들었으며, 신문이나 라디오와 같은 미디어는 물리적으로 일방향적인 의사소통구조를 지니고 있었다. 당시 이들 매체가 "인류를 聾者와啞者로 분별"[53]하는 것으로 비판된 것은 이러한 맥락에 따른 것이다. 따라서 이러한 미디어의 제약을 넘어서기 위해서는 새로운 서사 전략이 고안될 필요가 있었다.

> ① 여러분들은 학교에서 무슨조흔일들을 하야 상품을 타게되면손소집으로 가저가본일이 잇엇습니까 아마 가저기기에 힘드는 것은 어머니나 누나가 가저다 들엿을걸요. 그러나 키보다도 더높게탄 상품을 다섯 살먹은 아이가 몸소가저간 이야기를 하나 들어보실려우?[54]

---

53 이향, 「인생과 기계, 기계와 문예」(7), 『동아일보』, 1929.11.3.
54 아저씨, 「소년야담(1): 신동 김시습」, 『동아일보』, 1937.11.14.

② 여러분 과세들 잘하셋소? 어머니께서 떡국끄려주시고 때때옷만히 해주십띠가? 한 살식더먹엇으니 참기뿜니다. 금년부터는 공부 더잘하고 몸튼튼해지고 어머니 아버지 말잘듣기로합시다.

③ 금년은 호랭이해랍니다. 참 조흔해지요? 씩씩하고 힘잇고, 무섭고 날낸해랍니다. 우리도 이해에는 호랭이처럼 씩씩해지고
힘잇서지고 무섭게보이고 용감해집시다.
여러분 가운데 호랭이못보신이도 잇슬지요? 서울동물원에는두마리나 잇답니다.
우리조선에는 높은산과 깊흔골째기가 만히잇어서 옛날부터 호랭이가 만히살아왓고 우리하라버지들은 이호랭이와 싸흠도 만히하엿드랍니다. 그리하야 호랭이를 두고 전해오는 옛날얘기가 참말 만히잇지요.
그러나 오늘은 특별히 소년에관게되는 호랭이얘기하나를 들려들이리다.[55]

위의 인용문들은 모두 소년야담의 도입부에 해당된다. 화자가 마치 '눈앞의 청중'을 대상으로 '말'하는 것처럼 기술되는 특징이 두드러진다. 야담이 활자화된 문학으로 수용될 때 작품 속의 작가－독자 관계는 화자－청자 관계로 변화되어 나타난다. 이때 소년야담은 화자와 청자 간의 친밀감을 높이고 독자와의 공감대를 확대할 수 있는 요소들로 주위를 환기시키는 담화 구성 전략을 보인다.

이러한 도입부에 배치되는 짤막한 서사는 문자로 기록되는 인쇄 매체를 기반으로 한 문학에서는 불필요한 부분이다. 읽기를 통해 바로 서사에 몰입할 수 있기 때문이다. 하지만 소년야담은 1930년대 후반, 야담이 공연과 라디오 문예로서 다양하게 향유된 이후에 정착된 장르

55 아저씨, 「소년야담(9): 범잡는 소년」, 『동아일보』, 1938.1.9.

라는 점을 상기할 필요가 있다. 이러한 도입부는 소년야담이 공연되거나, 라디오 문예로 도입될 때 매우 필수적인 기능을 한다. 특히 라디오의 경우 원격의 전파 매체이기 때문에, 화자와 청자 간의 '동시존재감'을 만들어 낼 필요가 있다. 이러한 도입부는 일상 속에서 다양한 작업을 병행하는 청취자나, 다소 집중력이 떨어지는 아동들을 텍스트로 끌어들이기 위한 필수적인 서사 장치로 기능한다. 물론 1920년대 동화 역시 공연과 병행되면서 일부 작품에서 이러한 화자의 역할이 나타난다. 하지만 소년야담의 경우 화자의 직접 발화를 통한 주의 환기가 고유한 장르적 특징으로 전형화되었다는 점에서 그 의미가 크다.

나아가 소년야담 장르는 다음과 같이 청자를 직접 호명하면서 상호 의사소통체계를 강화하기도 한다.

① 여러분! 아저씨는 요새 이런편지를 만히 받앗습니다.

"아저씨!우리도 어린이기는일반인데 어째서 少女에게대한얘기는 하나도 안하시고남자들의 얘기만 자꾸하십닛가?

번번히 얘기하시라긴 어렵습니다마는 가끔 가시다가 아가씨들의 옛날얘기를 좀들려주세요 우리들도 본받아 착하게되게요네……."아저씨는 이런편지를 받을적마다참말 미안하게생각햇습니다.

그래 오늘은 여러분 소원대로아가씨 얘기를 하나하니 우리자미잇게 읽어봅시다.[56]

② 어떤사람은 그궤짝을 열어보면조치못한일이 생길터이니 그만도로 바닷속으로 집어넛차거니, 또어떤사람은 그럴께아니라 조코나뿌고간에 그궤짝을

---

56 아저씨, 「소년야담(16): 십오세왕후」, 『동아일보』, 1938.3.13.

떼여보자거니하여 한참동안은 야단법석을 첫드랍니다.

(여러분 의견은 어떠합닛가?) (아저씨는 궁금해서 열어보앗스면 조켓는데)[57]

인용문에 나타난 것처럼, 소년야담은 청자들의 요구를 수용했다는 점을 강조하거나, 서사 중간에 개입해서 사건에 대한 의견을 교환하는 내용을 삽입하기도 한다. 이러한 서사적 장치는 작품 구성에서 청자의 능동적인 역할을 강조하며, 그것이 서사 전개에 영향을 미치면서 상호 작용하는 것으로 기능한다.

소년야담에서는 특히 아동인 청자를 고려한 현재성이 두드러진다. 일반 성인 문학에 비해 아동문학에서는 독자의 위상이 상당히 중요하다. 이러한 특성은 소년야담 장르에서는 전통적인 야담의 형식을 계승하는 동시에, 작품을 읽거나 듣는 '현재'의 아동을 수신자로 삼는 서사의 변형으로 구체화된다.

① 이조(李朝)에 성종(成宗)이란임금이 게시엇엇는데 어느햇여름인가 몹시가물(旱)엇더랍니다그래서 六월지나서 七월을 바라봐도 三千리강산에는 비한방울오시지안허 우으로는 임금님을 비롯하야 그밑에 대신(大臣)들이며 만백성들이"비가좀 오섯으면 비가좀 내렷으면"하고 하늘을 치어나 보고 바라고애를 썻더랍니다.

② 여러분은 이과(理科)에서 배운것과같이 비는 지구(地球)우에서공중으로 올라간 수증기(水蒸氣)가 구름으로되어 떠다니다가 그것이 팽창하는 바람에 온도가나려가며 나종에는 비가되는 것으로알지만 그때만해도옛날이니

---

57 아저씨, 「소년야담(5): 鍛金器童子」, 『동아일보』, 1937.12.5.

까 비는 그저 하느님이맘대로 주시는준만 알엇든것입니다.

③ 그리하야 임금님 성종대왕(成宗大王)께서도 비를 빌으시려고친히 경회루(慶會樓)(여러분 서울잇는 경복궁안의 경회루를아시지요)에납시어 비를 비는 기우제(祈雨祭)를 지내고 게시엇드랍니다.[58]

인용문에서 주목되는 것은 현재 아동의 지식 수준이나 문화적 배경이 서사 형식에 영향을 미친다는 점이다. ①과 ③은 조선 시대 성종 때 가뭄에 대한 일화를 다룬 것인데, 이에 ②의 진술이 삽입되어 변형된다. 전통적인 야담을 계승하면서도, 현재 아동의 나이, 지식 수준, 문화적 배경이나 인지적 역량을 고려한 근대적인 이과 지식이 설명되는 방식으로 현재화되는 것이다. 이러한 특징은 소년야담의 청자 지향적 성격을 잘 보여준다. 이는 다른 작품들에서도 확인할 수 있다.

① 여러분!금년도 차차저물어가니 학기시험이 머지안앗구려 시험공부하기에 얼마나힘이들우? 아모쪼록 부즈러니 공부해서 이번시험에도 조흔성적을 얻도록합시다.

② 오늘은 임금님의 아드님들이 임금님앞에서 시험을받고 낭중에임금이된 옛날얘기를하나 해드리리다.[59]

역사 서사는 과거의 '사실'에 기반을 둔 것이기 때문에 이를 온전히 이해하기 위해서는 상당한 배경지식이 요구된다. 이 때문에 역사 서술

---

58 아저씨, 「소년야담(2): 金蚓의 上疏」, 『동아일보』, 1937.11.21.
59 아저씨, 「왕자의 시험」(6), 『동아일보』, 1937.12.12.

이 아동문학장으로 수용되면서 특정 장르로 자리매김하는 것은 쉬운 일은 아니었다. 이는 비교적 어린 독자가 읽을 수 있을만 한 지식과 교양 수준으로 역사적 내용을 변형하고, 나아가 당대 독자의 흥미와 문화적 배경을 반영한 서사 형식을 창안할 때 비로소 가능해지는 것이었다. 1930년대 후반 소년야담은 전통 서사를 계승하면서, 동시에 일방적인 수신을 전제하는 미디어의 물적 한계를 넘어서 청자와 함께 의사소통하는 구조의 서사를 창안하여 역사 서사를 아동문학의 주요 장르로 정착시켰다는 점에서 그 의미가 크다.

한편 소년야담에서 이중적인 시공간 구조가 나타난다는 점 역시 주목된다. 즉, '현재' 화자가 이야기하는 시간인 서술시와 과거 사건이 발생했던 이야기 내부의 시간인 사건시 사이의 차이가 두드러진다. 소년야담에서는 청자가 위치한 현재와 이야기가 전개되는 과거라는 두 세계가 공존하면서 서로 관계를 맺는다. 원래 전통적인 구비 문학인 야담에서 현실 세계와 환상 세계는 자연스럽게 하나로 녹아 있으며 청자 또한 그것을 당연하게 여긴다. 하지만 근대적 장르인 '소년야담'은 여기에 근대적인 미학을 동시에 추구하기 때문에 이야기가 전개되는 역사적 시공간은 청자가 위치한 현실 세계와 분리되어 구조화된다.

① 이나라는 建國된 얘기부터가 퍽자미잇거니와 그후로도여러번 자미잇는 일이잇어서역사에기록되어잇습니다. 이번에 말슴해드릴 것도 알다가모를 참 정말이상한얘기외다.[60]

② 때마침 늦은봄이되어 南山과 北岳에 복사꽃살구꽃이 피어 만발하엿는데 그때 어느날은 임금님 英宗大王께서 東九陵으로 거둥을 하시게되엿더랍

60 아저씨, 「高句麗自熱鼎」, 『동아일보』, 1938.4.24.

니다.

지금은 이런구경이없어도 봄만되어 창경원에 서구라(櫻花)꽃이피면 남녀노소없이 모여들거든 하물며 임금님이 행차를하시니오즉 구경꾼이 만핫섯겟습니까?[61]

③ 지금같으면 열세살된아이니 소학교 五, 六학년이나 그러치안으면 중학교 一년생쯤되니, 시간마처 공부를 하엿으련만 그때로말하면 一정한 학교가 없고 겨우몇몇아이들이 한집사랑글방(書堂)에 모히여 漢文만을 읽고잇엇으니 무슨一정한시간의 運動時間이 잇을 리가 잇엇습니까? 그래서 점심밥이나 먹으면 여러애들이 와 하고 밖으로나가서 남의집 과일나무꺾기와 남의집 화초밭(花壇)결단내는 것이 일수엿엇습니다.[62]

인용 부분은 과거의 역사적 사실들을 재현하면서 이를 현재의 관점에서 개연성 있게 전개시키기 위해 화자가 개입하여 부연 설명하는 사례들이다. 이러한 시공간의 분리와 부연 설명은 일차적으로 아동 독자의 경험을 넘어선 공간과 역사적 시간에 대한 정보를 제공한다. 동시에 화자는 텍스트 내에서는 엄격한 사실주의적 관점에서 논평한다. 화자의 논평은 독자로 하여금 현실 세계에서 가능한 것과 불가능한 것을 분별할 수 있도록 하며, 그 결과 작품의 논리성과 신빙성이 자연스럽게 획득된다.

하지만 이 분할된 현실 세계와 환상 세계는 서로 불화하기보다는, 교훈적인 측면에서 안정적으로 연결된다. 이로 인해 환상 세계에서 재현되는 전통적인 가치는 독자가 살고 있는 현실 세계에서도 여전히

---

61 아저씨, 「鄭相과 笠帽」, 『동아일보』, 1938.5.22.
62 아저씨, 「苔代詩一首」, 『동아일보』, 1938.7.17.

가치 있는 것으로 재발견된다. 이것이 소년야담이 현실과 의사소통하는 방식이며, 역사를 현실의 동화로 재구성하는 방법이기도 하다.

물론 옛이야기의 아동문학으로의 재화(再話)는 1930년대만의 현상은 아니다. 하지만 1930년대에 이르면 옛이야기나 역사의 재화는 기존의 채록이나 번역을 넘어 작가의 개성을 담지한 창작품까지 상당히 폭넓은 범주를 지닌 것으로 확대된다. 특히 옛이야기는 사실적인 문학과 대비되면서 근대적 아동에게 적합한 환상성과 공상성을 지닌 문학적 보고(寶庫)로 재인식된다.

> 그러타고 口碑童話를 全的으로 排擊할 수는 없다 理由는 口碑童話란 文字的 記述이 아닐지라도 長久한 歲月동안 口傳될 때에 人間心理에 滿足을 줄 수 잇도록 改作되고 洗練된 것이 적지아니한 때문이다.
>
> 作家는 文學童話에 偏重하는것보다는 口碑童話 中에서도 버리기 아까운 것이 잇으면 多少 內容을 고처서라도 훌륭한 童話를 만들 必要가잇다
>
> 너무 새것에 沒頭하여 엣것을 無視한다는 것은 不可한 思想일 것이다
>
> 옛것에서도 버릴 수 없는 것이 잇을 것이며 새것에서도 버려야할 것이 만흘 것이다.
>
> 作家가 口碑童話, 傳說을 通 하여 象徵的이요 夢想的인 美의 世界를 보여주는 同時에 文學的이요 藝術的인 創作童話를 通하여 現實을 探求케하며 眞의 世界를 發見케하도록 만들어야하겟다.[63]

> 어린이 世界에 숨어잇는 人間의 本性을 깨워주어 어린이들에게 豐富한 人間性을 너허주는데 童話의 本來의 使命이 잇을 것이다. 그러하기 爲해서는 아모래도 美라든가 眞이라든가 善이라든가하야 眞善美라고하는 것이 무엇인

63 송창일, 「童話文學과 作家(一)」, 『동아일보』, 1939.10.17.

가를 알려주는 것이 必要하다. 여기서 비로서 空想物作品을 만들지 안흐면 안된다. 藝術的인 아름다운 것 眞實한 것 善한 것을 알려주기 爲해서는 다만 어린이들의 生活만 보고 認識하여서는 안 될 것이다.

그 形式은 옛날이야기式의 形式을 取하는 것이 조흘 것이다. 藝術的으로 그래서 空想的 暗示的인 것은 조곰도 卑近한 公利的이 아니다 (중략) 形式은 옛날이야기式을 取한다 하지만 그것이 새로운 童話가 아닌가 한다.[64]

인용문에서 나타나는 것처럼, 옛이야기가 근대적인 동화로 자리매김 되기 위해서는 새롭게 두 가지 요소가 충족되어야 한다. 하나는 환상성이고 다른 하나는 예술성이다. 전래의 설화, 신화, 전설, 민담 등이 환상성과 결합될 때 새로운 술어인 동화에 적합한 장르로 재탄생할 수 있었다. 환상성은 옛이야기의 동화로의 전환을 결정하는 중요한 요소였다. 이처럼 재래의 구비 문학은 작가라는 개인의 창작 문학으로 전환되었다.

〔표 15〕 소년야담목록

번호	표제	글	그림	제목(회차)	매체(권호)	연월일
1	일화	김진구		납평새와 세배똥	어린이(6권 1호)	1928.1.
2	기담	윤백남		외눈깔村	어린이(7권 1호)	1929.1.
3	야담	김진구		오성과 한음이약이	어린이(7권 1호)	1929.1.
4	재담 · 만담 · 기담	차상찬		엉터리 산양	어린이(8권 6호)	1930.7.
5	소년야담	윤백남		아홉살 먹은 명포교: 李鴻章의 逸話	어린이(11권 12호)	1933.12.
6	야담	윤백남	구본웅	소년 서유기(1)	어린이(12권 1호)	1934.1.
	야담	윤백남	구본웅	소년 서유기(2)	어린이(12권 2호)	1934.2.

64 송남헌, 「創作童話의 傾向과 그 作法에 對하야」(下), 『동아일보』, 1939.07.06.

	야담	윤백남	구본웅	소년 서유기(3)	어린이(12권 3호)	1934.3.
	야담	윤백남	구본웅	소년 서유기(4)	어린이(12권 4호)	1934.4.
	야담	윤백남	구본웅	소년 서유기(5)	어린이(12권 5호)	1934.5.
	야담	윤백남	구본웅	소년 서유기(6)	어린이(12권 6호)	1934.6.
7	소년야담	果木洞人		괴적 일지매	어린이(13권 1호)	1935.3.
8	소년야담	아저씨		神童 金時習(1)	동아일보	1937.11.14
9	소년야담	아저씨		金蚋의 上疏(2)	동아일보	1937.11.21
10	소년야담	아저씨		薯童과 公主(3)	동아일보	1937.11.28
11	소년야담	아저씨		鍛金器童子 (5)	동아일보	1937.12.05
12	소년야담	아저씨		王子의 試驗(6)	동아일보	1937.12.12
13	소년야담	아저씨		兒時姜碩期(7)	동아일보	1937.12.19
14	소년야담	아저씨		孝孫과 朴相(8)	동아일보	1937.12.26
15	소년야담	아저씨		범잡는 소년(9)	동아일보	1938.01.09
16	소년야담	아저씨		兒將 李澄玉(10)	동아일보	1938.01.16
17	소년야담	아저씨		三歲적의 申槪(11)	동아일보	1938.01.23
18	소년야담	아저씨		鹽商 노릇한 王孫(12)	동아일보	1938.01.30
19	소년야담	아저씨		名裁判長(3)	동아일보	1938.02.13
20	소년야담	아저씨		유언과판결(14)	동아일보	1938.02.27
21	소년야담	아저씨		村民과 鷄湯(15)	동아일보	1938.03.06
22	소년야담	아저씨		十五歲王后(16)	동아일보	1938.03.13
23	소년야담	아저씨		거위가 罪人(17)	동아일보	1938.03.20
24	소년야담	아저씨		吉再와 石鱉(18)	동아일보	1938.03.27
25	소년야담	아저씨		七佛寺來歷(19)	동아일보	1938.04.03
26	소년야담	아저씨		眞實한 山甫(20)	동아일보	1938.04.10
27	소년야담	아저씨		忠臣 金后稷(21)	동아일보	1938.04.17
28	소년야담	아저씨		高句麗의 自熱鼎(22)	동아일보	1938.04.24
29	소년야담	아저씨		욕심없는 촌백성(23)	동아일보	1938.05.01
30	소년야담	아저씨		御史와 少年(24)	동아일보	1938.05.08
31	소년야담	아저씨		摩天嶺傳說(25)	동아일보	1938.05.15
32	소년야담	아저씨		鄭相과 笠帽(26)	동아일보	1938.05.22
33	소년야담	아저씨		李相과 銀鈴(27)	동아일보	1938.05.29

34	소년야담	아저씨		朴童과 御史(상)(28)	동아일보	1938.06.05
	소년야담	아저씨		朴童과 御史(하)(29)	동아일보	1938.06.12
35	소년야담	아저씨		少女와 楊倅(상)(30)	동아일보	1938.06.19
	소년야담	아저씨		少女와 楊倅(하)(31)	동아일보	1938.06.26
36	소년야담	아저씨		鄭倅와 紙賊(32)	동아일보	1938.07.03
37	소년야담	아저씨		李將과 間牒(33)	동아일보	1938.07.10
38	소년야담	아저씨		答代詩一首(34)	동아일보	1938.07.17
39	소년야담	아저씨		홍장군 성황당귀신 洪將과 淫神(35)	동아일보	1938.07.24
40	소년야담	아저씨		死刑囚의 報恩(36)	동아일보	1938.08.07
41	소년야담	아저씨		禁酒와 人情(37)	동아일보	1938.08.14
	소년야담	아저씨		禁酒와 人情(38)	동아일보	1938.08.21
	소년야담	아저씨		禁酒와 人情(39)	동아일보	1938.08.28
	소년야담	아저씨		禁酒와 人情(40)	동아일보	1938.09.04
	소년야담	아저씨		禁酒와 人情(41)	동아일보	1938.09.11
42	소년야담	아저씨		兩班과 盜賊(상)(42)	동아일보	1938.10.02
	소년야담	아저씨		兩班과 盜賊(하)(43)	동아일보	1938.10.09

위의 [표 15]에 나타나는 것처럼, 고전 서사 장르에 해당하는 '야담'은 1920년대 후반부터 아동문학의 영역으로 편입되어 1930년대 중반 이후 매우 활발히 창작-유통된다. 그런데 이러한 현상은 단순히 복고주의적 경향으로 인해 나타난 것이 아니라, 당대 구술, 활자, 공연 예술 등의 다양한 매체 간의 혼성을 통한 복합 감각 구현의 결과물이라는 점에서 그 문학사적 의의가 크다고 할 수 있다.

5. 영화의 몽타주 기법과 아동만화

기계적인 시각의 분할과 만화의 원리

영화가 사진이나 회화와 결정적으로 변별되는 것은 활동사진, 즉 '움직이는' 이미지라는 점이다. 이 부분에서는 영화적인 기법이 만화와 결합하여 기초적인 미학을 만드는 과정에 주목해 보고자 한다. 『동명』에는 김동성[65]의 「만화 그리는 법」[66]이 11회에 걸쳐 상당히 길게 연재되었다. 이 텍스트는 만화가 기계적으로 재현된 영화의 기법을 수용하면서 근대적인 시각 이미지의 작동 원리를 통해 구성되는 양상을 잘 보여준다.

카메라 렌즈라는 기계를 통해 인간과 세계를 바라본다는 것이 지니는 함의는 무엇일까? 인간의 육체는 본래 하나로 연결된 유기체적 자연의 일부이다. 그런데 카메라 렌즈라는 기계를 통해 인간의 움직임을 기록하는 순간, 각각의 동작은 파편화된 이미지로 분할된다.

영화에서 보편화된 몽타주적 재현 방식은 총체성이 붕괴된 근대의 현실 묘사 방법을 단적으로 보여준다. 인간의 신체는 잘게 쪼개지고, 연속된 동작은 단절과 비약으로 묘사된다.

이상면에 따르면, 1920년대 중반 러시아에서 푸도프킨(V. I. Pudovkin)과 에이젠슈타인(S. M. Eisenstein)에 의해 발전된 영화의 몽타주 기법은 문학과 미술 창작, 연극 공연에 창조적인 영향을 미쳤다. 현실상의 조각으로 구성되는 영화적 몽타주는 연속적인 장면들을 분절하여 단편적으로 구성해서 여백을 남겨 놓고, 또 다른 연상 작용을 일으킬 수

65 김동성은 『동명』뿐만 아니라 『동아일보』에도 1920년 4월 11일부터 '그림이야기'를 연재했다. 서은영, 앞의 논문, 129쪽.
66 김동성, 「만화그리는법」(1~11), 『동명』, 1923.2.25.~1923.5.20.

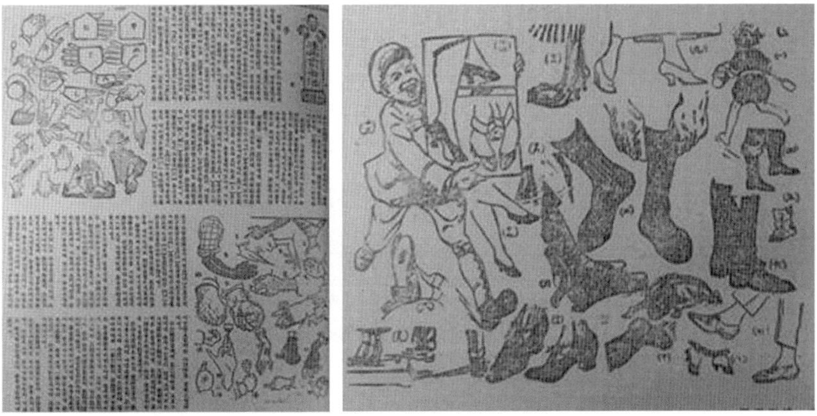

[그림 27] 몽타주 기법과 파편화된 신체 이미지[67·68]

■ 만화 작법에 반영된 기계적인 신체는 사진 · 영화 등을 통해 발달한 시각적 이미지 및 인간의 육체에 대한 근대 과학의 해부학적 지식의 확대를 토대로 만들어진 것이다.

있는 기능을 가진 점에서 '단편으로서의 작품'을 구성하는 방법을 제시했을 뿐만 아니라 총체성과 조화, 완결성의 미학을 근거로 하던 창작 원칙을 깨뜨렸다. 이제 재현되는 것은 총체로서의 세계가 아니라 파편과 단편으로서의 현실이며, 연속성이 단절된 부분은 수용자로서 독자나 관객이 상상 속에서 보충하여 완성해야 한다.[69]

이러한 영화에서 보편화된 시각적 사유와 몽타주 기법은 만화의 원리로 수용된다. 김동성은 인간의 신체를 부분으로 나누어 묘사하는 다양한 기법들을 제시한다. 만화 역시 독립된 하나의 예술 장르로서, 그 미학적 규칙에 따라 메시지를 그림으로 형상화한다. 이를 위해서는 장르의 미적 규범을 체득하는 과정이 필수적으로 요구된다. 이러한 규범

67 김동성, 「만화그리는법」(3), 『동명』, 1923.3.15.
68 김동성, 「만화그리는법」(4), 『동명』, 1923.3.18.
69 이상면, 「문학과 영화의 몽타쥬」, 연세대학교 HUNO 프로젝트 연구단 엮음, 앞의 책, 116쪽.

에 따라 인간의 몸은 일정한 비례율을 통해 추상화되고, 자연과학의 법칙에 따라 고도로 체계화된 움직임을 가진 것으로 설정되었다. 특히 김동성의 만화 작법에 묘사된 신체의 경우 운동의 선형성을 드러내도록 배열되어 있는데, 이를 고정된 이미지가 아니라 역동적으로 움직이는 이미지로 형상화하는 것이 작법의 핵심이다. 이를 위해 김동성은 신체를 골격과 근육으로 분할하고 이를 다시 조합하여 기계-인간으로 구성하고 있다. 이처럼 대상의 분할과 조합, 자연과학 법칙에 따른 인간의 신체와 움직임에 대한 역동적인 묘사 등은 만화 작법의 문법적 요소를 이루게 되었다. 자연으로서의 인간의 움직임이 아닌, 자연과학의 해부학적 원리에 기반을 둔 움직임을 재현하고자 한 것이다. 이러한 만화 예술 규범은 대상의 분할과 조합이라는 근대적 시각을 추동한 영화의 몽타주 문법과 이미지의 재현을 중심으로 하는 회화의 문법이 상호작용하며 탄생한 것으로 볼 수 있다.

보편적인 아동문학의 특질로서의 다매체와 복합감각

이상으로 아동문학이 감각을 재현하는 다양한 매체들과 긴밀하게 상호작용하는 양상들을 살펴보았다. 오늘날에는 청각, 시각뿐만 아니라 후각, 촉각 등의 다양한 감각을 재현하는 기술이 아동문학에 빠르게 적용되고 있다. 실제로 다양한 촉감과 후각을 재현한 아동문학 텍스트를 찾는 것은 그리 어려운 일이 아니다. 게다가 게임, 애니메이션 등과의 결합을 통해 현실과 가상을 넘나드는 실험 역시 아동문학에서 이루어지고 있다.

하지만 정작 감각을 재현하는 다양한 기술들이 아동문학의 역사 속에서 어떻게 발전해왔는가를 조망하는 연구는 그리 많지 않다. 현재가 아니라 과거의 아동문학 속에서 다양한 감각을 융합하는 양상을 살펴보는 것은 어떤 의미가 있을까? 아동문학에서 감각의 기술이 전개되어 온 양상을 살펴보면 청각이 시각으로, 시각이 복합 감각으로 대체되거나 진화하는 직선적인 발전보다는, 오히려 다양한 매체들의 문법이 혼합되며 다채로운 복합감각이 복원되는 양상이 두드러진다. 비유하자면 조각난 단편들을 우연적으로 병치하는 기법을 통해 새로운 문맥을 창조하는 콜라주처럼 감각들을 자유롭게 조합하여 의미를 생성하는 것으로 상상해 볼 수 있다. 화려한 현재의 몇몇 단편들에 압도되는 것이 아니라, 심층에서 오랜 시간 축적된 과거의 역사적 전개를 살핌으로써, 오히려 성인문학과 변별되는 아동문학의 고유한 특질을 보다 선명히 해명할 수 있다. 다양한 매체의 활용을 통한 복합 감각의 재현 미학은 단순히 포스트 모던적인 시대만의 특징이 아니라, 시공간을 넘나드는 아동문학의 보편적인 특질로 인식될 필요가 있다.

제6장

글을 마치며:
문학적 다중체계로서의 아동문학 장르

제6장

글을 마치며: 문학적 다중체계로서의 아동문학 장르

이 책은 근대적 학제가 도입된 1895년부터 다양한 기술적 매체가 대두한 1930년대 후반까지 한국에서의 아동문학의 형성과 장르 분화를 고찰하는 것을 주요 목표로 하였다. 이 시기는 아동문학의 고유한 미적 규범이 마련되고 그 장르적 가치가 구성된 시기로 아동문학사에서 매우 중요한 위상을 지닌다.

근대적 문학 장르인 아동문학은 아동 담론의 형성 및 자본주의의 발달, 가족, 학제 등의 근대적 제도의 성립과 불가분의 관계를 지니는 장르로 인식되어 왔다. 근대에 들어 인간 삶의 특수한 국면으로 아동기가 분절되었으며, 새롭게 발견된 아동이 부르주아적인 핵가족과 학교제도에 편입됨으로써 아동문학 형성의 물적 토대가 마련된 것으로 설명되어 왔다. 이에 따라 기존 연구들은 주로 아동문학의 근대적인 기원을 강조하고 순수성에 대한 메타포를 통해 근대 아동문학의 전개 양상을 서구 낭만주의의 도식적인 구조 속에 포괄하려는 경향을 보였다. 그렇지만 당대 조선의 아동문학은 서구적인 개념으로 한정되지 않는 독특한 성격을 지닌다. 근대성과 아동문학이 교차될 때 특수한 사회적, 역사적 정황에 따라 아동 담론이나 문학 제도 등은 모두 각기 차별적으로 작동한다. 따라서 고유한 문학적 전통의 존재와 식민지 근대에 의한 근대적 제도'들'의 불균등한 발전 양상에 따른 한국 근대 아동문학의 독특한 형성과 전개에 주목할 필요가 있다.

기존의 아동문학의 문제틀은 서구를 보편적 중심으로 가정한 서구 중심적인 위계 담론의 영향 속에서 한국 아동문학을 전통에 대한 '단절'과 서구에 대한 '모방'의 결과물로 간주함으로써 주체적인 해석의 가능성을 차단해 온 것이 사실이다. 그러나 아동문학의 형성과 장르 분화 과정은 조선의 전통적인 문학과 서구의 근대적인 문학 간의 다양한 문화 교섭을 포함하여 해석될 필요가 있다. 이 책은 한국 근대 아동문학에 대한 서구중심적인 신화를 넘어서고자 한 문제의식의 산물이다. 이를 위해 단선적인 문학사 인식을 지양하고 문학적 다중체계(literary polysystem)의 일환으로서 아동문학 체계를 대등하게 기술하려는 시각이 필요하다. 특히 아동문학의 형성과 분화는 아동문학의 독자적인 문학 체계를 구성하는 것뿐만 아니라 동시에 고전 문학, 외국 문학, 대중 문학, 성인 문학 등의 다른 문학 체계와 관계하는 역동적인 과정으로 이해될 필요가 있다.

이 책에서는 아동문학의 형성과 장르 분화를 분석하기 위해 전통적인 아동문학 이론은 물론, 아동 독자를 중심으로 한 수용미학, 탈식민주의적 비교문학, 장르사회학, 미디어 이론 등을 차용했다. 일반적으로 아동문학은 아동을 독자적인 수신자로 삼은 문학으로 정의된다. 한국 근대 아동문학의 형성기에는 조선 사회의 유교 교육을 위해 쓰였던 도덕적인 텍스트들이 아동용 교과서와 독본을 통해 재생산되는 한편, 설화나 『이솝우화』, 『로빈슨크루소』, 『그림동화』 등 원래 성인용이었던 많은 서구 문학 작품들도 아동의 필요에 의해 선택되어 차용되고 변형되어 수용되었다. 이에 대한 분석을 통해 근대 형성기, 고전 문학과 근대 문학 그리고 성인 문학과 아동문학을 준별하며 새롭게 형성된 아동문학의 특징을 규명할 수 있었다.

특히 이 과정에서 탈식민주의적 비교문학의 관점을 통해 서구 문학과 변별되는 한국 아동문학의 고유한 특징을 제시할 수 있었다. 한국 근대 아동문학의 형성은 조선 고전 서사와 서구 정전 사이의 교섭을 통해 이루어졌다. 이 책은 번역 텍스트에 대한 실증적 분석을 통해 전통 서사의 근대적 계승과 서구 정전의 수용이라는 두 축이 생성한 기대지평과 독법의 변화를 경유하며 한국 근대 아동문학이 형성되었음을 논증하였다. 새롭게 분화된 아동문학은 전통적인 서사 양식과 서구의 근대적인 서사 담론이 충돌, 경합, 혼성되면서 만들어진 중층적인 문화 교섭의 결과물이었다. 구비 문학과 기록 문학을 넘나드는 다양한 전통 문학은 아동이라는 새로운 독자에게 적절한 문학으로 전환되었으며 이 과정에서 위인 전기나 전래동화 등의 장르가 새롭게 탄생했다. 아동문학은 전통 문학과 자질을 공유하면서도 동시에 이종(異種) 갈래로서 형성되었다. 전통 문학과의 관계 맺기와 단절하기는 역사나 설화가 근대적인 동화 장르로 자리매김하기 위해 요구된 이중 전략이었다. 한편, 서구 정전은 독자의 기대지평에 따라 역동적으로 수용되었다. 특히 서사에 대한 독법의 전환에 따라 아동문학의 강력한 교훈성, 도덕성, 정치성의 요소가 점차 탈각되고, 허구성이 동화의 주된 특징으로 새롭게 인식되었다. 이 책의 2장에서는 이상에서 요약한 것과 같이 한국 아동문학이 근대의 이식에 따른 전대 문학과의 단절이라는 단선적인 흐름에 의해 탄생한 것이 아니라, 전통과 서구를 아우르는 다양한 관계 양상 속에서 형성되었음을 고찰하였다.

아동문학의 전개는 앞선 근대 형성기 발견된 서사적 규범이 본격적으로 변용되거나 새롭게 구성됨으로써 1920년대에 구체화되었다. 특히 천도교를 통해서 아동에 대한 고유한 초월성의 철학과 미학이 발전되었다는 점이 주목된다. 방정환은 멜로드라마적 양식을 통해서 동화의 숭고미를 구현할 수 있었다. 그러나 당시 동화의 미학으로서 숭고 개념은 단지 천도교에 국한된 것은 아니었다. 이는 방정환, 이성환 등으로 대표되는 천도교 계열 작가뿐만 아니라 권환, 박영희, 이주홍 등의 계급주의 계열의 작가들까지 포괄하는 폭넓은 것이었다. 한편 결핍된 근대와 이를 상징적으로 충족하기 위한 승화의 문법은 당시 아동문학 고유의 판타지 미학의 특성으로 발전해 나갔다. 3장에서는 주로 이상의 논의를 통해서 조선적인 동화 장르의 문법이 창출되는 양상을 논증하였다.

1930년대 규범 시스템이 변화하면서 아동문학은 다양한 하위 장르로 분화되었다. 4장에서는 장르의 이론적 용법보다 특정한 장르 용어를 사용하거나 혹은 사용하지 않게 만드는 문맥과 그 실제적인 적용에 관심을 두었다. 구체적으로 이 시기 매우 다양하게 분화되어 나타나는 '표제장르'명을 통해 문학을 분류하는 사회적, 문화적 장르 관습과 그 논리를 분석하고, 세부 장르가 텍스트의 미학을 규정하며 문화적으로 자리매김하는 양상을 고찰하였다. 그 결과 다양한 종류의 텍스트들을 범주화하는 과정에서 민족, 제국, 젠더 담론 등이 매개되어 아동문학의 하위 장르들이 발생했음을 확인할 수 있었다. 첫째, 민족주의에 의해 규범화되었던 옛이야기들은 1930년대 후반 담론의 지형과 결합되면서 특히 역사 서사 장르, 구체적으로 동양의 고유한 서사와 이에 대한 인식의 전환을 매개로 하여 '전기', '사화', '소년야담' 등으로 분화되었다. 둘째, '모험소설', '탐정소설' 등의 하위 장르들은 제국주의의 팽창과 긴밀하게 관련된 장르로 발생하였으나 전형적인 장르 문법을 해체함으로써 지배 담론에 대한 비판적인 기능을 수행했다. 셋째, 젠더 담론은 아동문학의 내포 독자를 세분화하며 '무성(genderless)'의 영아로부터 소년 혹은 소녀가 되는 성(性) 특징적인 전이 과정을 통해 동화와 소설을 분절했다. 그리고 소년과 소녀를 가르는 성적 구분 담론은 다시 소설에서 '소년소설'과 '소녀소설'이라는 하위 장르의 차이를 산출하였다.

마지막으로 5장에서는 기술적 발전에 의한 새로운 매체의 대두에 따른 아동문학의 혼성적 구성 전략과 이를 통한 복합 감각의 재현 미학을 살펴보았다. 특히 이 과정에서 활자 매체 중심의 아동문학이 회화, 사진, 영화, 구술, 공연, 만화 등을 비롯한 다양한 인접 예술 장르와 교섭하며 새롭게 형성한 다양한 장르들의 미적 특성을 규명하였다. 이를 통해 기존의 문자 중심의 장르 체계를 넘어서는 아동문학 장르의 다양성과 복합 감각의 문제성을 확인할 수 있었다.

한국 근대 아동문학이 형성되고 전개된 지, 백 년이 훨씬 넘는 시간이 흘렀다. 반면 아직까지 실증적 연구를 통한 체계적인 작품 목록이 완성되지 못했으며, 그 고유한 미학적 성격을 규명하기 위한 이론적 방법론 역시 충분히 모색되지 못한 것이 사실이다. 특히 서구의 문예사조를 절대적인 것으로 설정하며 한국 근대 아동문학을 '이식'의 결과로 환원하는 경향, 성인 문학 이론을 기계적으로 아동문학 텍스트에 대입하는 경향, 텍스트'만'을 강조하거나 혹은 역으로 텍스트를 생성하는 사회적 담론이나 제도'만'을 강조하는 경향 등은 현재까지 한국 아동문학 연구에 큰 영향을 미치고 있다.

이 책은 이와 같은 기존 연구의 '관행'을 극복하려는 문제의식의 소산이다. 이를 위해 통시적으로는 문학사적 연속성의 시각을 통해 고전문학과 근대 문학의 역동적인 상호교섭 양상을, 공시적으로는 서구 문학의 탈식민적 수용의 양상을 복원하여 한국 근대 아동문학을 보편과 개별 사이의 긴장으로서의 특수성의 발현으로 이해하고자 했다. 또한 텍스트를 규범화하는 문학적 시스템으로서의 장르 개념을 활용하여 한국 근대 아동문학이 본격적으로 분화되며 나타내는 중층적 성격을 규명하고자 했다. 나아가 다양한 미디어의 발전에 따라 진화하는 아동문학의 풍부한 잠재태들을 고찰하고자 했다. 물론 이 책에서 이러한 문제의식이 구체적인 텍스트의 층위에까지 충분히 녹아들었다고 보기는 어렵다. 다만 이후 보다 진전된 세부 연구들을 통해 이 책의 빈틈들을 하나씩 채워나감으로써 온전한 의미의 한국 근대 아동문학 장르 서술의 기반을 만들 수 있기를 바랄 뿐이다.

참고문헌

1. 기본 자료

『동아일보』, 『조선일보』, 『매일신보』 등 신문자료

『동명』, 『대한유학생회보』, 『기호흥학회월보』, 『대한흥학보』, 『소년』, 『붉은 져고리』, 『아이들 보이』, 『새별』, 『학생계』, 『어린이』, 『신소년』, 『별나라』, 『학생』, 『소년중앙』, 『동화』, 『개벽』, 『천도교회월보』, 『동광』 등 잡지자료

강　매, 『자유의 신 루소』, 한성도서주식회사, 1921.
김남이 외 역, 『근대수신교과서』(1~2권), 소명출판, 2011.
김병철, 『한국근대번역문학사연구』, 을유문화사, 1975.
김태준, 『증보 조선소설사』, 학예사, 1939.
김　찬, 『(絶世奇談) 羅賓孫漂流記』, 義進社, 1908
방정환, 『사랑의 선물』, 개벽출판사, 1922.
송헌석, 『이소보의 공전격언』, 보급서관, 1911.
신문관 편집국 編修, 『산수격몽요결(刪修擊蒙要訣)』, 신문관, 1909.
안자산, 『조선문학사』, 한일서점, 1922
유임하 편역, 『소학독본』, 도서출판 경진, 2012.
윤치호, 『우순소리』, 대한서림, 1908.
이돈화, 『신인철학』, 일신사, 1963.
최남선 편, 『시문독본』(1~2권), 신문관, 1916.
최창선, 『홍부젼』, 신문관, 1913.

福沢諭吉 저, 최남선 역, 「修身要領」, 『少年』, 1909.
福沢諭吉, 「修身要領」, 『畿湖興學會月報』, 1909.6.
福沢諭吉, 『修身要領』, 東京: 福沢三八, 1901.
Daniel Defoe, ed. J. Donald Crowley, *Robinson Crusoe*, Oxford University Press, 1998.

2. 단행본

(1) 국내논저

강만길 외, 『일본과 서구의 식민통치 비교』, 선인, 2004.

강윤호, 『개화기의 교과용 도서』, 교육출판부, 1973.

권영민, 『서사양식과 담론의 근대성』, 서울대학교출판부, 1999.

______, 『한국 계급문학 운동사』. 문예출판사, 1998.

권혁래, 『조선동화집(1924) 연구: 우리나라 최초의 전래동화집』, 보고사, 2013.

김윤식 · 김현, 『한국문학사』, 민음사, 1973.

대중서사학회 편, 『대중서사장르의 모든 것: 3. 추리물』, 이론과 실천, 2011.

류시현, 『최남선평전』, 한겨레출판, 2011.

박 진, 『서사학과 텍스트 이론: 토도로프에서 데리다까지』, 소명출판, 2014.

서대석, 『이야기의 의미와 해석』, 세창출판사, 2011.

송철의 외, 『역주 오륜행실도』, 서울대학교출판부, 2006.

신범순, 『노래의 상상계』, 서울대학교출판문화원, 2011.

오수창 외, 『규장각 자료로 보는 조선시대의 교육』, 서울대학교 규장각, 1996.

우정권, 『한국 근대 고백소설의 형성과 서사양식』, 소명출판, 2004.

원종찬, 『한국 아동문학의 쟁점』, 창비, 2010.

______, 『아동문학과 비평정신』, 창작과비평사, 2001.

윤석산 · 김진량, 『천도교 서울 교구사』, 천도교서울교구사 편찬위원회, 2005.

윤석중 외, 『아동문학의 지도와 감상』, 대한교육연합회, 1962.

이승윤, 『근대 역사담론의 생산과 역사소설』, 소명출판, 2009.

이원수, 『아동문학입문』, 소년한길, 2001.

이재철, 『韓國現代兒童文學史』, 일지사, 1978.

______, 『아동문학개론』, 서문당, 1982.

______, 『아동문학의 이해』, 형설출판사, 1983.

______, 『한국아동문학 작가론』, 개문사, 1983.

______, 『아동문학의 이론』, 형설출판사, 1984.

장덕순 · 조동일 · 서대석 · 조희웅, 『구비문학개설』, 일조각, 2006.

정규웅, 『추리소설의 세계』, 살림, 2003.

정명기 편, 『야담문학연구의 현단계(1)』, 보고사, 2001.

조규태, 『천도교의 문화운동론과 문화운동』, 국학자료원, 2006.

조은숙, 『한국 아동문학의 형성』, 소명출판, 2009.

진재교 외, 『동아시아 서사학의 전통과 근대』, 성균관대학교 출판부, 2005.
차은정, 『판타지 아동문학과 사회』, 생각의 나무, 2009.
차혜영, 『1930년대 한국문학의 모더니즘과 전통 연구』, 깊은샘, 2004.
천정환, 『근대의 책 읽기: 독자의 탄생과 한국 근대문학』, 푸른역사, 2004.
한국아동청소년문학학회 엮음, 『한국 아동청소년문학 장르론』, 청동거울, 2013.
한기형, 『한국 근대소설사의 시각』, 소명출판, 1999.
허 수, 『이돈화 연구』, 역사비평사, 2011.
홍장화 편저, 『천도교 교리와 사상』, 천도교중앙총부, 1990.

(2) 국외논저

공자, 성백효 역주, 『논어』, 전통문화연구회, 1996.
권오석 역주, 『몽구』, 홍신문화사, 1998.
유동환 역주, 『몽구』, 홍익출판사, 2005.
유향, 신동준 역주, 『전국책』, 인간사랑, 2004.
이효덕, 박성관 옮김, 『표상 공간의 근대』, 소명출판, 2002.

Ai, Maeda, 유은경 · 이원희 옮김, 『일본 근대 독자의 성립』, 이룸, 2003.
Aristotle, 천병희 옮김, 『시학』, 문예출판사, 2002.
Bassnett, Susan, *Comparative literature : a critical introduction*, Oxford, UK, Cambridge, Mass. USA: Blackwell, 1993.
Beckett, Sandra L. ed., *Transcending Boundaries: Writing for a Dual audience of Children and Adults*, New York & London: Garland Publishing, 1999.
Bloom, Harold, 양석원 옮김, 『영향에 대한 불안』, 문학과지성사, 2012.
Brooks, Peter, 이승희 · 이혜령 · 최승연 옮김, 『멜로드라마적 상상력』, 소명출판, 2013.
Chatman, Seymour, *Story and Discourse: Narrative Structure in Fiction and Film*, Ithaca, NY: Cornell University Press, 1978.
Falconer, Rachel, *The Crossover Novel*, New York: Routledge, 2008.
Felski, Rita, 김영찬 · 심진경 옮김, 『근대성과 페미니즘』, 거름, 1998.
Fishelov, David, *Metaphors of Genre*, Pennsylvania: The Pennsylvania State University press, 1993.
Fokkema, Douwe, *Literary History, Modernism and Postmodernism*,

Amsterdam and Philadelphia: John Benjamins Publishing company, 1984.

Fowler, Alastair, *Kinds of Literature*, Harvard University Press, 1992.

Grenby, M. O., *Children' s Literature*, Edinburgh: Edinburgh university press, 2008.

Hunt, Peter, ed., *Understanding Children' s Literature*, USA & Canada: Routledge, 2005.

Iser, Wolfgang, *The Implied Reader: Patterns of Communication from Bunyan to Beckett*, Baltimore: Johns Hopkins University press, 1974.

J. Ong, Walter, 이기우 · 임명진 역, 『구술문화와 문자문화: 언어를 다루는 기술』, 문예출판사, 1995.

Kazue, Kawahara, 양미화 옮김, 『어린이관의 근대』, 소명출판, 2007.

Kristeva, Julia, 서민원 옮김, 『세미오티케: 기호분석론』, 동문선, 2005.

Lerer, Seth, *Children' s Literature*, Chicago: The University of Chicago Press, 2008.

Lu Hsiao-peng, 조미원 · 박계화 · 손수영 옮김, 『역사에서 허구로』, 길, 2001.

MaCallum, Robyn, *Ideologies of Identity In Adolescent Fiction: The Dialogic Construction of Subjectivity*, New York and London: Garland Publishing, 1999.

Manguel, Alberto, 정명진 역, 『독서의 역사』, 세종서적, 2000.

Masuko, Monda, 구수진 옮김, 『20세기는 어린이를 어떻게 보았는가』, 한림토이북, 2002.

Nikolajeva. Maria, 조희숙 외 옮김, 『아동문학의 미학적 접근』, 교문사, 2009.

________________, 김서정 옮김, 『용의 아이들: 아동문학 이론의 새로운 지평』, 문학과지성사, 1998.

Phelan, James, ed., *A Companion to Narrative Theory*, USA & UK: Blackwell publishing, 2008.

Reuter, Yves, 김경현 옮김, 『추리소설』, 문학과지성사, 2000.

Said, Edward, 박홍규 옮김, 『오리엔탈리즘』, 교보문고, 2000

Shavit, Zohar, *Poetics of Children's Literature*, The University of Georgia Press, 1986.

Shunya, Yoshimi, 송태욱 역, 『소리의 자본주의』, 이매진, 2005.

Sterne, Jonathan, 윤원화 역, 『청취의 과거: 청각적 근대성의 기원들』, 현실문화,

2010.
Todorov, Zvetan, translated by Richard Howard, *The Fantastic: A Structural Approach to A Literary Genre*, Ithaca & New York: Cornell University Press, 1975.
Townsend, John, 강무홍 옮김, 『어린이책의 역사』 제1권, 시공주니어, 1999.
Venuti, Lawrence, ed., *The translation studies reader*, New York: Routledge, 2004.
Wall, Barbara, *The Narrator's Voice: The Dilemma of Children's Fiction*, Basingstoke and London: Macmaillan, 1991.
Weber, Maximilian, 박성수 옮김, 『프로테시탄티즘의 윤리와 자본주의 정신』, 문예출판사, 2004.
Wellek, Rene, 이경수 옮김, 『문학의 이론』, 문예출판사, 1989.

3. 논문 및 기타자료

(1) 국내논문 및 기타

강상순, 「고전소설의 근대적 재인식과 정전화 과정: 1920~30년대를 중심으로」, 『동방학지』, 2013.
고부응, 「영문학 속의 식민이데올로기—『로빈슨크루소』에 나타난 식민주의」, 『역사비평』, 1995.
고은지, 「20세기 '대중 오락'으로 새로 태어난 '야담'의 실체」, 『정신문화연구』, 2008.
권두연, 「신문관 출판 활동의 구조적 측면 연구(2)」, 『민족문학사연구』, 2010.
권순긍, 「〈토끼전〉의 매체변화와 존재방식」, 『고전문학연구』, 2006.
권혁래, 「옛이야기, 동화로 쓰기와 박영만의 〈조선전래동화집〉(1940): 식민지 시기 3대 전래동화집 〈조선전래동화집〉과 작가 박영만에 대하여」, 『동화와 번역』, 2005.
김미지, 「동아시아와 식민지 조선에서 크로포트킨 번역의 경로들과 상호참조 양상 고찰」, 『비교문화연구』, 2016.
김민정, 「『월간야담』을 통해본 윤백남 야담의 대중성」, 『우리어문연구』, 2011.
김상욱, 「아동문학의 장르와 용어」, 『아동청소년문학연구』, 2009.
김영민, 「한국 근대소설 발생과정 연구: 조선 후기 야담과 개화기 문학 양식의 연관성을 중심으로」, 『국어국문학』, 2000.
김영희, 「일제시기 라디오의 출현과 청취자」, 『한국언론학보』, 2002.

김용희, 「한국 창작동화의 형성과정과 구성원리 연구」, 경희대학교 박사학위논문, 2008.
김종수, 「김내성 소년탐정소설의 '바다' 표상」, 『대중서사연구』, 2009.
김준형, 「19세기 말~20세기 초 야담의 전개 양상」, 『구비문학연구』, 2005.
김지녀, 「〈少年〉誌에 나타난 '獨立' 개념의 특징과 그 배경」, 『어문연구』, 2008.
김태준, 「이솝우화의 수용과 개화기 교과서」, 『한국학보』, 1981.
김현실, 「근대 단편소설의 전통계승에 관한 일고찰」, 『이화어문논집』, 1990.
김화선, 「한국 근대 아동문학 형성과정 연구」, 충남대학교 박사학위논문, 2002.
남은경, 「조선중기 독서경향과 『전국책(戰國策)』」, 『대동한문학』, 2007.
박종린, 「1920년대 초 사회주의사상의 수용과 『신생활(新生活)』」, 『성대사림』, 2014.
박진영, 「초창기 출판 자본의 역사적 성격과 문고본의 탄생」, 『사이』, 2014.
박혜숙, 「서양 동화의 유입과 1920년대 한국동화의 성립」, 『어문연구』, 2005.
박희병, 「야담과 한문단편 장르 규정의 몇 가지 문제에 대하여」, 『한국한문학연구』, 1985.
______, 「조선후기 「전」의 소설적 성격 연구」, 서울대학교 박사학위논문, 1991.
배선애, 「근대적 공연예술로서의 야담과 야담대회」, 『한국극예술연구』, 2013.
백두산, 「윤백남 희곡 연구: 문예운동과의 관련양상을 중심으로」, 서울대학교 석사학위논문, 2008.
백민정, 「일제강점기 3대 전래동화집의 성격과 그 편찬 배경」, 『어문연구』, 2012.
손동인, 「한국전래동화사연구」, 『한국아동문학연구』, 1990.
손인수, 「율곡 교육사상의 입지와 성론」, 율곡학회 편, 『율곡학연구총서: 논문편 7 교육』, 2007.
송수연, 「식민지시기 소년탐정 소설과 '모험'의 상관관계: 방정환, 김내성, 박태원의 소년탐정소설을 중심으로」, 『아동청소년문학연구』, 2011.
송혜경, 「근대 초, 조선에 있어서 『수신요령』의 번역과 수용」, 『일본사상』, 2012.
신범순, 「이상의 개벽사상: 태양아이의 역사철학」, 『한국시학회 제24차 학술대회논문집』, 2009.
신상필, 「일제시기 야담대회의 현장」, 『한문학보』, 2007.
신현득, 「한국 근대 아동문학 형성과정 연구」, 『국문학논총』, 2000.
심희찬, 「근대역사학과 식민주의 역사학의 거리」, 『한국사학사학보』, 2013.
양영란, 「그림 형제와 푸쉬킨 낭만주의 민담 비교 연구」, 『슬라브학보』, 2013.
어효선, 「아동문학사연표」, 『아동문학』, 1965.7.
여을환, 「현단계 아동문학 장르론에 대한 비판적 고찰」, 『아동청소년문학연구』, 2010.

염희경, 「'네이션'을 상상한 번역 동화: 방정환의 「사랑의 선물」에 대하여」, 『동화와 번역』, 2007.
______, 「민족주의의 내면화와 '전래동화'의 모델 찾기—방정환의 「사랑의 선물」에 대하여」, 『한국학연구』, 2007.
오선영, 「근대 초기의 율격 전통과 개화 교육—「독립신문」에 실린 4·4조 율격의 운동 양상」, 『현대문학의 연구』, 2002.
오세정, 「한국 전래동화에 나타난 설화 다시 쓰기의 문제」, 『한국문학이론과 비평』, 2014.
오현숙, 「박태원의 아동문학 연구」, 『아동청소년문학연구』, 2011.
______, 「개화계몽기 로빈슨크루소의 번안과 아동 텍스트로의 이행」, 『비평문학』, 2012.
______, 「1930년대 식민지 조선의 소년탐정소설과 아동문학으로서의 위상: 박태원, 김내성, 김영수를 중심으로, 『현대소설연구』, 2013.
______, 「방정환의 『사랑의 선물』에 나타나는 멜로드라마적 특성과 동화의 숭고미」, 『아동청소년문학연구』, 2015.
______, 「아동독자와 아동서사의 형성: 『신정심상소학』(1896)을 중심으로」, 『스토리앤이미지텔링』, 2015.
원종찬, 「한일 아동문학의 기원과 성격비교」, 『한국학연구』, 2000.
______, 「한국 동화 장르에 관한 연구」, 『민족문학사연구』, 2006.
______, 「한국 아동문학의 형성과정—『소년』(1908)에서 『어린이』(1923)까지」, 『동북아문화연구』, 2008.
유춘동, 「근대계몽기 조선의 『이솝우화』」, 『연민학지』, 2010.
윤영실, 「국민국가의 주동력, "청년"과 "소년"의 거리—최남선의 『소년』지를 중심으로」, 『민족문화연구』, 2008.
이규성, 「崔時亨에서 '표현'과 시간」, 『동아시아문화연구』, 2005.
이기훈, 「1920년대 '어린이'의 형성과 동화」, 『역사문제연구』, 2002.
이동월, 「근대 '야담가'의 존재와 구연 활동」, 『구비문학연구』, 2012.
이예안, 「개화기 루소 『사회계약론』 수용과 번역」, 『일본문화연구』, 2011.
이원수, 「아동문학의 결산」, 『월간문학』, 1968.11.
이정현, 「方定煥の翻訳童話と『金の船』」, 『일본문화연구』, 2007.
______, 「방정환의 번역동화 「호수의 여왕」에 대한 고찰」, 『동화와 번역』, 2007.
______, 「방정환의 그림동화 번역본에 관한 연구—「잠자는 왕녀」와 「텬당가는길」을 중심으로」, 『어린이문학교육연구』, 2008.
______, 「방정환의 동화론 「새로 開拓되는 童話에 關하야」에 대한 고찰: 일본 다이쇼시

대 동화이론과의 영향 관계」, 『아동청소년문학연구』, 2008.
이태화, 「신문관 간행 판소리계 소설의 개작 양상」, 고려대학교 석사학위논문, 2003.
임상석, 「『산수격몽요결』연구: 서구 격언과 일본 근대 행동규범의 번역을 통해 굴절된 한국 고전」, 『코기토』, 2011.
______, 「문헌 해제: 이이, 후쿠자와 유키치 외, 『산수격몽요결』」, 『개념과 소통』, 2015.
임영란, 「『격몽요결』 초간본과 현전본에 관한 서지적 연구」, 『서지학연구』, 2013.
임헌규, 「천명(天命)과 윤리(倫理)」, 『온지논총』, 2012.
임형택, 「야담의 근대적 변모」, 『한국한문학연구』, 1996.
장정희, 「방정환 문학 연구: '소년소설'의 장르의식과 서사전략을 중심으로」, 고려대학교 박사학위논문, 2013.
장진숙, 「야담 서사변개의 사회문화사적 맥락과 의미」, 인하대학교 박사학위논문, 2013.
전세재, 「로빈슨 크루소와 문화적 공간」, 『영미문화』, 2007.
정혜영, 「소년 탐정소설의 두 가지 존재양상」, 『한국현대문학연구』, 2009.
정혜원, 「1910년대 아동문학 연구: 아동 매체를 중심으로」, 성신여자대학교 박사학위논문, 2008.
______, 「근대 초기 이솝우화가 갖는 의의」, 『한국아동문학연구』, 2001.
조세현, 「동아시아 3국(한 · 중 · 일)에서 크로포트킨 사상의 수용: 『相互扶助論』을 중심으로」, 『중국사연구』, 2005.
조윤정, 「잡지 『소년』과 국민문화의 형성」, 『한국현대문학연구』, 2007.
조은숙, 「근대계몽담론과 "소년"의 표상」, 『어문논집』, 2002.
______, 「"동화"라는 개척지: 방정환의 『새로 개척되는 "동화"에 관하야』(1923)을 중심으로」, 『어문논집』, 2004.
______, 「한국 아동문학의 형성과정 연구」, 고려대학교 박사학위논문, 2005.
______, 「탐정소설, 소년과 모험을 떠나다—1920년대 방정환 소년탐정 소설의 문학사적 위치와 의의」, 『우리어문연구』, 2010.
조지훈, 「동화의 위치: 문학 형태 발달과정에서 본 동화와 소설」, 『아동문학』, 1962.
차은정, 「근대화와 영국 아동문학: 문학적 관점에서 아동문학 발전의 역사적 조건 재해석」, 『새한영어영문학』, 2008.
천정환, 「식민지 조선인의 웃음 『삼천리』 소재 소화와 신불출 만담의 경우」, 『역사와 문화』, 2009.
최기숙, 「'신대한 소년'과 '아이들보이'의 문화생태학—'소년'과 '아이들보이'를 중심으로」, 『상허학보』, 2006.
최미진, 「한국 라디오서사의 갈래 연구」, 『한국문학이론과 비평』, 2008.

최병갑, 「『로빈슨 크루소』—정치적 읽기」, 『신영어영문학』, 2000.
최인학, 「동화의 특질과 발달과정 연구」, 경희대학교 박사학위논문, 1967.
최재목, 「최남선 '소년'지의 '신대한의 소년' 기획에 대하여」, 『일본문화연구』, 2006.
한기형, 「최남선의 잡지 발간과 초기 근대문학의 재편」, 『대동문화연구』, 2004.
현길언, 「야담의 문학적 의의와 성격: 18 · 9세기 문헌 야담에 대한 시고」, 『한국언어문학』, 1977.

(2) 국외논문 및 기타

Akilli, Sinan, "Spinng Yarns of imperial (Ad)venture: G.A. Henty's Promotion of British Imperial Ideology in African Adventure Novels", *Interactions*, Vol. 16. No. 1, Spring 2007.
Gooderham, David, "Children's Fantasy Literature: Toward an Anatomy", *Children's Literature in Educati*on, Vol. 26 Issue No. 3, September, 1995.
Nikolajeva, Maria, "Fairy Tale and Fantasy: From Archaic to Postmodern", *Marvels & Tales Journal of Fairy Tale Studies*, Vol. 17, 2003.
O'sulivan, Emer, "Narratology Meets Translation Studies, or The Voic of the Translator in Children's Literature", Ed. Gillian Lathey, *The Translation of Children's Literatur*e, Clevedon, Buffalo, Toronto: Multiingual Matters Ltd, 2006.
Richardson, Brian, "Singular Text, Multiple Implied Readers", *Style*, Vol. 14, No. 3, Fall 2007.

찾아보기

인명

계영철 254~255
권환(권경완) 184
김기전 159~172, 181
김남주 286~287
김내성 245~250
김동성 318~320
김영수 250~254, 263~265
김진구 293~294, 301~302, 305~306
김찬 103~112
김태준 17~18
노양근 259
맹주천 95~96
민봉호 260~262
박태원 241~245
백시라 306~307
방정환(小波, 牧星, 잔물) 16~17, 172~183, 188~204, 211, 217, 240, 277~278
손일봉 286
송남헌 256, 265~266, 272
심의린 95
아저씨 234, 236, 308~313
안자산 33
오경호 258~259
윤극영 284
윤백남 234, 283, 298, 301~302, 305
윤석중 19~20
윤치호 143~146
이광수 24, 89
이구조 19, 226~227, 271~272
이돈화 159~172, 183, 185~187
이성환 209
이옥희 211
이원수 21~23, 30~31
이재철 27, 32, 43, 47
이정호 289~291
이향 299, 307
임원호 266~267
임화 33, 252
전우한 262~263
정순철 267~268, 270~271
정열모 286
정우해 268~269
주시경(한샘) 71
차상찬 231~233
최남선 12~14, 52~54, 89~90
최인학 31
최창선 83, 86~89, 99
최태호 20~21
한정동 282~283

그림(Grimm) 형제 147~151, 217
다니엘 디포(Daniel Defoe) 103~121, 220
안데르센(Hans Christian Andersen) 192~193

에드몬도 데 아미치스(Edmondo de Amicis) 194
장 자크 루소(Jean Jacques Roussea) 154~161
조나단 스위프트(Jonathan Swift) 83

다카기 토시오(高木敏雄) 177~178
마에다 아키라(前田晁) 193~195
오가와 미매이(小川未明) 178~179
오시나이 가오루(小山内薫) 193~194
후쿠자와 유키치(福澤兪吉) 131~137

작품명

「경희의 마지막」 263~265
「그림장난」 270~271
「금시계」 241~242
「김규의 상소」 311
「꽃 속의 작은이」 192~193
「꽃쟁이」 268~269
「꾀꼬리」 284
「끝없는 이야기」 306~307
「나무열매」 267~268
『나빈손표류기』 105~112
「난파선」 193~195, 200
「남국행」 296, 302
「네 거리의 순이」 250~254
「눈물의 모자 갑」 211
「늑대」 266~267
「단풍」 286
「독 속의 병정」 232
「동생을 찾으러」 238, 248
「두루미」 282~283
『로빈손무인절도표류기』 114~120
『몽구』 65~67, 152~153
「무지개 나라로」 262~263
「백가면」 245~250
「백두산의 보굴」 254~255
「범 잡는 소년」 302
「불상한 이의 동무 앵무새 노래」 209, 211
「불알 도적놈」 306
『사랑의 선물』 188~204
「산 너머 저쪽」 286~287
『산수격몽요결(刪修擊蒙要訣)』 121~131
「소꿉장난」 271~272
「소년 사천왕」 248
「소년 삼태성」 248
「순이의 설움」 260~262
『시문독본』 70~80
「신동 김시습」 307
『신정심상소학』 60~68, 138, 142
「십오 세 왕후」 309
「어린 피눈물」 258~259
「억룡의 부자」 259
「왕자와 제비」 196
「왕자의 시험」 311
「외눈깔촌」 305
「요술왕 아아」 191
『우순소리』 143~146
「유랑의 소조」 211
「정의의 승리」 289~291
『조선동화대집』 92, 95
『조선동화집』 92, 95
「키 작은 곰보 장수」 233
「토끼전(별주부전)」 93~97
「특진생」 241~245
「한네레의 죽음」 192, 197, 200

「혹부리 장군」 233
「흥부전(흥부놀부)」 98~100

『걸리버 여행기』 93, 124~125
「고토노타로(琴の太郎)」 193~194
『그림동화』 147~151
「난파선(難破船)」 193~195
『로빈슨 크루소』 103~121, 157
『사랑의 학교』 194
『수신요령(修身要領)』 131~137
『에밀』 157, 161
『이솝우화』 138~147
『쿠오레(クオレ)』 193
『킨노후네(金の船)』 193~194